AF258517

AUREA MAGISTRA

ANTONIO DE CRISTOFARO

Lucrezia, la doppia vita di una Borgia

"In omnibus requiem quaesivi, et nusquam inveni nisi in angulo cum libro".

"Ho cercato pace ovunque, senza trovarla mai tranne che in un angolo con un libro".

Tommaso da Kempis

A tutti coloro che con passione e ostinazione perseguono i loro sogni.

Questo libro è dedicato alle tre grazie della mia vita: mia madre Aquilia, mia zia Cristina, da me chiamata "zietta" fino al giorno della sua morte e, soprattutto, a mia moglie Filomena. Tutte e tre, ognuna a suo modo, hanno contribuito a fare di me l'uomo che sono!

Prefazione

Lucrezia Borgia, nobildonna affascinante e misteriosa di origini spagnole, nacque a Subiaco il 18 aprile 1480 e morì a Ferrara il 24 giugno 1519.

Figlia terzogenita di papa Alessandro VI e di Vannozza Cattanei, sin dalla giovinezza dovette piegarsi alle ambizioni politiche del padre Alessandro VI, che la diede in sposa, a solo undici anni, a un ricco e potente signore conosciuto con il nome di Giovanni Sforza. Dopo il suo primo divorzio, il fratello Cesare Borgia la costrinse a sposare Alfonso d'Aragona, figlio illegittimo di Alfonso II di Napoli.

In seguito, i Borgia fecero alleanza con il partito filofrancese e il famigerato Cesare Borgia ordinò di eliminare il marito della sorella dalla scena politica. Dopo un breve lutto, Lucrezia approdò alle terze nozze combinate con Alfonso I D'Este, primogenito del potente Duca Ercole I di Ferrara.

Alla corte ferrarese Lucrezia conquistò l'affetto e il benestare della nuova famiglia grazie alla sua bellezza e alla sua intelligenza. Durante i periodi di assenza del coniuge, prese in mano la conduzione politica e amministrativa del grande Ducato ferrarese, riuscendo a conquistare l'affetto dei suoi concittadini.

Ebbe otto figli, un figlio illegittimo e numerose storie amorose che la resero uno dei più grandi misteri del Rinascimento italiano. Fu anche una grande diplomatica e una vera mecenate, dal momento che accolse a corte grandi letterati, artisti, poeti e umanisti come Ludovico Ariosto, Pietro Bembo, Gian Giorgio Trissino ed Ercole Strozzi.

Dopo le varie e inattese sventure che colpirono il Ducato dal 1512, Lucrezia iniziò un nuovo cammino spirituale, lasciò la vita mondana e indossò il cilicio; in seguito si iscrisse al Terz'ordine francescano e fondò il Monte di Pietà per soccorrere i poveri. Morì a solo trentanove anni a causa di un infelice parto. La storia della donna, che da alcuni era considerata castellana avvelenatrice e senza scrupoli e per altri incarnava l'immagine della perfetta castellana rinascimentale, è raccontata abilmente e in maniera scorrevole dall'autore Antonio De Cristofaro, che ci presenta le vicende personali della vita quotidiana di Lucrezia Borgia alla corte estense. Le gioie e le delusioni della protagonista si intrecciano in modo avvincente con continui richiami al doloroso passato che mostrano uno spaccato della società rinascimentale nell'Italia della fine del XV secolo e dell'inizio del XVI secolo.

Hafez Haidar
arabista, scrittore e traduttore libanese

Capitolo 1
Il Viaggio

Quel matrimonio andava celebrato con tutti i fasti possibili, avrebbe lasciato sbalorditi tutti, se ne sarebbe parlato nei secoli futuri, avrebbero visto di cosa fosse capace di fare, era sua figlia che andava in sposa. Lucrezia[1] lasciava Roma per andare a sposare Alfonso[2] a Ferrara. Lui, il Papa,[3] mandava in sposa sua figlia Lucrezia all'erede del Ducato di Ferrara, discendente di una delle più antiche famiglie nobili d'Italia. Gli occhi gli brillavano di una luce intensa e vivida, l'umido delle lacrime, appena accennate all'angolo, li rendeva luccicanti.
Il riflesso del sole pomeridiano che splendeva su piazza San Pietro colpiva il pontefice all'altezza degli occhi. Visti dal basso dalla folla osannante di giubilo, sembravano due zaffiri che emanavano una luce rossastra che lasciava senza fiato la moltitudine rivolta verso il balcone del Papa.

Sulla balconata insieme al pontefice, c'erano i suoi due figli maschi, Cesare[4] e Joffre[5]. Cesare, fiero e orgoglioso nella sua sgargiante divisa di comandante dell'esercito pontificio e con il cappello di piume di pavone, simbolo del comando delle forze armate, non faceva trasparire alcuna emozione. Solo a uno sguardo più attento, si poteva capire che fosse pensieroso: guardava lontano, oltre i tetti dei palazzi che contornavano la piazza. Goffredo era invece la manifestazione della felicità gioiosa e ingenua di un bambino assurto troppo presto ai fasti di una nobiltà immatura, tutto fasciato nel suo vestito blu damasco di principe del regno di Napoli.

Al suo fianco stava eretta la principessa Sancia[6], sua consorte, pressappoco della medesima età, che salutava la folla da basso con fare festoso e gioviale. L'ovale del viso perfetto, di un incarnato abbronzato dal sole del sud, su cui splendevano due occhi grandi color verde scuro e una bocca sensuale da cui traspariva una fila di denti bianchi come l'avorio: era di una bellezza disarmante. Il seno prosperoso si protendeva al di là della balconata al pari di due colline piene di frutta maturata al sole.

L'abito che indossava non faceva che mettere ancora più in risalto la sua bellezza, la sua procacità: era di un bianco crema che la fasciava tutta fino alla vita e proseguiva con un bustino che la teneva stretta fino all'attaccatura del seno, mettendo ancora più in risalto la sua prorompente floridezza. Il Papa era felice alla vista della folla osannante e inneggiante, consapevole di avere raggiunto il suo scopo, anche se a caro prezzo: aveva dovuto sottostare a tutte le richieste del Duca Ercole I d'Este[7]. D'altra parte, il Duca era stato irremovibile sui punti più controversi della trattativa, che in fondo poi erano due: la dote in denaro da fornire alla figlia e la bolla papale con i privilegi da concedere al Ducato di Ferrara dopo la sua morte. Tuttavia, si sentiva appagato, sapeva di avere sistemato la figlia come meglio non poteva e da tutto il suo essere traspariva l'intima soddisfazione, respirava a pieni polmoni la sua potenza e onnipotenza. In fondo, quel matrimonio celebrava la sua gloria più che la gioia della figlia.

Inoltre, i suoi occhi emanavano uno sguardo di concupiscenza, che poi era il riflesso dei suoi pensieri, di quelli più reconditi, che non avrebbero dovuto albergare nella mente di un pastore di anime, per di più capo della cristianità. Ma il suo chiodo fisso era lei che l'aspettava nella camera da letto: Giulia[8], lasciva e prorompente nella sua sfolgorante bellezza e giovinezza, nel pieno della sua prosperità. Lo attraeva sopra ogni cosa. La sua presenza per lui era come una droga,

non sapeva farne a meno, doveva sempre averla a portata di mano, guai a saperla lontana, perché allora lo assaliva un senso di smarrimento. Lei era la sua linfa vitale. Come l'edera si avvinghia alla pianta di cui succhia la linfa, così egli era avvinghiato alla florida vitalità di Giulia. Quindi, con lo sguardo rivolto verso il basso in direzione della figlia, sventolò il suo fazzoletto bianco per indicare che il corteo poteva iniziare a muoversi e attraversare la Porta del Popolo per uscire dalla città in direzione nord-est, verso la costa adriatica. Nello stesso istante in cui il Papa diede il segnale della partenza del corteo, da un balcone al primo piano di un palazzo adiacente la piazza, ma in posizione laterale, si affacciava Vannozza[9]. Era arrivata in leggero ritardo ad assistere alla celebrazione della figlia a causa dell'enorme folla che gremiva piazza San Pietro, così, tutta trafelata, proprio in quel momento si affacciava alla balconata. Il cuore era in tumulto, le batteva in petto a una velocità che le toglieva il respiro; si sentì quasi mancare e stava per cadere a terra se non fosse intervenuta la sua damigella d'onore a sorreggerla e a rianimarla con un fazzoletto imbevuto d'aceto. Dopo qualche secondo di smarrimento, si riprese e volle riaffacciarsi al balcone per assaporare il suo trionfo. Sì, perché quel matrimonio poteva essere considerato anche il suo successo, Lucrezia era sua figlia, era lo specchio della sua affermazione, attraverso di lei poteva ancora contare qualcosa agli occhi di Alessandro e della corte papale, nonostante non fosse più la sua favorita: da anni quella ragazza di nome Giulia, più giovane, spregiudicata e avvenente, aveva preso il suo posto. Ma ora, attraverso il successo della figlia, prendeva la sua rivincita; vedeva in quel matrimonio sfarzoso ciò che avrebbe dovuto essere il proprio, che non aveva mai potuto celebrare perché era l'amante di un cardinale ora divenuto Papa.
Nella figlia rivide se stessa da giovane e si commosse. Per un attimo tolse lo sguardo dalla raggiante figura di Lucrezia

e fece il segno della croce per tutte le preghiere che aveva recitato affinché quel matrimonio si celebrasse. Fatto il segno della croce, alzò lo sguardo verso la balconata dove si trovava il Papa attorniato dai suoi figli e un moto di commozione, misto a un sentimento di intima soddisfazione, si impossessò di lei. Per un attimo gli sembrò di incrociare lo sguardo di Alessandro e un sorriso di commiserazione gli increspò le labbra. Scorse nell'alta, imponente, ma affaticata figura dell'antico amante, ciò che ora era davvero: un vecchio pieno di acciacchi, con le borse gonfie sotto gli occhi, ma con lo sguardo ancora fiero e avido di pregustare tutti i piaceri della carne. Un filo di tristezza apparve nel suo sguardo e la fronte si corrucciò un po' in segno di preoccupazione per Alessandro: in fondo lo amava ancora e capiva che presto la sua vita sregolata lo avrebbe portato alla tragica conclusione. Quando volse di nuovo lo sguardo verso la figlia, la vide salutare in direzione del balcone del Papa e dei fratelli: Lucrezia, in groppa al suo destriero bianco con l'abito color cremisi, che le scendeva lungo i fianchi fino ad arrivare al garrese del cavallo, era raggiante, soddisfatta e felice nel vedere tutta quella gente che osannava la casata dei Borgia e degli Este.

Col busto eretto e il viso proteso in avanti, lo sguardo sognante e sereno, si preparava al lungo viaggio che l'avrebbe portata dal suo futuro sposo, l'erede al Ducato di Ferrara Alfonso I d'Este. Tutto in lei era indice d'intima contentezza e soddisfazione: presagiva e pregustava già l'arrivo e l'accoglienza che altrettanto festosamente l'avrebbe accolta a Ferrara.

Nel volgere lo sguardo verso il basso, dall'alto della sua cavalcatura, si accorse che un buffone del suo seguito, mentre faceva una piroetta in segno di giubilo, era caduto malamente a terra, tanto da manifestare una smorfia di dolore sul viso. Questo la rattristò un po' e le richiamò alla mente il difficile compito che l'attendeva. Una volta arrivata a Ferrara e celebrato il matrimonio avrebbe dovuto conquistare il cuore di Alfonso. Sapeva che egli non aveva acconsentito velocemente alla richiesta di matrimonio inviata da suo padre, pertanto l'aspettava il duro compito di conquistarlo. Sapeva anche che non tutta la corte degli Estensi vedeva di buon occhio quel matrimonio, le era giunta voce che la più ostinata contro di lei era la sua futura cognata Isabella[10], moglie del Marchese di Mantova. Isabella Gonzaga era considerata una delle donne più belle, colte e intelligenti del suo tempo. A tal pensiero un velo di tristezza le attraversò il viso, ma fu subito scacciato via dalla vista di suo cognato, il cardinale Ippolito[11], che le cavalcava a fianco e le sorrise dolcemente, quasi a volerle dire: "Non ti preoccupare ci sono qua io, e tutto andrà per il meglio." Ridestatasi da quel momentaneo malumore, riprese a cavalcare in modo disinvolto, stando attenta a non investire i giullari, i buffoni e la gente che le andava incontro per salutarla e toccarle i piedi in segno di devozione e di augurio. Tutto lasciava trasparire un'intima soddisfazione e convinzione nei suoi mezzi, nella sua bellezza e nella sua determinazione: lei era la figlia del Papa, era una Borgia, non poteva non riuscire nel compito di conquistare il marito, il suocero e tutta la corte di Ferrara, ne andava del proprio onore e di quello dei Borgia.

Avrebbe conquistato tutti con le sue maniere, la sua bontà, la sua clemenza, la sua dolcezza, checché se ne dicesse nelle altre corti italiane. Certo, la fama che l'accompagnava non le rendeva il compito semplice, ma ce l'avrebbe fatta, confidava fermamente nella sua fede e nella lontananza dalle influenze nefaste della sua famiglia. Le dispiaceva un po' lasciare Roma con tutta quella folla osannante, il palazzo di Santa Maria in Portico con tutti i suoi fasti, le feste e gli adulatori, ma si sarebbe anche finalmente allontanata dagli orrori, dagli odi, dalle malelingue e dal sangue che era scorso a causa della bramosia di potere del padre e del fratello Cesare. In groppa al suo cavallo bardato con una gualdrappa d'oro, lo sguardo assorto, ma fiero, fasciata nel suo abito, con un cappello di piume di pavone in testa, si avviò con andatura lenta, ma da provetta amazzone, verso la Porta del Popolo. Appena il corteo si mosse, una salva di colpi di cannone fece eco dai bastioni di Castel Sant' Angelo; i colpi erano ritmati quasi come lo scalpitare dei cavalli e sembrava che un direttore d'orchestra invisibile dirigesse in modo magistrale l'incedere del corteo al frastuono dei cannoni.

In quel momento Lucrezia sentì alle sue spalle il calpestio degli zoccoli di un cavallo lanciato al galoppo, si voltò e vide il volto di Cesare che le si avvicinava con un sorriso stampato sulle labbra, alla testa di un drappello di circa duecento cavalieri seguiti da un gruppo di dodici paggi. Quando le arrivò vicino, arrestò bruscamente il cavallo e la salutò con un cenno della mano, tutto sorridente e felice. Poi le si avvicinò e le sussurrò all'orecchio di non preoccuparsi, tutto sarebbe andato alla perfezione.

Le disse che l'avrebbe accompagnata per un breve tratto e poi sarebbe tornato indietro in Vaticano, poiché l'attendevano importantissimi impegni ai quali doveva trovare subito una soluzione per il bene di entrambi.

Quindi le diede un bacio sulla guancia e le cavalcò a fianco per il tratto stabilito. Quando il corteo raggiunse la Porta del Popolo, una folla enorme, festante e chiassosa, era lì ad attenderlo. La folla aveva eretto un arco di trionfo di fiori intrecciati e a Lucrezia fu chiesto di passarvi sotto, in omaggio alla popolazione che con tanto zelo lo aveva costruito in onore dei futuri sposi. Lei acconsentì felice e passò sotto l'arco con fare dignitoso e fiera di ricevere tale accoglienza. Il corteo, dopo avere attraversato il Tevere sul ponte Molle, si allungò nella campagna romana in direzione nord-est verso la città di Castelnuovo, prima tappa del lungo viaggio che l'avrebbe portata a Ferrara, fiancheggiata dal fratello Cesare e dal cardinale Ippolito.

Percorsi alcuni chilometri, Cesare le si avvicinò di nuovo e la salutò per l'ultima volta, prima di voltarsi e dirigersi al galoppo del suo destriero di nuovo verso la città di Roma. Anche l'ambasciatore di Francia, che faceva parte del seguito di Cesare, volle salutare la sposa. Tutto impettito nel suo abito alla moda francese di colore azzurro attraversato da una fascia dorata, scese da cavallo e si inchinò verso la futura Duchessa di Ferrara. Dopo di lui, al suono delle trombe, dei pifferi e dei corni, anche tutti gli altri gentiluomini del seguito smontarono da cavallo e si inchinarono in segno di riverenza verso Lucrezia. Per ultime scese da cavallo il cardinale Ippolito, il quale si avvicinò alla cognata, le prese la mano e le stampò un bacio delicato sul dorso. Cesare, che intanto già si era avviato verso Roma, voltandosi fece cenno al cognato di affrettarsi perché voleva arrivare in città prima che facesse buio. Così, mentre il seguito di Cesare rientrava verso la città santa, il corteo di Lucrezia si avviò in direzione opposta. Il corteo ferrarese era un lunghissimo serpentone, alla cui testa c'erano i nobili, tra cui i due fratelli di Alfonso d'Este: Sigismondo[12] e Ferrante[13], che cavalcavano ai lati di Lucrezia. Altri nobili imparentati o vassalli della corte ferrarese facevano parte del numeroso seguito, tra cui Niccolò Maria d'Este, vescovo di Adria, Meliaduse d'Este, vescovo di Comacchio, Don Ercole, nipote del Duca, i signori di Correggio e Mirandola, il conte Rangone di Modena, i conti Bevilacqua, Roverella, Strozzi di Ferrara, Annibale Bentivoglio signore di Bologna.

Tutti i nobili, vestiti magnificamente con pesanti catene d'oro al collo, accompagnavano il corteo nuziale a cavallo di stupendi destrieri. Davanti al corteo c'erano tredici trombettieri, otto pifferai e sette suonatori di corno. Il Papa aveva fornito alla figlia circa duecento carri da viaggio, alcuni di pregevole fattura francese, con i quali avrebbe dovuto trasportare a Ferrara l'intero corredo e la propria dote.

Il Duca Ercole aveva inviato una scorta di circa quindicimila uomini a cavallo e il Papa aveva offerto alla figlia una portantina a due posti, anch'essa di fabbricazione francese, che sarebbe servita una volta sopraggiunta la stanchezza di cavalcare. Facevano parte del seguito personale di Lucrezia circa ottocento persone, tra cui le sue dame di compagnia: Adriana da Mila, parente del Papa, Angela Borgia, donna elegantissima e bellissima, Girolama Borgia, moglie di Don Giulio Orsini, madonna Adriana Orsini e altre damigelle. Lucrezia, in un momento di pausa del corteo, per abbeverare e sfamare i cavalli e i muli che trasportavano i bagagli con il corredo della sposa, si voltò indietro, notò la fila interminabile che lo componeva ed ebbe un momento di smarrimento pensando che la causa di tutto quel movimento di persone, cose e animali fosse dovuto al suo matrimonio.

Come un lampo le passò nella mente la scena dell'anello, nel momento in cui il giorno prima don Ferrante le aveva infilato all'anulare l'anello inviato dal fratello, quale promessa eterna di fedeltà e di reciproco amore. Quel giorno, il 30 Dicembre del 1501, sarebbe diventato per lei il più importante della sua vita. Aveva presagito che la sua vita sarebbe cambiata completamente, niente e nessuno avrebbe potuto distoglierla dall'essere la brava moglie che desiderava essere per se stessa, per suo marito, per i loro futuri figli e per la sua famiglia.

Il pensiero di quella scena nonostante fosse già stata sposata due volte la stava commuovendo, quando venne a distoglierla la sua dama di compagnia che l'avvisava di avvicinarsi a una radura, al di là di un folto gruppo di alberi, dove sarebbe stato servito un veloce ristoro. Lucrezia e il suo seguito di damigelle, alcune a cavallo, altre sui carri, si recarono nella radura e, scelto un posto al riparo di tre grandi

alberi di quercia, smontarono e si prepararono a essere
rifocillate. Dai carri del seguito giunsero alcune donne che
fungevano da cuoche e da cameriere, le quali dopo avere
steso per terra una tovaglia di mussola bianca riccamente
ricamata a mano con le frange di merletto di Arles, la
imbandirono con le vivande che scaricarono da alcuni carri
in sosta nelle vicinanze. Fatta accomodare Lucrezia su una
panca intarsiata di legno di faggio con lo stemma dei Borgia,
raffigurante un toro in un campo dipinto per metà in giallo e
metà in verde, incominciarono a servirla. Per prime furono
servite alcune fette di pane con crema di olive, a cui
seguirono uova sode affettate su pane abbrustolito e un
coniglio arrosto con contorno di funghi, per finire delle fette
di marzapane; acqua versata dagli otri di pelle d'asino, vino
bianco e rosso in caraffe d'argento, anch'esse intarsiate con
lo stemma dei Borgia, accompagnavano le portate.

Mentre le donne si affrettavano a servire, prestando
bene attenzione prima a Lucrezia e poi alle sue dame di
compagnia, un piccolo gruppo di musicanti al seguito del
corteo intonava delle dolci melodie per rallegrare la
compagnia. Alcune dame avevano portato con sé i loro
cagnolini, che appena furono lasciati liberi si sparsero nei
paraggi, e subito alcuni di loro alzando le zampette
cominciarono a fare i bisogni vicino alle botti con il vino e
agli otri contenenti l'acqua. Nell'istante in cui furono notati
nell'atto sconcio, le serve delle dame li rincorsero; una serva
più sveglia delle altre arrivò vicino a un barboncino, ma
appena allungò la mano per prenderlo, il cagnolino le si
rivoltò contro digrignando i denti e azzannandola.

La donna emise un grido di spavento e di dolore
portandosi l'indice e il medio verso la bocca. Cercando di
arrestare la piccola fuoriuscita di sangue, indietreggiò un
poco e finì addosso a una piccola botte di vino che le fece
perdere l'equilibrio. Cadde a gambe all'aria, mostrando il

sedere nudo alle dame che in quel momento si stavano voltando verso di lei.

Alla vista di quello spettacolo scoppiarono a ridere fragorosamente e quando Lucrezia, voltandosi a sua volta, si accorse dell'accaduto, sul suo volto si illuminò un sorriso di divertimento che diede inizio a una risata irrefrenabile da parte di tutti i presenti, compresi i musici che smisero per un attimo di suonare i loro strumenti. Nello stesso momento, tutto il seguito si era fermato per rifocillarsi, e visto il grandissimo numero, si sparpagliò per la campagna circostante per diversi chilometri. Ognuno, a seconda del proprio rango, veniva rifocillato, servito e riverito. La sosta non durò più di un'ora, bisognava affrettarsi se si voleva che almeno la testa del corteo con Lucrezia e tutte le personalità più in vista raggiungessero Castelnuovo prima del calare della notte. Castelnuovo era il borgo in cui si era stabilito che lei passasse la notte e il borgomastro, tutte le personalità importanti e tutta la popolazione la stavano aspettando per tributarle gli onori, così come era stato espressamente richiesto da Papa Alessandro. Lucrezia e le sue dame di compagnia erano stanche di viaggiare a dorso dei loro cavalli e, dopo avere supplicato gli ambasciatori di Ferrara Gerardi e Pozzi, incaricati della regolarità della marcia, ottennero di poter continuare il viaggio fino alla tappa successiva in portantina, una lettiga a due posti e di pregevole fattura, costruita in Francia. Così, comodamente distesa, Lucrezia riprese il viaggio e nell'arco di un paio d'ore, proprio all'imbrunire, l'avanguardia del corteo intravide le prime luci del borgo in lontananza. Già da quella distanza si sentivano le trombe, i corni e le fanfare della banda di musicanti intonare una marcia trionfale. Più il corteo si avvicinava, più si udivano chiaramente i canti di giubilo intonati da un folto gruppo di fanciulle vestite con tuniche bianche e il vociare della gente che si accalcava lungo la strada verso il castello.

Nel castello era stata allestita la grande sala dei ricevimenti con un rinfresco che imbandiva l'enorme tavolo con tutti i cibi migliori che i cuochi erano riusciti a preparare. Nel frattempo, Lucrezia scese dalla lettiga e montò sul suo cavallo bianco, preparandosi per il suo ingresso trionfale attraverso le vie del borgo fino al castello. Il cavallo era bardato con una gualdrappa di velluto nero che recava in basso alcuni fregi di fili dorati; Lucrezia indossava un abito di mussola bianca che le fasciava il corpo esile e snello, mentre ai piedi calzava un paio di stivali alla moda spagnola di colore marrone lucido. I capelli erano raccolti all'indietro, fermati da un velo di mussolina nera e gialla; al collo le pendeva una collana di perle che terminava con un grande rubino. Il suo cavallo era preceduto da sei paggi e da quattro damigelle che indossavano una lunga tunica bianca e sulle spalle portavano i capelli sciolti. Tra le loro chiome libere spuntavano fiori di margherita, sì da farle sembrare divinità romane.

Quando la cavalcatura di Lucrezia si avvicinò alla porta d'ingresso del paese, il borgomastro e il capitano delle guardie con un inchino la salutarono a nome di tutto il popolo. Dietro procedeva lentamente il vescovo, sotto un baldacchino sostenuto ai quattro lati da giovani portatori, anch'essi vestiti con una tunica bianca. Quando il borgomastro fu vicino a Lucrezia, uscì dal baldacchino, le si fece incontro e con il bastone pastorale impartì la benedizione a lei e a tutto il seguito, in nome di Dio e del Santo Padre. Dopodiché le venne fatto cenno di proseguire verso il castello e tutta la folla presente si aprì a formare due ali osannanti. Dietro, soldati schierati in fila lungo il percorso tenevano in una mano l'alabarda appoggiata a terra e nell'altra una torcia accesa per rischiarare il percorso fino al castello. Facevano fatica a trattenere la folla, che al suo passaggio si inginocchiava in segno di riverenza e di rispetto.

Le donne e le ragazze più intraprendenti si avvicinavano al suo cavallo cercando di toccarle i piedi o le gambe per poi portarsi le mani alla bocca come nell'atto di baciarla. Questi segni di affetto la commuovevano mentre pensava tra sé di non avere fatto nulla per meritarseli, se non essere la figlia del Papa. Questo pensiero rafforzò in cuor suo il proposito di operare a favore della povera gente una volta diventata la Duchessa di Ferrara, quando avrebbe avuto i poteri e i mezzi per farlo.

Così, scortata dal suo seguito e dalla folla, raggiunse la sommità della collina e intravide l'ingresso del castello con il ponte levatoio abbassato. Dinanzi stavano ritte due guardie con le alabarde incrociate. Quando videro il cavallo della Duchessa si irrigidirono mettendosi sull'attenti e portando l'alabarda verso il fianco, per lasciare il passaggio libero per l'ingresso del corteo nel castello. Lucrezia smontò da cavallo e si avvicinò all'ingresso; arrivata all'inizio del ponte, fu raggiunta dal comandante e da sua moglie che le cinse la testa con una corona di alloro, prima di inginocchiarsi e baciarle la mano destra in segno di riverenza. Dopodiché, il comandante le prese la mano sinistra e gliela alzò al livello della spalla conducendola nell'androne del castello.

Appena furono all'interno del cortile, soldati a cavallo sguainarono la spada e urlarono inneggiando tre volte in onore della futura Duchessa, della casata dei Borgia e di quella degli Este. Fu poi introdotta nella grande sala dei ricevimenti al piano terra. Al centro della sala si trovava la tavola imbandita con tutti i piatti preparati, in fondo alla quale era stata posizionata una sedia a forma di trono su una pedana di legno. Il comandante la condusse al trono, aiutandola ad accomodarsi. Appena fu seduta, quattro camerieri alzarono il trono e lo avvicinarono al tavolo, così lei venne a trovarsi in posizione più elevata rispetto agli altri commensali. Subito dopo si udì una dolce melodia intonata da alcuni musicanti, che suonavano strumenti a fiato e corda. La musica arrivava da dietro una delle porte laterali che si affacciavano sul grande salone.

Quando la musica finì, il comandante si rivolse ai due ambasciatori, che nel frattempo avevano preso posto accanto al trono della Duchessa rivolgendole l'omaggio della guarnigione e di tutta la popolazione. Entrarono poi i camerieri che iniziarono a servire gli ospiti presenti in sala. Per prima fu servita madonna Lucrezia, le fu dato come antipasto una focaccia schiacciata di farina di grano azzimo, condita con olio di oliva e farcita con prosciutto. Sulla tavola imbandita ve n'erano anche altre, alcune riempite con salsiccia cotta e verdure condite con aglio e olio di oliva, altre con formaggio e rucola, altre ancora con porchetta di maiale. Furono poi serviti arrosti di animali selvatici, tra cui lepri, fagiani, tortore e quaglie, nonché animali da cortile, quali anatre, oche e polli, ma lei assaggiò solo un pezzo di lepre, di cui era ghiotta. Inoltre, sul tavolo vi erano salumi, vari tipi di formaggi e molte varietà di dolci, tra cui spiccavano per la loro preparazione, colori e profumi, una torta di ciliegie e rose rosse, una torta ripiena di frutta, una torta di gelatina di ciliegie selvatiche. Accanto alle torte erano presentate diverse varietà di biscotti e confetti di vari colori. Lucrezia assaggiò un po' di ciascun cibo, sforzando la sua naturale frugalità a tavola, in tal modo voleva lodare e apprezzare l'accoglienza dei suoi ospiti e la bravura dei cuochi.
Alla fine dell'abbondante cena, quando lei, stanca e oltremodo sazia, fece cenno ai due ambasciatori che le stavano a fianco di volersi ritirare per andare a dormire, essi fecero un cenno verso il comandante e la moglie, la quale si alzò di scatto e andò verso la Duchessa, le porse la mano e l'accompagnò attraverso la grande scalinata che si trovava sul lato sinistro della sala, nell'appartamento appositamente preparato per lei. Quando arrivarono presso la porta d'ingresso della camera da letto, due damigelle le si avvicina-

rono, ciascuna prendendola per una mano e la introdussero all'interno. La castellana fece un inchino e si allontanò verso la sala al piano inferiore. Le damigelle aiutarono la Duchessa a spogliarsi e l'adagiarono in una vasca da bagno, che si trovava in una piccola stanza adiacente la camera da letto. La vasca era piena per tre quarti di acqua tiepida che emanava un intenso profumo di vaniglia. Dopo che fu lavata, asciugata e profumata con un'essenza di petali di rosa, venne adagiata sul letto a baldacchino dai cui lati scendevano tendine di raso rosa che toccavano il pavimento, e le fu data la buonanotte. Quando Lucrezia infilò i piedi nel letto ebbe la piacevole sensazione di sentire il tepore delle lenzuola di lino riscaldate.

Uno scaldaletto era stato precedentemente posto sotto le lenzuola e tolto prima che Lucrezia si infilasse nel letto, per poi essere adagiato in un angolo della camera in cui faceva bella mostra di sé. Le due damigelle si accomodarono in due sedie di vimini a forma di poltrona intrecciate ai lati del baldacchino, per passare lì la notte, pronte a intervenire nel caso lei avesse avuto bisogno di qualcosa.

Il mattino successivo Lucrezia si svegliò di buonora, le fu servita un'abbondante colazione con pane e miele, una focaccia farcita con verdure, un'altra con impasto di noci e alcuni biscotti che lei mangiò imbevendoli in una scodella di latte addolcito col miele.
Fu aiutata a vestirsi, indossò un abito da cavallerizza con un mantello nero foderato di ermellino, sul capo un cappello piumato e calzò un paio di stivali neri. Scese al piano terra dove l'attendevano gli ambasciatori, il comandante del castello e sua moglie, le sue damigelle di compagnia e tutto il seguito di nobili. Erano circa le sette del mattino del 7 gennaio del 1501 quando madonna Lucrezia e il suo seguito lasciarono il castello per recarsi a Civitacastellana, la successiva sosta nel suo viaggio di avvicinamento a Ferrara. Vi arrivarono che era quasi buio e anche qui fu accolta dal

chiarore delle torce con festose manifestazioni di giubilo da parte della popolazione.

Il giorno successivo ripartì per raggiungere Narni, dove ricevette le stesse manifestazioni di ossequio; il giorno seguente arrivò a Terni e infine nel primo pomeriggio del giorno 11 gennaio 1501 giunse in vista di Spoleto.

Essendo stata ben apprezzata la sua opera di governo della città che aveva amministrato tempo addietro in nome del padre, fu acclamata con particolare calore dalla popolazione, che la accolse con tutti gli onori e tutti gli agi possibili.

Alla porta d'ingresso della città gli abitanti le fecero trovare un carro su cui una bellissima fanciulla rappresentava la divinità romana Lucrezia. In una mano recava una spada e nell'altra teneva una pergamena da cui declamava alcuni versi che decantavano la graziosità, la modestia, l'intelligenza e la bellezza della nobildonna, alla quale la Dea modestamente cedeva il posto. Superato il primo carro, ne apparve un altro su cui si trovavano un cupido, sulla parte anteriore e, sulla parte posteriore, in posizione più elevata, un giovane nelle sembianze di Paride che, con il pomo d'oro tra le mani, recitò testualmente questi versi: «Poiché egli aveva promesso la mela a Venere, l'unica che superava in avvenenza e bellezza Giunone e Minerva; ora però egli cambiava la sua decisione e donava il pomo d'oro a Lucrezia, perché di tutte le donne, lei era l'unica che superava le tre dee, in quanto dotata di maggiore bellezza, ricchezza e magnanimità di tutte e tre insieme». Nella piazza della città, infine, circondata da una folla immensa che inneggiava il nome del Papa e del Duca d'Este, era posizionata una nave da guerra turca, armata di tutto punto. Sulla prua c'era un marinaio che ad alta voce tentò di recitare alcuni versi, dei quali si riuscì a capire a stento che il sultano lo aveva inviato per renderle omaggio e per fare promessa di rispettare tutti i cristiani che gli si fossero presentati a suo nome. Dopo la sosta notturna a Spoleto, dove fu alloggiata con tutti gli onori, il mattino successivo Lucrezia assieme al corteo riprese il suo cammino in direzione di Pesaro, passando per Foligno.

Nell'attraversamento delle contrade agricole, i cui paesaggi erano caratterizzati da colline che si susseguivano a perdita d'occhio, punteggiate di macchie verdi e a tratti di tinte verderame date dal susseguirsi di uliveti e vigneti, l'animo e il cuore di Lucrezia si rallegravano man mano che si avvicinava all'agognata meta. Nelle vicinanze di Foligno accadde un episodio che rattristò non poco l'umore di madonna Lucrezia. Un gruppo di cavalieri del seguito, per rompere la monotonia del viaggio, pensò bene di andare a caccia in un bosco adiacente la strada che stavano percorrendo, avendo saputo da alcuni contadini del luogo che era pieno di cinghiali. Così il gruppo si staccò dal seguito e si diresse a galoppo verso il bosco.

Dopo un paio d'ore furono di ritorno, e al piccolo trotto affiancarono l'avanguardia del seguito, che nel frattempo aveva seguitato ad avanzare. Due dei cavalieri che erano al centro del gruppo portavano appeso a un bastone, che poggiava sulle due selle dei cavalieri, un cinghiale morto che perdeva sangue da una grossa ferita inferta da un colpo di lancia all'altezza del collo. Proprio nel momento in cui incrociarono la portantina di Lucrezia, lei si stava sporgendo per vedere a cosa fosse dovuto il rumoreggiare che da alcuni minuti sentiva; alla vista dell'animale morto e sanguinante, esattamente all'altezza dei suoi occhi, ebbe un momento di mancamento. Sarebbe infatti caduta dalla portantina se non fosse stato per madonna Adriana, che in quel momento era seduta accanto a lei e la sostenne. La vista del sangue le aveva richiamato alla memoria un tristissimo episodio avvenuto a Roma, quando le avevano portato in camera il corpo esanime e insanguinato del secondo marito, il principe Alfonso d'Aragona[14], che era stato mortalmente ferito sulla scalinata del palazzo del Vaticano. Lei e la sorella del principe, Sancia, si erano prese cura di Alfonso e, dietro insistenza del Papa, lo avevano affidato ai migliori dottori di Roma.

Per un certo periodo era sembrato che potesse sopravvivere, ma un mattino, mentre le due cognate si erano allontanate, richiamate dal frastuono nel corridoio antistante la stanza, avevano trovato al loro rientro il principe agonizzante, che era infine spirato tra le loro braccia. Il ricordo di questo episodio rese molto faticoso il viaggio di Lucrezia fino alle porte di Pesaro, e non solo per lei, ma anche per il ristretto gruppo di dame con cui condivideva umori e passioni.

Così, in quel malinconico clima, sostarono a Foligno. Solo la festosa accoglienza che la Duchessa ricevette servì a tirarle un po' su il morale, risollevato poco dopo dall'arrivo del Duca Guidobaldo da Montefeltro[15] e di sua moglie, la quale cercò in tutti i modi di rallegrare Lucrezia. In una certa misura ci riuscì, in quanto era una donna perspicace e allegra, per nulla invidiosa della sua bellezza e del suo successo. Essi l'accompagnarono fino a Urbino, dove contribuirono a organizzare la calorosa accoglienza della cittadinanza e delle autorità. La città rimase in festa per i successivi due giorni della permanenza di Lucrezia, poi il corteo si apprestò a raggiungere Pesaro, dove arrivò nel primo pomeriggio del 21 gennaio 1501.

Quando il corteo giunse alla porta di ingresso della città, un numeroso gruppo di bambini eri lì ad attenderlo. Vestiti con pantaloni rossi e stretti alle caviglie e una blusa gialla, i colori dell'emblema di Cesare, agitavano con le mani delle palme di ulivo. Quando lei passò davanti a loro con il suo destriero, urlarono all'unisono: «Viva il Duca Cesare! Lunga vita a Lucrezia!» Pesaro ora faceva parte dei possedimenti di Cesare, il quale aveva ordinato che tutti i luoghi sotto il suo dominio tributassero i migliori onori alla sorella. Inoltre, proprio sotto l'arcata dell'ingresso, l'attendevano i rappresentanti ufficiali della città, che la condussero nella sua residenza, dove aveva vissuto per circa un anno con il suo primo marito Giovanni Sforza[16], signore di Pesaro. L'accoglienza dei suoi ex sudditi fu delle più calorose, le personalità più in vista della città andarono a porgerle i loro ossequi accompagnate dalle loro consorti, incuriosite di rivedere Lucrezia e di confrontarla con i ricordi del passato.

Volevano accertarsi di persona della sua perdurante bellezza e avvenenza, della sontuosità dei suoi abiti e della magnificenza dei gioielli che indossava, regalo del santo padre, del suocero e del suo sposo. Qualcuna in cuor suo era invidiosa pensando a cosa avesse lei più di loro per avere tanto successo e godere di tanta fama. La bellezza? Ma in quanto a bellezza alcune di loro potevano esserle tranquillamente alla pari. L'avvenenza? Loro non ne erano certo da meno. La classe, il portamento? No, non ne avevano meno di lei, educate come erano dai migliori precettori del tempo. L'intelligenza? Neanche quella, anzi, qualcuna di loro si sentiva senz'altro più intelligente di lei, potendo leggere e scrivere sia in latino, in italiano volgare che in francese.

L'unica cosa che le rendeva diverse era la nascita. Lucrezia era figlia naturale del Papa, capo spirituale e temporale della Chiesa romana. A tutti gli effetti era considerato un monarca, addirittura ancora più potente, poiché i monarchi cristiani del tempo avevano bisogno della sua consacrazione per regnare. Ciononostante, esse non tralasciarono trasparire questo loro sentimento: l'invidia è talmente diffusa che quasi tutti almeno una volta nella vita l'hanno provata, ma nessuno è disposto ad ammetterlo, perché si è disposti ad ammettere molti sentimenti negativi, ma non il sentimento dell'invidia.

Quando Lucrezia fu accompagnata nei suoi appartamenti, nel palazzo che aveva condiviso con Giovanni

Sforza, una miriade di ricordi la assalì: il maggior tormento fu causato dal ricordo della sua testimonianza davanti al collegio cardinalizio riunito in Vaticano per decidere l'annullamento del suo vincolo matrimoniale. Il matrimonio non era stato consumato, tra Lucrezia e il primo marito non c'era stato congiungimento carnale, questo era il motivo della richiesta di annullamento.

Dovette pertanto dichiarare di essere ancora vergine, illibata. Per ottenere l'annullamento, dovette sottoporsi a una visita delle parti intime che le causò un doloroso imbarazzo, ma, dopo la mortificante ispezione, i dottori poterono dichiarare che era "virgo intacta". Così, il 20 dicembre del 1497 il matrimonio fu dichiarato nullo e Lucrezia, alla giovane età di diciassette anni, era di nuovo libera di contrarre matrimonio. Nella realtà la storia era molto diversa, lei aveva soggiaciuto al marito, ma per motivi politici, perché sia al Papa che al fratello Cesare non faceva più comodo l'alleanza con la casa degli Sforza, si trovò la scappatoia dell'impotenza del marito per renderla libera.

Il seguito di Lucrezia sostò per una giornata intera a Pesaro. Durante tutto il periodo della permanenza in città lei non si fece vedere in nessuno dei festeggiamenti che vennero dati in suo onore. Perfino la sera, quando fu organizzato un grande ballo nel salone delle feste, rinunciò a prendervi parte nonostante il suo amore per la danza; permise tuttavia alle dame del suo seguito di andare al ballo e ballare con i nobili della città. Le costò molto rinunciare a un'occasione mondana e di divertimento in cui avrebbe potuto ancora una volta fare mostra della sua bravura nell'arte della danza. Ma quella sera, oltre a non essere del giusto umore, doveva compiere due azioni molto importanti: la prima, scrivere una lettera molto dettagliata al padre così come le era stato raccomandato, la seconda, anch'essa importante, era quella di lavarsi e tingersi i capelli, visto che non aveva potuto farlo negli ultimi otto giorni. L'operazione del lavaggio e della tintura dei capelli era per Lucrezia, come per tutte le signore di alto lignaggio, importantissima, specialmente per chi come lei teneva tantissimo a far in modo che i suoi biondi capelli fossero sempre del colore più sgargiante possibile. Per prima cosa bisognava scaldare la giusta quantità di acqua, per poi aggiungere un estratto di camomilla in modo che quando l'estratto avesse prodotto il suo effetto avrebbe potuto bagnare i capelli. Nell'acqua restante andava aggiunta cenere di legno odoroso, paglia d'orzo, fiori e foglie di noce.

Con questa tintura così ottenuta venivano di nuovo lavati e sciacquati i capelli, poi si passava all'altrettanto delicata operazione dell'asciugatura che richiedeva tempo e alla pettinatura della lunga chioma bionda di madonna Lucrezia. Per completare l'operazione ci volevano molte ore e un numero non inferiore di sette, otto inservienti per completarla, ma il risultato era magnifico. Lucrezia era invidiata non solo per la sua bellezza, ma anche per la sua splendida capigliatura, di cui faceva un vanto e un vezzo in tutte le occasioni. I suoi capelli biondo oro la facevano risaltare ancor di più in mezzo alle altre nobili dame che le capitavano vicino.

Il mattino seguente, di buonora, il corteo si preparò per affrontare il resto del viaggio e raggiungere, attraverso il litorale adriatico, le città di Rimini, Cesena e infine Forlì, giungendovi dopo alcuni giorni, esattamente il 25 gennaio. Il popolo manifestò lo stesso giubilo che aveva ricevuto in tutte le città già attraversate; le autorità locali accolsero la figlia del papa con tutti gli onori nel salone del palazzo comunale, che per l'occasione era stato addobbato con splendidi e costosi arazzi. Su una tribuna ricoperta di stoffe pregiate, le signore aristocratiche della città vollero offrire a Lucrezia delle tovaglie ricamate a mano da loro stesse con l'aiuto delle loro damigelle. Dopo un breve saluto e un rinfresco, poté ritirarsi per riposarsi dall'estenuante fatica di quell'interminabile viaggio. Il giorno seguente il corteo riprese il suo cammino, e, dopo avere attraversato le città di Faenza e Imola, giunse in prossimità di Bologna il 28 di gennaio. Nei pressi della città un corteo di alcune centinaia di cavalieri capeggiato dal signore di Bologna, Giovanni Bentivoglio[17,] le si fece incontro portandole il suo saluto e quello della città. Quindi, scortata dal seguito dei nobili bolognesi, raggiunse il magnifico palazzo residenza della potente famiglia Bentivoglio. Sul portale del palazzo c'era ad attenderla madonna Ginevra, altezzosa e fiera moglie di Giovanni, attorniata da uno stuolo di nobili dame. Madonna Ginevra scese i due scalini per raggiungere il selciato e dopo un leggero inchino, le fece segno con la mano destra di entrare attraverso il portale nella sua dimora, dichiarando di essere orgogliosa di ospitare una così illustre ospite. Lucrezia scese da cavallo e con un dolce sorriso si portò alla sinistra della matrona. Insieme imboccarono l'ingresso sotto uno scroscio di applausi partiti dal folto gruppo di dame e inservienti che affollavano l'androne d'ingresso del palazzo.

Madonna Ginevra, dissimulando molto bene i suoi reali sentimenti verso la futura Duchessa, in quanto era la zia di Giovanni Sforza, primo marito di Lucrezia, l'accompagnò nei suoi alloggi dove poté riposarsi. Il giorno successivo trascorse tranquillamente, Lucrezia non si fece vedere nel palazzo e approfittò della pausa per immergersi di nuovo nel rito del lavaggio e tintura dei suoi amati capelli. Per il giorno 30 gennaio i Bentivoglio avevano organizzato una sontuosa festa, con un banchetto ricco di tutte le specialità della cucina bolognese e un ballo nel salone delle feste del loro palazzo.

Questa volta Lucrezia non volle mancare e diede ancora una volta un saggio della sua bravura nell'esecuzione di alcuni balli. Era particolarmente brava in una tipica danza di origine spagnola chiamata "moresca". Quando le nobili bolognesi la videro ballare, furono conquistate dalla sua grazia e leggiadria e tutte rimasero estasiate, tranne Ginevra, che si vedeva togliere il centro delle attenzioni da quella odiata Borgia, che tanta offesa aveva arrecato alla sua famiglia. Il mattino del 31 gennaio Lucrezia e il suo seguito ripresero il cammino e raggiunsero il castello Bentivoglio, che distava circa 35 chilometri da Ferrara. Qui si fermò per prendere la decisione definitiva, se continuare il viaggio verso Ferrara via terra o per via fluviale, attraverso un canale che l'avrebbe portata fin sotto le mura della città. Lucrezia decise, anche contro il parere di alcuni nobili del suo seguito, di continuare il viaggio navigando lungo il canale. Nella decisione aveva influito l'idea di arrivare a Ferrara il meno stanca e spossata possibile, in modo da offrire al suo sposo il migliore spettacolo di sé: senz'altro si sarebbe affaticata meno in battello che cavalcando. Quindi Lucrezia, le sue più amate dame di compagnia e un piccolo gruppo di cavalieri si imbarcarono su un grande barcone alla volta di Ferrara, mentre la maggior parte del seguito continuò via terra la sua marcia di avvicinamento verso la città. Quando il barcone raggiunse la località di Malalbergo, si fermò per far salire a bordo la Marchesa Isabella Gonzaga che la stava aspettando per scortarla in città.

Dopo un breve saluto le si mise accanto e continuarono il viaggio. La Marchesa l'accompagnò fino a Torre della Fossa dove la stavano aspettando il Duca Ercole, suo figlio don Alfonso e la corte. Il cerimoniale prevedeva che il Duca la baciasse sulle guance e così fece, mentre lei ricambiò il saluto baciandogli rispettosamente le mani, dopodiché salutò il marito e gli altri componenti della corte con un ampio inchino. Espletate queste formalità, tutti si imbarcarono su un altro battello nei pressi della banchina che, a differenza del primo, era magnificamente addobbato e decorato con i colori della casata d'Este e di quella dei Borgia. Quando Lucrezia ebbe preso posto su uno scanno posto in posizione elevata sulla poppa del battello, tutti gli ambasciatori e i cavalieri presenti a bordo le si avvicinarono per baciarle la mano. Il battello procedette verso il Borgo San Luca, allietato dalle melodie di una piccola banda musicale alloggiata a bordo, mentre in lontananza echeggiava il tuono dei cannoni che annunciavano a tutta la popolazione ferrarese l'imminente arrivo del fastoso corteo in città.

Quando furono arrivati al molo del borgo San Luca, per primo scese a terra il Duca Ercole che diede la mano a Lucrezia e l'aiutò a scendere; via via scesero tutti gli altri rispettando rigorosamente un cerimoniale precedentemente stabilito. Lucrezia fu alloggiata nel palazzo di uno dei figli illegittimi di Ercole, mentre il saluto di benvenuto le fu reso da Lucrezia Bentivoglio, figlia naturale di Ercole e da numerose dame del suo seguito. Inoltre, le furono assegnate dodici damigelle d'onore e il suocero le mise a disposizione per i suoi spostamenti cinque carri trainati da quattro splendidi cavalli da tiro tirolesi.

La città era affollata da migliaia di spettatori, molti dei quali erano giunti da fuori città per assistere allo spettacolo delle nozze, con tutto quello che era stato organizzato per festeggiarlo degnamente. Nel primo pomeriggio del 2 febbraio del 1502 il Duca Ercole, tutti gli ambasciatori e un folto seguito della sua corte si recarono nella villa del figlio per condurre la sposa in città. Si posero alla testa del corteo, che si preparò ad attraversare il ponte per superare il Po ed entrare in città.

C'erano circa un centinaio di arcieri in livrea bianca e rossa, i colori degli Este, e altrettanti trombettieri e pifferai; quindi seguivano le famiglie nobili e i vassalli della casa d'Este.

Dietro di loro, su uno stupendo baio di colore nero fulvo, cavalcava Alfonso affiancato dal cognato Annibale Bentivoglio, entrambi circondati da dodici paggi. Alfonso indossava un vestito di velluto rosso e un cappello di velluto nero, su cui splendeva un fregio dorato a forma di aquila. Ai piedi aveva un paio di stivali marroni e un paio di gambali di velluto nero, mentre il cavallo era addobbato con una gualdrappa di colore azzurro che terminava con dei fregi d'oro.

Quando imboccarono la strada per Ferrara, la disposizione del corteo nuziale cambiò: don Alfonso si mise in testa al corteo non potendo, per ragioni di galateo, cavalcare a fianco di Lucrezia, il Duca Ercole seguiva raggiante con i suoi dignitari; a Lucrezia, essendo la sposa, era stata riservata la posizione centrale, attorniata dalle sue dame di compagnia. Dietro allo sposo seguiva la sua scorta formata da valletti e alti funzionari, poi veniva il clero, ben rappresentato da alcuni vescovi, alti prelati, monsignori, frati e cappellani, quindi gli ambasciatori e i rappresentanti degli stati e delle città che si erano accreditati presso la corte ferrarese. I rappresentanti del Papa erano alcuni deputati di Roma con indosso dei lunghi mantelli di broccato e copricapi di velluto nero, che procedevano in sella a magnifici purosangue. Dietro di loro cavalcava Lucrezia su un cavallo con ornamenti azzurri, seguita dal suo maestro di equitazione. La sua veste aveva le maniche larghe di velluto nero, che terminavano con un ricamo dorato, in testa portava una rete dorata luccicante con diamanti che facevano risaltare ancora di più i capelli biondi, sciolti sulle spalle. Dal collo, tra la folta chioma bionda, pendeva una collana di perle e rubini rossi che facevano spiccare la sua carnagione bianca perlacea. In ossequio al re di Francia, sotto la cui protezione si svolgevano quelle nozze, il suo ambasciatore le cavalcava accanto, tenendo la sinistra. Dietro la sposa cavalcava il Duca Ercole, che indossava una casacca di velluto nero, su un cavallo nero con ornamenti dello stesso colore e dello stesso materiale.

Alla destra del Duca cavalcava la Duchessa di Urbino, vestita anch'essa con una gonna di velluto nero, quindi seguivano i nobili, i valletti e altre personalità della casa degli Este. Nei pressi della porta d'ingresso del castello Tedaldo, alcune popolane avevano steso un nastro azzurro che ostruiva il passaggio, per cui la sposa fu costretta a scendere e a sciogliere il nastro. Quando ebbe finito l'operazione, un lungo applauso scrosciò dalla folla assiepata ai bordi della strada. Quindi Lucrezia risalì a cavallo e il corteo riprese il suo cammino, durante il quale poté constatare che erano stati eretti in suo onore archi di trionfo e tribune, dalle quali a intervalli regolari venivano lette orazioni e allestite scene mitologiche. All'imbrunire la processione aveva raggiunto il cortile antistante la cattedrale. In quel preciso istante furono liberate innumerevoli colombe bianche, che si innalzarono in volo con un delicato fruscio di ali. Il corteo proseguì in direzione del palazzo Ducale che raggiunse quando ormai era buio, e in quel momento, per volere espresso del Duca Ercole, furono liberati tutti i prigionieri politici rinchiusi nelle segrete delle prigioni della città.

Quando il cortile del palazzo fu colmo di gente, tutti i trombettieri e i pifferai della banda, disposti su un palco eretto alla sinistra del palazzo, incominciarono a suonare una marcia trionfale in onore del Duca e degli sposi. Il suocero smontò per primo da cavallo e aiutò Lucrezia a scendere dalla sua cavalcatura, quindi le diede la mano sinistra a cui lei appoggiò la destra e si incamminarono verso la grande scala di marmo che si ergeva al centro del cortile. Ai piedi della scala furono ricevuti dalla Marchesa Gonzaga, dalle altre figlie naturali del Duca e dalle dame della corte che al chiarore delle torce e al suono della musica scortarono la coppia nella sala dei ricevimenti dove l'attendeva Alfonso, al quale il padre cedette la mano della sposa. Entrambi si voltarono in direzione del salone e si avviarono verso il centro, dove si accomodarono sul trono che lì era stato posizionato.

Mentre si susseguivano gli elogi, i canti e i poemi in onore della sposa, Alfonso approfittava per osservare da vicino il viso di Lucrezia. Rimase colpito da quell'ovale lungo, su un collo diafano e ben modellato, in cui spiccava un naso dritto e ben definito, gli occhi blu intenso, la bocca un po' grande ma con labbra ben modellate, in cui risaltavano denti perfettamente diritti e bianchi, e che accennavano un lieve sorriso. Egli, e tutti i presenti rimasero affascinati dalla sua bellezza, dai suoi modi gentili e dalla grazia delle sue movenze, nonché da qualcosa di misterioso che emanava da tutto il suo essere.

Lo sposo era impaziente di ritirarsi nell'appartamento al piano superiore che era stato appositamente preparato per la prima notte d'amore della coppia. Più i convenevoli andavano avanti, più diventava nervoso. Quando Lucrezia si avvicinò al trono per prendervi posto, dopo un ballo con l'ambasciatore di Francia Philip della Rocca Berti[18], gli occhi dei due sposi si incrociarono, immediatamente lei lesse in quello sguardo duro e lucido la bramosia del marito di godere dei suoi piaceri.

Da donna esperta quale ora era, accusò un lieve affaticamento; quindi, rivolgendosi alla sua dama di compagnia Girolama, le disse di chiedere al Duca Ercole di potersi ritirare insieme al marito, poiché era molto affaticata e stanca, pertanto, desiderava appartarsi nell'appartamento preparato per loro.
Quando Girolama si avvicinò al Duca per riferirgli il desiderio che aveva espresso madonna Lucrezia, ottenne il permesso con un cenno della testa. Ritornò verso il centro della sala e si accostò al trono in cui erano seduti Lucrezia e Alfonso.

Dopo essersi inchinata al loro cospetto, sussurrò con un filo di voce, rivolta verso la futura Duchessa, che il permesso di ritirarsi le era stato concesso. Lucrezia sfiorò la mano destra del marito e gli disse di volersi ritirare. Subito Alfonso scese dal trono, porse l'avambraccio destro alla moglie a cui lei appoggiò la mano sinistra, permettendole di atterrare dolcemente sul pavimento antistante il podio. In quel preciso istante la musica che stavano suonando gli orchestrali cessò, la folla formò un corridoio fino alla porta di uscita dalla sala e non appena la coppia si mosse per raggiungerla, tutti si inginocchiarono in segno di ossequio.

Quando ebbero raggiunto la porta, questa si aprì azionata da alcuni inservienti e prima di imboccarla si voltarono e si inchinarono in direzione del palco in cui era seduto il Duca Ercole, fecero un ulteriore inchino e si allontanarono. La porta immediatamente fu richiusa e la festa ricominciò con canti, balli, giochi e piroette dei giocolieri e dei saltimbanchi presenti nella sala.

Intanto i due sposi, accompagnati dalle dame di compagnia preferite di Lucrezia e da due maggiordomi di Alfonso, furono scortati al piano superiore fino alla porta di ingresso dell'appartamento Ducale.

L'appartamento era diviso in due parti che avevano in comune solo la grande camera da letto ed era dotato di due ingressi, uno riservato alla sposa e l'altro allo sposo. Alfonso imboccò la porta a sinistra e Lucrezia quella a destra.

Quando furono dentro, le dame e i maggiordomi aiutarono la coppia a spogliarsi e a prepararsi per la loro prima notte di nozze. Dopo che Lucrezia fu spogliata, profumata con fiori d'arancio e aiutata a indossare una lunga vestaglia trasparente di seta azzurra, da una porta laterale venne condotta e lasciata sola nella grande camera al cui centro era posto un letto di legno di mogano nero, sormontato da quattro colonne intarsiate con motivi che richiamavano leggende mitologiche.

Dai quattro angoli superiori scendeva una tendina di raso bianco opaco che rendeva l'interno del letto invisibile dall'esterno, il materasso era alto e spesso, l'interno era imbottito di piume d'oca che lo rendevano soffice e morbido, le lenzuola erano di lino candido, la coperta era anch'essa imbottita di piume e ricoperta da un copriletto ricamato a mano, di colore azzurro, punteggiato da tante piccole stelle chiare.

Quando lei scostò la tendina centrale per adagiarsi sul letto, il cuore le batteva forte. La mano con la quale scansò la coperta per infilarsi sotto le lenzuola le tremava tutta, perfino le gambe le tremavano, tanto che fece fatica ad ergersi sul letto, considerata anche la notevole altezza della seduta.

Comunque, anche se a fatica, riuscì ad infilarsi sotto le lenzuola, si rannicchiò ritirando le gambe verso il petto con le mani incrociate sul seno, si spostò sul lato sinistro e cercò di calmarsi, ma i battiti del cuore erano sempre molto alti, la tensione e l'eccitazione per quel momento tanto atteso, ma anche tanto temuto, la stavano logorando. Intanto, nell'appartamento del Duca, i due maggiordomi si affaccendavano intorno a lui per renderlo all'altezza della sposa. Dopo averlo spogliato e aiutato a entrare in una tinozza con acqua tiepida e profumata di un'essenza di pino, uno degli aiutanti lo strofinò con una spugna ruvida, lo sciacquò con altra acqua tiepida. Quando si alzò, venne asciugato e cosparso di profumo, regalo dell'ambasciatore di Francia.

La fragranza, che emanava un forte odore di alga di mare, era l'ultima novità dei profumieri francesi che servivano direttamente il re di Francia. Indossò una vestaglia di seta di colore blu scuro, fermata in vita da un cordoncino nero. Durante tutto il rito della preparazione, Alfonso ostentò davanti ai suoi aiutanti una calma apparente, mentre dentro era preoccupato e ansioso. Se da un lato era impaziente di precipitarsi nella camera da letto adiacente, dove sapeva che ad attenderlo c'era il dolce corpo di Lucrezia, dall'altro si domandava se sarebbe stato all'altezza della fama della moglie, considerata una insaziabile e sfrenata amante. Di sicuro egli avrebbe dato sfogo a tutta la sua capacità amatoria, e avrebbe esploso tutta la passione che lo divorava da quando, seduto accanto a lei, non vedeva l'ora di averla tra le sue braccia. Quando fu ritenuto pronto, i due maggiordomi gli fecero segno che poteva andare, quindi attraversò la piccola anticamera che dava sulla porta di ingresso della camera da letto, l'aprì ed entrò con decisione. Lucrezia intanto era rimasta rannicchiata nel letto così come si era coricata poco prima e, nell'udire il rumore dell'uscio che si apriva, si irrigidì per la tensione che l'attanagliava. Alfonso si avvicinò al letto, si portò verso il lato destro, scostò la coperta e s'infilò sotto le lenzuola con la vestaglia ancora addosso. Dopo qualche istante in cui rimase supino, con le gambe distese e le braccia lungo i fianchi, sentì una vampata di calore mista a desiderio che gli saliva dall'inguine fino al torace. Il cuore prese un ritmo accelerato, si sentiva la gola asciutta, il respiro si fece affannoso e in quel momento allungò la mano sinistra verso l'oggetto del suo desiderio. Il palmo toccò le ginocchia di Lucrezia, si infilò tra di esse e dopo averle accarezzate cercò di raggiungere il pube. All'inizio fece un po' di fatica a intrufolarsi, ma poi Lucrezia allentò la stretta e permise ad Alfonso di raggiungere il monte di venere, l'agognata meta. Si avvicinò con tutto il corpo verso di lei, con l'altra mano iniziò a toccarle il seno e, quando si accorse che le sue carezze fecero inturgidire i capezzoli della moglie, sentì che era giunto il momento tanto atteso. Per un momento si fermò, si sfilò la vestaglia che lo impacciava nei movimenti e, rigiratosi verso di lei, la baciò sulla bocca. Lucrezia a quel primo tentativo rispose timidamente, ancora tesa, ma quando la lingua di Alfonso insinuatasi nella sua cavità socchiusa pretese la risposta, lei contraccambiò. L'eccitazione del marito raggiunse il culmine, la sollevò verso di lui e le sfilò da sotto la vestaglia convulsamente, le fu addosso, la penetrò e con un andamento veloce e ritmato si mosse dentro di lei.

Lucrezia al ritmo dei colpi del marito sentiva salire su per il corpo l'eccitazione che la stava portando verso l'orgasmo, e incominciò a rispondere avvicinando e allontanando il suo corpo al ritmo del marito, ma in quel momento Alfonso diede due o tre colpi forti e convulsi e venne dentro di lei. Rimase su di lei immobile per qualche istante e poi si spostò di lato. Lucrezia però era rimasta a metà strada sulla via del piacere, l'eccitazione e la sensazione di benessere che la stavano pervadendo in tutto il corpo lentamente scemò, lasciandola ansimante e delusa.

Alfonso durante la notte si immolò ancora due volte sull'altare di eros, Lucrezia cercò di rispondere come meglio poté alle richieste del marito, ma entrambe le volte lei rimase a metà strada nella via del raggiungimento totale del piacere femminile. Intanto, tra un assalto e l'altro, nella mente di Alfonso si affastellavano i pensieri riguardanti l'arte amatoria della tanto decantata Lucrezia, ma durante quella notte lei non era stata all'altezza della sua fama. Altre donne con le quali il Duca intratteneva regolarmente rapporti amorosi l'avevano soddisfatto molto di più. Si consolò pensando che era solo la prima notte e che forse Lucrezia non era riuscita a esprimersi al meglio per la tensione della prima notte di nozze, e per la stanchezza del lungo viaggio che aveva dovuto affrontare per raggiungere Ferrara. Comunque, il Duca non poteva lamentarsi troppo, aveva raggiunto il piacere per ben tre volte, cosa che alla moglie, a sua insaputa, non era successo neanche una volta durante quella notte.

Capitolo 2
Ferrara

I giorni 3, 4 e 5 febbraio trascorsero in un clima di festa che pervadeva tutta la città di Ferrara. Erano state previste alcune rappresentazioni teatrali nel nuovo teatro fatto costruire appo-sta dal Duca Ercole sotto la sua personale direzione. Erano state assoldate famose compagnie teatrali fatte arrivare da altre città, come Venezia e Firenze; nelle strade si cantava e si ballava al ritmo delle danze più in voga del periodo, nei cortili delle case signorili erano bandite delle enormi tavole con tutto ciò che l'arte culinaria ferrarese poteva offrire alle quali la gente in festa poteva liberamente servirsi. Nella piazza principale antistante la cattedrale ogni giorno si svolgeva un torneo a cui partecipavano i migliori cavalieri. Con grande tripudio di folla, ogni giorno veniva osannato un vincitore che riceveva dalle mani di una delle più belle giovani aristocratiche ferraresi una rosa bianca, simbolo di purezza e ammirazione.

In quei giorni, Lucrezia non si fece vedere in pubblico, era impegnata a recuperare le forze fisiche e psichiche dopo il lungo e stancante viaggio e l'incontro con il marito. Si sentiva intimamente soddisfatta del risultato raggiunto, le pareva di aver suscitato una buona impressione sul suocero e sull'intera corte ferrarese. Aveva però percepito, se non l'ostilità, almeno l'alterigia della cognata Isabella e non sapeva ancora formulare un giudizio sull'atteggiamento del marito; in ogni caso aveva tempo per accattivarsi la simpatia della cognata e assicurarsi l'amore di Alfonso, sapeva di avere nel suo arco frecce adatte allo scopo, e le avrebbe usate al momento opportuno e nel modo giusto se-condo il suo giudizio. Adesso c'era da prepararsi in vista di domenica 6 febbraio per ripetere la cerimonia del matrimonio in chiesa, in presenza del marito, del Duca Ercole, di tutta la corte ferrarese e dei rappresentanti di tutti gli stati accreditati presso la corte. Lucrezia si sottopose così di nuovo al rito del lavaggio e della tintura dei capelli, alle prove degli abiti che avrebbe indossato durante la cerimonia e la festa che ne sarebbe seguita, alla scelta dei gioielli e dei profumi, in modo che il suo passaggio fosse considerato un'apparizione divina che avrebbe reso la corte ferrarese la più invidiabile delle corti italiane.

Finalmente giunse la domenica tanto attesa, Lucrezia si svegliò di primo mattino, si sottopose al rito del bagno, della profumazione e della vestizione con malcelato orgoglio e voluttà, mentre molte delle sue damigelle si affaccendavano intorno a lei per renderla ancora più bella e attraente agli occhi del marito e del pubblico ferrarese. Nella cattedrale c'erano ad attenderla per officiare la cerimonia religiosa, uno dei camerlenghi del Papa, il Duca Ercole, il marito Alfonso e tutte le personalità che erano state invitate.

Quando Lucrezia arrivò sul sagrato antistante la chiesa, tutti i presenti poterono constatare lo splendore di quella apparizione e dalla folla trattenuta a stento dietro una doppia fila di guardie armate si levò un sommesso grido di stupore. Indossava un abito di broccato dorato e velluto rosso bordato di pelliccia bianca di ermellino, sulle spalle aveva un velo di seta leggero azzurro che le scendeva lungo il corpo e si allungava per diversi metri, trattenuto ai due lati da alcune bambine vestite da damigelle, i capelli erano racchiusi da un nastro azzurro e al collo indossava una collana di perle che terminava con un pendente di rubino rosso splendente. All'ingresso del grande portale della chiesa c'era ad attenderla il Duca Ercole, vestito con un abito di velluto nero e in testa un berretto, anch'esso nero, addobbato con delle piume colorate di pavone.

All'avvicinarsi della sposa, il Duca si tolse il cappello, fece due passi avanti e porse l'avambraccio destro alla nuora per introdurla nella chiesa, lei, dopo essersi leggermente inchinata, vi appoggiò la mano sinistra e si avviarono verso l'ingresso. Appena ebbero varcato l'ingresso, il coro intonò la marcia nuziale e con passo lento e cadenzato si avvicinarono all'altare, dove in posizione antistante c'era Alfonso che attendeva l'arrivo della sposa, mentre nella parte retrostante si trovava il Camerlengo, vestito con i paramenti sacri, e i diaconi con lunghe tuniche bianche. Quando la coppia arrivò vicino all'altare in prossimità di Alfonso, il padre cedette la mano al figlio e si accomodò nella panca in prima fila, a sinistra dell'altare. Dopo avere preso la mano della sposa, Alfonso se la portò vicino alle labbra e la baciò lievemente, poi entrambi si inginocchiarono su un cuscino di velluto rosso disteso davanti all'altare. Il Camerlengo pronunciò il sermone matrimoniale, quindi fece omaggio ad Alfonso di una spada consacrata, dono del Papa, che fu tenuta sguainata sulla testa degli sposi dal fratello di Alfonso, don Ferrante, per tutta la durata della cerimonia.

Gli sposi parteciparono con devozione al rito matrimoniale e quando l'officiante invitò gli sposi allo scambio degli anelli, essendo già avvenuto nella precedente cerimonia, essi si promisero unicamente fedeltà e amore eterno. Alla fine della messa, prima di accomiatarsi dalla coppia e di lasciarla libera di partecipare al banchetto nuziale che sarebbe seguito, il Camerlengo volle fare un ulteriore regalo ad Alfonso: un cappello che era stato benedetto dal Papa, quale augurio di buona salute e di una numerosa prole. Dopodiché la coppia si alzò e si diresse verso l'uscita della chiesa dove l'attendeva la folla impaziente di festeggiarli. Al loro apparire scoppiarono urla di gioia e furono intonati canti inneggianti all'indirizzo della casa d'Este e del Papa. Quindi, preceduti da un corteo di paggi e seguiti dai nobili invitati al banchetto, Lucrezia e Alfonso si recarono al castello

Vecchio, dono del Duca Ercole, che sarebbe stata la loro residenza. Il banchetto era stato allestito nel grande salone al pianterreno del castello, dove un grande tavolo a forma di ferro di cavallo occupava lo spazio centrale dell'ampia sala. Al centro della spaziosa sala, scaldata dal calore di alcuni grandi tronchi di quercia che ardevano in un ampio camino, erano posizionate le sedie a forma di trono, dall'alto schienale intarsiato con lo stemma degli Este, dove presero posto gli sposi; alla sinistra della sposa era seduto l'ambasciatore di Francia, che aveva alla sua sinistra la Marchesa di Mantova, Isabella Gonzaga, mentre alla destra di Alfonso era seduto il rappresentante del Papa, il cardinale Francesco Borgia[19]. Il Duca Ercole si trovava di fronte alla sposa. Quando tutti gli invitati occuparono i posti che erano stati loro assegnati dalla rigida etichetta di corte, al cenno del Duca Ercole i camerieri cominciarono a servire le pietanze preparate dai cuochi. Per allietare gli sposi e gli illustri ospiti convenuti, un'orchestra di venti musicanti suonava arie allegre; i commensali chiacchieravano e commentavano la bontà delle portate che venivano man mano servite, alzando i calici per proporre brindisi alla salute e felicità degli sposi, del Santo Padre Alessandro VI, nonché alla floridezza della casa degli Este.

L'ambasciatore di Francia sembrava particolarmente contento: la vicinanza della bella Isabella, la particolare attenzione con cui veniva servito e riverito, insieme ai numerosi calici di vino bevuti durante i vari brindisi, tra cui anche quelli in onore del re di Francia, lo rendevano euforico. Lucrezia era intenta a parlare con il marito nella malcelata intenzione di capire i suoi sentimenti verso di lei, ogni tanto volgeva lo sguardo alla sua sinistra dove notava che la cognata Isabella e l'ambasciatore ridevano e scherzavano amabilmente come se si conoscessero da lungo tempo. L'atteggiamento della cognata un po' la infastidiva, non riteneva adatto ad una donna del suo lignaggio quel modo di parlare e di ridere così sguaiato.

Quel comportamento era lontano dal suo carattere, piuttosto schi-vo e riservato; inoltre le dava anche un po' fastidio che molti occhi dei commensali si volgessero verso la cognata piuttosto che verso di lei: in fondo erano lei e il marito a essere festeggiati, spettava a loro il centro dell'attenzione. Quando poi la Marchesa Isabella, verso la fine della serata, accompagnata dal liuto cantò con voce calda e suadente riscuotendo grande successo, fece fatica a dissimulare la propria avversione, che raggiunse l'apice quando alla fine dell'esibizione l'ambasciatore si avvicinò alla cognata per baciarle la mano in segno di ammirazione.

Isabella, dopo avere accettato gli omaggi del nobiluomo francese, con grande maestria e classe si sfilò i guanti bianchi che indossava e li regalò all'ambasciatore, il quale se li portò al cuore e le promise che li avrebbe conservati come se fossero una reliquia sacra per tutto il tempo che gli rimaneva ancora da vivere, affermando che non avrebbe mai dimenticato quella serata. Lucrezia non poté sopportare oltre e, accusando un improvviso affaticamento e un leggero mal di testa, chiese al marito di potersi ritirare nelle sue stanze. Alfonso fu in un primo momento contrariato dalla richiesta della moglie, ma quando lei insistette, acconsentì. Quindi Lucrezia si rivolse verso il suocero, inchinò in modo lieve il capo in segno di ossequio e spostando leggermente la sedia per poter passare, fece cenno alla sua dama di compagnia di accompagnarla nel suo appartamento al piano superiore.

Quando il piccolo corteo preceduto dalle dame di compagnia di Lucrezia, con lei al centro, si approssimò alla porta, le due guardie ritirarono le alabarde e lasciarono libero il passaggio. Le damigelle impegnarono la grande scalinata e accompagnarono la loro padrona nell'appartamento per lei appositamente preparato. Giunta nelle sue stanze, Lucrezia volle rimanere sola con le due damigelle più fidate che l'avrebbero aiutata a spogliarsi e a mettersi a letto. Siccome era stanca, il rito della denudazione richiese un tempo molto più breve del solito: quando si fu liberata degli abiti, le fecero indossare una vestaglia di seta blu, poi l'aiutarono a sdraiarsi nel grande letto, non prima di averla cosparsa di una lavanda profumata all'essenza di rosa bianca.

Le fu augurata la buona notte, dopodiché le due dame si allontanarono dalla stanza, dirette verso il loro alloggio, posto dall'altra parte dell'ampio corridoio, proprio di fronte a quello della loro signora. Lucrezia si accomodò nel letto, ma non riuscì a prendere sonno, sia per la stanchezza accumulata durante il giorno sia per il rumore che proveniva dalla grande sala sottostante, dove ancora ferveva la festa e l'orchestra continuava a suonare motivi briosi, al cui ritmo le dame e i cavalieri ballavano.

Ma ciò che più la infastidiva era il pensiero ricorrente della cognata Isabella: se la vedeva davanti sorridente a discorrere allegramente con l'ambasciatore di Francia, ogni tanto si protendeva verso di lui mettendo in mostra il suo seno prosperoso che debordava dal suo abito chiaro color crema con un décolleté molto audace. L'atteggiamento provocante della Marchesa aveva attirato l'attenzione di diversi commensali, a Lucrezia era parso che anche il marito gettasse qualche occhiata di disapprovazione verso la sorella, ma lei faceva finta di non accorgersene, era tutta intenta a conquistare le simpatie dell'improvvisato spasimante francese. Quando si stava quasi per assopire, vinta più dalla stanchezza che dal sonno ristoratore, i passi cadenzati degli stivali di Alfonso la fecero sobbalzare. Alfonso si recò nella stanza attigua, si spogliò e si avvicinò al letto sollevando la coperta dal lato destro, in un attimo vi fu dentro e reclamò il suo diritto di amante in modo abbastanza sbrigativo.

Lucrezia subì l'assalto del marito senza slancio né passione: l'acre odore di vino che emanava e la modalità dell'approccio non la disposero certamente all'amplesso, che fu veloce e violento, senza trasporto né piacere per lei, ma neppure del tutto appagante per il marito. Il mattino successivo, allo spuntare del sole e al canto dei galli, Lucrezia si svegliò e chiamò la sua dama Angela che la aiutò a vestirsi nella stanza accanto alla camera da letto. La giovane donna aiutò a pettinare la splendida chioma bionda di Lucrezia, accomodata su una sedia posta davanti a una grande finestra che permetteva la vista di un'ala del castello, dalla quale in lontananza si intravedeva sia la città che una parte della campagna circostante.

Da quello che si poteva scorgere, il castello era massiccio e imponente: le mura apparivano marrone scuro, il torrione, visibile da quella posizione, incombeva come una sentinella cupa e severa; il fossato che circondava il castello era attraversato da acqua scura, appena mossa da una leggera e pungente brezza mattutina. I primi raggi del sole che attraversavano le vetrate colorate della chiesa prospiciente emanavano in tutte le direzioni sprazzi di luce abbagliante; si poteva scorgere una parte del campanile della cattedrale. Lucrezia, assorta nei propri pensieri mentre la damigella si affaccendava intorno a lei, non poté fare a meno di pensare alla magnificenza del suo palazzo a Roma. Ma fu solo un attimo e ritornò in sé, cosciente che la sua vita ora si sarebbe svolta là e tutto quello che era successo prima doveva essere dimenticato. Tutto il suo essere doveva pro-tendersi nel raggiungere l'obiettivo che si era prefissata: soggiogare il marito, il suocero e tutta la corte ferrarese alla sua causa e a quella dei Borgia.

Quando fu pronta, venne accompagnata al piano inferiore dove già l'attendevano il marito, il suocero e alcuni nobili ferraresi invitati a fare colazione insieme ai novelli sposi. Si accomodò vicino al marito e subito fu servita una veloce colazione dai camerieri che erano in fila davanti alla tavola. Quando ebbero finito di mangiare, il Duca Ercole si rivolse verso la nuora e le disse: «Figlia mia, vorrei mostrarti il castello che sarà la vostra residenza fino a quando io sarò in vita, poi vi trasferirete nel palazzo Ducale e lì regnerete sul Ducato con intelligenza e amore verso i nostri sudditi». Lucrezia rispose: «Padre, avete ancora tanti anni di regno davanti a voi, non vi fate venire in mente questi pensieri lugubri e siate allegro, ho notato come il popolo ferrarese vi ami e vi rispetti; piuttosto mostratemi il castello, sono curiosa di conoscerne i segreti attraverso il vostro racconto». Udendo quelle parole il Duca si alzò, si avvicinò alla nuora e porgendole la mano la aiutò ad alzarsi e la condusse verso l'uscita, mentre Alfonso e gli altri commensali seguivano la coppia che già si era portata nel cortile interno antistante il salone.

Lucrezia alzò gli occhi verso il torrione che aveva intravisto dalla finestra e le sembrò ancora più cupo e minaccioso. Attraversarono il cortile da un passaggio ad arco lungo una decina di metri e si ritrovarono in un secondo cortile quadrato situato all'interno del castello. Era sormontato da quattro torrioni collegati tra loro da mura fortificate dove enormi cannoni erano pronti all'uso per la difesa del castello in caso di attacco. Il Duca Ercole spiegò alla nuora che erano stati fusi nella fonderia di Ferrara sotto la direzione del figlio Alfonso, grande esperto nell'arte della fusione, di cui aveva appreso gli ultimi metodi per ottenere la migliore lega per uso militare durante i diversi viaggi presso la corte francese. I Francesi erano all'avanguardia nell'arte della costruzione dei cannoni. Oltre il grande spiazzo, attraverso uno stretto passaggio, ebbero accesso a un altro cortile più piccolo; qui il Duca, stringendo in modo più deciso il braccio della nuora, si fermò e, osservando assorto un piccolo poggio sopraelevato, lo indicò a Lucrezia dicendole: «Vedi, su quel poggio il Marchese Niccolò III[20] fece decapitare il figlio Ugo[21] e la matrigna Parisina[22], rei di avere tradito la sua fiducia e di essere diventati amanti».

Poi, attraverso un altro passaggio, giunsero nei pressi di un grande portale sormontato dal ponte levatoio sollevato. Al cenno del Duca, le due guardie vicino al grande argano abbassarono il ponte. Quando fu del tutto calato, lo attraversarono. Lucrezia si fermò proprio al centro e volse lo sguardo verso il fossato pieno d'acqua scura leggermente mossa dalla brezza mattutina, che emanava un odore dolciastro. In quel momento Alfonso le si avvicinò e iniziò a spiegarle come gli ingegneri avessero fatto arrivare l'acqua nel fossato, che proveniva da un ramo del Po nei pressi della città, ma Lucrezia era con la mente assente, le parole del marito le giungevano come attutite, ovattate da un filtro invisibile. La sua mente si era fermata al momento in cui il suocero le aveva raccontato la storia dei due amanti decapitati. Intuì che quello poteva essere un avvertimento e lo ritenne crudele e inutile, lei non ne aveva bisogno, aveva già sperimentato abbastanza storie di sangue nella sua famiglia per ricadervi di nuovo. Aveva già tanto avuto e tanto dato all'altare della passione che ormai si sentiva immune e vaccinata contro quel male, sì da sentirsi al sicuro.

Anche nel malaugurato caso in cui non fosse riuscita a conquistare il cuore del marito, ormai era sposata alla causa della famiglia e avrebbe sopportato tutto pur di raggiungere quella tranquillità e quel rispetto ai quali anelava. Alfonso, quando si accorse che la moglie non era interessata al suo discorso, si risentì un po' e si allontanò in direzione di uno dei nobili ospiti per proporgli una battuta di caccia l'indomani mattina. Lucrezia, vedendo allontanarsi il marito, si riebbe dal suo momentaneo distacco dalla realtà e si riavvicinò al suocero, esortandolo a continuare il giro del castello. Il Duca le indicò con la mano destra una grande scalinata di marmo che si vedeva sulla destra alla fine del ponte levatoio e che conduceva ai piani superiori del castello; il piano inferiore, invece, era stato liberato e adattato come dimora per lei e il marito, ma prima di farle visitare i saloni e le stanze che lo componevano voleva farle ammirare dall'alto del torrione chiamato dei "leoni" la vista che si poteva godere della città sottostante e della pianura circostante.

Dopodiché le indicò una scalinata irta e stretta che si inerpicava su per il torrione, posta a fianco della grande gradinata e si incamminarono verso la parte superiore delle mura. Lucrezia, nel suo stretto tubino che scendeva fino alle caviglie, faceva fatica a inerpicarsi, così fu aiutata sia dal marito che le stava davanti e le porgeva la mano sinistra protendendola verso di lei da dietro la sua schiena, sia dal suocero che le stava dietro. Questi, pur procedendo anche lui con una certa fatica, la esortava ogni tanto a salire e, appoggiandole la mano destra sul fondo schiena, l'aiutava nella scalata.

Affaticati, giunsero in cima attraverso un'apertura che lasciava appena passare un uomo curvato, poi impegnarono una stretta passatoia delimitata da un parapetto da cui si poteva ammirare lo spettacolo che si apriva davanti ai loro occhi.

Da quella posizione Lucrezia poté ancora meglio avere un'idea dell'imponenza del castello, dei suoi quattro massicci torrioni che agli angoli ne delimitavano la grandezza. Si potevano ammirare i palazzi dei nobili ferraresi che si stagliavano nelle vicinanze del castello e più in basso i quartieri della città con le piccole case abitate dalla popolazione. In lontananza si poteva osservare un ramo del Po che passava molto vicino alla città e oltre l'ansa del fiume, che formava un'ampia curva verso destra, l'armoniosa distesa dei campi ordinatamente coltivati. Ancora più in lontananza si poteva ammirare il contorno non troppo nitido, data la notevole distanza, degli Appennini.

Era una visione che trasmetteva calma e ben si conciliava con il sentimento e la ricerca della pace sia interiore che esteriore di Lucrezia, al punto da farla sentire intimamente soddisfatta. Rivolgendosi al suocero, allora, disse: «Grazie padre per la visita e per lo scenario che sto ammirando, che Dio ve ne renda merito per l'eternità». «Figlia non devi ringraziare me» rispose il Duca «ma il padre tuo, sia quello in terra che quello in cielo».

A quelle parole Lucrezia arrossì un po' e presa dall'emozione le si inumidirono gli occhi. Allora il Duca Ercole, accortosi del momento di forte commozione che la turbava, le si avvicinò e la baciò delicatamente sulla guancia sinistra, poi la esortò a tornare indietro: era ora che prendesse conoscenza della parte del castello che le era stata riservata. Così il piccolo gruppo ridiscese la ripida scala e, percorrendo il cammino a ritroso, si ritrovò ai piedi della grande scalinata che portava ai due piani abitativi del castello. Quando furono tutti raccolti nel piazzale che si apriva davanti alla scalinata che conduceva agli appartamenti del castello, il Duca Ercole esortò il figlio ad accompagnare la moglie alla visita delle sue stanze. Alfonso fece cenno ai due suoi aiutanti che erano con lui di precederlo; questi impegnarono la scala seguiti dal giovane futuro Duca, da due ancelle del seguito di Lucrezia e dalla futura Duchessa che chiudeva il piccolo gruppo, mentre il Duca Ercole, per non privare il figlio del piacere e dell'orgoglio di quella visita, restò in cortile. Il Duca non voleva togliere al figlio il piacere e l'orgoglio di presentare alla moglie l'appartamento che le era stato riservato poiché appositamente ristrutturato per lei, con l'intento di offrirle tutte le comodità e gli agi dovuti al suo rango.

Alfonso, impegnata la scala che conduceva all'appartamento, si arrestò sul pianerottolo antistante una grande porta che introduceva ai locali della nuova dimora di Lucrezia. Un paggio sgusciò tra i due sposi, si fece avanti e aprì la porta d'accesso a una grande camera. L'ambiente ricalcava il perimetro della torre che delimitava a sua volta il castello verso nord. In alto, su un soffitto a volta, si potevano ammirare magnifiche decorazioni, con stucchi e dorature, che richiamavano motivi mitologici.

La attraversarono e si ritrovarono nella camera da letto. Il soffitto era formato da applicazioni in legno nelle forme più varie all'interno delle quali erano dipinti paesaggi campestri e scene di caccia. Al centro si ergeva, maestoso e imponente, un grande letto sormontato da un baldacchino da cui scendeva un tessuto di raso rosa che nascondeva la vista del letto.

Dalla camera, attraverso una balconata coperta dallo sbalzo della torre merlata, si accedeva a un locale con la vista su un piccolo giardino pensile di bellissime piante di arancio e di limone. Questo locale sarebbe stato usato da Lucrezia e dalle sue damigelle come salone di bellezza, lì, seduta con lo sguardo verso il giardino e immersa nei pensieri, avrebbe potuto lasciarsi abbellire e agghindare per le uscite pubbliche. Più oltre, a sbalzo sul giardino, c'era una camera adiacente in cui dormivano le due ancelle preferite di Lucrezia: attraverso un breve corridoio si giungeva a una grande sala da pranzo per la famiglia e per gli amici intimi della coppia; più avanti un salotto per ricevere gli ospiti e in fondo un locale non molto ampio che serviva da studio per Alfonso e attraverso cui si accedeva ad altri tre locali, che il futuro Duca aveva adibito a laboratori per i suoi studi di balistica, di cui era sinceramente appassionato.

Mentre il Duca, aiutato dal suo paggio, mostrava le camere alla moglie cercando di scrutare nel suo sguardo un segno di approvazione, Lucrezia, accortasi di ciò, stava bene attenta a non far trasparire le sue emozioni. Per lei quell'appartamento, in confronto alla magnificenza del suo palazzo romano in cui aveva abitato da giovane, era ben misera cosa, ma non cercava né lo splendore né lo sfarzo e né la ricchezza esteriore di quella dimora, piuttosto quello che per lei poteva e doveva rappresentare per se stessa. Lì, lei doveva ricostruire la sua vita, cercare la tranquillità che le era mancata fino ad allora, rimarcare la sua vera indole di donna e di moglie fedele nonché di madre premurosa, a dispetto di tutto quello che si diceva sul suo conto. Lei sapeva nel suo intimo di non essere quella Messalina che le cronache avverse alla sua casata amavano dipingere in giro per le corti italiane; avrebbe amato il marito di un amore sincero, devoto e fedele, gli avrebbe dato una numerosa prole, figli forti e coraggiosi come era nella tradizione delle due famiglie che attraverso loro si erano unite. Quando Alfonso le chiese se le piacesse l'appartamento, lei sgranò il suo più bel sorriso e gli disse che era perfetto per le loro necessità, sarebbe stato il rifugio ideale per il loro amore e il riparo sicuro per i loro figli. Ripresero poi la via per ritornare giù nel cortile dove c'erano ad attenderli il Duca con gli altri invitati. Quando giunsero vicino al gruppo al cui centro si trovava il Duca, che stava dando le ultime istruzioni per organizzare la festa prevista quella sera in onore degli sposi, Lucrezia si avvicinò al suocero e dopo avere accennato un inchino gli si rivolse dicendo: «Padre, sono veramente contenta dell'appartamento che mi è stato così gentilmente riservato. Vi sono grata, vedrete che lo arrederò con gusto e sobrietà, piacerà sicuramente a voi e ad Alfonso». Dopo avere udito queste parole, il Duca Ercole le si avvicinò e toccandole con una mano il gomito in segno di affetto, le disse: «Figlia mia, sono sicuro che farai delle tue stanze le più ammirate e invidiate di Ferrara, abbi cura di te e rendi felice mio figlio, che possiate avere una numerosa prole che renderà Ferrara sempre più potente e invidiata». Lucrezia, all'augurio del suocero, un po' arrossì e, indietreggiando, si allontanò in direzione di una delle sue damigelle, poi si riavvicinò al marito dicendogli che voleva tornare nelle sue stanze per alcune incombenze.

Appena Alfonso acconsentì, si allontanò accompagnata dalla sua damigella. Quando giunsero nell'appartamento a lei riservato si fece aiutare a svestirsi, indossò una vestaglia bianca di raso e chiese a una delle dame di portarle l'occorrente per scrivere. Mentre la damigella si allontanò per procurarsi la carta e il calamaio, si avvicinò al piccolo tavolo di mogano nero vicino alla finestra. Dava sul cortile del castello da cui si poteva scorgere una piccola parte del giardino pensile e in lontananza uno spicchio del campanile della cattedrale. Lucrezia si sedette raccolta in meditazione. Stava riflettendo su cosa scrivere al padre.

Ormai erano diversi giorni che non trovava più il tempo di farlo e il Santo Padre se ne sarebbe senz'altro rattristato, avendola accoratamente pregata di non mancare di scrivergli tutti i giorni. Perciò, un po' preoccupata e ansiosa per quello che si sarebbe apprestata a scrivere, rifletteva assorta, lanciando uno sguardo assente allo spettacolo che si poteva ammirare da quella posizione privilegiata.

Quando ebbe davanti a sé il necessario per scrivere, appoggiò la punta del pennino sul foglio e cominciò. Nella lettera mise al corrente Papa Alessandro che l'accoglienza da parte del Duca Ercole e del figlio Alfonso era stata calorosa e affettuosa, il trattamento del popolo ferrarese era stato festante e la cerimonia nuziale si era svolta senza incidenti. Non poteva essere più soddisfatta, lo rassicurò sulla sua salute e ammiccò in modo sfuggente che il marito era stato dolce e gentile. Gli rivolse una supplica circa l'invio di un paio di arredatori di sua fiducia per il suo appartamento e confidava nella sua saggezza e lungimiranza, poiché non avrebbe mancato di provvedere per il meglio a maggiore gloria sua e della figlia. Appose la firma in calce alla lettera, la sigillò con della cera lacca rosso vermiglio, vi appose il suo sigillo e la diede alla dama perché la consegnasse a un corriere che la portasse il più presto possibile a Roma.

Quando ricevette la lettera, la damigella si inchinò verso Lucrezia e la rassicurò dicendole che sarebbe stato fatto così come lei desiderava. Quando l'ancella si allontanò per ottemperare alla consegna, l'altra sua dama di compagnia le si avvicinò e le chiese se gradiva essere pettinata, lei fece un cenno di assenso con la testa e mettendosi di sbieco davanti alla finestra si lasciò sciogliere i capelli che le caddero lungo le spalle, giù fino al fondo schiena. Mentre la dama le pettinava la chioma, restò in silenzio, assorta nei suoi pensieri. Un filo di tristezza le attraversava il volto, si sentiva come svuotata di energie. Dopo tutto quello che era successo negli ultimi giorni, la stanchezza e una certa preoccupazione la sopraffecero. Le venne da pensare alle parole del suocero, a quel suo insistere sulla numerosa e gagliarda prole che si attendeva. Le venne da chiedersi come sarebbe stata accolta se non fosse riuscita a dare un erede maschio ad Alfonso, e se nonostante tutto lui avesse voluto continuare a stare con lei. Tutti avevano puntato sulla sua fertilità, del resto ne aveva già dato prova, era la madre di Rodrigo d'Aragona[23] avuto dal secondo marito Alfonso d'Aragona. Mentre era così assorta nei suoi tristi pensieri, bussarono alla porta. Era Angela, la sua dama di compagnia preferita, salita per chiederle se sarebbe scesa la sera per partecipare al ballo che veniva dato in suo onore.

Dopo un attimo di esitazione, Lucrezia decise di declinare l'invito, accusando un leggero mal di testa, concedendo però all'ancella il permesso di potervi partecipare. Angela la ringraziò e si allontanò contenta e soddisfatta di poter partecipare al ballo della sera; già pregustava il divertimento e la soddisfazione di vedere negli occhi dei cavalieri presenti la bramosia dei loro sguardi su di lei: sapeva di essere bella e desiderata, e questo le dava una sensazione di inspiegabile felicità che però percepiva con voluttà. Stava pensando a quale abito indossare per fare ancora più colpo sul pubblico presente: era indecisa tra l'abito che le era stato regalato proprio prima della partenza per Ferrara da Lucrezia, oppure quello che si era fatta cucire su precise indicazioni dalla sua sarta di fiducia. Entrambi gli abiti mettevano in risalto il suo fisico esile e al tempo stesso prosperoso, nel pieno del suo rigoglio. Sperava di fare innamorare di sé un nobile di alto lignaggio e di poter contrarre un matrimonio che la ricompensasse per la sua bellezza e per le sue speranze. Tutto faceva prevedere che lì a Ferrara si sarebbe accasata bene, avrebbe sposato un uomo che l'avrebbe amata e che le avrebbe dato sicurezza per sé e i loro figli, così rallegrandosi si accinse a prepararsi per la serata di gala.

Rimasta sola, Lucrezia cercò di scacciare i tristi pensieri che la opprimevano. Chiamò l'ancella vicino a sé e le disse di leggerle un passo della Commedia di Dante. Il libro era appoggiato su un piccolo scaffale alla destra dello scrittoio; l'ancella lo prese delicatamente con la mano destra e se lo portò al petto, fece due passi verso una sedia, la prese e si sedette alla destra di Lucrezia. Con una mano si accomodò la lunga gonna in modo che non le desse fastidio sotto il sedere, accavallò la gamba destra sulla sinistra, aprì il libro e iniziò a leggere. Lucrezia ascoltava, sempre assorta nei suoi pensieri, con lo sguardo rivolto alla finestra, perso in lontananza verso l'orizzonte, dove si stagliavano i contorni confusi degli Appennini.

La voce dell'ancella le giungeva ovattata e dolce: all'inizio non riuscì a prestare attenzione alle parole che uscivano dalla bocca della ragazza, era come se parlasse senza emettere voce. Di colpo il tono della voce della narratrice si fece più sicuro e deciso, era arrivata a leggere l'episodio raccontato nel XXVI canto.

Prestò maggiore attenzione e percepì nettamente queste parole:

«S'ei posson dentro da quelle faville
parlar,» diss'io «maestro, assai ten priego
e riprego, che il priego vaglia mille,
che non mi facci de l'attender niego
fin che la fiamma cornuta qua vegna:
vedi che del disio vér lei mi piego!»

Ed egli a me: «La tua preghiera è degna
di molta loda, e io però l'accetto;
ma fa che la tua lingua si sostegna.
Lascia parlare a me, ch'io ho concetto
ciò che tu vuoi; ch'ei sarebbero schivi,
perché fur greci, forse del tuo detto».
Poi che la fiamma fu venuta quivi,
dove parve al mio Duca tempo e loco,
in questa forma lui parlare audivi:

«O voi che siete due dentro ad un foco,
s'io meritai di voi, mentre ch'io vissi,
s'io meritai di voi assai o poco
quando nel mondo gli alti versi scrissi,
non vi movete; ma l'un di voi dica
dove per lui perduto a morir gissi».

Lo maggior corno de la fiamma antica
cominciò a crollarsi mormorando
pur come quella cui vento affatica;
indi la cima qua e là menando,
come fosse la lingua che parlasse,
gittò voce di fuori, e disse: «Quando
mi diparti' da Circe, che sottrasse
me più d'un anno là presso a Gaeta,
prima che sì Enea la nomasse,
né dolcezza di figlio, né la pietà
del vecchio padre, né 'l debito amore
lo qual dovea Penelope far lieta,
vincer potèr dentro da me l'ardore
ch'i' ebbi a divenir del mondo esperto,
e de li vizi umani e del valore;
ma misi me per l'alto mare aperto

sol con un legno, e con quella compagna
piccola da la qual non fui diserto.

Qui la damigella si arrestò un attimo, si schiarì la gola, si asciugò la fronte con il lembo della manica della blusa e con uno sguardo docile e languido guardò la padrona, cercando l'assenso perché potesse continuare il racconto.
    Quando gli sguardi si incrociarono, vide che quello di Lucrezia era sereno e deciso, nonostante sul suo viso notasse una venatura di preoccupazione a corrucciarle la fronte. Riaggiustandosi un po' sulla sedia e accavallando la gamba destra sulla sinistra, riprese la lettura dove l'aveva lasciata:

L'un lito e l'altro vidi infin la Spagna,
fin nel Morrocco, e l'isola de'Sardi,
e l'altre che quel mare intorno bagna.
Io e i compagni eravam vecchi e tardi
quando venimmo a quella foce stretta,
dov'Ercule segnò li suoi riguardi
a ciò che l'uom piu oltre non si metta:
da la man destra mi lasciai Sibilia,
da l'altra già m'avea lasciata Setta.
'O frati, dissi che per cento milia
perigli siete giunti a l'occidente,
a questa tanto picciola vigilia
de' nostri sensi ch'è del rimanente,
non vogliate negar l'esperienza,
di retro al sol, del mondo senza gente.

Considerate la vostra semenza:
fatti non foste a viver come bruti,
ma per seguir virtute e canoscenza».

All'improvviso si sentì bussare forte alla porta, la damigella si arrestò nella lettura e Lucrezia rialzando il capo che aveva un po' reclinato per meglio ascoltare la voce dell'ancella, con voce irritata chiese: «Chi è che bussa e osa disturbarmi?»

Dall'altra parte della porta rispose la voce di un uomo, dura e tagliente come la lama affilata di una spada: «Sono messere Zacinto incaricato da vostro marito di portarvi un messaggio urgente». Allora Lucrezia rispose: «Entrate prego, mettetemi al corrente dei voleri di mio marito». La porta si aprì ed entrò un uomo robusto, con i capelli lunghi e neri che gli ricadevano tutti scompigliati sulle spalle, un viso deciso con una pronunciata mascella volitiva, come di qualcuno abituato a comandare, la faccia tutta butterata da macchie nerastre, il naso largo e schiacciato, la fronte alta, con due occhi neri profondi che brillavano come avesse la febbre alta. L'uomo fece qualche passo in direzione di Lucrezia, poi si inchinò leggermente e aspettò che lei gli desse il permesso di parlare. Lucrezia, dopo un attimo di esitazione, si riebbe dalla visione di quell'apparizione improvvisa e inconsueta, poi, rivolgendosi verso il cavaliere, disse: «Parlate messere Zacinto, vi ascolto».

Il cavaliere prontamente rispose: «Madonna, sono qui per ordine di suo marito, l'eccellentissimo Alfonso. Ho cavalcato tutta la mattinata per dirle che sua Eccellenza domani mattina parte per la Francia per accompagnare l'ambasciatore nel viaggio di ritorno, per porgere al suo re i saluti di casa d'Este, e per rinnovare l'atto di omaggio della sua casata, nonché per ringraziarlo della sua protezione sulla propria famiglia».

Quando ebbe finito di parlare, il cavaliere fece un inchino profondo, poggiò il ginocchio sinistro sul pavimento e con il capo abbassato stette qualche secondo in attesa che Lucrezia lo liberasse della sua presenza. Ella allora rispose: «Grazie messere Zacinto, dite pure al nostro bene amato marito di fare buon viaggio e di portare i miei personali saluti al re di Francia». Mentre parlava, congedò con un gesto della mano il cavaliere, il quale si sollevò dalla posizione inchinata, si voltò e con andatura decisa imboccò la porta, quindi, chiudendola dietro di sé, uscì dalla vista delle due donne.

Intanto la damigella, che aveva assistito muta e pensierosa alla scena, attendeva ordini dalla sua signora e aspettava di sapere se continuare a leggere o potersi congedare. Lucrezia con viso sereno la congedò e la pregò di lasciarla sola. La ragazza si alzò, ripose la sedia dov'era prima e con un leggero inchino uscì dalla porta lasciando Lucrezia sola con i suoi pensieri.

Si avvicinò di nuovo alla finestra e con lo sguardo perduto verso un punto indefinito dell'orizzonte rifletté sull'episodio appena avvenuto. Certo avrebbe preferito che il marito le avesse comunicato di persona la sua partenza per la Francia; avrebbe preferito che l'avesse salutata prendendole le mani tra le proprie comunicandole con voce dolce e appassionata la momentanea lontananza. Avrebbe voluto che lui le confessasse che le sarebbe mancata molto, ma di non preoccuparsi perché la lontananza sarebbe stata breve, anche se per lui sarebbe apparsa una eternità, e con un dolce bacio sulle labbra l'avesse lasciata, voltandosi indietro a salutarla mentre si allontanava.

Ma Alfonso, suo marito, non era uomo di tali sentimenti, era un soldato abituato alla durezza della vita militare. Indossava due corazze: una esterna, di ferro, per difendersi sui campi di battaglia, e l'altra interna e invisibile per difendersi dai sentimenti languidi, non adatti a comandare e a tenere in pugno i sudditi, i soldati e il Ducato! Quella sera Lucrezia non volle nemmeno farsi aiutare a svestirsi prima di andare a letto. Ordinò che la lasciassero sola e che una frugale cena le venisse servita appena dopo il tramonto. Si preparò così ad affrontare il lungo periodo di solitudine che l'avrebbe accompagnata durante la lontananza del marito. Quando si preparò per andare a letto, una ridda di pensieri le si accavallarono nella mente, le passavano sopra la testa come quando si è distesi su un prato e si vedono passare le nuvole nel cielo, quando si ha la voglia di afferrarne qualcuna, ma è impossibile. Allo stesso modo lei non riusciva a fissare alcun pensiero nella sua mente convulsa. Tardò molto ad addormentarsi. Al mattino, al risveglio da tutte le battaglie combattute nel suo animo inquieto durante la notte, la sola cosa di cui era sicura era la sensazione di secchezza alla gola, tanto che le bruciava.

Sentiva un bisogno prepotente di acqua, come se avesse attraversato un deserto infuocato senza poter bere per un lungo periodo. Perciò, appena fu in piedi e in grado di articolare dei suoni, chiamò Angela, l'ancella che dormiva nella camera di fronte, al di là dello stretto corridoio che le divideva. Quando la damigella udì la voce un po' strozzata della padrona, subito accorse da lei e le chiese: «Cosa posso fare per la mia signora, per allietare il suo risveglio?» Lucrezia rispose: «Semplicemente portami una brocca di acqua fresca, e poi aiutami a vestirmi.

Questa mattina voglio indossare l'abito di seta azzurro con le maniche lunghe, quello che indossavo a Roma quando ero invitata da mia madre nella sua casa di campagna, per stare con lei e i miei fratelli sul prato antistante, e poi la sera cenare sotto il pergolato e sentire le storie di conquiste femminili di Giovanni e quelle invece di conquiste di uomini e nazioni di Cesare».

Dopo che fu aiutata da Angela a vestirsi così come aveva comandato, ordinò di farsi sciogliere i capelli perché voleva essere pettinata seduta vicino alla finestra, da cui poteva ammirare lo spettacolo davanti ai suoi occhi. Restò muta e assorta per tutto il tempo in cui l'ancella la pettinò e quando la ragazza terminò la sua incombenza, chiese di rimanere sola, poi ordinò che non fosse disturbata nel suo raccoglimento per alcun motivo. Passarono così alcuni giorni nell'apatia più totale. Lucrezia non riusciva a scrollarsi di dosso quella sensazione di inutilità che l'aveva colpita dal momento della notizia della partenza del marito.

Neanche il pensiero e la preoccupazione dell'arredamento dell'appartamento, per il quale era stata incaricata dal marito, la scuotevano da quell'inerzia che si era impossessata di lei così improvvisamente. Finalmente una mattina presto, mentre era ancora intenta ad abbigliarsi, sentì i passi veloci di Girolama, l'altra ancella di sua fiducia, che si avvicinava all'uscio della sua camera da letto. Arrivata davanti alla porta, bussò con una certa foga e chiese a voce alta il permesso di poter entrare. Aveva notizie urgenti per la sua signora.

Lucrezia, nell'udire la voce accalorata e supplichevole della donna, ordinò ad Angela di aprire la porta e di farla entrare. Senza neanche aspettare che l'uscio fosse del tutto aperto, l'ancella si precipitò nella stanza e dopo un leggero inchino in direzione della sua padrona, chiese il permesso di poter parlare. Lucrezia le disse: «Parla dunque, cosa è successo di tanto importante da dover disobbedire ai miei desideri?»

La donna, titubante e imbarazzata, rispose con un filo di voce: «Eccellentissima madonna Lucrezia, è arrivato un corriere da Roma con un plico inviato dal Santo Padre da consegnare direttamente a lei». Detto questo, tacque e attese ordini dalla sua matrona, la quale in tono deciso rispose: «Fallo entrare dunque, cosa aspetti?» Girolama si precipitò fuori dalla porta e scendendo le scale tre gradini alla volta, in un attimo raggiunse l'androne dove l'attendeva il corriere affaticato, sudato, stanco e sporco di polvere. Quindi gli si rivolse dicendo: «L'eccellentissima madonna Lucrezia le concede di poter salire da lei per consegnarle il plico e per ragguagliarla sulle notizie che il Santo Padre si è degnato di comunicarle attraverso di voi». A sentire quelle parole il cavaliere si mosse dietro la damigella, seguendola come un segugio su per le scale fino alla porta di ingresso dell'appartamento di Lucrezia. Quando giunse vicino alla porta, la donna bussò e senza aspettare oltre entrò nella stanza seguita dal corriere che, portandosi sul lato sinistro della dama, fece un grande inchino rivolto verso Lucrezia e chiese il permesso di potersi avvicinare per porgerle il plico che aveva in mano. Lucrezia accennò un sì con un leggero movimento del capo e il giovane si avvicinò porgendole il plico.

Dopodiché il corriere fece tre passi indietro e chiese il permesso di potersi allontanare, spiegando che aveva bisogno di riposare e che aveva fame e chiese gentilmente di poter essere rifocillato prima di poter ripartire per Roma il mattino seguente con la missiva di risposta che l'eccellentissima madonna avrebbe consegnato per il pontefice. Lucrezia gli concesse entrambe le cose raccomandando a Girolama che fosse trattato con tutti i riguardi, che i suoi desideri fossero esauditi.

Ordinò anche che per il mattino dopo fosse messo a disposizione del cavaliere il miglior cavallo presente nelle stalle, perché il viaggio di ritorno fosse il più veloce e comodo possibile. Comandato ciò, chiese ad Angela di poter rimanere sola per leggere con calma le notizie che il padre le inviava dal Vaticano. Rimasta sola si affrettò a togliere il sigillo papale dal plico e sedutasi allo scrittoio di fronte alla finestra incominciò a leggere. Ormai riconosceva al primo sguardo la calligrafia del padre: i tratti erano marcati e decisi, erano il segno caratteristico di uno abituato a comandare e a essere ubbidito. Nella missiva, dopo alcuni convenevoli sulla situazione politica della capitale e alcune notizie sui lavori di restauro della cappella personale del Papa all'interno degli appartamenti a lui riservati, si soffermava sulle proprie condizioni di salute.

Senza voler apparire preoccupato le confessava che ultimamente non stava attraversando un buon momento di salute, che aveva dovuto trascorrere un breve periodo a

Frascati per rimettersi dai postumi di una persistente influenza che lo lasciava debilitato, faticava a riprendere le sue normali attività, però la rassicurava di stare tranquilla perché ormai il peggio gli sembrava passato. La ringraziava delle buone notizie che le forniva circa l'ottima accoglienza ricevuta al suo arrivo a Ferrara, e che tutto procedeva come essi avevano desiderato. La informò anche molto velocemente sui piani del fratello Cesare, confessandole che vedeva un futuro roseo per lui, così come per la sua figlia preferita. In ultimo, le manifestò la sua felicità nel sapere che lei si era rivolta a lui per chiedergli di inviargli due arredatori di fiducia da Roma. Infatti l'avvisò che aveva preso accordi con due dei più bravi artigiani conosciuti sulla piazza di Roma e nel giro di poco tempo sarebbero giunti a Ferrara dove si sarebbero messi a sua disposizione per esaudire ogni suo desiderio. Sotto la sua direzione e i suoi suggerimenti, senz'altro avrebbero reso i suoi alloggi i più belli e i più invidiati della città. Le raccomandava di conservarsi in salute e di comunicargli tutte le notizie importanti circa l'andamento del suo matrimonio e delle cose che succedevano nel feudo ferrarese. In fondo, con la consueta scrittura c'era la firma del padre con il sigillo papale stampigliato su di essa.

Quando ebbe finito di leggere lo scritto, un leggero sorriso si stampò sulle sue labbra, si sentì di colpo risollevata pensando che tra breve sarebbero arrivati da Roma gli arredatori e che l'avrebbero aiutata nell'arredamento dell'appartamento. L'idea di gettarsi nell'impresa di renderlo il più accogliente e bello possibile in attesa del ritorno del marito la mise di buon umore. Si alzò di scatto, si avvicinò alla porta e aprendola chiamò con voce serena la dama di compagnia Angela, la quale stava seduta su una sedia a ricamare le sue iniziali su una vestaglia da notte. Nell'udire la voce della padrona, l'ancella si alzò di scatto, e dopo aver appoggiato la vestaglia sulla sedia, si diresse verso l'uscio, lo aprì e con un sorriso compiacente disse: «Ai suoi ordini madonna, in cosa posso esserle d'aiuto?» Lucrezia a sua volta sfoderò un ampio sorriso e le rispose: «Angela, ho buone notizie da mio padre, arriveranno due arredatori dalla capitale e ci aiuteranno con l'appartamento, così quando Alfonso ritornerà stenterà a riconoscerlo, rimarrà sbalordito dal gusto con cui lo arrederò a maggior gloria sua e mia. Dunque, questa sera voglio festeggiare, fammi preparare una cena degna di una principessa del mio rango». A sentir quelle parole Angela si illuminò in volto, era preoccupata per la salute della sua padrona negli ultimi giorni, perciò con voce gaia le rispose: «Sarà fatto come lei desidera, Eccellentissima. Ha una richiesta particolare che io possa riferire ai cuochi?» Ella rispose: «No, niente in particolare, tu conosci i miei gusti, lascio a te la scelta della portate che mi verranno servite, solo   ricorda al cuoco che non voglio piatti a base di carne né di pesce per questa sera». Nel dire questo si voltò e rientrò nella sua camera. Angela si diresse giù dalle scale e raggiunse la cucina dove il cuoco e i suoi inservienti stavano preparando i piatti per la sera.   Dalle pentole di rame poste sulle fornaci alimentate dalle braci ardenti uscivano fumi di vapore che emanavano un profumo intenso di sapori che inebriavano i sensi e annebbiavano la vista. Angela si avvicinò al cuoco e chiamandolo per nome gli disse «Leo, prepara una cena succulenta e mettici tutta la tua arte per accontentare la nostra eccellentissima signora, vuole una cena che sia nutriente e saporita, ma mi raccomando, non vuole piatti a base di carne né di pesce, perciò aguzza l'ingegno e sii degno della tua arte, tutto deve essere pronto per l'ora di cena se non vuoi incorrere nelle ire dell'illustrissima Lucrezia».

Detto ciò, guardò dritto negli occhi il cuoco, un ometto piuttosto basso e tarchiato, con una testa piccola e quasi senza capelli, un viso paffutello con occhietti piccoli e vivaci. Sul mento gli spuntavano sottili peli portati a mo' di pizzetto che gli davano un'aria simpatica e gioviale. Alle parole di Angela, dopo aver fatto due passi indietro, eseguì un buffo inchino e rispose: «Sarà fatto come l'eccellentissima principessa desidera». E strizzò l'occhio all'ancella in segno di intesa e di complicità.

Angela gli rispose con un lieve sorriso e si allontanò in direzione dell'uscita. Attraverso un uscio piuttosto basso e largo si incamminò per uno stretto corridoio che arrivava alle scale per i piani superiori. Raggiunta la sua camera riprese il lavoro che aveva sospeso quando era stata chiamata dalla sua padrona. Quando mancavano pochi minuti all'ora di cena, Angela rifece il percorso per raggiungere la cucina e quando vi giunse chiese a una delle giovani donne che fungevano da inservienti in cucina di prepararle il vassoio d'argento della padrona su cui avrebbe poggiato le pietanze da portare in camera della sua signora per essere servita. Subito la ragazza si mosse verso una credenza che si trovava nell'angolo opposto della cucina, la aprì ed estrasse il vassoio che porse ad Angela.

Lei lo afferrò con entrambe le mani e si diresse verso il centro della cucina in direzione della grande tavola che ne occupava una grande parte. Il cuoco era di spalle in quel frangente, quando sentì i passi di Angela si voltò e con un sorriso gioviale le disse: «È stato fatto come mi è stato comandato. Ecco i piatti che ho preparato per l'eccellentissima madonna Lucrezia». Sulla tavola imbandita di pietanze il cuoco scelse i piatti che dovevano essere serviti alla sua signora. Il primo piatto che porse ad Angela fu una zuppa di fave condita con olio d'oliva appena tiepida, così che l'eccellentissima signora ne potesse gustare appieno tutti i sapori.

Spiegò che il palato è disturbato dal troppo caldo della pietanza, che ne attutisce i sapori. Poi prese un tegame di creta da cui saliva ancora un filo di fumo: era un piatto a base di piselli, in cui venivano amalgamati tra loro diversi ortaggi con un misto di piante aromatiche triturate, tuorli d'uova sode e altri ingredienti che costituivano il segreto del piatto particolare del cuoco.

Quando lo prese e lo porse ad Angela, questo emanava un profumo inebriante, al punto che all'ancella venne voglia di assaggiarlo immediatamente. Purtroppo sapeva che non poteva, era stato preparato ad uso esclusivo della sua padrona. Così lo prese e lo poggiò delicatamente sul vassoio, attendendo docilmente che il cuoco le porgesse gli altri piatti preparati per quell'occasione speciale. Prima di porgerle la pietanza successiva, il cuoco le raccomandò caldamente di ricordare all'eccellentissima Duchessa di versare un po' di olio crudo prima di assaggiarla e le allungò un'ampolla a forma di calice come se fosse una santa reliquia.

Poi prese una scodella dicendole che conteneva un dolce, anch'esso a base di verdure, tra cui un particolare tipo di sedano, immerse in una crema realizzata con latte, miele e una spolverata di chiodi di garofano.

Prese anche una brocca con del vino bianco, spiegando che era stato ottenuto dalla sua vigna personale, si raccomandò che l'eccellentissima lo bevesse alla sua salute. Prese infine una brocca d'acqua e fece cenno ad Angela che poteva andare. La fanciulla indietreggiò di un passo con il vassoio in mano, quindi, con malcelata grazia fece un accenno di inchino, si voltò e si avviò verso l'uscita per imboccare le scale che l'avrebbero riportata nell'appartamento della sua padrona. Giunta vicino alla porta si fermò un istante, distese il braccio sinistro quanto più poteva in modo che il vassoio stesse in equilibrio, e con la destra bussò lievemente alla porta. Dopo qualche istante udì la flebile voce di Lucrezia sussurrare: «Chi è là?» Angela immediatamente rispose: «Sono io illustrissima Madonna Lucrezia, le porto la cena così come aveva ordinato». Allora lei rispose: «Entra pure Angela e poggia il vassoio sul tavolo».

Angela aprì la porta ed entrò nella stanza in cui penetrava un ultimo raggio di luce proveniente dalla grande vetrata del salone. Lucrezia era seduta allo scrittoio, stava finendo di scrivere una lettera. Quando sentì il rumore del vassoio poggiato sul tavolo si voltò e con un largo sorriso fece cenno di lasciarlo lì, poi, rivolta verso Angela disse: «Appena avrò finito di scrivere le ultime righe della lettera mi servirò per la cena. Per adesso puoi andare, se avrò bisogno ti chiamerò». Angela nell'udire ciò indietreggiò, fece un inchino, si voltò e si avviò verso la porta, l'aprì, e sparì dietro di essa. Nel frattempo Lucrezia stava finendo di scrivere la lettera, mentre si apprestava a vergare le ultime parole avvertì come un crampo allo stomaco, sentendosi come trafiggere da tante punte d'ago contemporaneamente: erano i sintomi di una fame repressa ormai da molto tempo.

Firmata velocemente la lettera la piegò, la sigillò con della cera lacca color rosso vivo al calore della fiamma di una candela e la mise nel cassetto del suo secretaire. Terminata l'operazione si alzò di scatto e quasi cadde per terra. Le troppe ore di digiuno l'avevano indebolita al punto da portarla sull'orlo di uno svenimento. Rendendosi conto di dover al più presto mettere sotto i denti qualcosa di quello che il cuoco le aveva preparato con tanta cura, si avvicinò al tavolo, si sedette e cominciò a osservare cosa le aveva preparato di speciale Leo.

Alla vista di quelle splendide pietanze un sorriso di soddisfazione le si stampò sul viso. Si avventò sulla zuppa di fave, tanta era la fame e la bramosia di assaggiarla che non pensò neanche di versarvi il prezioso olio di oliva tanto raccomandato dal cuoco. La mangiò con gusto e soddisfazione, poi si avventò sul pasticcio a base di piselli e sedano, traendone un grande piacere. Quando ne ebbe mangiato circa la metà, si pulì le labbra con il candido tovagliolo posto sulla bella tovaglia bianca ricamata, poi si versò un po' di vino bianco dall'ampolla nel calice di cristallo dal lungo gambo.

Lo portò alle labbra e rimase quasi estasiata dal sapore di quel nettare che le scendeva giù dalla trachea, inebriandola di un odore e un sapore mai provati prima.

Riprese a mangiare, ma non riuscì a terminare il pasticcio. Era già quasi sazia, però, non voleva perdersi l'assaggio del dolce che aveva proprio davanti a sé. Considerata la prelibatezza dei primi due piatti non poteva che essere delizioso. Si ripromise di mandare un elogio al cuoco tramite Angela. Infatti, già alla prima cucchiaiata il sapore dolce le si fissò sulla parte posteriore del palato, facendola quasi rimanere senza fiato, tanto era gustoso e saporito. Si versò ancora un po' di vino bianco nel calice e lo bevve tutto d'un fiato, si asciugò di nuovo con il tovagliolo, lo poggiò sul tavolo e rimase per un po' pensierosa. Un filo di tristezza le increspò la fronte, il pensiero del marito assente l'aveva colpita improvvisamente: pensava a quanto sarebbe stato bello cenare con lui e gustare quei cibi celestiali. Sarebbe stata la degna chiusura di una grande giornata. Sazia e soddisfatta si alzò, andò vicino alla porta e aprendola chiamò con voce sommessa l'ancella. Angela stava quasi per assopirsi, ma riuscì a percepire, se pur labilmente, il suo nome. Si alzò di scatto dalla sedia precipitandosi verso l'uscio per rispondere alla chiamata della sua signora. Quando ebbe aperto la porta disse:

«Eccomi eccellentissima, in cosa posso esserle utile?» Lucrezia le rispose: «Niente, devi solo riportare il vassoio con i resti della cena giù in cucina, ringrazia e fai i complimenti al cuoco, era tutto squisito, non mancherò di essergli riconoscente». Mentre stava ancora parlando si diresse verso la grande porta finestra del salone, lasciando ad Angela l'incombenza di rimettere i resti della cena sul vassoio e riportarlo in cucina. Nel frattempo, si ricordò della raccomandazione di Leo e chiese, alzando leggermente la voce, se l'illustrissima padrona avesse condito la zuppa con l'olio contenuto nell'ampolla. Lucrezia si portò una mano alla fronte e disse: «No, non ci ho proprio pensato, però ti confermo che era molto buona lo stesso, assaggerò l'olio in un'altra occasione. Non mancherà certamente, data la bravura del cuoco che abbiamo a disposizione». Angela prese il vassoio e si avviò verso la cucina, dove regnava un gran silenzio. Si diresse verso la tavola al centro della stanza e vi poggiò il vassoio, con lo sguardo cercò di intravedere se c'era Leo, quando l'occhio le corse verso un angolo della cucina notò una sedia a sdraio dove dormiva il cuoco.

Fu indecisa se svegliarlo per porgergli i complimenti come le era stato ordinato dalla sua signora, oppure lasciarlo tranquillo a riposare, ma il sentimento di obbedienza agli ordini della sua matrona fu più forte del sentimento di umanità che provava per quell'essere che dormiva placidamente, russando in modo sommesso. Si avvicinò, allungò la mano destra toccandolo sulla spalla sinistra e lo scosse leggermente. Dopo qualche secondo di attesa Leo sussultò in preda a un certo timore. Era stato svegliato nel bel mezzo di un profondo sonno, quello non era certamente il modo migliore per riprendersi. Alzò lo sguardo verso quella mano tesa, quando si accorse che era Angela si alzò di scatto, fece due o tre passi indietro e stropicciandosi gli occhi disse: «Cosa c'è? La cena non è stata gradita dall'illustrissima signora? Eppure, vi ho messo tutta la maestria di cui ero capace, visto anche gli ingredienti poveri che ho dovuto usare». Ad Angela quasi scappò da ridere e avvicinandosi gli poggiò la mano destra sulla spalla dicendogli: «Stai tranquillo Leo, la cena è piaciuta tantissimo alla mia padrona, anzi mi ha detto di complimentarmi con te e che in futuro non mancherà di ricompensarti».

Quelle parole illuminarono il viso del cuoco che con un sorriso beato ringraziò Angela, rassicurandola che la prossima volta avrebbe fatto ancora meglio se solo la signora avesse voluto assaggiare anche piatti a base di carne o di pesce. Quando Angela fece cenno di assenso voltandosi per andare via, improvvisamente si sentì afferrare per un braccio da Leo che la trascinò verso la credenza, da cui prese un vassoio di pasticcini dandogliene una manciata. «Questo è il mio regalo per te, assaggiali e poi mi dirai se sono squisiti oppure no». Angela richiuse la mano, si voltò di nuovo e si allontanò dalla cucina per ritornare in camera.

Quando vi giunse la aprì e si diresse verso l'angolo opposto alla porta dove era sistemata una piccola credenza, vi depose i pasticcini con l'idea di assaggiarli l'indomani mattina. Intanto Lucrezia sentendosi sazia si diresse verso la grande finestra per osservare lo scorcio visibile del castello. Guardò oltre la balaustra, giù, verso il fossato e in lontananza, dove si intravedevano i tetti dei palazzi più vicini al castello.

Allungando lo sguardo notò la campagna e i monti distanti sulla linea dell'orizzonte. Si sentiva soddisfatta nel corpo ma insoddisfatta nello spirito. Le mancava la presenza del marito, il pensiero della sua lontananza la preoccupava, però subito si riebbe pensando all'imminente arrivo degli arredatori da Roma. Grazie ai loro preziosi consigli avrebbe arredato la sua dimora in attesa del marito, nella speranza di incontrare completamente il suo assenso. Un senso di affaticamento l'assalì all'improvviso, l'abbondante cena e il vino le fecero venire un senso di sonnolenza al quale si abbandonò lasciandosi cadere pesantemente sul letto: non ebbe più neanche la forza di chiamare la damigella per farsi aiutare a svestire. Si addormentò quasi subito, ma non ebbe una notte tranquilla: fece sogni agitati, in parte dovuti alle libagioni della sera e in parte alle sue preoccupazioni per la sistemazione dell'appartamento, per la lontananza del marito e per l'imminente arrivo degli arredatori da Roma.

Verso l'alba, ai primi chiarori del giorno e al canto dei galli, Lucrezia si risvegliò, con la testa un po' pesante, la bocca secca e la gola arida. Appena si destò si mise seduta sul letto provando una sensazione di vuoto. Scese piano dal letto e si portò verso l'uscita con l'intenzione di richiamare Angela e l'altra ancella perché l'aiutassero nella scelta degli abiti da indossare per la giornata, inoltre desiderava che le procurassero immediatamente qualcosa da bere per spegnere quell'arsura che la tormentava. Giunta vicino alla porta d'ingresso dell'appartamento, l'aprì leggermente e chiamò sommessamente Angela.

La preferita di Lucrezia era in braccio a Morfeo che dormiva placidamente, le sembrò di udire una voce in lontananza e tentò di svegliarsi, si appoggiò col gomito sinistro sul letto, stette un po' senza respirare per ascoltare meglio quella flebile voce che le pareva di udire. Quando si rese conto che era la voce della sua padrona, sgusciò veloce fuori dal letto e si avviò verso l'uscio, che aprì immediatamente, rispondendo al richiamo: «Eccomi, sto arrivando madonna Lucrezia, sarò subito da lei». Infilò una vestaglia lunga di mussolina bianca e attraversò il corridoio che separava la sua stanza dall'appartamento della signora.
L'uscio era stato lasciato aperto da Lucrezia, Angela entrò e si diresse verso la camera da letto. Giunta sulla porta bussò leggermente, sentì la signora che le intimava di entrare. Fece due passi avanti in direzione del letto che occupava la parte centrale della stanza, quindi, rivoltasi verso Lucrezia che era seduta sul lato sinistro del letto in attesa di essere aiutata a vestirsi, fece un leggero inchino e disse:

«Buon giorno Eccellentissima, dormito bene? Ha digerito bene quello che ha mangiato ieri sera?»

Lucrezia rispose: «A dire il vero mi sono sentita un po' appesantita, forse ho bevuto un po' di vino di troppo, comunque era tutto molto saporito, anche se non ho dormito bene, ne è valsa la pena di assaggiare quei piatti». Angela assentì alle parole della padrona e poi le chiese: «Cosa vuole indossare oggi?» Lucrezia rispose: «Ho intenzione di fare una cavalcata perciò indosserò la livrea per andare a cavallo, quella di velluto nero con gli stivali di cuoio marrone scuro, la camicetta gialla con le maniche svasate e il cappello con le piume di pavone neroazzurre».

Subito dopo aggiunse: «Ricordati di avvisare lo stalliere affinché mi prepari la mia cavalcatura preferita, lui sa qual è, appena dopo colazione vorrei essere pronta per fare un giro nel parco dietro il castello». Angela si mosse per dirigersi verso l'armadio dove sapeva che era custodito l'abito richiesto dalla sua signora, lo aprì e ne estrasse il completo, lo portò verso la finestra dove nel frattempo Lucrezia si era diretta sedendosi alla sedia poltrona, in modo da essere in controluce per apprezzare i giochi di luce riflessi dagli abiti al bagliore che filtrava dall'esterno.

Angela incominciò a porgere la gonna alla padrona e proprio in quel momento si sentì bussare alla porta, perciò si diresse verso l'uscio per chiedere chi fosse a chiedere udienza dalla signora a quell'ora del mattino.

Prima di aprire la porta chiese: «Chi è?» Sentì rispondere la voce della guardia che era di sentinella all'inizio del corridoio per la sicurezza della sua signora: «Vengo a comunicare che sono arrivati gli arredatori da Roma e chiedono udienza all'illustrissima Lucrezia in tarda mattinata, cosa debbo loro comunicare?»
Angela, aprendo la porta, si trovò di fronte la faccia del soldato assonnato e stanco per la lunga notte di guardia e gli disse di attendere gli ordini della signora, poi si diresse verso la camera da letto dove aveva lasciato Lucrezia nell'atto della vestizione. Le si avvicinò ed inchinandosi leggermente le disse: «Signora, sono arrivati i due arredatori da Roma, le chiedono udienza per la tarda mattinata, cosa devo riferire alla guardia?» Lucrezia con fare raggiante rispose: «Digli che li riceverò prima di mezzogiorno nel salone, che siano puntuali, e speriamo che mi siano di reale aiuto per il lavoro che ci attende nei prossimi giorni». Angela si voltò dirigendosi verso la porta dove era in attesa la guardia.

«Comunica pure che l'eccellentissima li riceverà nel

salone delle udienze mezz'ora prima di mezzogiorno, facciano in modo di essere puntuali!» La guardia, udita la risposta, si allontanò dalla porta, salutò con un mezzo inchino e sparì nel corridoio.

Quando Angela ritornò dalla padrona, la trovò quasi del tutta vestita degli abiti che aveva chiesto di indossare per la sua cavalcata mattutina. Le si avvicinò e la aiutò a infilare gli stivali, non senza una certa fatica dovuta alla calzatura stretta. Si allontanò un po' da Lucrezia, la osservò scrutandola da capo a fondo per vedere come le stessero gli abiti indossati.

Era veramente uno spettacolo stupendo, Lucrezia era la personificazione di un'amazzone bionda dalla folta capigliatura, il viso raggiante che con il suo colorito pallido spiccava sul colore della giacca di velluto scuro e la camicetta gialla. Le fece un cenno di assenso e la precedette verso l'uscio per scortarla al piano inferiore, da dove poi si sarebbero recate verso le stalle, situate nella parte ovest del castello.

Giunte in prossimità delle scuderie, le due si accorsero che il responsabile delle stalle e delle cavalcature di Lucrezia le attendeva seduto su una balla di biada secca. Non appena le notò, si alzò di scatto e precipitandosi verso di loro fece un grande inchino e disse: «Eccellentissima, il cavallo Lucifero è pronto per essere cavalcato così come mi era stato comandato, l'aiuto a montarlo?» Lucrezia, dopo averlo degnato di uno sguardo di compiacenza, gli rispose: «Sono qui per questo, gli hai dato da mangiare? È stato ferrato come tu sai che io desidero?» L'uomo dopo un altro profondo inchino rispose: «Certamente, illustrissima madonna Lucrezia, è stato ferrato con ferri alla cacciatrice leggerissimi, può stare tranquilla che non sentirà alcun fastidio, ho adattato i ferri agli zoccoli del cavallo come due scarpine da ballerina. Potrà lanciarlo al galoppo senza nessun timore!» In quel momento si avvicinò un ragazzino che portava per la cavezza

Lucifero: era uno splendido baio, con un mantello marrone lucente e due occhi che sprizzavano fuoco, con le narici che prendevano aria a pieni polmoni pregustando già la cavalcata che l'avrebbe lanciato a briglie sciolte per la campagna che circondava il castello, fino al bosco che si intravedeva in lontananza e lambiva l'ansa del fiume. Quando il ragazzo arrivò vicino al padre, fece un irriverente inchino rivolto verso le due signore e portò il cavallo vicino a due balle di fieno.

Lo stalliere disse, rivolto a Lucrezia: «È mio Figlio Alfonso, è un po' irrequieto ma ha un grande dono, sembra quasi che parli con i cavalli, è l'unico che riesce a portare per la cavezza Lucifero senza essere scalciato!»

Lucrezia gli si avvicinò e lo accarezzò delicatamente sulla testa, quindi salì su una delle balle e, afferrate le redini, accostò il cavallo più vicino alla balla, infilò il piede sinistro nella staffa e si erse sul dorso del cavallo, mentre ancora il ragazzo teneva per la cavezza il cavallo in modo che non si spostasse dalla balla. Lucrezia, con uno scatto di reni, si mise in posizione eretta sul destriero e in quel momento il ragazzo lasciò la cavezza, così lei poté dirigere il cavallo verso il cortile che dava verso l'esterno.

Poi si avviò lungo la strada acciottolata che portava nella campagna circostante, là dove lei intendeva cavalcare prima di raggiungere il bosco. Dopo che il purosangue ebbe fatto pochi passi con andatura lenta, si voltò indietro e salutò con la mano Angela che era rimasta ad osservarla ammirata dal suo portamento. Lucrezia era un'abile cavallerizza, andava a cavallo fin da quando era molto piccola, per lei era naturale, quasi come camminare.

Quando si voltò per riprendere il percorso che l'avrebbe portata in aperta campagna si accorse che si stavano avvicinando due cavalieri armati, ognuno da un lato e che la salutavano portandosi la mano alla visiera dell'elmetto. Erano le due guardie incaricate di scortarla durante la sua passeggiata per il circondario. Lentamente il terzetto si allontanò dalla vista di Angela e da quella dello stalliere. Quando non furono più visibili, Angela ritornò nella sua camera e lo stalliere ai suoi compiti consueti. Per un po' Lucrezia mantenne una andatura a passo d'uomo, immersa nei suoi pensieri senza rivolgere neanche una parola ai suoi accompagnatori.

Quando ebbero percorso un bel pezzo di strada in direzione del bosco che si intravedeva in lontananza, Lucrezia sentì sotto di sé fremere Lucifero, il cavallo aveva voglia di lanciarsi al galoppo e di sfogare tutta la sua potenza. Allora anche lei sentì un impulso irrefrenabile che la incitava a lanciarsi alla massima andatura in groppa a quel magnifico purosangue: si abbassò con il busto verso il muso del cavallo, inarcò le reni e diede due colpi decisi con gli stivali nei fianchi del cavallo, che non aspettava altro per lanciarsi subito al galoppo. I cavalieri che la seguivano rimasero colti di sorpresa dall'immediata partenza a galoppo di Lucrezia e furono distanziati immediatamente.

Subito anch'essi, inarcandosi sui loro cavalli e spronandoli al galoppo, si lanciarono all'inseguimento per accorciare la distanza che li separava dalla nobil donna. Impiegarono un bel po' prima di riportarsi nei suoi pressi, la raggiunsero quasi nelle vicinanze del bosco, che era preceduto da un'ampia radura, dove Lucrezia, stringendo le redini del cavallo, poté invitarlo a rallentare l'andatura per paura di imbattersi in qualche ramo basso in prossimità dei primi alberi che le si avvicinavano pericolosamente. Quando imboccò il bosco, il cavallo aveva già raggiunto un'andatura al piccolo trotto. Solo in quel momento i due cavalieri la raggiunsero portandosi ai suoi fianchi. Lucrezia si voltò e poté notare che erano visibilmente sudati, accaldati e stanchi; la lunga cavalcata a galoppo sfrenato per raggiungere i contrafforti del bosco li aveva sfiancati.

Nel cielo si era levato un sole primaverile che aveva notevolmente scaldato l'aria, per di più le divise indossate non erano proprio adatte alla giornata di sole e la lunga spada che cingevano al fianco rendeva più faticosa e pesante la loro cavalcata. Lucrezia allentò le redini, strinse il morso del cavallo verso sinistra in modo da fargli capire che doveva girare in quella direzione per tornare indietro. Il cavallo si voltò docilmente e intraprese la strada del ritorno. Avevano percorso una notevole distanza dal castello e adesso per tornare avrebbero impiegato più tempo, visto che l'andatura non poteva essere più la stessa, sia per la stanchezza dei cavalli che dei cavalieri. Lentamente i tre cavalieri si avviarono verso il castello sempre senza proferire parola, solo che adesso le due guardie seguivano la futura Duchessa più da presso su entrambi i fianchi. Durante il tragitto di ritorno Lucrezia respirò a pieni polmoni l'aria della campagna circostante, le vennero in mente le cavalcate che soleva fare nel contado intorno a Roma in compagnia dei suoi fratelli per raggiungere la casa in campagna della madre, dove sarebbero stati accolti e rifocillati sotto il bel pergolato che si allungava davanti alla casa colonica, ricevuta anni prima in regalo dal futuro Papa.

Assorta nei suoi pensieri, non si accorse che erano arrivati nei pressi del castello, quando se ne rese conto diede una strattonata al cavallo, lanciandolo al piccolo trotto. Non voleva arrivare al castello a passo d'uomo, non si addiceva a un'esperta amazzone, quale si considerava. Imboccò il vialetto che portava alle stalle a un'andatura più decisa, sollevando anche un po' di polvere. Arrivata davanti alle balle di paglia, puntò gli stivali nelle staffe, tirò con forza le redini e il cavallo capì che doveva fermarsi. Proprio mentre il cavallo si fermava, uscì dalla stalla lo stalliere che, inchinandosi in direzione della signora, le fece cenno che poteva smontare appoggiando il piede sulla balla, quindi, le porse la mano destra per aiutarla a scendere dall'appoggio. Una volta scesa, Lucrezia lo ringraziò dicendogli:

«Per oggi può bastare, è stato un piacere cavalcare Lucifero, mi raccomando che venga strigliato e rifocillato a dovere con una doppia razione di avena, e che sia asciugato bene, non vorrei che si buscasse un malanno, per me vale più la vita di questo cavallo che quella di un uomo, capito?»

Lo stalliere, con il mento inchinato e senza osare guardarla negli occhi, rispose: «Sarà fatto come lei comanda, illustrissima signora!»

Dopodiché, Lucrezia si voltò e si diresse verso il suo appartamento scortata dai due cavalieri. Giunta nei pressi della porta si voltò e con lo sguardo fece cenno ai due che potevano andare, aprì la porta ed entrò nell'appartamento. Sentì dei passi dietro di lei e immediatamente apparve sull'uscio della camera Angela che le disse: «Spero che la cavalcata sia stata di suo gradimento. Come si è comportato il cavallo? È stato docile ai suoi comandi o ha dovuto faticare? Ho saputo che è un cavallo difficile da montare». Lucrezia rispose: «Angela, non mi sono divertita tanto da quando sono arrivata a Ferrara; il cavallo si è comportato magnificamente, è veramente uno splendido esemplare, mi divertirò a cavalcarlo ancora tutte le volte che ne avrò voglia».

Mentre parlava fece cenno ad Angela di avvicinarsi per aiutarla a togliersi gli stivali, allora la ragazza le si avvicinò e, mettendosi a cavalcioni delle sue gambe con la faccia rivolta verso l'uscio, sfilò i calzari. Terminata l'operazione, si mise la mano sulla fronte preoccupata, ed esclamò: «Eccellentissima, stavo dimenticando una cosa importante, è arrivata una lettera per lei che ho poggiato sullo scrittoio, le conviene aprirla subito, ho sentore che possa contenere notizie di suo marito». A sentir quelle parole il viso le si illuminò, andò verso lo scrittoio, tolse il sigillo di ceralacca alla lettera, la aprì e si rese conto che era del marito.

Incominciò immediatamente a leggerla. La lettera conteneva, tra le altre notizie, quella che più attendeva: Alfonso le comunicava che sarebbe ritornato dalla corte francese a Ferrara nel giro di due o tre settimane.

Da un lato, la notizia la rese raggiante, ma dall'altro la preoccupò: ciò significava che le rimanevano solo pochi giorni per arredare l'appartamento prima dell'arrivo del marito. Bisognava dunque mettersi subito all'opera per fare in modo che tutto fosse pronto per l'imminente rientro di Alfonso.

Nel frattempo Angela attendeva gli ordini della padrona nell'altra stanza, Lucrezia si affrettò a raggiungerla intimandole: «Presto, aiutami a indossare l'abito delle grandi occasioni, devo incontrare gli arredatori venuti da Roma e voglio fare una buona impressione su di loro». Angela si mosse verso l'armadio che conteneva gli abiti migliori della sua signora, prese quello scelto da Lucrezia e l'aiutò a indossarlo.

Quando Lucrezia l'ebbe indossato, rifulgeva in tutto il suo splendore: l'abito lungo di seta blu, con un'ampia scollatura e le maniche larghe, sottolineava le forme perfette della sua padrona. Il colore dell'abito faceva risaltare maggiormente la sua carnagione chiara, i suoi grandi occhi azzurri, nonché la cascata di lunghi capelli biondi. Angela la guardò soddisfatta e le disse: «Eccellentissima, la sua apparizione davanti agli occhi dei due arredatori romani non potrà che ispirare loro pensieri di bellezza, sono sicura che si faranno in quattro per accontentarla. Vedrà che in men che non si dica l'appartamento sarà arredato in modo tale che suo marito rimarrà sbalordito». Lucrezia intanto si stava ammirando nel grande specchio posto nell'angolo della camera, tra l'armadio e la poltrona e si sentì soddisfatta e compiaciuta dell'effetto che l'abito le donava. «Sì, anch'io sono sicura che faremo un buon lavoro insieme agli inviati del Papa, adesso scendiamo, non voglio fare attendere troppo gli ospiti, vanno trattati con tutti i riguardi». E senza ulteriore esitazione si avviò con passo deciso verso l'uscita dell'appartamento.

Angela si scostò di lato e affrettando il passo in prossimità della porta la superò, aprì l'uscio e la lasciò passare. Imboccarono il lungo corridoio che portava alle scale, per raggiungere il grande salone dei ricevimenti, dove già erano arrivati i due arredatori, in attesa di essere ricevuti. Quando si accorsero che dalle scale stavano scendendo le due signore, con Angela che precedeva Lucrezia, andarono loro incontro e togliendosi i copricapi fecero un profondo inchino, poi rivolti verso Lucrezia si presentarono: «Messere Pomponio e Messere Andreozzo. Siamo giunti da Roma per ordine del Santo Padre per servirla nel migliore dei modi come è nostra consuetudine». Lucrezia si avvicinò ai due gentiluomini e indicò loro con un cenno di avvicinarsi verso il tavolo che si trovava al centro della sala e di sedersi, mentre lei rimase in piedi a osservarli.

A prima vista sembravano due brave persone: Messere Andreozzo era più piccolo e tarchiato, con una faccia larga e abbronzata, labbra carnose e naso camuso, la fronte bassa e i capelli neri riccioluti. Messere Pomponio aveva la carnagione chiara, capelli castani, occhi azzurri, naso affilato e lungo e due labbra sottili. Dei due, Messere Pomponio sembrava quello più dotato di cervello, per cui Lucrezia si rivolse a lui, dicendogli: «Messere Pomponio, il compito che vi attende non è facile, dovete aiutarmi ad arredare il nuovo appartamento in cui io e mio marito andremo ad abitare, e voglio che entro due settimane sia completamente finito, ammobiliato con mobili di alta classe e pregio, che rispecchi il mio gusto e riscuota l'apprezzamento di mio marito, Alfonso, figlio del Duca Ercole d'Este. È tutto chiaro?»
Messere Pomponio rispose: «Madonna Lucrezia eccellentissima, sarà fatto come voi comandate, alla figlia del

santissimo padre Alessandro VI non si può che ubbidire e accontentarla. Comandate e sarete esaudita!»

Nell'udire quelle parole il viso di Lucrezia si illuminò, l'espressione divenne gioviale e rilassata, poi, rivolta verso i due gentiluomini disse: «Naturalmente a lavoro ultimato sarete lautamente ricompensati, porterete a mio padre una lettera che vergherò con le mie mani, con i miei ringraziamenti e le mie volontà riguardo al compito a voi assegnato. Sono sicura che il Santo Padre non mancherà di aggiungere i suoi elogi e le sue ricompense per i vostri servigi». A sentir quelle parole i due si alzarono dalle sedie, fecero due passi indietro e inchinandosi verso Lucrezia risposero: «Eccellentissima, quando è possibile visionare l'appartamento perché possiamo renderci conto di quali e quanti mobili abbiamo bisogno per arredarlo secondo le necessità e i vostri gusti?» Lucrezia volgendo uno sguardo verso Angela, aspettando un cenno di assenso, rispose: «Domani mattina Angela darà ordine a una guardia di accompagnarvi al palazzo e noi saremo già là ad aspettarvi». Quando lo sguardo di Lucrezia incontrò quello di Angela percepì che l'appuntamento era confermato. Allora rivolta verso i due arredatori disse: «Andate ora, non c'è tempo da perdere, Angela provvederà al vostro alloggio e si occuperà del vostro vitto».

Voltò loro le spalle e si avviò verso l'uscita del salone per tornare nelle sue stanze. Arrivata nell'appartamento si sedette sulla sedia di fronte allo scrittoio, la spostò in modo che fosse rivolta verso la finestra da cui poteva guardare verso l'esterno. Lo sguardo era perso in direzione della linea dell'orizzonte infinito senza mettere a fuoco nessuna immagine in particolare. La mente era immersa nei suoi pensieri, Lucrezia cercava di immaginare il momento in cui avrebbe riabbracciato il marito all'interno dell'appartamento mostrandogli il risultato da lei conseguito. Un velo di preoccupazione le corrucciò la fronte: come avrebbe reagito il marito dopo la lunga assenza? Avrebbe dimostrato ancora lo stesso trasporto verso di lei? Si sarebbe dimostrato gentile e premuroso? Avrebbe apprezzato il suo gusto per come aveva arredato il loro appartamento?

Mentre Lucrezia era assorta in tali meditazioni, Angela aveva provveduto a sistemare i due romani, quando ebbe dato tutte le disposizioni del caso si recò verso l'appartamento della sua signora per prendere gli ultimi accordi per il mattino successivo. Giunta davanti alla porta d'ingresso, bussò leggermente ma, non udendo la voce della sua padrona, un po' preoccupata aprì la porta delicatamente, quindi si diresse verso la camera da letto dove pensava di trovare Lucrezia.

Trovò Lucrezia seduta sulla sedia, assorta nei suoi pensieri. Non fece alcun movimento, a dimostrazione che non l'aveva sentita. Allora Angela con voce flebile disse: «Eccellentissima, sono qui per servirvi». Solo in quel momento Lucrezia volse lo sguardo verso di lei. Dall'espressione persa e assente che dimostrava, Angela capì che non si era ancora resa conto del tutto della sua presenza, quindi ripeté con voce più decisa: «Sono qui per servirla madonna Lucrezia!» Solo allora, come scossa da un fremito, Lucrezia scosse la testa, sbatté le palpebre e guardando dritto negli occhi la sua ancella, le disse: «Sì, domani mattina andremo di buon'ora nell'appartamento e aspetteremo i due arredatori che visioneranno i locali e prenderemo gli accordi perché si mettano subito all'opera!» Angela fece cenno di sì con il capo e poi le chiese:

«Vuole che le ordini qualcosa per la cena?» A quella domanda Lucrezia fece cenno di no con la testa, non aveva fame, e inoltre intendeva tenersi leggera per meglio riflettere durante la notte, onde poter ordinare e consigliare al meglio i due arredatori per l'indomani mattina. Angela chiese di potersi recare nella sua stanza, appena ne ebbe il consenso si voltò e si allontanò. La notte trascorse velocemente per Lucrezia, non aveva dormito quasi per niente, troppi pensieri le si accavallavano nella mente. L'agitazione per il compito che l'attendeva e l'ansia per il ritorno del marito fecero il resto. Si svegliò all'alba, si vestì e aspettò Angela, seduta allo stesso posto e nella stessa posizione in cui l'ancella l'aveva lasciata la sera prima. Infatti, quando il sole era già spuntato da un pezzo, lei entrò e inaspettatamente la trovò lì ad aspettarla. Questa volta Lucrezia percepì subito l'uscio che si apriva, e, volgendosi in direzione di Angela, annunciò: «Sono pronta». La damigella fu sorpresa nel sentirsi apostrofare senza indugi e inchinandosi leggermente le rispose: «Eccellentissima madonna Lucrezia, sarebbe meglio mangiare prima qualcosa, è da ieri a mezzogiorno che non toccate cibo! Le faccio portare del latte con miele, dei biscotti e un po' di frutta». «Va bene, se non ci fossi tu come farei? Sì, forse è meglio che metta qualcosa sotto i denti, altrimenti rischio di non farcela, per di più oggi devo essere in piena forma se voglio farmi servire come merito. Perciò accetto il consiglio». Angela si recò in cucina per procurare ciò che aveva raccomandato a Lucrezia.

Ritornò dopo pochi minuti con il vassoio portato da un inserviente della cucina che congedò all'ingresso dell'appartamento. Entrò, poi, dirigendosi verso il tavolo del salotto vi appoggiò il vassoio, quindi si recò verso lo studio dove pensava che la sua padrona si sarebbe recata durante la sua assenza; infatti, la trovò lì seduta e le disse: «Madonna Lucrezia, se si vuole accomodare la colazione è sulla tavola, non aspetta che voi». Lucrezia si voltò docilmente e seguì Angela nell'altra stanza, si sedette al tavolo e incominciò a bere il latte, dopo vi inzuppò un paio di biscotti, quindi addentò una mela, poi si pulì le labbra con un tovagliolo bianco riccamente ricamato e si alzò. Con questo gesto dichiarò di essere pronta a seguire Angela per raggiungere l'appartamento da arredare. Davanti al portone d'ingresso le stavano aspettando due guardie armate che le avrebbero scortate nel tragitto fino al palazzo.

Vi giunsero di prima mattina, si fecero aprire e si recarono nelle stanze al piano superiore, nel frattempo raccomandarono alle due guardie di aspettare i due arredatori romani e di scortarli sopra non appena fossero giunti. Infatti, dopo pochi minuti essi arrivarono, però nel vedere le due guardie un po' si intimorirono, ma quando si avvicinarono gli fu semplicemente detto che erano attesi e che l'eccellentissima Lucrezia e la sua damigella li aspettavano di sopra. Una delle due guardie aprì il portone d'ingresso facendo strada ai due gentiluomini. Salirono per la grande scala che portava all'appartamento al primo piano riservato a Lucrezia e Alfonso.

Le due dame attendevano nel corridoio sedute su una cassapanca di noce riccamente intarsiata con motivi a sbalzo, da cui si protendevano le teste di puttini. Nel vedere arrivare i due gentiluomini, si alzarono e indicarono loro l'ingresso dell'appartamento, li precedettero e si trovarono subito in una grande sala, da cui passarono nell'altra stanza che doveva servire da biblioteca. L'appartamento continuava con un locale ampio che avrebbe funto da sala da pranzo, poi seguiva lo studio, quindi un altro locale prima della grande camera da letto con il sontuoso letto sormontato dal baldacchino. I due arredatori presero nota dei locali, del loro uso e delle dimensioni, mentre tra loro esprimevano commenti a bassa voce.

Quando le due dame ebbero mostrato loro tutti i locali, Lucrezia si rivolse verso Messere Pomponio dicendogli: «Allora, come intendete arredare i locali e cosa mi suggerite di comprare? È possibile portare a termine l'arredamento dell'appartamento nelle tre settimane che ci rimangono prima dell'arrivo di mio marito?» Messere Pomponio, assumendo una posa seriosa e compunta, rispose: «È possibile se a Ferrara ci sono delle buone botteghe di falegnami, dipende da ciò che troviamo già pronto e da cosa invece deve essere fabbricato all'uopo!» «Bene». Rispose Lucrezia «Allora mettetevi subito all'opera, domani mattina voglio che mi diciate come intendete arredarlo e di che cosa avete bisogno». Fece cenno ad Angela di seguirla lasciando i due arredatori soli nella stanza per un ulteriore sopralluogo, prendere le ultime misure e decidere cosa proporre alla futura Duchessa per l'indomani mattina.

I due arredatori rimasero ancora per un po' nell'appartamento, facendo un ultimo giro di perlustrazione nei locali, poi ridiscesero la scalinata e trovarono le guardie che li avrebbero scortati al loro alloggio. Intanto Lucrezia e Angela erano giunte al palazzo, dove la futura Duchessa espresse il desiderio di fare un bagno ristoratore dopo la lunga notte insonne e la stancante mattinata con gli arredatori.

Angela accompagnò la padrona nei suoi alloggi e l'aiutò a spogliarsi. Quando ebbe finito le chiese di potersi allontanare per andare in cucina ad avvisare gli inservienti e per chiedere l'aiuto di altre due damigelle affinché preparassero l'acqua calda per il bagno. Ottenuto l'assenso da Lucrezia, la donna si allontanò dalla sala da bagno al cui centro si trovava la grande vasca a forma di conchiglia, successivamente si recò nelle stanze in cui erano alloggiate le altre damigelle di compagnia della sua signora.

Chiamò Girolama, che sapeva essere tra le favorite di Lucrezia, e l'altra damigella Laura, dal tatto molto delicato e brava nel preparare gli unguenti profumati con cui ungere il corpo della padrona dopo il bagno. Le due si prepararono immediatamente a seguire Angela per compiere al meglio il loro compito.

Quando arrivarono davanti alla sala da bagno, Angela bussò leggermente e udì la voce di Lucrezia che le diceva di entrare. Aprendo l'uscio, videro Lucrezia già spogliata seduta su una sedia in attesa di poter entrare nella vasca. In quel momento si sentirono dei rumori fuori dalla porta dell'appartamento. Angela capì che erano arrivati gli inservienti con i recipienti pieni di acqua calda, chiamò Laura e le disse di seguirla verso l'uscita.

Angela assentì con il capo e mentre i due si voltarono per ritornare nelle cucine, lei e Laura afferrarono per i manici il recipiente d'ottone e con notevole sforzo lo portarono nella sala da bagno poggiandolo accanto a Lucrezia.

Le due damigelle presero fiato dopo il notevole sforzo, poi, ricevuto l'assenso di Lucrezia, iniziarono a versare l'acqua fino a riempire a metà la vasca. Quindi, dopo avere aggiunto gli unguenti profumati, Angela insieme a Laura iniziò a strofinare delicatamente con una spugna di mare il corpo di Lucrezia. La signora si sistemò con la testa appoggiata sulla parte alta della vasca, nell'incavo perfettamente adatto al suo corpo, con le gambe leggermente raccolte verso il petto e gli occhi semichiusi, assaporando intensamente quel momento di sollievo. I pensieri cominciavano lentamente a sciogliersi, sembrava che tutte le preoccupazioni della notte precedente fossero di colpo sparite. Si sentiva intimamente soddisfatta e sicura di sé.

Era convinta che avrebbe fatto un buon lavoro, non vedeva l'ora di riabbracciare il marito, guardarlo negli occhi e perdersi nel suo forte abbraccio di maschio possente e sicuro. Quando Angela smise di detergerle la pelle, riaprì gli occhi in uno stato di beatitudine. Fu avvolta in un grande panno bianco e fatta accomodare sulla sedia. Doveva attendere che svuotassero la vasca dall'acqua già usata e la riempissero con l'altra tiepida che nel frattempo gli inservienti avevano provveduto a sistemare fuori dalla porta dell'appartamento.

Dopo il bagno, Lucrezia indossò una vestaglia azzurra e fu accompagnata in camera da letto. Quando Angela le chiese se dovesse ordinarle qualcosa per la cena, le rispose che avrebbe gradito solo un po' di frutta.
In breve tempo, Laura arrivò con un vassoio pieno di mele, pere e prugne che ripose sul tavolo nella sala antistante la

camera da letto. Chiese gentilmente a Lucrezia se avesse ancora bisogno di loro, lei le congedò. Rimasta sola fissò per un po' un punto indefinito, senza riuscire a focalizzare alcun pensiero, era come svuotata, assente, leggera. Restò così assorta per un po', poi avvertì un acuto crampo allo stomaco che la riportò allo stato di coscienza. Si recò nella sala da pranzo e dal vassoio posto sul tavolo afferrò una mela e la morse. Poi mangiò avidamente due prugne e, non sentendosi ancora sazia, prese un'altra mela. Non mangiò le pere perché non erano di suo gradimento.

Placati i morsi della fame si diresse verso la camera da letto e si coricò. Cadde immediatamente in un sonno profondo, la stanchezza era sopravvenuta all'improvviso, quel sonno ristoratore le avrebbe senz'altro giovato, dato che l'indomani mattina l'aspettava un'altra faticosa giornata. Nel frattempo, i due arredatori furono accompagnati nel loro alloggio. Dopo essersi rifocillati si prepararono per la notte, non prima di essersi accordati sui mobili che avrebbero proposto di acquistare per completare l'arredamento dell'appartamento Ducale.

La mattina seguente si svegliarono di buon'ora, dopo una rapida colazione si fecero scortare davanti al castello della futura Duchessa. Si fecero annunciare e furono ricevuti dopo circa un quarto d'ora nel salone delle udienze al piano terra. Lucrezia era accomodata sulla sedia con lo schienale alto, e accanto a lei, ai due lati, c'erano Angela e Girolama.

Non appena i due gentiluomini furono ammessi alla sua presenza, fece loro cenno di avvicinarsi e quando furono a distanza ravvicinata, rivolgendosi a entrambi, ma fissando con lo sguardo Messere Pomponio, si pronunciò: «Quali mobili avete pensato di propormi per completare l'arredo dell'appartamento?» Allora Messere Pomponio, sentendosi direttamente chiamato in causa rispose: «Eccellentissima madonna Lucrezia, noi avremmo pensato come prima cosa di rivestire lo studio di suo marito con spalliere di legno di rovere alte fino quasi al soffitto. Questo per due motivi: primo, perché il locale dove suo marito trascorrerà molto tempo sia protetto dal freddo e dall'umidità, e in secondo luogo per rendere l'ambiente più accogliente e intimo. Queste spalliere saranno rifinite a intarsio con motivi mitologici, verso il soffitto termineranno con una cornice di fiori di edera intrecciati. Alle pareti verranno sistemati scaffali di legno di mogano ruvido per sistemarvi i libri. Anche la scrivania sarà di legno di mogano con dei cassetti; sul piano di lavoro verrà poggiata una lastra di marmo di Carrara bianco con venature grigio scuro. Di fronte alla scrivania abbiamo pensato di posizionare un forziere per contenere i documenti riservati del figlio del Duca.

Nella sala da pranzo ci sarà un grande tavolo in legno di quercia, con i bordi intarsia riportanti gli stemmi delle vostre due casate, i due sostegni all'estremità del tavolo termineranno con piedi a zampa di leone, le sedie saranno con schienale alto dello stesso materiale e negli intarsi ci saranno richiami dello stesso motivo del tavolo. Le sedie delle vostre signorie avranno uno schienale più alto e lo stemma della casa d'Este. Completeranno l'arredo una credenza a quattro ante sempre in legno di quercia, con intarsi a sbalzo raffiguranti personaggi mitologici, più due altre credenze più piccole, ma più alte, su cui appoggiare candelabri d'argento per rischiarare il locale. Nella camera da letto, a completare l'arredo, oltre al letto a baldacchino già esistente, abbiamo pensato a due armadi a tre ante di legno di mogano nero, sempre con intarsi a sbalzo con testoline di figure religiose, una specchiera di forma ovale a grandezza naturale, dello stesso legno, ma con sbalzi che richiamano motivi floreali intrecciati. Inoltre, avremmo pensato di posizionare di fronte alla specchiera un inginocchiatoio, sempre che lei sia d'accordo».

A questo punto Lucrezia intervenne affermando un po' pensierosa: «Per l'inginocchiatoio ci penserò, vi farò sapere nei prossimi giorni». Messere Pomponio, prendendo atto della sua volontà, riprese il discorso interrotto precisando: «La specchiera verrà posizionata tra l'armadio e la finestra in modo che possa prendere tutta la luce necessaria per riflettere meglio possibile le vostre auguste persone quando vi specchierete. Inoltre, sempre nella camera da letto, andranno posizionati due cassoni di mogano per la biancheria delle vostre Eccellenze, saranno intarsiati con figure mitologiche e doratura a foglia aurea. Naturalmente abbiamo considerato che ci vorranno diverse cassapanche, cassoni, cofani, forzieri, armadi, credenze, tavole e sedie, ma di minor pregio e valore per arredare gli altri locali di minor prestigio dell'appartamento». Subito dopo aggiunse: «Abbiamo tralasciato l'arredo per i locali del laboratorio del Duca. Dobbiamo pensare ad arredare anche quelli?» Lucrezia rispose: «No, a quelli ci penserà mio marito, saprà lui di quali strumenti e alambicchi avrà bisogno per i suoi esperimenti». Lucrezia si voltò verso Angela e le chiese: «Qual è la tua idea? Sembra che possa andare bene?» Angela rispose: «Eccellentissima signora, sembra tutto perfetto, solo mi chiedo, faranno in tempo a procurare tutto questo materiale prima che arrivi l'eccellentissimo Alfonso?» Allora Lucrezia si rivolse verso Messere Pomponio e gli chiese: «Ha sentito la domanda della mia dama? Riuscirete a procurare tutto l'arredo prima della venuta di mio marito?» Messere Pomponio prontamente rispose: «Madonna Lucrezia, faremo il possibile e l'impossibile, e se non dovessimo trovare tutto l'occorrente a Ferrara faremo arrivare il rimanente da altre città. Lei ci accordi il suo completo supporto, vedrà che prima dell'arrivo di suo marito tutto sarà sistemato al proprio posto, in perfetto ordine». Quando ebbe udito tali parole di rassicurazione, Lucrezia rispose: «Riceverete una lettera firmata di mio pugno che vi darà la facoltà di ordinare qualsiasi tipo di mobile nel territorio sotto il potere della casa d'Este. Adesso andate e mettetevi all'opera, tenetemi aggiornata costantemente sui vostri progressi». Quindi si alzò e seguita dalle due ancelle risalì al piano superiore nei suoi alloggi.

Quella notte trascorse tranquilla per Lucrezia che si addormentò immediatamente. Mentre per Messere Pomponio e Messere Andreozzo le cose non andarono allo stesso modo. Quella sera, dopo aver cenato abbondantemente e bevuto dell'ottimo vino messo a disposizione dal cuoco di Lucrezia in segno di rispetto e riverenza per il loro compito, iniziarono a discutere sui passi da compiere il giorno successivo.

Messere Andreozzo sosteneva di visitare prima le migliori botteghe di falegnami fuori Ferrara, Messere Pomponio, al contrario, ribadiva che fosse meglio iniziare a visitare le botteghe presenti in città. Egli sosteneva che nelle botteghe cittadine si trovassero di certo i migliori artigiani, in quanto più vicini e a contatto con la corte ferrarese, quindi più aggiornati sulle nuove tecniche e sui materiali pregiati usati nella costruzione di mobili. Non trovandosi d'accordo, alla fine di una lunga discussione decisero che ci avrebbero dormito sopra e l'indomani mattina avrebbero preso la decisione finale, non prima di avere chiesto informazioni a qualche notabile della corte.

L'abbondante libagione e il vino bevuto non si conciliarono con il loro sonno. Entrambi ebbero una notte agitata e quando si svegliarono la mattina successiva avevano gli occhi gonfi, la testa pesante come un sasso e la gola arida.

Quando arrivarono le due guardie di scorta li trovarono che ancora discutevano su dove iniziare il giro di perlustrazione delle botteghe. Appena Messere Pomponio si accorse della presenza delle due guardie si arrestò nella sua discussione con il compagno e, rivolto verso una di loro, chiese: «A chi ci possiamo rivolgere per essere consigliati sulle migliori botteghe di falegnameria del Ducato?» Una delle due guardie prontamente rispose: «La persona più adatta è l'architetto Rossetti[24], lui è il consigliere personale del Duca Ercole. È stato lui l'incaricato della costruzione del palco nel nuovo teatro, dove si sono svolte le rappresentazioni degli spettacoli durante i festeggiamenti per le nozze di don Alfonso e madonna Lucrezia». Allora Messere Pomponio, rivolto alla guardia che aveva parlato, chiese ancora: «Dove possiamo trovare l'architetto Rossetti? È possibile che ci riceva questa mattina per un consulto?» La guardia rispose che la casa di don Biagio non era distante da dove si trovavano, li avrebbero accompagnati volentieri e avrebbero chiesto all'architetto di riceverli. L'altra guardia, che era stata in silenzio fino ad allora, intervenne dicendo: «Io sono in buoni rapporti con la serva che governa la casa». E accompagnò le sue parole con un sorrisetto malizioso. Poi aggiunse con tono civettuolo: «L'architetto non è sposato, praticamente è lei che gestisce tutto. Vedrete che farò in modo che don Biagio vi riceva». L'espressione del volto dei due romani si rasserenò e un ghigno di soddisfazione apparve sui loro volti. Messere Pomponio, ansioso di conoscere l'architetto e di chiedere il suo illuminato consiglio, senza frapporre indugi, rivolto ai due disse deciso: «Muoviamoci allora, conduceteci a casa dell'architetto!» Gli arredatori seguirono allora le guardie lungo un vicolo stretto, incassato tra due fila di palazzi alti, da cui a malapena si intravvedeva in alto uno scorcio di cielo.

Dopo un breve tragitto sbucarono in un piccolo spiazzo da cui si dipanavano tre strette viuzze che si inoltravano tra palazzi dalle alte mura piene di feritoie e con le sommità merlate. Presero la prima via sulla loro destra e dopo circa cinquanta metri si fermarono davanti a un massiccio portone di legno di quercia scuro.
Una delle due guardie, rivolgendosi ai romani, annunciò che erano arrivati, indicando il portone d'ingresso del palazzo di don Biagio. Messere Pomponio, con piglio autori-

tario, ordinò: «Bussate e fatevi aprire!» Una delle guardie cominciò a battere con l'elsa della sua spada contro il portone con colpi costanti, regolari, ma sempre più forti, finché non si sentì una vocina dall'interno che diceva: «Vengo, vengo, diamine, cos'è tutta questa fretta?»

I quattro uomini dall'altra parte del portone sentirono i rumori metallici dei chiavistelli che si aprivano e si guardarono in faccia. Messere Pomponio indirizzò un sorriso di soddisfazione verso Messere Andreozzo, mentre la guardia che conosceva la donna strizzò un occhiolino di complicità verso il suo compagno. Dopo qualche momento di attesa, la porta incassata nel più ampio portone si aprì e apparve la donna, che con un tono tra il serio e il divertito disse: «Chi siete? Cosa volete a quest'ora del mattino?» Allora si fece avanti la guardia che facendosi riconoscere le disse: «Non vedi? Sono Giovanni Bellucci». In quel momento sul viso della donna apparve un sorriso misto tra l'espressione di sorpresa e il compiacimento.

Cercando di mantenere un contegno di donna seria e compunta gli disse: «Ah, sei tu, e cosa vuoi a quest'ora? Chi sono questi signori che sono con te?» Giovanni senza rispondere le si avvicinò tentando di afferrarla per la vita, ma Matilde con uno scatto indietreggiò e con voce offesa gli disse: «Ma si può sapere cosa vuoi? Chi devo annunciare al mio padrone?» Giovanni, sorpreso e offeso dall'indietreggiamento della donna, disse: «Sono due nobiluomini romani, vengono per conto dell'illustrissima madonna Lucrezia e intendono parlare con l'architetto per un consulto molto importante». Mentre terminava la frase si avvicinò di nuovo a Matilde e cercò nuovamente di avvinghiarla con un braccio. Lei si ritrasse di nuovo, ma non tanto da non permettere a Giovanni di afferrarla. L'uomo tentò di darle un bacio, ma lei con uno scatto si divincolò e spostatasi di qualche passo disse: «Ma allora la smetti o no? Cosa possono pensare questi gentiluomini di una donna morigerata come me? Piuttosto fai entrare i due signori nell'atrio mentre io vado ad avvertire don Biagio del loro arrivo chiedendogli se potrà riceverli».

A quelle parole intervenne Messere Pomponio che le disse: «Dica al suo signore che veniamo in nome della nobilissima madonna Lucrezia, riferisca che si tratta di una faccenda della massima urgenza, ma che non richiederà molto tempo». Nell'udire quelle parole Matilde rispose: «Non si preoccupi, riferirò per filo e per segno le sue parole. Vedrà che il mio signore vi riceverà prima possibile, sono inoltre sicura che vi sarà di grande aiuto». Immediatamente con andatura veloce e saltellante salì la scala che si trovava nell'angolo destro dell'atrio. Terminata l'ascesa giunse al piano superiore del palazzo, dove si trovavano gli alloggi dell'architetto e della servitù. Intanto, mentre attendevano il ritorno della serva, Messere Pomponio e Messere Andreozzo discutevano su come introdurre l'argomento di loro interesse con l'architetto. Nel frattempo, Giovanni, con fare circospetto, ma tronfio, raccontava sottovoce al suo camerata della relazione con Matilde. Dopo alcuni minuti, si udirono i passi della donna che scendeva le scale, si fermò sul pianerottolo e urlò:

«Potete salire signori, don Biagio vi attende nel salotto». Allora i due arredatori impegnarono la scala e arrivati sul pianerottolo si fermarono un attimo attendendo di essere guidati da Matilde, lei si voltò e fece loro strada. Imboccarono con passo svelto un lungo corridoio su cui si aprivano vari locali, tra cui il salotto. Quando Matilde vi giunse di fronte, bussò leggermente e dall'interno si udì una voce rauca e possente che diceva: «Avanti!» La ragazza aprì l'uscio e scostandosi di lato fece accomodare i due arredatori nella stanza, quindi rivolgendosi verso l'architetto li introdusse: «Sono i due gentiluomini che vengono da parte della nobilissima Lucrezia». Don Biagio, seduto su una poltrona con uno schienale alto e le braccia appoggiate ai braccioli, fece cenno di assenso con il capo. Poi rivolto verso i due, indicando delle sedie che erano vicino al tavolo a pochi passi da lui, li esortò: «Prego accomodatevi, in cosa posso esservi utile? Ogni vostro desiderio sarà per me un ordine. Sarà un piacere poter servire attraverso voi la nostra amatissima Lucrezia».

Allora Messere Pomponio, accomodandosi sulla sedia e spostandola in po' in modo che fosse quasi di fronte all'architetto parlò: «Sappiamo che lei è uno degli architetti più ascoltati e fidati del Duca Ercole, perciò non potevamo desiderare di meglio. Noi vorremmo che lei ci indicasse quali sono le migliori botteghe di falegnameria presenti in città e nel Ducato. Noi siamo stati incaricati di procurare i migliori e più bei mobili presenti sulla piazza per arredare l'appartamento dell'illustrissimo don Alfonso e sua moglie Lucrezia. A chi possiamo rivolgerci?»

Quando l'architetto ebbe ascoltato la loro richiesta, corrucciò un po' la fronte, socchiuse gli occhi come a cercare concentrazione e stette per un po' a pensare. I due romani in quei pochi attimi si scambiarono un'occhiata di intesa mista a preoccupazione, cosa stava pensando don Biagio? Avrebbe realmente potuto fornirgli l'informazione da loro richiesta? Con tutti gli impegni che aveva a corte, data la sua posizione nonché la sua specializzazione, in fondo era un architetto, si occupava di costruzioni, poteva non intendersi di mobili.

Proprio in quel momento udirono la voce profonda e impostata dell'architetto che disse: «Ci sono due botteghe che possono fornire mobili di pregio e ottima fattura adatti per queste occasioni. Si trovano entrambe nel centro della città, tra l'altro non sono molto distanti l'una dall'altra. Una è la bottega di mastro Volpotti e l'altra è quella di mastro Marinotti. Vi consiglio di fare visita prima a mastro Volpotti, in genere è quello che costruisce sempre i mobili migliori, con gli ultimi ritrovati sia in fatto di materiali che di lavorazione». Dopo la risposta di don Biagio gli arredatori si alzarono dalle loro sedie, ringraziarono l'architetto e con un leggero inchino del capo si diressero verso la porta. Prima che arrivassero a toccare l'uscio si udì la voce possente di don Biagio alle loro spalle gridare: «Matilde, accompagna i signori giù da basso. Vi raccomando, portate i miei ossequi all'illustrissima Lucrezia, vi auguro di trovare tutto ciò che cercate». In quel momento apparve Matilde che con un sorriso stampato sulle labbra e arrossata in viso, fece segno di seguirla con fare cerimonioso ottenuto con un ampio gesto della mano.

Quando giunsero in fondo videro le due guardie che parlavano intensamente tra di loro: Giovanni con gesti e smorfie del viso stava raccontando qualcosa all'amico, però dalla distanza in cui si trovavano non riuscirono a percepire il significato delle parole. Non appena Giovanni si accorse che Matilde stava arrivando seguita dai due Messeri, si arrestò nel suo gesticolare, smise di parlare e si diresse verso i due romani apostrofandoli: «Allora Messere Pomponio, avete ricevuto le informazioni che cercavate?» Messere Pomponio rispose: «Certamente, l'architetto è stato molto gentile e premuroso. Abbiamo avuto l'informazione che cercavamo, dovreste scortarci alla bottega di mastro Volpotti, la conoscete? Don Biagio ci ha detto che si trova proprio nel centro della città». Prontamente Giovanni rispose: «Sicuro che sappiamo dov'è, vi ci accompagneremo subito, saremo là tra dieci minuti, non è molto distante da qui». Dopo di che si diresse verso l'uscita e si incamminò seguito dai due gentiluomini. Passò davanti a Matilde, che nel frattempo era rimasta in piedi in un angolo dell'atrio a osservare la scena.

Quando Giovanni giunse alla sua altezza passò oltre senza fermarsi a salutarla, increspò solo leggermente le labbra e tirò dritto. Matilde, sentendosi offesa da quel comportamento di malcelata indifferenza, sentì una vampata di calore salirle su per le gote, si voltò di scatto e, rivolta ai due gentiluomini disse: «Arrivederci signori, la prossima volta che avete bisogno del mio padrone venite pure da soli, oramai sapete la strada». Detto ciò, si incamminò su per la scala.

Quando le guardie e gli arredatori furono fuori dal portone, una luce accecante colpì i loro occhi. Per un breve tratto i quattro rifecero lo stesso tragitto dell'andata, poi a un certo punto svoltarono in un vicoletto che si dipanava da un piccolo spiazzo, lo percorsero tutto e infine sbucarono in una piazza più grande circondata da costruzioni non molto alte. Dietro si stagliavano alti e imponenti palazzi ed edifici che dallo splendore delle facciate appartenevano senz'altro a famiglie aristocratiche della città. Su ognuna delle costruzioni prospicienti la piazza si apriva una bottega artigianale o un negozio.

Giovanni e l'altra guardia, dopo un attimo di esitazione, si incamminarono decisi verso la seconda casa alla loro sinistra; dopo poche decine di metri si arrestarono davanti a una porta con grandi battenti in legno di quercia massiccio spalancati ai lati della casa.

Per accedere al locale bisognava scendere tre gradini, poiché il piano terra era situato circa un metro sotto il livello della strada. Giovanni si voltò verso i due arredatori e sempre rivolgendosi verso Messere Pomponio disse: «Siamo arrivati, questa è la bottega di mastro Volpotti, scendete i gradini e chiedete di lui, noi vi aspetteremo qui fuori». Allora Messere Pomponio si voltò verso Andreozzo e gli indicò di seguirlo. Scese i tre gradini, quando toccò il piano terra si spostò di qualche metro in avanti nel locale ad attendere l'arrivo del suo compagno.

Nel frattempo cercava di mettere a fuoco i contorni del locale e di individuare tra i lavoranti che aveva intravisto chi fosse mastro Volpotti. Mentre stava riflettendo su ciò, sentì dietro di sé un rumore sordo come un tonfo di qualcosa che cade a terra, un attimo dopo percepì il grido sommesso di Andreozzo che diceva: «Ahi, son caduto, aiutatemi, mi sono rotto la caviglia!» Subito Messere Pomponio si voltò verso l'amico e cercando di individuare dove fosse finito cercò di aiutarlo. Mentre si accingeva a soccorrerlo sentì una risata cristallina provenire dalla gola di un ragazzo che cercando di soffocarla, si avvicinò a Messere Andreozzo chiedendo: «Messere, vi siete fatto male? Ma come avete fatto a cadere? È la prima volta che succede nella nostra bottega!» E scoppiò di nuovo in una irrefrenabile risata.

Apparve allora un omone grande e grosso, con due spalle larghe, due braccia robuste e nerborute che spuntavano dalle maniche di una camicia arrotolate fino al gomito, un viso rosso rubicondo, un naso largo a patata, due occhietti rotondi e vispi. Rivolto verso Andreozzo disse: «Non si muova, ci penso io». Pose una mano sotto la testa e l'altra sotto l'incavo delle ginocchia, e, senza apparente sforzo, sollevò Messere Andreozzo da quella scomoda posizione e lo adagiò su una sedia a dondolo posta in un angolo semibuio dell'ampia bottega.

Quando l'ebbe adagiato delicatamente sulla sedia, si alzò e rivolto verso Messere Pomponio disse: «Sono mastro Volpotti da Velletri, in cosa posso esservi utile? Potrei sapere con chi ho a che fare?» Poi allungò la sua enorme mano destra verso Messere Pomponio, che gliela strinse prontamente in una morsa d'acciaio.

Con voce strozzata dal dolore si presentò: «Messere Pomponio da Roma e quello laggiù è Messere Andreozzo da Frascati. Siamo qui per servire l'eccellentissima madonna Lucrezia». A sentir nominare quel nome, l'omone fece un ampio e goffo gesto di inchino e disse: «Servo vostro, di cosa avete bisogno?» Messere Pomponio, estraendo un foglio dalla tasca della sua giacca, iniziò a leggere l'elenco dei mobili segnati: tre forzieri, quattro cofani, cinque cassoni, sei cassapanche, dieci sedie, venti candelabri, tre armadi a tre ante, tre credenze, quattro tavoli, una specchiera ovale a grandezza naturale, un inginocchiatoio e un secretaire. A sentir quel lungo elenco l'espressione del viso di mastro Volpotti passò dal soddisfatto al preoccupato. Schiarendosi un po' la gola e portandosi la mano a pugno chiuso verso la bocca con voce esitante e incerta disse: «Messere Pomponio, vi accompagno nel magazzino retrostante la bottega, vedrete con i vostri occhi quello che è già pronto per la consegna, ciò che invece è in procinto di essere finito, e ciò che dovrà essere costruito per l'occasione. Qual è la data di consegna dei mobili, Messere Pomponio?» Mentre si stavano avviando verso la porta posteriore che conduceva al magazzino, Messere Pomponio rispose: «Quattordici giorni a partire da domani!» Allora il falegname si arrestò e guardando negli occhi l'interlocutore disse: «Temo che non farò in tempo a consegnarvi tutti i mobili per quella data, a meno che non scegliate quelli già pronti o in via di rifinitura».

Usciti dal locale si trovarono in un piccolo cortile interno, alla destra del quale c'era un caseggiato alto, su cui si apriva una grande porta che oltrepassarono ritrovandosi all'interno del grande magazzino. Era un locale dal soffitto alto almeno cinque metri, lungo una ventina e largo circa quindici; ai due lati in alto si aprivano due grandi finestre, che ne occupavano un'ampia parte in senso longitudinale, da cui entrava la luce del sole che illuminava nitidamente il locale. Ai due lati del locale e in una fila centrale erano disposti i mobili già pronti per la consegna e quelli che dovevano ancora essere completati. Mastro Volpotti si fermò all'inizio del locale di fronte a un armadio a tre ante in noce smaltato e rivolto verso i due disse: «Prego, fate un giro del locale, prendete nota di ciò che vi piace e io vi dirò infine entro quando tempo sarò in grado di consegnarli». A quel punto Messere Pomponio e il collega Andreozzo si avviarono lentamente verso la fila dei mobili ordinati lungo la parete di sinistra e cominciarono il loro giro. Quando arrivavano vicino a una cassapanca, a un cofano, a un tavolo o a una sedia di loro gradimento, ne prendevano nota e passavano oltre. Alla fine del giro, dopo circa una mezz'ora, avevano scelto i mobili che erano sembrati loro di maggior pregio.

Li elencarono a mastro Volpotti e gli chiesero se potesse approntarli entro due settimane, al che l'artigiano rispose senza esitazione: «Tra due settimane sarà tutto pronto, rimane solo da stabilire come farli pervenire presso l'appartamento dell'illustrissima Duchessa, il prezzo e la modalità di pagamento». Messere Pomponio guardò in faccia Messere Andreozzo e con sguardo indagatore aspettò un suggerimento. Allora prendendo la parola Messere Andreozzo disse: «Per il trasporto non si preoccupi, chiederemo all'eccellentissima madonna Lucrezia di fornirci dei carri e gli uomini per effettuare il trasloco nei suoi locali». Messere Pomponio, rivolgendosi verso mastro Volpotti disse: «A quanto ammonta il prezzo dei mobili che abbiamo selezionato?» Mastro Volpotti rimase un po' pensieroso, corrucciando la fronte, ed esitando fece cenno con la mano di attendere.

Nel frattempo, uscirono dal magazzino e rientrarono nel locale bottega, si avvicinarono verso la porta d'uscita, arrestandosi in prossimità di un tavolo che fungeva da scrivania. Mastro Volpotti si accomodò sulla sedia, prese un foglio di carta e con una matita fece dei calcoli. Dopo circa cinque minuti, nei quali i due arredatori approfittarono per un altro piccolo giro di perlustrazione della bottega, alzò il capo e rivolto verso Messere Pomponio disse: «Per i tre forzieri, i tre cofani, i due cassoni, le quattro panche, le dieci sedie, i quindici candelabri, i due armadi, le due credenze, i due tavoli e il secretaire, vi faccio notare che il secretaire è costruito con la tecnica della lastronatura in radica di noce lucidata in un bagno di olio e altre sostanze, la cui miscela è un segreto professionale, per cui si ottiene quella lucentezza che dà al legno i riflessi di una lastra di marmo... dunque, per tutto questo materiale, siccome si tratta di servire l'illustrissima futura Duchessa di Ferrara, vi vengo incontro e vi consento una dilazione del pagamento a centottanta giorni. Diciamo che la somma totale da versare per metà alla consegna e metà al termine della dilazione è di quattordicimila Ducati».

Messere Pomponio guardò in faccia Messere Andreozzo, quindi, ricevendone un'occhiata di assenso, annunciò con fare minaccioso: «Affare fatto mastro Volpotti! Faccia in modo che tutti i mobili siano pronti tra due settimane. In caso contrario, ne pagherete le conseguenze!»

Si avvicinò a mastro Volpotti, gli strinse la mano e si spostò in modo che anche Messere Andreozzo sigillasse con la sua stretta di mano il patto appena stabilito. Successivamente i due arredatori risalirono i tre gradini e si ritrovarono di nuovo fuori alla luce del sole, cercando di individuare dove fossero le due guardie. Le videro sedute sui gradini antistanti un negozio di chincaglierie mentre confabulavano con un tizio dall'apparente giovane età. Appena notarono i due arredatori, le guardie si alzarono, salutarono l'uomo e si avviarono verso di loro.

Quando furono a distanza ravvicinata, Giovanni, rivolto verso Messere Pomponio, chiese: «Avete trovato ciò che cercavate?» Messere Pomponio fece cenno di sì con il capo, estrasse il foglio dalla tasca della giacca e dopo qualche secondo, alzando la testa disse: «Manca ancora qualche mobile, dovreste accompagnarci nell'altra bottega, quella di mastro Marinotti».

Giovanni, guardando negli occhi l'arredatore, prontamente rispose: «Seguiteci e nel giro di cinque minuti saremo nella bottega. Si tratta solo di attraversare la piazza e imboccare quella viuzza sulla destra che fiancheggia quel torrione là in fondo sull'angolo a destra, lo vedete?» E indicò con l'indice proprio davanti a loro sulla destra l'alta torre sotto cui si intravvedeva un vicolo stretto che si perdeva lungo due fila di alti palazzi in posizione retrostante rispetto al torrione. Dopo aver indicato la direzione da seguire, Giovanni si incamminò seguito dall'altra guardia e dai due arredatori. Lungo il tragitto che percorsero per arrivare davanti alla porta d'ingresso della bottega di mastro Marinotti, Messere Volpotti discuteva e si accordava con Messere Andreozzo su quali mobili richiedere. Messere Andreozzo ricordò inoltre al suo socio la faccenda dello studio del futuro Duca Alfonso: bisognava trovare dei valenti artigiani perché tappezzassero i muri del suo studio con spalliere di legno pregiato adatto all'ambiente, ai gusti e alla personalità di don Alfonso. Decisero di comune accordo di chiedere a mastro Marinotti se fosse in grado di eseguire il lavoro. Si accordarono anche per avvisare l'illustrissima Lucrezia che l'indomani mattina sarebbero passati da lei per ragguagliarla sulla scelta dei mobili.

Nel frattempo, le avrebbero chiesto qualche informazione in più circa i gusti del marito, onde poter dare indicazioni più precise agli artigiani che avrebbero eseguito i lavori nel suo studio. Mentre erano intenti nella discussione degli ultimi dettagli non si resero conto che Giovanni e il suo amico si erano arrestati, voltandosi a osservarli. Messere Pomponio, accortosi di ciò, si fermò chiedendo: «Siamo arrivati?» Giovanni allora, indicando davanti a sé l'ingresso di un ampio portone spalancato, rispose: «Sì, questo è l'ingresso del palazzo al cui interno si apre la bottega di mastro Marinotti. Seguitemi, vi accompagno da lui».

Giovanni impegnò l'ingresso del portone, ai cui lati erano poste due semicolonne di marmo alte due metri circa su cui si ergevano due statue raffiguranti i leoni alati. Nel passarvi sotto, Messere Andreozzo alzò gli occhi e rimase impressionato dall'espressione del leone che aveva le fauci spalancate, da cui sporgevano due enormi canini appuntiti. Ebbe quasi l'impressione che il leone stesse per saltare giù e azzannarlo.

Un brivido di freddo gli corse lungo la schiena; affrettò il passo e si portò all'altezza di Giovanni e di Messere Pomponio che gli camminavano proprio davanti, quasi come per sentirsi rassicurato dalla loro presenza. Percorsi una decina di metri all'interno del cortile, Giovanni si fermò davanti alla porta d'ingresso della bottega, ai cui lati stavano appoggiate una madia per il pane e una sedia impagliata. Aprì la porta, fece qualche passo all'interno, si arrestò e voltandosi fece cenno a Messere Pomponio di entrare. Nel frattempo, si girò verso il centro del locale chiamando ad alta voce: «Mastro Marinotti! Mastro Marinotti!»

Al secondo richiamo apparve da dietro un armadio ancora in lavorazione un ometto basso, con una pancetta prominente, la testa piccola e calva, due occhietti piccoli arrossati di sangue, senza sopracciglia, un naso sottile e appuntito, la pelle del viso imbelle, due braccia corte, ma ben tornite, che con andatura lenta e fare sospettoso si avvicinò a Giovanni rispondendo: «Eccomi, in cosa posso servirvi?» Giovanni, squadrandolo dall'alto in basso, senza guardarlo in viso, rispose voltandosi contemporaneamente verso i due arredatori romani: «Sono quei due gentiluomini dietro di me che hanno bisogno di voi, vengono da parte dell'eccellentissima madonna Lucrezia, moglie di don Alfonso, figlio del Duca Ercole».

In seguito alla presentazione dei due uomini che gli stavano di fronte, il falegname, arrossendo un po', farfugliò i suoi ossequi: «Servo vostro, nobili signori, di cosa avete bisogno? Ordinate e sarò a vostra disposizione, la mia bottega, la mia arte e i miei aiutanti sono a disposizione delle eccellentissime personalità da voi rappresentate». Allora Messere Pomponio, estraendo di nuovo il foglio su cui aveva segnato quali mobili ancora mancavano per completare l'elenco, sostenne: «Avremmo bisogno di un cofano, tre cassoni, due cassapanche, cinque candelabri, un armadio a tre ante, una credenza, due tavoli, una specchiera e un inginocchiatoio. Tutti i mobili elencati devono essere del miglior materiale a vostra disposizione, della miglior fattura, e cosa ancora più importante, devono essere pronti entro due settimane a partire da domani». Mastro Marinotti rimase un attimo a pensare, si avvicinò al tavolo che stava di fianco all'armadio, intorno al quale stava lavorando poco prima di essere interrotto. Da un cassetto estrasse dei fogli, segnò i mobili che gli erano stati richiesti e quando ebbe finito si rivolse ai due arredatori dicendo: «Seguitemi».

Uscì dalla bottega e, proprio di fronte, sull'altro lato del cortile, si trovava una grande porta a due battenti. Estrasse dalla tasca del suo pantalone una chiave, la infilò nella toppa e aprì il battente. Mentre si introduceva all'interno, disse ai due di seguirlo. Quando entrarono, i due arredatori poterono ammirare, allineata in modo ordinato secondo la tipologia, una quantità considerevole di mobili. Il locale presentava dimensioni inaspettate: dall'esterno non si sarebbe supposto che ci potesse essere un locale così ampio, dal soffitto così alto, su cui si aprivano ampi lucernari da cui filtrava la luce che serviva per illuminare l'ampio spazio. Il magazzino era alto non meno di dieci metri, profondo una quarantina e largo almeno venti.

Alla loro sinistra Messere Pomponio e Messere Andreozzo poterono notare una fila di sedie di diversa grandezza, fattura e pregio. In ordine crescente di grandezza erano disposti in circolo, lungo il perimetro del locale e in una fila centrale, candelabri, cofani, forzieri, cassapanche, specchiere, credenze, tavoli, madie, letti e altri mobili di vario genere. Mastro Marinotti rivolto verso Messere Pomponio disse: «Scegliete quello che vi sembra faccia al caso vostro; ciò che non c'è nell'elenco che mi avete testé formulato, vedrò di farvelo al momento con l'aiuto dei miei valenti aiutanti». I due arredatori allora si incamminarono lungo la fila dei mobili e scelsero tra quelli più belli che mancavano dall'elenco. Alla fine del giro, controllando ciò che avevano segnato, constatarono che mancavano solo una credenza, l'inginocchiatoio e la specchiera. Si accordarono perché mastro Marinotti costruisse una credenza a due ante all'ultima moda, in legno di noce lucente, con i piedi scolpiti a sbalzo a forma di zampa di leone. Lasciarono in sospeso l'ordinazione dell'inginocchiatoio previa richiesta all'illustrissima Lucrezia.

Tra le specchiere pronte in magazzino non ne trovarono alcuna di loro gradimento, quindi conclusero che ci avrebbero riflettuto prima di prendere una decisione. Non rimaneva che stabilire il prezzo, le modalità di pagamento e rassicurare mastro Marinotti che per il trasporto si sarebbero affidati all'aiuto dell'illustre nuora del Duca. Perciò Messere Pomponio si rivolse al falegname per chiedergli a quanto ammontasse la somma da pagare per i mobili ordinati. Mastro Marinotti diede una breve occhiata al foglio con l'elenco dei mobili, fece subito i calcoli a mente e nel giro di pochissimo tempo fu in grado di fornire la cifra «Settemilacinquecento Ducati, vi vengo incontro e vi consento una dilazione del pagamento a centoventi giorni. Un terzo della cifra mi verrà data alla consegna dei mobili e i due terzi alla scadenza del periodo di dilazione. Inoltre, come regalo personale e augurio di figli maschi per la coppia Ducale, consegnerò il mio più bel vassoio da parto. Vi posso assicurare, nobili signori, che in tutta Ferrara, nonché nel circondario, non troverete mobili di miglior fattura e pregio dei miei». Alzò la testa, guardò in faccia attendendo risposta Messere Pomponio, il quale, dando un'occhiata al suo compare, senza esitare rispose: «Restiamo d'accordo così, tutto il materiale sarà pronto tra due settimane e il pagamento rimane quello da voi proposto».
Allungò la mano verso mastro Marinotti e gliela strinse.
Quando sentì allentarsi la stretta si diresse verso l'uscita. In quell'istante si udì Messere Andreozzo che, schiarendosi la gola con alcuni colpi di tosse, disse: «Dimentichi una cosa

Pomponio!» Messere Pomponio si arrestò di colpo, si voltò verso di lui chiedendogli: «Cosa avrei dimenticato?» Andreozzo, schiarendosi di nuovo la voce, rispose: «Dimentichiamo di chiedere a mastro Marinotti se può posare le spalliere sulle pareti dello studio di don Alfonso». Quando il falegname ebbe udito il problema, il suo viso si illuminò rispondendo prontamente: «Signori, avete davanti a voi il migliore dei posatori sulla piazza di Ferrara! Io e il mio aiutante Audace abbiamo appena finito di tappezzare lo studio del conte di Correggio. Il conte è rimasto talmente soddisfatto del nostro lavoro che ci ha concesso anche una lauta mancia. A onore del vero, devo ammettere che il mio aitante e valente collaboratore è molto bravo, certamente senza il suo aiuto il lavoro non sarebbe venuto così bene. Rimane però un solo problema: prima che io possa dare una risposta definitiva, dovrei sapere le misure esatte dello studio per essere certo di poterlo consegnare completato entro il termine da voi indicato». «Non ci sono problemi al riguardo. Lo rassicurò Messere Andreozzo, quindi, rivolgendosi verso Messere Pomponio, lo esortò:

«Potresti leggere le misure che abbiamo segnato sul nostro foglio degli appunti in modo che mastro Marinotti possa farsi un'idea dell'ampiezza dello studio, dopo di che dirci se è in grado di rispettare la data di consegna dei lavori?» «Certamente.» Messere Pomponio tirò fuori dalla tasca il foglio e lesse le misure dello studio: "lungo cinque metri, largo quattro ed alto tre metri e mezzo". «Vorremmo che le spalliere arrivassero almeno fino a due metri d'altezza, rifinite ad intarsio e chiu-se con una cornice adatta all'ambiente. Naturalmente tutto deve essere realizzato a regola d'arte con materiale di pregio finis-simo». Nel sentire le misure il falegname rimase un po' perplesso, fece cenno con la mano di attendere, poi si allontanò verso il fondo del locale, dove alcuni lavoranti si affaccendavano vicino ad alcuni mobili.

Si avvicinò a un uomo alto, con la barba e un berretto di carta in testa, confabulò con lui animatamente per qualche minuto, dopo se ne staccò riavvicinandosi ai due arredatori per annunciare: «Sì, possiamo consegnare lo studio nei termini richiesti». Quindi Messere Pomponio intervenne dicendo che non rimaneva che stabilire il prezzo: «Quanto bisogna aggiungere alla cifra di prima?» «Siccome si tratta dello studio del nostro futuro signore ci accontentiamo solo del costo del materiale, cinquecento Ducati e l'affare è concluso!» Allungò la mano verso Messere Pomponio e con viso raggiante salutò «Arrivederci signori, è stato un piacere trattare con voi, sarà ancora più piacevole consegnare i mobili nonché rivestire lo studio con la soddisfazione vostra e dei nobilissimi futuri duchi». Dopo che anche Messere Andreozzo ebbe stretto la mano al falegname uscirono dalla bottega e si incamminarono sotto l'arco del palazzo raggiungendo la piazza. Lì trovarono le due guardie in attesa. Giovanni, compiendo un ulteriore passo verso di loro, chiese a Messere Pomponio: «Avete bisogno che vi accompagniamo oppure possiamo andare? Oramai la strada per ritornare al vostro alloggio dovrebbe esservi familiare».

«Certamente, potete andare, solo vi chiediamo un'ultima cosa. Fate sapere all'illustrissima madonna Lucrezia che domani mattina saremo da lei per informarla sull'andamento della nostra ricerca». Prontamente Giovanni rispose: «Sarà fatto come voi comandate, non abbiate a dubitare, la nostra amatissima madonna Lucrezia riceverà la vostra ambasciata». Salutò frettolosamente i due arredatori non appena terminata la frase e insieme all'amico si allontanarono in direzione opposta a quella dei due romani. Gli arredatori si avviarono verso il loro alloggio discutendo degli avvenimenti del giorno, si trovarono d'accordo nel constatare che i mobili visti e acquistati presso mastro Marinotti erano effettivamente i migliori, sia per i materiali che per la tecnica utilizzati. Erano quasi arrivati nei pressi del loro alloggio quando all'improvviso Messere Pomponio si arrestò, guardò in faccia Messere Andreozzo, si portò la mano destra alla fronte ed esclamò: «Che stupido sono stato! Non mi sono ricordato che a Firenze il marito di mia sorella ha un fratello che possiede la migliore bottega artigianale della città! Sai in che cosa è specializzato?» «No». «Te lo dico io! Gestisce la migliore bottega di falegnameria di Firenze nella costruzione di credenze e specchiere! Possiamo chiedere a lui, tramite mio cognato, di inviarci la migliore che ha disponibile in questo momento. Domani mattina chiederemo a madonna Lucrezia il permesso di potergli inviare un corriere con una mia lettera in cui chiedo a mio cognato di interessarsi presso il fratello per farci avere nel giro di due settimane la specchiera. Cosa ne dici?» «Perfetto» rispose Messere Andreozzo. «Ricordiamoci domani mattina di chiedere a madonna Lucrezia se è d'accordo». Salirono nella loro camera e dopo una frugale cena andarono a letto, preparandosi a sostenere l'impegno per l'indomani. Nella giornata appena trascorsa Lucrezia era stata intenta a organizzare i preparativi per l'accoglienza dell'imminente arrivo del marito.

Diede ordine alle sue ancelle di iniziare a pulire a fondo il suo alloggio. Si consultò con Angela e Girolama su cosa fare preparare per il pranzo di ricevimento del consorte. Espresse il desiderio di lavarsi e tingersi i capelli qualche giorno prima dell'arrivo previsto di Alfonso. Chiese ad Angela di procurarsi i migliori unguenti e profumi con cui fare il bagno la sera prima dell'arrivo del marito. Si fece portare l'occorrente per scrivere una lettera al padre che stese quella sera stessa, ma solo a grandi linee. Rifletté che forse sarebbe stato meglio completarla dopo l'arrivo del marito, in modo da fornire al padre anche i dettagli del viaggio di Alfonso di ritorno dalla Francia. Sapeva che il Santo Padre era sempre molto curioso di apprendere notizie e pettegolezzi sulla corte francese. Si fece servire una leggera cena in camera sua e andò a letto. La notte trascorse tranquilla, dormì senza risvegliarsi quasi mai durante il sonno, verso le otto si svegliò trovando Angela che già l'aspettava nell'altra camera, in quanto si erano accordate così la sera precedente.

Dopo circa una mezz'ora dal suo risveglio avrebbe dovuto consumare una leggera colazione, poi sarebbe stata aiutata a vestirsi, non prima di essersi fatta lisciare i capelli e pettinare la lunga chioma bionda. Voleva apparire in splendida forma agli occhi dei due arredatori, i quali avevano preannunciato la loro visita, tramite Giovanni, entro la metà della mattinata. Per l'occasione indossò un abito lungo di taffetà di colore azzurrino chiaro punteggiato di fiori di tulipano bianchi, sulle spalle sistemò uno scialle di seta nero, mentre una collana di perle bianche le adornava il collo. All'ora convenuta fu pronta per scendere nel salone delle udienze, dove avrebbe ricevuto i due arredatori insieme ad Angela. Per mastro Pomponio e mastro Andreozzo la notte non trascorse altrettanto tranquillamente: entrambi ebbero un sonno agitato, sia per la convulsa giornata trascorsa nel trattare con i due falegnami, sia per la preoccupazione dell'appuntamento del mattino successivo. Proprio quando un leggero sonno ristoratore li aveva presi in consegna, i raggi del sole che filtravano dai battenti della finestra della loro camera da letto li avevano risvegliati.

Dalla luce che proiettavano contro la parete opposta capirono che la mattinata era abbastanza inoltrata e con fatica si alzarono. Dopo aver consumato una colazione a base di latte, biscotti e frutta secca di stagione, si rivestirono con il loro abito da cerimonia, che avevano lasciato appeso nell'armadio per essere usato nelle occasioni ufficiali. Scesero le scale del loro alloggio, arrivati davanti alla porta d'uscita trovarono già ad attenderli Giovanni e il suo compagno. Senza scambiarsi una parola, ma solo un breve cenno di saluto, li seguirono dirigendosi verso il palazzo di

Lucrezia. Quando furono ammessi alla presenza dell'illustrissima Lucrezia, fecero un leggero inchino e mastro Pomponio, facendo un ulteriore passo in avanti, prese la parola: «Eccellentissima madonna Lucrezia, le porgiamo i nostri più fervidi saluti. Abbiamo buone notizie da comunicarle in merito ai mobili: le due botteghe che ci erano state consigliate di visitare ci forniranno tutti i mobili da noi richiesti nel giro di due settimane. Quindi abbiamo circa una settimana per trasportarli nell'appartamento e sistemarli secondo i vostri desideri». Quando Lucrezia udì quella notizia, un grande sorriso si stampò sulle sue labbra, rendendola ancora più graziosa agli occhi meravigliati dei due arredatori.

Quindi rispose: «Bene, allora non ci rimane che attendere, sperando naturalmente che i due maestri mantengano la parola data!» Rivolgendo uno sguardo indagatore verso Messere Pomponio si arrestò e aspettò la replica. Egli allora riprese la parola: «Eccellentissima signora, i due valenti artigiani mi sono parse persone degnissime della massima fiducia. Noi non dubitiamo che i mobili ci verranno consegnati alla data stabilita. Ci corre anche l'obbligo di metterla a conoscenza che entrambi hanno avuto un riguardo particolare sul prezzo in ossequio delle signorie vostre. Inoltre, mastro Volpotti vi concede una dilazione per la metà della somma a centottanta giorni, mentre mastro Marinotti vi concede una dilazione di centoventi giorni sui due terzi della somma pattuita, che tenuto conto del numero dei mobili e della loro altissima qualità, è un prezzo di favore. Rimane solo da chiedervi, visto che ci siamo impegnati in tal senso, di fornirci un numero di carri adeguato e del personale necessario per effettuare il trasporto, il carico e lo scarico dei mobili nel giorno stabilito per la consegna». A quella richiesta Lucrezia rispose senza esitazione: «Avvisatemi sul giorno della consegna, fatemi sapere di quanti carri e persone avete bisogno e darò ordini

perché tutto sia messo a vostra disposizione!» Messere Pomponio, con un inchino, rispose: «Non dubitavamo della vostra disponibilità nonché lungimiranza. Abbiamo da dirvi ancora qualcosa, poi vi lasceremo ai vostri impellenti compiti. Per ciò che riguarda l'inginocchiatoio, avevamo lasciato la cosa in dubbio, lei ci avrebbe fatto sapere in seguito, ora le chiediamo, dobbiamo
procurarcelo oppure preferite soprassedere?»

Lucrezia rimase per un po' di tempo con lo sguardo perso nel vuoto, guardando come in lontananza verso un punto indefinito e poi rispose: «Messere Pomponio, preferisco per il momento che non mi forniate l'inginocchiatoio». «Bene. In ultimo desideriamo metterla al corrente che non abbiamo trovato tra le specchiere visionate quella adatta alla vostra camera da letto, però possiamo procurarvi lo stesso una bellissima specchiera. Deve sapere che ho una sorella sposata che abita a Firenze, suo marito ha un fratello che costruisce le più belle credenze e specchiere di tutta la Toscana. Io e Messere Andreozzo abbiamo pensato che se lei è d'accordo, potremmo inviare un corriere con una mia lettera per avere qui a Ferrara nell'arco di due settimane la più bella specchiera che il fratello di mio cognato abbia a disposizione».

Lucrezia non ci pensò nemmeno un momento e subito replicò: «Avrete a disposizione il corriere più veloce pronto a partire già domani mattina. Vergherò anche io due righe di accompagnamento per confermare che la vostra richiesta proviene direttamente dalla casa d'Este». Sulla faccia di Messere Pomponio e Messere Andreozzo apparve un sorriso di compiacimento e prontamente Messere Pomponio replicò: «Andremo immediatamente nel nostro alloggio a scrivere la lettera di richiesta per mio cognato. Ve la faremo recapitare in mattinata, penserete voi a fare in modo che tramite il vostro corriere arrivi il prima possibile nelle mani di mio cognato».

Finito di parlare affiancò Messere Andreozzo aspettando le disposizioni di Lucrezia, la quale alzandosi, aiutandosi con un gesto della mano, disse: «Andate e fate come avete suggerito, al resto penseremo noi. Buona giornata, vi farò avere la risposta di vostro cognato appena il corriere sarà di ritorno da Firenze».

I due arredatori uscirono dalla sala e quando giunsero davanti al portone d'ingresso incrociarono le due guardie alle quali annunciarono di non volere essere accompagnati. Con passo veloce si allontanarono in direzione del loro alloggio, dove arrivarono poco dopo. In camera si tolsero l'abito da cerimonia, indossarono gli indumenti del giorno prima, si sedettero al tavolo discutendo su cosa avrebbero scritto nella lettera. Alla fine di una breve discussione si accordarono su cosa scrivere. Messere Pomponio trasse da una piccola cassettina l'occorrente per scrivere, preparandosi a comunicare al cognato la richiesta concordata con Lucrezia. Dopo vari tentativi trovarono la formula giusta. Messere Pomponio piegò il foglio, su cui scrisse l'indirizzo del cognato, e se la infilò nella tasca della giacca.
Ridiscesero le scale percorrendo a ritroso lo stesso tragitto appena effettuato e arrivarono al castello di Lucrezia. Consegnarono la lettera nelle mani del capo piantone che quella mattina era responsabile del servizio di sorveglianza del castello, con la preghiera di recapitarla con la massima urgenza all'illustrissima madonna Lucrezia. Il capo piantone prese la lettera nelle proprie mani, rassicurò i due che l'avrebbe consegnata quella mattina stessa personalmente alla futura Duchessa.

L'indomani mattina un corriere con le due missive partì, ventre a terra, in direzione di Firenze. I giorni successivi trascorsero tranquillamente, ogni tanto i due arredatori facevano una breve visita prima da mastro Volpotti e poi da mastro Marinotti, si accertavano che tutto procedesse secondo i piani, quindi ritornavano verso il loro alloggio per riposare e riflettere sul modo migliore di sistemare i mobili nell'appartamento di Lucrezia, una volta che fossero stati consegnati.

Dopo quattro giorni, il corriere inviato a Firenze ritornò con la risposta. Immediatamente Lucrezia la fece recapitare ai due arredatori, che la lessero ed ebbero conferma che la più bella specchiera a disposizione sarebbe stata inviata con un carro veloce il giorno successivo a Ferrara. Nella lettera era specificato che si lasciava stabilire a Messere Pomponio il prezzo da chiedere a Lucrezia, una volta visionato e valutato il valore della stessa. Appena Messere Pomponio finì di leggere ad alta voce la lettera in modo che Messere Andreozzo ne fosse messo a conoscenza, discussero tra loro trovandosi d'accordo sull'opportunità di avvisare immediatamente Lucrezia. Uscirono dal loro alloggio recandosi verso la sua residenza.

Giunti davanti al portone d'ingresso, furono immediatamente riconosciuti dallo stesso capo piantone a cui avevano consegnato la lettera per Lucrezia qualche giorno prima. Questi si fece avanti apostrofandoli amichevolmente: «Buongiorno signori, in cosa posso esservi utile?» Messere Pomponio rispose: «Dovremmo far pervenire urgentemente un messaggio all'illustrissima madonna Lucrezia» ed estrasse dalla tasca un foglio che era stato vergato prima di partire dal loro alloggio, porgendolo nelle sue mani. Il capoposto lo prese rassicurando i due che l'avrebbe fatto pervenire personalmente nelle mani della futura Duchessa. Messere Pomponio allora disse che avrebbero atteso lì fuori la risposta dell'eccellentissima Lucrezia, ritenendola di massima importanza. Il capoposto allora si voltò e impegnò l'ingresso sparendo sotto l'arcata del palazzo. Nel giro di una mezz'ora fu di ritorno con il messaggio di risposta di Lucrezia. Si avvicinò a Messere Pomponio per consegnarlo, indietreggiò di un passo portandosi la mano alla visiera dell'elmetto, infine salutò e raggiunse il suo posto dietro le guardie di sentinella al portone. Messere Pomponio raggiunse Messere Andreozzo e insieme si avviarono verso il loro alloggio.

Quando arrivarono si tolsero la giacca, si versarono un bicchiere d'acqua da una brocca bevendo avidamente dato che la lunga attesa, nonché l'ansia per la risposta avevano reso le loro gole aride. A quel punto Messere Pomponio estrasse dalla tasca il messaggio della nobildonna, leggendo le poche righe vergate di suo pugno. Ella si diceva contenta della notizia, inoltre li ragguagliò sul fatto che aveva dato ordine, non appena il carro avesse impegnato il territorio sotto il dominio degli Este, che fosse scortato da un drappello di soldati fino al suo palazzo.

Quando appresero la notizia, i due ebbero un moto di soddisfazione e si guardarono compiaciuti negli occhi. Il carro con la specchiera impiegò sei giorni per raggiungere Ferrara; la mattina del 4 aprile giunse scortato da un drappello di soldati davanti alla residenza di Lucrezia, come ordinato.

Immediatamente la nobildonna venne avvisata dell'arrivo del carro e subito chiese ad Angela di fare in modo che anche i due arredatori fossero avvisati. Messere Pomponio e Messere Andreozzo stavano ancora dormendo, attardandosi a letto più del solito in quella mattina priva di incombenze da sbrigare, quando improvvisamente sentirono bussare insistentemente alla loro porta. Messere Andreozzo si alzò e aprendo la porta si trovò la faccia di Giovanni proprio di fronte alla sua. Rimase muto, mentre l'altro a bruciapelo diceva: «L'eccellentissima madonna Lucrezia vuole che sappiate che il carro che attendevate da Firenze è arrivato. Adesso si trova nel cortile antistante l'appartamento dove deve essere scaricato». Messere Pomponio comparendo dietro la figura di Messere Andreozzo ringraziò Giovanni dicendo: «Grazie, saremo lì nel più breve tempo possibile». Giovanni salutò velocemente e ridiscese le scale allontanandosi insieme al suo compagno. Immediatamente mastro Pomponio e mastro Andreozzo si recarono presso l'appartamento di Lucrezia, fecero scaricare la specchiera ordinando che fosse portata nella camera da letto della nobildonna.

Dopo un breve consulto i due decisero che fosse disposta in posizione frontale rispetto alla finestra. Dopodiché Messere Pomponio, congedati gli uomini che avevano aiutato a trasportarla nella camera, la osservò attentamente, ne valutò la bellezza, la manifattura e il valore, poi con espressione soddisfatta si rivolse a Messere Andreozzo domandando: «Cosa te ne pare? Non è magnifica? Si diede un'occhiata compiaciuta nello specchio, ammirandosi sia di fronte che di profilo, constatando che nonostante l'avanzare dell'età si trovava ancora piacente, riprese:

«È la più bella specchiera che io abbia mai visto, quanto pensi che possa valere?» Messere Andreozzo, intimamente soddisfatto per la richiesta del suo parere, rispose: «Non meno di cinquecento Ducati».
Acconsentendo con il capo, nonché con un ghigno di soddisfazione stampato sul volto, Messere Pomponio replicò: «Hai ragione, però trattandosi di una specchiera per la figlia del Papa, nostro signore, chiederemo trecento Ducati, sei d'accordo?» Messere Andreozzo annuì con convinzione, poi ridiscesero le scale, ringraziarono il conducente del carro al quale dissero che sarebbe stato pagato e rifocillato a cura del personale al servizio di Lucrezia. Salutarono i cavalieri che avevano scortato il carro sino a Ferrara e si allontanarono in direzione del loro alloggio. Quando arrivarono in prossimità della casa, mentre saliva le scale, Messere Andreozzo proprio sull'ultimo scalino si fermò di colpo, si voltò di scatto indietro verso Messere Pomponio e, con un'espressione preoccupata sul volto, lo apostrofò: «Siamo nei guai, presi dalla smania di visitare le botteghe di mastro Volpotti e mastro Marinotti

per controllare il completamento dei mobili mancanti, ci siamo stupidamente dimenticati di controllare il lavoro di posatura del rivestimento nello studio di don Alfonso». Quando Messere Pomponio percepì il rammarico espresso dall'amico, anch'egli si rabbuiò in viso, fece cenno con la mano destra verso di lui di entrare in casa e affrontare con più calma la questione. Entrati in casa, tolsero entrambi la giacca, si sedettero al tavolo guardandosi in faccia preoccupati. Messere Pomponio suggerì di andare subito allo studio dell'eccellentissimo don Alfonso, e aggiunse angustiato: «Mancano solo quattro o cinque giorni al suo arrivo, dobbiamo assolutamente constatare che i lavori procedano come concordato, sperando che non ci siano stati contrattempi che ostacolino la consegna in tempo utile dello studio, ultimato e rifinito a regola d'arte, così come da noi e dall'eccellentissima Lucrezia auspicato».

Dopo una veloce rinfrescata e un bicchiere di vino, non prima di aver mangiato un po' di pane e una manciata di olive nere, si rimisero la giacca precipitandosi verso l'appartamento degli sposi. Fecero la strada che mancava di volata, arrivarono trafelati sotto la lunga scalinata che conduceva all'alloggio. Sostarono un po' ai piedi della stessa, giusto il tempo di riprendere fiato, poi salirono gli scalini con il cuore che batteva sempre più forte nel petto. In effetti la lunghezza della scala, unita alla preoccupazione per la grave dimenticanza, rese più faticosa del solito l'ascesa. Arrivati sul pianerottolo antistante l'ingresso dovettero sostare per alcuni minuti prima di essere in grado di aprire l'uscio ed entrare. Si avviarono entrambi con circospezione all'interno dei locali, con passi lenti e pesanti attraversarono tutte le stanze fino ad arrivare in fondo, dove si trovava lo studio di don Alfonso. Giunti davanti alla porta d'ingresso si bloccarono per un momento prima di aprire la porta. Messere Pomponio allungò la mano e nello stesso momento tese l'orecchio per ascoltare se provenissero voci o rumori dall'interno. Infatti, entrambi udirono distintamente la voce di mastro Marinotti, il quale discuteva animatamente con il suo aiutante Audace su come posizionare le cornici in alto, verso il soffitto, che avrebbero completato il rivestimento dello studio. Messere Pomponio forzò leggermente la maniglia ed entrò nello studio seguito a distanza ravvicinata da Messere Andreozzo.

Al rumore del cigolio che la porta emise mentre si apriva, i due falegnami all'interno si voltarono verso l'uscio, fissando muti e con sguardo indagatore i due arredatori. Questi rimasero felicemente sorpresi e attoniti nel constatare che lo studio era quasi completamente rivestito: il lavoro eseguito e il materiale posato davano la giusta impressione di ciò che essi avevano inteso far eseguire. L'ambiente adesso dava la sensazione di essere accogliente, confortevole, invogliava alla riflessione, allo studio e alla meditazione. Rimasero incantati dall'effetto che i listelli di legno di rovere con venature scure davano all'intero ambiente.

Mastro Marinotti e il suo aiutante per poter arrivare fin quasi al soffitto erano in piedi su un tavolato, appoggiato a due sostegni di legno. Stavano posando le cornici a sbalzo intarsiate con motivi floreali che avrebbero chiuso il rivestimento, alleggerendo la pesantezza data dal legno scuro. La posa delle cornici avrebbe concluso il lavoro e mastro Marinotti, presagendo nello sguardo indagatore dei due romani la domanda, li anticipò affermando: «Il lavoro è quasi concluso, quando avremo finito di completare l'opera di cesura della cornice non ci rimarrà che lucidare, con un olio di nostra produzione, il rivestimento, e l'opera sarà conclusa. Rispetteremo i tempi stabiliti, anzi prevediamo la consegna entro la settimana, probabilmente con un giorno di anticipo rispetto al previsto. Spero che il lavoro eseguito sia di vostro gradimento, soprattutto confidiamo di incontrare il compiacimento di don Alfonso, nostro futuro signore». Messere Pomponio intervenne prontamente affermando di essere soddisfatto del lavoro eseguito, sicuro di incontrare anche il soddisfacimento di Messere Andreozzo, il quale era rimasto fino a quel momento muto a osservare il notevole lavoro realizzato dagli artigiani. Lo colpirono non solo la pregevolezza del legno e la fattura dell'opera, ma anche e soprattutto la precisione dei particolari, tanto da constatare che la porta d'ingresso, che avrebbe condotto ai tre locali che costituivano il laboratorio di don Alfonso, non si notava. Quasi fosse un passaggio segreto, essa rimaneva celata all'occhio ignaro e inesperto di un visitatore occasionale. Egli si avvicinò verso il fondo dello studio per guardare da vicino l'accuratezza dell'occultamento, solo dopo un'attenta osservazione poté notare che il pomello d'ingresso era incastonato in una venatura scura del rivestimento, invisibile a un osservatore superficiale.

Si complimentò con i due artigiani per la loro maestria, mentre ammirava compiaciuto il nuovo rivestimento dello studio. A quel punto intervenne anche Messere Pomponio complimentandosi per il lavoro compiuto. Li ringraziò per la puntualità e si scusò per l'interruzione che avevano causato con il loro improvviso arrivo. Avviandosi verso l'uscita comunicarono che sarebbero ritornati dopo due giorni a lavoro ultimato, per prendere in consegna lo studio e per il saldo dell'importo dovuto. Uscirono dallo studio avviandosi verso la bottega di mastro Volpotti, dove intendevano prendere gli ultimi accordi per la consegna dei mobili, valutare il numero dei carri e delle persone necessarie per il trasporto. Successivamente avrebbero chiesto l'invio dei carri e del personale a madonna Lucrezia, poi avrebbero organizzato l'operazione di carico, scarico e sistemazione dei mobili nelle varie stanze dell'appartamento. Quando arrivarono alla bottega di mastro Volpotti, lo trovarono seduto al tavolo in prossimità dell'ingresso intento a contare il numero dei mobili completati e quelli ancora da rifinire per l'imminente consegna. Sentendo aprire la porta, mastro Volpotti alzò lo sguardo, incontrando quello di Messere Pomponio, che lo salutò sorridendo: «Buongiorno mastro Volpotti, come procedono i lavori? A che punto siamo? Quando dobbiamo avvisare la nobilissima Lucrezia perché invii i carri per la consegna e il trasporto?» Prontamente mastro Volpotti rispose:

«Dopodomani tutti i mobili che avete ordinato saranno pronti. Perciò nella tarda mattinata potete mandare i carri per il trasporto. Mi raccomando che siano carri adatti per trasportare mobili di tale pregio e manifattura; io consiglierei dei carri con fiancate alte. Sia sul fondo che lungo le sponde fate stendere delle coperte, in modo che non si graffino i mobili. Inoltre, fatevi inviare degli aiutanti giovani e forti, altrimenti rischiamo che qualche mobile nel momento del carico o scarico possa sfuggire di mano e rovinarsi. Dio non voglia, non rimarrebbe tempo sufficiente per ripararlo prima dell'arrivo di don Alfonso». Messere Pomponio annuì con la testa, quindi chiese: «Di quanti carri ci sarà bisogno? Quanti ne dovrò chiedere all'illustrissima Lucrezia?»

Dopo una leggera esitazione mastro Volpotti replicò: «Credo che tre carri possano bastare: visto la distanza che dovranno percorrere per raggiungere l'appartamento, essi potranno effettuare più di un viaggio, perciò nell'arco della giornata concludere il trasporto». «Bene» rispose Messere Pomponio, quindi, rivolgendosi verso Messere Andreozzo fece cenno che era ora di andare. Bisognava inoltrare la richiesta dei carri all'eccellentissima Lucrezia. Mentre si avviavano verso la sua dimora si accordarono sul numero di carri da chiedere, calcolando anche il trasporto dei mobili forniti da mastro Marinotti. Conclusero che due sarebbero stati sufficienti, visto il minor numero di mobili da lui forniti. Arrivati davanti al castello di Lucrezia chiesero all'ufficiale del servizio di sorveglianza di inoltrare la richiesta per essere ricevuti. L'ufficiale prontamente si attivò per far pervenire il loro messaggio alla nobile Lucrezia, inviando un sottoposto presso il suo alloggio al piano superiore.

Quando la guardia arrivò davanti alla porta che immetteva negli alloggi della servitù nonché alle camere riservate a Lucrezia, trovò un suo commilitone che sbarrava l'accesso alle persone non autorizzate a oltrepassare quella soglia. Gli riferì della richiesta pervenuta dai due arredatori e attese la risposta.

All'interno dei locali intanto era tutto un fermento; la servitù intera era stata avvisata di pulire e ordinare in maniera impeccabile il maniero, ma soprattutto l'appartamento degli sposi per l'imminente arrivo del loro signore. Lucrezia era intenta a scegliere gli aromi, le essenze per il bagno e la mistura per lavare e tingersi i capelli. Quando l'ancella entrò per riferire il messaggio, stava decidendo insieme ad Angela e a Laura la miscela con cui rendere morbida e lucente la sua bionda capigliatura. Ella riferì che i due arredatori erano giù davanti al portone d'ingresso chiedendo di essere ricevuti quanto prima possibile dall'illustrissima Lucrezia per comunicazioni urgenti. Lucrezia, guardando negli occhi Angela, corrucciò un po' la fronte e rispose: «Riferite ai due Messeri che entro mezz'ora li riceverò nel salone delle udienze». L'ancella fece un leggero inchino, si voltò, raggiunse la porta e la aprì sparendo alla vista della nobildonna.

Quando fu di nuovo fuori al cospetto del piantone riferì alla guardia il messaggio di donna Lucrezia. Dopodiché egli, portando la mano destra alla visiera dell'elmo, salutò il commilitone allontanandosi nel corridoio per raggiungere il portone d'ingresso, dove Messere Pomponio e Messere Andreozzo aspettavano impazienti di sapere se sarebbero stati ricevuti subito oppure avrebbero dovuto attendere a lungo. Videro la guardia dirigersi verso l'ufficiale al quale fu riferito sottovoce il messaggio ricevuto. Prontamente egli si avvicinò comunicando loro che sarebbero stati accolti nel solito salone entro mezz'ora.

Il viso dei due si rasserenò sorridendo all'ufficiale, il quale li fece passare indicandogli il passaggio per raggiungere il salone, dove avrebbero atteso l'arrivo di Lucrezia. Dopo mezz'ora di attesa Lucrezia arrivò accompagnata solo da una guardia. Entrò frettolosamente nella sala, si sedette guardando contemporaneamente in direzione dei due arredatori che erano in piedi vicino al tavolo al centro della sala.

Rivolgendosi ai due disse: «Allora Messeri, quali sono le notizie che con tanta urgenza mi dovete comunicare? Non posso dedicarvi che pochi minuti in quanto fervono i preparativi per l'accoglienza di mio marito». Alla domanda rispose immediatamente Messere Pomponio: «Nobilissima madonna Lucrezia, veniamo a comunicarle che tutti i mobili saranno pronti per la consegna tra due giorni. Per il trasporto dalle botteghe dei falegnami verso il vostro appartamento avremmo bisogno di cinque carri con le sponde alte, ricoperti di coperte per non correre il rischio di rovinare i mobili, di venti inservienti, possibilmente giovani e aitanti, alcuni mobili sono pesanti e sarebbe un peccato rovinarli per l'incuria o l'incapacità di personale poco adatto. Le comunichiamo inoltre che lo studio di sua eccellenza don Alfonso verrà consegnato domani nel tardo pomeriggio. Abbiamo preso accordi con mastro Marinotti perché noi si possa visionarlo, constatare la bontà del lavoro eseguito e quindi saldare il conto. Il prezzo pattuito è di trecento Ducati da consegnare a mastro Marinotti a lavoro ultimato e approvato dal nostro insindacabile giudizio». Lucrezia ascoltò le notizie fornite da Messere Pomponio attenta a non farsi sfuggire nessun particolare. Nella sua mente tutte le pedine che avrebbero partecipato alla riuscita del suo incontro con il marito dovevano incastonarsi al posto giusto. Non voleva lasciare nulla al caso, tutto doveva funzionare secondo i suoi desideri. Perciò dopo qualche momento di riflessione, trovando che tutto si inquadrava perfettamente con il suo piano, rispose:

«Bene, Messere Pomponio, sembra che tutto stia andando come previsto, avrete i carri e il personale adatto per il trasloco e la sistemazione dei mobili. Per ciò che riguarda lo studio di mio marito intendo inviare una persona di mia fiducia con il denaro necessario per saldare il conto degli artigiani. Naturalmente la persona che invierò pagherà il dovuto solo dopo che avrà valutato la precisione e l'accuratezza del lavoro eseguito». Nell'udire la risposta di Lucrezia questa volta intervenne Messere Andreozzo: «Eccellentissima madonna Lucrezia, le possiamo confermare che il lavoro realizzato è della massima precisione, accuratezza e pregevolezza possibile, noi stessi abbiamo provveduto a controllare i lavori. I due artigiani hanno svolto il loro compito al meglio, crediamo fermamente che in tutto il Ducato non ci sarà studio meglio rivestito di quello di don Alfonso».

Ancor prima che Messere Andreozzo avesse concluso il suo intervento, Lucrezia si era già alzata in piedi, per indicare che il tempo loro concesso era terminato. Aveva fretta di tornare di sopra dove l'attendevano le sue ancelle per renderla più bella e attraente possibile agli occhi del marito.

Quando vide Lucrezia alzarsi, Messere Pomponio si avvicinò al compagno poggiandogli una mano sulla spalla per indicare che era giunto il momento di togliere il disturbo, perciò dopo un leggero inchino di commiato entrambi si voltarono allontanandosi in direzione dell'uscita.

Fuori, alla luce del giorno, si guardarono in faccia soddisfatti, si avviarono verso la loro dimora, dove si sarebbero riposati un po' in attesa della giornata successiva. Erano compiaciuti, il loro compito stava per essere assolto al meglio, pregustavano già il loro ritorno a Roma, dove avrebbero incontrato il Papa al quale avrebbero riferito della loro missione, nonché delle loro impressioni sulle condizioni della figlia di sua Santità. Si sentivano sicuri di ricevere senz'altro una lauta ricompensa che li avrebbe ripagati di quel viaggio estenuante, nonché delle responsabilità che si erano assunti nel dover esaudire le richieste della nobildonna senza scontentare le aspettative del Santo Padre. Egli li aveva scelti fra tanti per portare a termine quella missione. Sapevano che sarebbero stati anche latori di una missiva di Lucrezia per il Papa, egli si aspettava molto da quel matrimonio tanto testardamente perseguito e ottenuto.

Apparivano consapevoli che laddove le notizie in essa contenute fossero state buone, anche la loro sorte ne avrebbe tratto maggior giovamento.

Intanto, nelle stanze dell'appartamento di Lucrezia fervevano i preparativi per organizzare al meglio l'incontro con il marito. Tutti avevano un compito preciso da portare a termine: le lavandaie dovevano lavare e profumare tutta la biancheria, le lenzuola e gli asciugamani; le cameriere avevano da pulire, rassettare e ordinare tutti i locali; i cuochi e gli inservienti erano impegnati a preparare il menù con i piatti preferiti di don Alfonso; le ancelle dovevano curare il guardaroba, stando bene attente a mettere in ordine e in prima fila negli armadi tutti gli abiti che Lucrezia intendeva indossare per l'incontro con il marito.

Angela, Girolama e Laura stavano alacremente preparando l'occorrente per il bagno, il lavaggio e la tintura dei capelli di Lucrezia, la quale non voleva lasciare nulla di intentato, doveva fare colpo di nuovo sul marito. avrebbe dovuto suscitare in lui un moto di desiderio irrefrenabile, fino a fargli desiderare di non averla mai dovuta lasciare.

Perciò si mise sicura e fiduciosa nelle mani delle sue ancelle fidate, lasciandosi consigliare da Laura circa la scelta degli unguenti e i profumi da usare. Accettò il consiglio di Girolama su come ottenere la massima lucentezza dei capelli, miscelando in modo sapiente il composto, che sarebbe stato usato dopo il lavaggio dei capelli per ottenere il risultato voluto. Si fece suggerire da Angela gli abiti da indossare insieme ai gioielli più adatti per mettere in risalto bellezza e fascino, impreziositi dal suo incarnato bianco perlaceo.

Giunse così l'indomani pomeriggio anche per i due arredatori, che dopo una notte non troppo tranquilla si erano alzati di buon mattino, avevano consumato un'abbondante colazione ed erano usciti per fare un ultimo giro di controllo nella bottega di mastro Marinotti. Intendevano verificare se il resto dei mobili era stato completato. L'aiutante del falegname era di statura alta, con un'andatura dinoccolata, aveva il collo alto e sottile, capelli biondi, lunghi e lisci, il viso pieno di efelidi, occhi di un azzurro chiaro, ma inespressivi. L'uomo si apprestò ad accoglierli confermando loro, con una voce sottile e nasale, che tutti i mobili erano ultimati. Solo qualche sedia necessitava di un ultimo ritocco di lucidatura, ma tutto sarebbe stato finito per l'indomani mattina, pronto per essere caricato sui carri e trasportato nell'appartamento degli illustrissimi don Alfonso e madonna Lucrezia.

Perciò, ottenuta la conferma che tutto procedeva secondo i piani, dopo aver fatto un largo giro per sgranchire le gambe, scambiarsi le opinioni sugli ultimi avvenimenti occorsi, ritornarono al loro domicilio per riposare.

A un tratto si sentì bussare alla porta. Messere Andreozzo allora aprì l'uscio e si trovò di fronte la faccia di un giovane garzone che gli chiese a bruciapelo: «È lei il signore romano incaricato del trasporto dei mobili per la nostra signora, madonna Lucrezia?» Messere Andreozzo, senza rispondere, accennò solo leggermente con il capo il suo assenso. A quel punto il giovane continuò: «Vengo ad avvisarvi che i carri saranno pronti domani mattina un paio d'ore dopo il sorgere del sole dietro la residenza dell'illustrissima Lucrezia. Ella vi prega di essere là in tempo utile per indicare la strada da seguire per raggiungere le botteghe». Nel frattempo, Messere Andreozzo, deglutendo con una certa fatica la saliva che gli si era indurita in gola per l'emozione, rispose: «Non mancheremo di essere puntuali all'appuntamento, riferite pure che saremo là prima che giungano i carri per il trasporto». Il giovane fece una smorfia di saluto e si voltò scendendo le scale velocemente, sparendo in un lampo dalla vista di Messere Andreozzo. Egli si voltò guardando in direzione di Messere Pomponio, il quale nel frattempo si era alzato dal letto sedendosi vicino al tavolo. Quando Messere Andreozzo raggiunse il tavolo e si sedette, entrambi rimasero per un po' muti e pensierosi, indecisi sul da farsi. All'improvviso Messere Pomponio ruppe quel silenzio che stava per diventare troppo pesante per la sua indole di uomo attivo, energico e risoluto, chiedendo all'amico che ora fosse. Messere Andreozzo rispose che dovevano essere circa le quattro del pomeriggio, allora Messere Pomponio suggerì di attendere ancora una mezz'ora prima di avviarsi verso l'appartamento degli sposi, dove avevano appuntamento per prendere in consegna lo studio di don Alfonso. Gli ricordò inoltre che avrebbero dovuto aspettare l'incaricato di Lucrezia per saldare il conto, prima di prendere definitivamente in consegna lo studio completamente rivestito secondo le loro indicazioni.

Messere Andreozzo allora suggerì di prendere l'occorrente per iniziare a scrivere per sommi capi gli avvenimenti più importanti della loro missione. Sarebbero serviti come canovaccio per stendere la relazione che avrebbero presentato al Santo Padre, una volta ritornati a Roma. Oramai il loro compito stava per ultimarsi, nel giro di qualche giorno tutto si sarebbe concluso felicemente, non sarebbe rimasto che attendere l'ordine della partenza da parte di Lucrezia, la quale senz'altro gli avrebbe consegnato una lettera da recapitare al padre. Messere Pomponio, trovandosi d'accordo con il suggerimento del compare, prese l'occorrente per scrivere e iniziò a prendere appunti. Con una grafia sottile e veloce vergò alcune pagine di un rudimentale quadernetto.

Mentre era tutto intento nel suo compito, Messere Andreozzo sistemò alla meglio i due letti, prese dall'armadio gli abiti delle occasioni ufficiali, indossò il proprio, stese sul letto quello di Messere Pomponio e mentre attendeva che finisse di scrivere, si sedette di nuovo al tavolo. Quando Messere Pomponio si rese conto che l'amico era seduto già pronto per uscire, smise di scrivere, si alzò, prese l'abito, lo indossò e indicò con il capo verso Messere Andreozzo che era ora di andare. Scesero le scale avviandosi in direzione dello studio. Durante il tragitto nessuno dei due parlò, entrambi meditavano sugli ultimi avvenimenti accaduti. Ciascuno rifletteva sul proprio operato e sulle azioni svolte, proiettando nel futuro le conseguenze di quelle ancora da compiere. Arrivarono in prossimità dell'appartamento quasi senza accorgersi della strada percorsa, né della gente incontrata durante il cammino. Giunti ai piedi della scalinata, si guardarono negli occhi, un lampo di soddisfazione apparve nello sguardo di Messere Pomponio, il quale per primo impegnò gli scalini per raggiungere il piano superiore.

Quando arrivò davanti alla porta d'ingresso la trovò solo accostata, non era stata chiusa. Probabilmente era stata lasciata così da mastro Marinotti, in attesa della loro visita per concludere la faccenda consegnando nelle loro mani la responsabilità dello studio completato, ricevere i soldi pattuiti, stornare la parte dovuta al suo aiutante e finalmente far ritorno alla sua abitazione. Attraversarono le sale che conducevano verso lo studio, dove di nuovo trovarono la porta aperta e i due artigiani seduti sui sostegni di legno. Mastro Marinotti salutò cordialmente Messere Pomponio, porgendogli la mano. I due si strinsero la mano spostandosi verso il centro del locale, in modo che Messere Pomponio potesse meglio valutare il lavoro compiuto. Rispetto all'ultima visita non era cambiato praticamente nulla, tutto appariva come prima, perfetto e in ordine. L'unica differenza che si poteva notare, a un'osservazione più attenta, era una maggiore lucentezza che emanava dal rivestimento, per effetto dell'olio.

Alla fine della sua ispezione si riavvicinò a mastro Marinotti e, dandogli una pacca sulla spalla, affermò: «Ottimo lavoro, maestro, veramente ben realizzato, siamo davvero soddisfatti, adesso non ci rimane che attendere l'incaricato dell'eccellentissima Lucrezia, il quale avrà l'ultima parola sulla realizzazione del lavoro. Riconoscendo l'eccellente opera creata non gli rimarrà che consegnarvi la somma pattuita. Speriamo solo che non si faccia attendere molto. Siamo tutti stanchi, e domani mattina ci attende un'altra giornata cruciale, dobbiamo effettuare il trasporto e la sistemazione dei mobili. Finalmente il nostro compito sarà terminato, così potremo ritornare a Roma dalle nostre famiglie, soddisfatti di avere reso un buon servigio al Papa e a sua figlia, la nobildonna Lucrezia, moglie del vostro futuro signore don Alfonso». Proprio mentre finiva di pronunciare quelle parole si udirono dei passi provenire dalla stanza accanto allo studio. Tutti e quattro gli occupanti del locale si voltarono verso la porta d'ingresso, dove improvvisamente apparve la figura di un uomo di mezz'età, di media statura e corporatura.

L'uomo era ben vestito, con un cappello piumato in testa, che tolse non appena impegnò la porta d'ingresso, salutando cordialmente sia gli arredatori che gli artigiani. Messere Pomponio e Messere Andreozzo strabuzzarono gli occhi quando dopo un attimo di imbarazzo si resero conto che l'uomo che avevano davanti non era altri che l'architetto Rossetti. Entrambi rimasero senza parole, fissi con lo sguardo verso di lui, come pietrificati, senza riuscire a muovere un muscolo del loro corpo.

L'architetto, accortosi dell'effetto ottenuto sui due romani, si avvicinò a Messere Pomponio e allungando la mano domandò: «Come sta Messere Pomponio? Sorpreso di vedermi? Non sia così preoccupato, madonna Lucrezia mi ha incaricato di questa piacevole incombenza, non prima però di avermi fatto pervenire il vostro lusinghiero giudizio sul lavoro svolto da questi due valenti artigiani ferraresi. Del resto, ve li avevo caldamente raccomandati io stesso, non ricordate?» Messere Pomponio, come se si stesse riprendendo da un leggero malore, rispose farfugliando: «Certo, certo, architetto Rossetti, diamine se mi ricordo del vostro consiglio. Vi dobbiamo ringraziare immensamente per averci indirizzato così bene, non potevamo capitare in mani migliori! Che ne pensa, possiamo dare per eseguito a regola d'arte il lavoro, pagare mastro Marinotti, congedando lui e il suo valente aiutante?»

L'architetto prontamente ribadì: «Sono qui per questo» poi mise la mano nella tasca del panciotto, estrasse una borsa di cuoio in cui erano contenuti i trecento Ducati e li consegnò nelle mani di mastro Marinotti, esortandolo a contarli. L'artigiano si schernì dichiarando: «Architetto, sono sicuro che sono esattamente trecento Ducati, non ho bisogno di contarli, ora non mi rimane che ringraziarla per avermi segnalato a questi competenti arredatori romani. Io e il mio aiutante Audace vi salutiamo togliendo il disturbo. Desideriamo andare a casa, riposare un po' perché domani ci attende ancora una giornata lunga e dura di lavoro per servire al meglio le eccellenze nostre don Alfonso e madonna Lucrezia». Strinse la mano all'architetto e ai due romani e insieme al suo aiutante uscì dallo studio, lasciando gli astanti ancora in ammirazione per tanta maestria.
Dopo un attimo di esitazione, notando che non c'era più nulla da fare lì dentro, Messere Andreozzo suggerì: «Che ne dite se anche noi ci avviassimo verso l'uscita? Anche per noi domani sarà una giornata campale». Quindi allungò la mano

verso Rossetti per salutarlo, poi si recò all'uscita seguito da Messere Pomponio e dall'architetto. Arrivati ai piedi della scalinata, dopo un ultimo cordiale saluto, i tre si divisero, dirigendosi verso le rispettive dimore.

Lucrezia nel frattempo era immersa nella vasca da bagno: sapientemente e delicatamente massaggiata da Laura, godeva di quel momento di soave pace. Mentre Angela armeggiava con i profumi e gli unguenti, con i quali avrebbe cosparso il corpo snello e flessuoso della sua padrona dopo averla ben asciugata, lei, Lucrezia pensava al marito pregustando l'attimo in cui l'avrebbe riabbracciata. Così assorta nei suoi pensieri non udì la voce di Angela che la esortava a uscire dalla vasca e che dovette toccarla leggermente sulla spalla con una mano, mentre nell'altra aveva un grande telo di lino bianco, con cui l'avrebbe avvolta. Sentendosi sfiorare, Lucrezia riaprì gli occhi guardando verso la sua ancella, quindi si alzò lasciandosi avviluppare nel delicato panno. Poi si accomodò nella poltrona per essere cosparsa con l'unguento e profumata con le essenze scelte per l'occasione.

Durante questa delicata operazione, che richiedeva pazienza e dolcezza, Angela le ricordò gentilmente di tenere i capelli raccolti sulla nuca. Bisognava fare attenzione che non venissero a contatto né con l'unguento né con le essenze profumate per non rovinare l'operazione successiva, cioè quella della tintura dei capelli. In quel momento entrò Girolama con una grande ciotola in mano in cui era stata preparata la mistura della tintura. Vedendola entrare, Lucrezia prontamente le chiese: «Hai rispettato le dosi dei vari ingredienti che avevo suggerito per ottenere il migliore risultato per i miei capelli?» Girolama immediatamente replicò «Soavissima Lucrezia, ho preparato il composto così come mi avete suggerito. In più ho aggiunto solo un goccio di birra, è un tocco originale che mi è stato consigliato per ottenere una maggiore brillantezza ai vostri stupendi capelli biondo dorati».

A quel punto la futura Duchessa, guardandola fiduciosa dritta negli occhi, annuì. Angela aveva giusto finito di frizionarla con le essenze, quindi si spostò di lato lasciando spazio a Girolama, la quale si avvicinò a Lucrezia, poggiò la ciotola su uno sgabello, le spostò delicatamente le mani che tenevano i capelli sollevati sulla nuca e le reclinò delicatamente il capo facendo scendere la lunga chioma lungo lo schienale della poltrona, stando ben attenta che non sfiorasse il corpo unto.

Iniziò così la lunga operazione di tintura dei capelli cospargendoli con l'impasto che prendeva dalla ciotola. Quando ebbe finito di ricoprirli attese per un po' che il miscuglio producesse il suo effetto, per passare poi a pettinare lentamente su e giù i capelli, servendosi di un largo e lungo pettine bianco d'avorio. L'intera azione richiedeva non meno di qualche ora, però, quando sarebbero stati asciugati con degli asciugamani caldi posati su di un braciere ardente, ricoperto con un'impalcatura di legno leggero di frassino. Il risultato ottenuto sarebbe stato una splendida chioma, bionda e lucente. L'effetto luminoso della capigliatura avrebbe raggiunto il suo massimo splendore dopo almeno ventiquattro ore e sarebbe durato per alcuni giorni. Don Alfonso sarebbe arrivato dalla Francia e accolto dalla moglie al massimo del suo fulgore e della sua bellezza. Quella sera Lucrezia decise di andare a letto senza cenare, non aveva appetito, il pensiero dell'imminente arrivo del marito le dava un senso di sazietà, si sentiva leggera nella mente, ma pesante nel ventre. Perciò alla fine della lunga serata, stanca, ma soddisfatta del risultato ottenuto dalle sue dame, le congedò e andò a letto.

Contemporaneamente in casa dei due arredatori l'atmosfera era tranquilla, i due avevano appena finito una cena a base di carne di fagiano arrosto con contorno di fave cotte, bevuto un paio di bicchieri di buon vino e si erano preparati anche loro per la notte. Messere Pomponio fu il primo a coricarsi, seguito subito dopo dal compagno, che all'improvviso esclamò: «Che sorpresa ritrovarsi di fronte l'architetto questo pomeriggio, per poco non mi prendeva un colpo!» Messere Andreozzo si trovò d'accordo sull'accaduto, si girò dall'altra parte del letto augurando buona notte all'amico e, a entrambi, il meglio per l'indomani. Il mattino successivo il primo a svegliarsi fu Messere Pomponio, che dopo aver udito il primo canto dei galli non riuscì più a riprendere sonno, perciò appena spuntò l'alba si alzò, estrasse da sotto il letto la cassettina con l'occorrente per scrivere e continuò gli appunti che aveva preso la volta precedente. Quando gli parve di aver annotato tutto quello che di importante era successo in quella missione, ripose tutto nel cassettino sotto il letto.

Dopo essersi lavato e aver asciugato la faccia, aprì l'imposta della finestra per rendersi conto dell'ora e gli parve che il sole avesse raggiunto la posizione giusta per iniziare a muoversi. Ritenne giusto svegliare Messere Andreozzo. Questi, sentendo l'amico che lo chiamava, si svegliò immediatamente, si alzò, si lavò, si vestì dichiarandosi pronto a seguirlo. Messere Pomponio gli disse: «È ancora presto in verità, però preferisco arrivare dietro il cortile dell'appartamento di madonna Lucrezia, dove abbiamo appuntamento con i guidatori dei carri, in anticipo, piuttosto che correre il rischio di arrivare in ritardo».

L'altro annuì, aprì la porta avviandosi giù per la scalinata seguito dal suo socio e con passo regolare, senza affrettarsi, raggiunsero dopo circa venti minuti il retro della residenza Ducale. Inaspettatamente trovarono già ad aspettarli il guidatore a bordo del primo carro che, vedendoli arrivare, scese andando loro incontro, salutandoli cordialmente.

Nel giro di un quarto d'ora anche gli altri quattro carri arrivarono sul piazzale retrostante l'edificio e dopo pochi minuti furono raggiunti dalle persone addette al trasporto dei mobili. I due arredatori poterono notare, con loro intima soddisfazione, che tutti erano abbastanza giovani, robusti e aitanti. Entrambi pensarono che non avrebbero avuto problemi nel caricare, scaricare e sistemare i mobili nelle varie stanze dell'appartamento, là dove loro avevano intenzione di collocarli. Perciò, dopo un breve conciliabolo con il conducente del primo carro, decisero che fosse meglio partire, avrebbero guadagnato mezz'ora nel caso fosse accaduto qualche incidente imprevisto durante le operazioni.

Decisero che i primi tre carri, sotto la direzione di Messere Pomponio si recassero da mastro Volpotti, mentre gli altri due, diretti da Messere Andreozzo, si sarebbero recati alla bottega di mastro Marinotti. Al termine del primo carico si sarebbero riuniti davanti al piazzale in cui si trovava l'appartamento da arredare. Quando tutti i carri sarebbero giunti sul posto avrebbero stabilito da quale iniziare a scaricare. Nel frattempo, sia nel magazzino di mastro Volpotti, che in quello di mastro Marinotti erano in attesa dell'arrivo dei carri. I mobili da caricare erano già stati allineati e sistemati, pronti per essere caricati. Perciò quando arrivarono i carri gli uomini incaricati del trasloco non ebbero nessuna difficoltà nel caricarli.

Sotto l'attenta direzione dei due falegnami l'intera operazione si svolse senza incidenti; dopo circa un'ora i cinque carri carichi di mobili erano davanti alla scalinata, pronti per essere scaricati. Per rendere più agevole il trasporto Messere Pomponio suggerì di scaricare prima i mobili meno ingombranti, quali sedie e candelabri, poi quelli più voluminosi e pesanti.

L'operazione di scarico e collocazione dei mobili richiese l'intera giornata: al tramonto erano tutti esausti per aver lavorato duramente e senza sosta, ma soddisfatti del risultato. Seduti sulle sponde dei carri, attendevano l'ordine per raggiungere le proprie abitazioni. Erano impazienti di rientrare, mangiare qualcosa di sostanzioso per poi gettarsi sul letto e riposare l'intera notte, perciò quando Messere Pomponio disse loro che il compito era esaurito, li ringraziò calorosamente, esortandoli a raggiungere le loro case. Scesero in un baleno dalle sponde dei carri avviandosi frettolosamente verso l'uscita del piazzale per raggiungere ognuno la propria abitazione. Assieme al suo collega, l'arredatore risalì di nuovo nell'appartamento per effettuare un ultimo controllo dei mobili posizionati nei vari locali. Insieme ispezionarono tutte le stanze, notando che ogni mobile era stato posto esattamente dove previsto. Al calar del sole, la poca luce che penetrava dalle imposte semichiuse proiettava fiocamente l'ombra dei mobili sui muri, rendendo l'atmosfera leggermente spettrale.

Controllarono tutti i locali, compreso lo studio di don Alfonso. Messere Andreozzo aprì la porta dirigendosi verso la scrivania: sotto un alto scaffale vuoto, attraverso gli spazi delle mensole si intravvedeva il luccichio del rivestimento appena lucidato. Si diresse dietro la scrivania dove era stata disposta la sedia con il sedile imbottito e l'alto schienale di legno scuro e la spostò per sedersi. Per un attimo provò a immedesimarsi nei panni di don Alfonso e un brivido di freddo gli percorse la schiena, pensando alle grandi responsabilità che gravavano su di lui. Immediatamente si alzò, allontanandosi dalla scrivania in direzione dell'uscita, non vedeva l'ora di lasciare l'atmosfera cupa dello studio. Fu subito seguito dall'amico che sembrò cogliere quello che egli aveva provato sedendosi su quella sedia. In silenzio riattraversarono le stanze, scesero nuovamente la scalinata avviandosi verso la loro dimora. Prima di arrivare a casa decisero che l'indomani mattina avrebbero provveduto ad avvisare Lucrezia che l'appartamento era completamente ammobiliato.

Inoltre, le avrebbero suggerito di fare un ultimo sopralluogo nel pomeriggio, lasciando decidere a lei l'orario più comodo in virtù dei suoi impellenti e numerosi impegni. Rientrarono talmente stremati, che non ebbero nemmeno la forza di consumare una frugale cena. Si buttarono sul letto, addormentandosi immediatamente, senza nemmeno togliersi gli abiti. Al mattino si svegliarono che il sole era già alto nel cielo; dopo essersi lavati e aver fatto colazione con latte, pane, marmellata e frutta secca, si avviarono verso la dimora di donna Lucrezia per metterla al corrente di quanto deciso la sera precedente.

Non dovettero attendere molto, poiché la nobildonna fece sapere che sarebbe giunta all'appartamento nel primo pomeriggio. Ricevuta la notizia ritornarono sui loro passi verso casa in attesa dell'ora dell'appuntamento.

Verso mezzogiorno consumarono un pasto composto da zuppa di fagioli, pane e formaggio stagionato, accompagnato da mezza bottiglia di vino rosso. Si distesero sul letto per riposare e riflettere, volevano essere freschi per l'incontro con la nobildonna, poiché ritenevano potesse essere uno degli ultimi e più importanti. Infatti, dopo essersi riposati, si alzarono pronti per affrontare quell'ultima incombenza. Indossarono il solito abito delle occasioni ufficiali recandosi all'appuntamento con un certo anticipo. Quando arrivarono davanti alla scalinata che conduceva all'appartamento mancava ancora circa una mezz'ora all'ora convenuta. Messere Andreozzo suggerì allora di salire e aprire le imposte delle finestre in modo da rendere i locali più luminosi, così Lucrezia avrebbe meglio potuto apprezzare la disposizione dei mobili. Acconsentendo al suggerimento del compagno, Messere Pomponio salì le scale seguito dall'amico e tutte le imposte delle finestre furono spalancate, inondando i vari locali di una vivida luce che contribuì a ravvivare gli ambienti ammobiliati. Al termine di tale operazione si avviarono verso l'uscita, intendevano attendere Lucrezia sul ballatoio davanti alla porta d'ingresso dell'appartamento. Dopo esattamente mezz'ora videro comparire il calesse di Lucrezia scortato da un drappello di cavalieri: due di loro smontarono da cavallo aiutando la futura Duchessa a scendere.

Quando elle mise piede a terra, si drizzò sulle gambe, sistemò le pieghe dell'abito azzurro che indossava, alzò lo sguardo verso il ballatoio salutando con un gesto della mano i due arredatori. Giunta davanti alla porta d'ingresso, precedentemente aperta, i due messeri le fecero un leggero inchino invitandola a entrare con un cenno.

Con passo sicuro Lucrezia raggiunse il centro della sala, osservando con attenzione la disposizione dei mobili e notando che tutto era come lei aveva previsto. Passò nella stanza successiva, che nelle sue intenzioni doveva essere la sala da pranzo. Il grande tavolo era al centro, le sedie sormontate dallo stemma degli Este facevano bella mostra alle sue estremità. La credenza più grande era posta dietro il tavolo, sul lato più lungo della sala e sopra vi erano posati i pregiati candelabri, quella più piccola era stata collocata sull'altro lato della sala, leggermente spostata rispetto all'asse della prima, sul piano d'appoggio alle due estremità vi erano due candelabri, mentre al centro erano state disposte due statue di legno rappresentanti una coppia di sposi che si fronteggiavano. L'intero ambiente offriva l'impressione di una sala austera, solida, sarebbe poi toccato a lei, con un tocco di femminilità, renderla più accogliente per i suoi ospiti una volta preso possesso dell'appartamento.

Attraversò gli ultimi locali osservando con attenzione tutti i mobili, avvicinandosi di tanto in tanto a qualcuno di essi, allungando la mano per verificarne l'accuratezza della levigatura. Costatandone la perfezione si rivolgeva con sguardo soddisfatto verso i due arredatori, che la seguivano, sempre a qualche passo dietro lei. Giunsero finalmente nella camera da letto in cui troneggiava il grande letto a baldacchino. Lucrezia vi si avvicinò, appoggiando la mano destra a uno dei sostegni in legno intarsiato che reggevano la tenda. Questa racchiudeva il letto, rendendolo invisibile all'osservatore esterno.

Da quella posizione osservò con attenzione la disposizione delle cassapanche, degli armadi, delle sedie, nonché degli altri mobili presenti nella camera. All'improvviso, spostandosi verso la sua sinistra, di fronte alla grande porta finestra, notò la splendida specchiera ovale a grandezza naturale: era proprio come lei l'aveva desiderata. Si fece più vicino per ammirarsi.

Proprio in quel momento un raggio di sole attraversò obliquamente lo spazio, colpendo il vetro e provocando un lampo di luce che costrinse Lucrezia a chiudere gli occhi. Si spostò di lato per evitare i riflessi di luce che emanavano dal vetro. Rimase per un attimo pensierosa, poi rivolgendosi ai due romani, ordinò: «La specchiera deve essere spostata da questa posizione, la luce proveniente dall'esterno produce dei riflessi che rendono difficile specchiarsi, perciò vorrei che la sistemaste accanto alla finestra, in posizione obliqua rispetto a essa, con lo specchio rivolto verso il centro della stanza, in modo che specchiandosi la luce colpisca la persona illuminandola, anziché creare riflessi disturbandone la visione». Prontamente messere Pomponio replicò con voce suadente: «Sarà fatto come lei desidera, eccellentissima madonna Lucrezia, provvederemo a spostarla direttamente noi appena lei avrà completato il suo giro di ispezione». Nel frattempo, Lucrezia si era già allontanata in direzione delle altre stanze raggiungendo la porta dello studio. Prima che lei poggiasse la mano sulla maniglia per aprirla, messere Andreozzo la precedette spalancando l'uscio, invitandola a entrare.

Lucrezia si diresse allora verso il centro dello studio da cui ammirò l'effetto prodotto sul locale dal rivestimento in legno di rovere scuro tirato a lucido e notò davanti a sé l'ampia scrivania, dietro la quale era situato un grande scaffale per i libri. Di fianco, in basso, il forziere per i documenti riservati del marito; in alto, verso il soffitto, la cornice con motivi floreali, che contribuiva a rendere meno austero l'ambiente. Lo studio così rifinito sarebbe senz'altro piaciuto al marito, che aveva un carattere schivo, serio, dedito al lavoro, costantemente impegnato a migliorare la sicurezza del suo futuro Ducato. Rivolgendosi verso messere Andreozzo si dichiarò molto soddisfatta sia dei mobili che della loro disposizione. I due arredatori, a quel punto, con un sorriso di compiacimento, indicarono l'uscita, ritenendo conclusa la visita. Quando furono di nuovo nella sala d'ingresso che immetteva nell'appartamento, messere Pomponio si accinse ad aprire la porta, ma in quell'istante Lucrezia con un gesto della mano gli indicò di fermarsi. Si avvicinò alla porta, l'aprì e sporgendosi dal ballatoio attrasse l'attenzione delle persone che si trovavano al piano inferiore. Mentre completavano il giro delle stanze per controllare la disposizione dei mobili, erano giunti due camerieri con un secchiello contenente una caraffa di vino e un vassoio con tre calici. Appena videro Lucrezia fare il segnale, si apprestarono a salire la scalinata, lei li lasciò passare davanti, entrando nella sala. Nel vedere i due camerieri, vestiti con una livrea giallorossa sgargiante, i due arredatori rimasero sorpresi e ammutoliti. Rientrando, Lucrezia si avvicinò ai due camerieri e ordinò: «Questo momento merita un brindisi insieme a questi due galantuomini che mi hanno reso un grande servizio!» I due si schernirono arrossendo leggermente, quindi si avvicinarono ai due camerieri prendendo ognuno il calice loro offerto.

Quando tutti e tre ebbero il calice alzato, Lucrezia propose il brindisi: «A mio marito, al Duca Ercole, alla prosperità di Ferrara e alla felicità dei suoi sudditi!» I due si unirono all'augurio accostando le labbra al calice.

All'improvviso il viso di messere Pomponio si fece paonazzo. Cominciò a tossire convulsamente abbassando il busto verso il pavimento. Intervenne prontamente messere Andreozzo che, colpendolo dietro la schiena con il palmo della mano, cercava di fare riprendere fiato all'amico. Evidentemente, nel trangugiare il primo sorso di vino, qualche goccia gli era andata di traverso lasciandolo senza fiato con la spiacevole sensazione di soffocare. I due camerieri intanto si guardarono in faccia trattenendosi a stento dallo scoppiare a ridere.

Lucrezia stessa accennò un leggero sorriso, quindi intervenne rincuorando messere Pomponio: «Suvvia, messere Pomponio, si calmi, non immaginavo che un sorso di questo delizioso vino malvasia avesse tale effetto su di lei» dopodiché scoppiò a ridere di gusto, condizionando gli altri a fare lo stesso. Anche messere Pomponio, che nel frattempo si era leggermente ripreso, accennò un timido sorriso di cortesia.

Dopo qualche minuto, trascorso in quella piacevole atmosfera, Lucrezia intervenne di nuovo «Adesso signori è ora che io vada, altri impegni mi richiamano a corte. Avete svolto veramente un eccellente lavoro, quindi potete tornare a Roma soddisfatti. Solo che prima di darvi il permesso di partire vorrei che voi aspettaste l'arrivo di mio marito, desidererei presentarvi a lui, inoltre, ho da terminare la lettera che consegnerete al Santo Padre». Appena i due arredatori risposero all'unisono: «Servi suoi!», Lucrezia uscì dalla sala, seguita dai camerieri. Si avviò verso il calesse, dove l'attendeva il drappello di cavalieri che l'avrebbe scortata nel tragitto di ritorno. Prima di ripartire, gli arredatori rimasero nell'appartamento dove spostarono la specchiera così come stabilito da Lucrezia.

Quando la futura Duchessa arrivò in vista del palazzo, notò davanti all'ingresso un insolito via vai di persone. I piantoni di guardia all'ingresso, riconoscendola la fecero passare scattando sull'attenti. Entrando si diresse verso il suo alloggio, dove trovò le ancelle che l'attendevano. Avvertì dai loro visi preoccupati che durante la sua assenza era capitata qualcosa. Infatti, Girolama le si avvicinò sussurrandole all'orecchio: «Il nobilissimo don Alfonso, vostro marito, è arrivato della Francia e ha subito chiesto di voi. Io gli ho riferito che sareste stata molto presto di ritorno». Lucrezia con voce leggermente emozionata: «Hai fatto bene, dov'è ora?» «È in camera da letto» replicò Girolama, dimostrando una calma solo apparente.

Allora Lucrezia si tolse il mantello che aveva sulle spalle, lo porse alla sua dama, si diede una sistemata ai capelli, si aggiustò il pendente di rubino che le scendeva sul seno, poi con passo sicuro si avviò verso la camera da letto. Mentre camminava per raggiungere il marito, il battito del cuore prese ad accelerare. Per un attimo Lucrezia si arrestò e riprese fiato, l'emozione era tanta, quasi la soffocava. Raggiunse in quel modo la camera da letto, si avvicinò notando il marito coricato ancora vestito con la faccia appoggiata sulla coperta. Si era addormentato pesantemente. Lucrezia rimase per un po' delusa e dubbiosa. Non sapeva se svegliarlo oppure lasciarlo dormire. Decise che fosse meglio svegliarlo, non poteva correre il rischio di essere rimproverata se non l'avesse fatto. Del resto, era lei che non si era fatta trovare in casa ad aspettarlo.

Si era fatta cogliere di sorpresa dal suo arrivo, perciò si avvicinò al letto tendendo la mano tremolante verso la spalla del marito, lo toccò leggermente nella speranza che bastasse quel leggero tocco per risvegliarlo. Il movimento era stato troppo delicato, era tanta la stanchezza di don Alfonso dopo avere cavalcato ininterrottamente nelle ultime ventiquattro ore nella frenesia di raggiungere prima possibile la moglie. Chinandosi più vicino al corpo del marito, diede quindi uno strattone, iniziando contemporaneamente a chiamarlo dolcemente: «Alfonso, Alfonso, svegliati!»

Dopo vari tentativi, proprio quando Lucrezia stava ormai per spazientirsi, il marito aprì gli occhi e volse la testa in alto, incrociando lo sguardo preoccupato della moglie. Ebbe uno scatto, protendendo le braccia che afferrarono la moglie in un abbraccio quasi violento. Senza dire una parola cercò la bocca di lei e la baciò appassionatamente. In un primo momento Lucrezia rimase sorpresa dalla sua reazione, poi rispose anche lei con passione al bacio. Stettero abbracciati e muti, in silenzio per un tempo che a lei parve infinito, poi il marito allentò il suo abbraccio, si mise a sedere sulla sponda del letto osservando il viso di Lucrezia come se la vedesse per la prima volta, quindi iniziò a raccontarle del lungo viaggio che aveva affrontato per ritornare a Ferrara.

Le disse che aveva appreso notizie curiose e interessanti sul conto del re di Francia e della sua corte. Inoltre, cosa per lui di vitale importanza, aveva imparato una tecnica nuova nella fusione dei metalli che veniva utilizzata per la costruzione dei più moderni ed efficienti cannoni francesi.

Mentre stava ragguagliando la moglie sugli ultimi avvenimenti accaduti alla corte francese prima della sua partenza, improvvisamente si alzò e, guardando Lucrezia seduta sul letto, sorpresa da questa mossa repentina, affermò: «Devo correre immediatamente dal Duca, mio padre, gli avevo promesso che al mio ritorno lo avrei informato del messaggio di cui il re di Francia mi ha fatto portavoce. A quest'ora la notizia del mio ritorno deve essergli stata riferita. Se non vado al più presto da lui, per me saranno dolori. In fatto di doveri riguardanti la sicurezza del Ducato è inflessibile!» Si abbassò verso la moglie, dandole un bacio frettoloso sulla guancia e uscì frettolosamente dalla camera da letto. Lucrezia rimase allibita e delusa dall'esito di quel primo incontro tanto atteso.

Nella sua mente lo aveva immaginato diverso, avrebbe voluto accogliere con tutti gli onori il marito agghindata e profumata. Invece era stato un incontro inatteso, che non aveva suscitato in lei quell'emozione per la quale si era preparata così a lungo. Le sembrò che tutte le sue fatiche fossero andate perdute, ebbe timore che la lontananza avesse avuto un effetto deleterio su Alfonso. Ebbe un gesto di stizza che frenò a stento e chiamò Angela, chiedendole di aiutarla a spogliarsi perché voleva andare a letto. Nel frattempo Alfonso giunse al castello Ducale dal padre, il quale lo attendeva ansioso nel suo studio. Il Duca Ercole, infatti, era stato avvisato dell'arrivo del figlio ed era impaziente di ricevere le ultime notizie del re di Francia. Quando udì bussare alla porta, prontamente rispose: «Avanti». Alfonso comparve e togliendosi il cappello si avvicinò al padre, davanti al quale si inginocchiò abbassando la testa in segno di ossequio.

Il Duca Ercole, ponendogli la mano destra sulla spalla sinistra gli disse: «Alzati figlio, quali notizie mi rechi dal re Luigi[25]?» Alfonso allora si alzò e iniziò a riferirgli il messaggio del sovrano francese. Alla fine del colloquio, che durò circa mezz'ora, il Duca, sentendosi tranquillizzato, informò il figlio che il giorno successivo avrebbe dato un grande banchetto in suo onore.

Avrebbe desiderato che lui partecipasse insieme alla consorte, la dolce Lucrezia. Alfonso rassicurò il padre che sarebbero intervenuti insieme alla cerimonia in suo onore. Il Duca Ercole, inoltre, consigliò al figlio di incontrare quella notte stessa il connestabile, per riferirgli tutte le notizie di carattere militare utili a rafforzare la sicurezza del Ducato.

Alfonso così fece, conferì con il responsabile della sicurezza statale, accordandosi sui cambiamenti da fare alla luce delle nuove informazioni ricevute dai francesi. Quando si liberò dai suoi impegni, era ormai notte inoltrata. Nel frattempo, Lucrezia si era addormentata con difficoltà, perciò Alfonso decise di non disturbarla e andò a dormire nel corpo di guardia insieme al suo aiutante e alcuni ufficiali dell'esercito ferrarese. Il mattino successivo, di buonora, Angela bussò alla porta della camera da letto di Lucrezia ricevendo l'assenso a entrare. Lucrezia era già sveglia ma ancora coricata, non aveva avuto la forza di alzarsi, aspettava pigramente l'arrivo delle ancelle. Angela si avvicinò al letto chiedendole: «Ha dormito bene? Cosa vuole per colazione? Quali abiti devo fare preparare per renderla irresistibile agli occhi del nobile Alfonso?» Lucrezia replicò: «Non ho dormito granché bene, per colazione vorrei del latte con miele e un po' di frutta secca, poi indosserò gli abiti che avevamo già deciso».

Proprio in quel momento si udirono dei passi pesanti provenire dalla stanza accanto, era don Alfonso che rientrava dalla moglie. Aprì la porta trovandosi l'ancella davanti, che si inchinò uscendo velocemente dalla camera. Alfonso si avvicinò al letto porgendo la mano alla moglie nell'atto di aiutarla ad alzarsi, poi la baciò delicatamente sulle labbra, quindi si staccò scrutandola dall'alto in basso. Sembrava che la stesse osservando per la prima volta; Lucrezia ebbe l'impressione che il marito si fosse dimenticato come era fatta. Interrompendo quel muto idillio, Alfonso le comunicò che erano attesi dal padre per un grande pranzo ufficiale in suo onore.

La pregò di accompagnarlo onorando l'invito del padre, chiedendole di farsi trovare pronta nel suo abito più bello per mezzogiorno. Erano attesi a corte proprio quel giorno, il 12 aprile del 1502 per l'ora di pranzo. Il banchetto a cui avrebbero preso parte tutti i maggiori dignitari del Ducato si sarebbe protratto fino a pomeriggio inoltrato. Lucrezia rispose che avrebbe partecipato volentieri al pranzo, era felice che fosse dato un grande ricevimento in onore del marito. Per l'occasione avrebbe sfoggiato l'abito che più le donava, insieme ai gioielli che le aveva regalato il Duca Ercole. Alfonso, rassicurato dalla moglie circa la sua presenza alla cerimonia, si accomiatò da lei per prepararsi anche lui alla festa.

Appena egli uscì, Lucrezia immediatamente richiamò Angela informandola dell'invito ricevuto dal marito. Le disse che bisognava sbrigarsi chiamando anche Girolama e Laura perché l'aiutassero a prepararsi per essere pronta entro mezzogiorno.

Angela avvertì le due dame che si precipitarono nelle stanze della loro padrona, allertando contemporaneamente le altre ancelle al servizio personale di Lucrezia. Tutte si diedero da fare per renderla ancora più bella: ognuna delle ancelle sapeva esattamente cosa fare, avendo tutte il proprio compito da svolgere.

Del resto, lei aveva previsto con anticipo quel momento, intendeva dare un ricevimento per il ritorno del marito, ma in forma privata. Ora invece si ritrovava a gestire la stessa situazione in forma ufficiale, nel castello del suocero, alla presenza delle maggiori personalità del Ducato.

Per l'ora stabilita era pronta, ammirata, coccolata e segretamente invidiata da tutte le sue dame. Alfonso arrivò puntuale, entrò nella camera da letto rimanendo estasiato dalla bellezza della moglie. Le si avvicinò, le porse il braccio avviandosi verso l'uscita senza proferire parola; raggiunsero il lungo corridoio, scesero le scale trovandosi nel cortile interno del palazzo, dove li aspettava in alta uniforme e in sella a stupendi cavalli un drappello della guardia personale di Alfonso. Quando videro i due sposi, sguainarono le spade portandole in alto verso la spalla sinistra in segno di saluto. La coppia salì sul calesse, seguita dal drappello e si diresse verso il castello Ducale. Vi arrivarono che non era ancora scoccato mezzogiorno. All'ingresso, davanti al ponte levatoio abbassato, un altro drappello di dragoni a cavallo avvistò il calesse e presentò le armi formando un corridoio, lungo il quale il calesse entrò nel castello. Nel cortile interno li aspettava il ciambellano di corte, che avvicinandosi si inchinò davanti ai due nobili, porgendo la mano per aiutare Lucrezia a scendere dal calesse.

Quando Alfonso pose anche lui i piedi a terra, offrì la mano alla moglie avviandosi verso il salone preparato per il banchetto. Per il pranzo il Duca aveva scelto il salone di rappresentanza del governo per rendere ancor più formale il ritorno del figlio, nonché futuro erede. Quando la coppia entrò nella sala tutti i dignitari presenti si alzarono in piedi e iniziarono a battere le mani in segno di giubilo. Solo il Duca Ercole, immobile, seduto al centro della tavola a forma di ferro di cavallo, non si alzò.

La coppia si portò al centro della sala, esattamente in direzione opposta al Duca, fece un inchino rimanendo in attesa dell'ordine di avvicinarsi. Infatti, Ercole, rispondendo con un movimento del capo, sfoggiando contemporaneamente un insolito raggiante sorriso, indicò loro di avvicinarsi e prendere posto accanto a lui. Lucrezia ebbe il posto alla sua sinistra, mentre Alfonso sedette alla destra del padre. La futura Duchessa aveva scelto di indossare per l'uscita ufficiale una tunica blu fermata in vita da un nastro di raso rosso, con un'ampia scollatura che lasciava intravvedere la parte superiore del seno. Sopra la tunica indossava un mantello di velluto nero, con bordi giallo dorato, in testa aveva un piccolo diadema incastonato di smeraldi verdi che si alternavano a pietre di rubino rosso, mentre al collo le scendeva una fila di perle turchesi, regalo del suocero insieme all'anello matrimoniale. I lunghi capelli biondi sciolti le scendevano sulle spalle formando una cascata dorata che spiccava sul velluto nero del mantello. Il suocero rimase ancora una volta ammirato da tanta bellezza nonché dall'innata grazia della nuora; in cuor suo era felice, pensò di aver fatto la scelta migliore accettando quell'angelo, la figlia di un Papa, come moglie del figlio.

Tutti rimasero abbagliati dalla leggiadria di Lucrezia. A un cenno del Duca i camerieri iniziarono a servire le prime pietanze. Il cuoco aveva dato sfoggio a tutta la sua bravura: ogni piatto, prima di essere una delizia per il palato, era un'opera d'arte da ammirare con gli occhi.

Lucrezia e il marito fecero onore alla tavola solo per le prime portate, poi sentendosi sazi nello stomaco e deliziati nei sensi, non assaggiarono più nulla. Il pranzo si protrasse per diverse ore e, tra una portata e l'altra, il Duca conversava amabilmente con il figlio e la nuora. Nella sala c'era anche una piccola orchestra che suonava dolci melodie e ogni tanto il pranzo veniva interrotto dall'ingresso di ballerini e saltimbanchi, che si esibivano in balli di gruppo e piroette.

Tutto si svolse nella migliore tradizione dei pranzi ufficiali della casa d'Este. A un tratto Alfonso, che cominciava ad annoiarsi, pressato dalla voglia di rimanere solo con la moglie, chiese al padre di potersi allontanare. Gli disse che desiderava prendere visione dell'appartamento concesso a lui e alla sposa, che in sua assenza, ma con il suo permesso, Lucrezia aveva ammobiliato aiutata da due arredatori inviati espressamente da Roma dal Papa.

Il Duca Ercole, anche se leggermente contrariato, comprese le giuste ragioni del figlio concedendogli di potersi allontanare. Alfonso allora chiese alla moglie di seguirlo. Lucrezia si inchinò verso il suocero baciandogli la mano. «Andate figli miei, che Dio vi benedica...» Li congedò il Duca. Arrivati nel cortile trovarono il calesse custodito da un piccolo drappello di cavalieri, vi salirono avviandosi verso l'uscita dal castello. Prima di salire Alfonso aveva comunicato che intendeva essere scortato fino al palazzo del loro nuovo appartamento.

Quando dopo circa un quarto d'ora arrivarono nel piazzale antistante il palazzo, Alfonso scese per primo dal calesse, offrì la mano alla moglie ed entrambi si avviarono su per la scalinata per visionare l'appartamento. C'era ancora abbastanza luce, perciò non fu necessario aprire le imposte per rendersi conto della disposizione dei mobili. Entrando per primo, Alfonso ebbe subito una buona impressione: tutto gli sembrava di buon gusto e subito notò che la lavorazione dei mobili era di ottima qualità. Se ne intendeva abbastanza, dato che si dilettava a fabbricare piccoli oggetti di legno. Quando notava l'interesse di suo marito per un mobile, Lucrezia cercava di fornirgli spiegazioni al riguardo, ma l'uomo più che i mobili ammirava la sua avvenenza, sentendo crescere sempre di più il desiderio di possederla. Giunsero infine nello studio, dove Alfonso mostrò la sua ammirazione per l'effetto ottenuto dal rivestimento, che conferiva all'ambiente quell'atmosfera di raccoglimento di cui avrebbe avuto bisogno nei momenti difficili del suo principato.

Si complimentò con la moglie per la scelta della scrivania, affermando che sentiva quel luogo come già suo. Le prese dolcemente la mano uscendo dallo studio, quindi si avviarono verso la camera da letto che era illuminata dagli ultimi raggi di sole. Lucrezia si portò vicino alla specchiera per mostrarla al marito, ma colta da un irrefrenabile impulso di vanità volle ammirarsi in tutto il suo splendore. Alfonso la seguì come un automa, raggiungendola proprio mentre l'immagine di lei gli apparve nello specchio. La cinse alle spalle in un abbraccio, baciandola dolcemente sul collo, mentre Lucrezia si fissava allo specchio, con la sensazione di non essere lei quella abbracciata da Alfonso.

I baci dell'uomo si facevano sempre più audaci, mentre costringeva Lucrezia a voltarsi verso di lui, finché non la baciò sulla bocca. In quel momento anche lei, rientrando in sé dopo quel breve momento di estraneità, rispose al bacio allacciando la sua lingua a quella infuocata del marito, che si insinuava come un piccolo serpentello impertinente tra le sue dolci labbra. In un impeto di bramosia sessuale Alfonso la sollevò e la trasportò vicino al letto con uno sforzo tremendo, tenendola con una sola mano, mentre con l'altra scostava la tendina che scendeva dal baldacchino. La appoggiò sul letto, le sollevò la tunica, le premette contro il ventre il suo pene turgido e infine la possedette selvaggiamente con colpi forti e regolari. Lei rispondeva con trasporto al ritmo del marito inarcando la schiena a ogni colpo finché non raggiunsero insieme il massimo del piacere. Dopo quel primo violento amplesso stettero immobili sul letto con il viso rivolto in alto, fianco a fianco, muti a osservare il tetto del baldacchino. All'improvviso Alfonso scoppiò in una sonora risata, tenendosi una mano sulla bocca mentre con l'altra si teneva la pancia, poi si voltò verso Lucrezia che lo osservava inebetita e le rivelò: «Sai una cosa buffa?» «No, rispose lei». «Il re Luigi un giorno, in vena di confidenze con me, mi portò nella sua camera da letto segreta, alle cui pareti aveva appeso i quadri di molte delle sue amanti. Tutte erano ritratte nude in pose lascive e provocanti, poi mi confessò che la vista di quei quadri gli infondeva maggior vigoria ogni volta che si appartava con una nuova conquista». Lucrezia, guardando in faccia il marito con sguardo perplesso, osservò: «Povero re Luigi, deve essere ridotto proprio male per farsi rizzare l'arnese in quel modo!»

La considerazione della moglie fece ridere di gusto Alfonso. Dopo un altro assalto, questa volta condotto più dolcemente dal marito, si assopirono abbracciati. Intanto, l'attendente di Alfonso che al comando del piccolo drappello aveva accompagnato la coppia, comprendendo la situazione decise di non disturbare la coppia e ordinò ai sottoposti di rientrare al corpo di guardia, mentre lui rimase di sentinella insieme a soli due cavalieri.

La mattina successiva, allo spuntar del sole, il primo raggio di luce trovò ancora i due amanti avvinghiati, con Lucrezia che dormiva con la testa appoggiata sulla spalla del marito.

L'aiutante di Alfonso, vedendo che si faceva tardi, prese il coraggio di salire la scalinata per svegliare il suo signore. Sapeva che quella mattina, sul tardi, Alfonso era atteso per passare in rassegna un reparto scelto delle truppe ferraresi, perciò, arrivato davanti alla porta d'ingresso dell'appartamento, bussò dapprima delicatamente, poi, non udendo risposta, rinvigorì i colpi finché non udì i passi del suo comandante, don Alfonso.

Egli aprì la porta trovandosi la faccia dell'attendente davanti che, con sguardo preoccupato, lo salutò scattando sull'attenti «Buongiorno comandante, volevo ricordarle che è atteso per l'ispezione alle truppe davanti al castello prima di mezzogiorno, se non ci sbrighiamo rischiamo di arrivare tardi». Alfonso immediatamente controbatté: «Certo, certo, hai ragione, tra pochi minuti io e mia moglie saremo pronti. Prima bisogna accompagnarla a palazzo, poi devo indossare l'alta uniforme e raggiungere il castello in tempo per la rassegna. Dunque, aspettami mentre ci prepariamo».
L'attendente salutò don Alfonso scendendo le scale frettolosamente. Quando ebbe raggiunto le due guardie che erano rimaste con lui, montò a cavallo in attesa di poter scortare il calesse con i due sposi, i quali non si fecero attendere molto. Don Alfonso era atteso per il suo dovere istituzionale, mentre Lucrezia doveva organizzare il commiato dei due arredatori, completare la lettera per il padre, non prima però di avere avuto l'occasione di presentare i due romani al marito. Scortati dai tre cavalieri rimasti, giunsero al palazzo dove furono subito riconosciuti e lasciati passare. Scesero dal calesse dirigendosi verso il loro appartamento, in cui tutto era rimasto come la sera prima. Lucrezia immediatamente si preoccupò di chiamare Angela perché l'aiutasse a cambiarsi d'abito, mentre Alfonso nella sua stanza indossò l'uniforme d'alta ordinanza, poi salutò frettolosamente la moglie e si recò al castello. Dopo essersi cambiata d'abito, Lucrezia chiese ad Angela di portarle una tazza di latte con biscotti e le ciambelle dolci che aveva assaggiato qualche tempo prima poiché le erano tanto piaciute: aveva fame, quella mattina.

Quando Angela uscì dalla camera, lei si diresse verso la stanza accanto dove si trovava il suo secretaire perché intendeva scrivere una lettera al padre, nella quale avrebbe riportato le ultime notizie che la riguardavano; successivamente sarebbe stata consegnata ai due arredatori perché la porgessero personalmente nelle mani del Pontefice. Quando Angela entrò col vassoio pieno delle delizie ordinate dalla sua signora, la trovò ancora intenta a scrivere. Appoggiato il vassoio sul tavolo, le si avvicinò per avvisarla:

«Eccellentissima, il latte con i biscotti e le ciambelle sono sul tavolo». Lei rispose con un cenno del capo di aver capito, guardando l'ancella indicò con la mano che avrebbe mangia-to non appena finito di scrivere.

Allora Angela uscì dalla stanza lasciandola sola a completare la lettera, nella quale accennava alle sue buone condizioni di salute e al trattamento gentile e caloroso che le riservava il marito, ringraziando il padre per aver mandato i due arredatori che avevano brillantemente assolto al loro compito, aiutandola a completare l'arredamento del suo appartamento.

Raccomandò al padre di riservare un trattamento speciale ai due arredatori rimettendosi alla sua nota magnanimità. Lo mise brevemente al corrente del viaggio del marito in Francia, nonché del suo recente ritorno con buone notizie dalla corte francese. Non dimenticò di accennare all'episodio curioso riguardante la camera segreta del re Luigi, sapeva in cuor suo quanto suo padre amasse ricevere quel tipo di notizie, solleticando il suo risaputo interesse per tutto ciò che riguardava le fantasie sessuali dei governanti. Quando le sembrò che non ci fosse più nulla da aggiungere, chiuse e sigillò la lettera riponendola nel cassetto del secretaire. Si avvicinò al tavolo dove Angela aveva lasciato il vassoio della colazione, si sedette e iniziò a inzuppare qualche biscotto nel latte, poi addentò un paio di ciambelle e quando si sentì sazia e soddisfatta si alzò portandosi vicino alla finestra della stanza a osservare il paesaggio esterno. Rimase in quella posizione assorta, indecisa per un po' sul da farsi, poi chiamò Angela, che accorse subito mettendosi a sua disposizione. Lucrezia la mise al corrente del fatto che intendeva incontrare i due arredatori romani l'indomani nel primo pomeriggio; avrebbe pensato lei stessa ad avvisare il marito, poiché voleva che fosse presente a quell'ultimo incontro. In quell'occasione avrebbe presentato i due ad Alfonso, li avrebbe di nuovo ringraziati, consegnato loro la lettera per il padre insieme a una discreta somma di denaro e un piccolo gioiello ciascuno in segno della sua riconoscenza, nella segreta speranza che l'avrebbero conservato in ricordo di lei. Perciò Angela si attivò perché Giovanni e il suo amico si recassero presso l'alloggio di messere Pomponio e messere Andreozzo a comunicare l'appuntamento previsto per il pomeriggio successivo nel solito salone. Quando Giovanni bussò alla porta, i due stavano preparandosi per una passeggiata in attesa di notizie, perciò aprirono la porta immediatamente e apparve messere Andreozzo:

«Buongiorno, ci sono novità per noi?» «Certamente» rispose Giovanni. «Domani nel primo pomeriggio la nostra signora, madonna Lucrezia, vi attende nel salone del suo palazzo per comunicazioni urgenti». Nel frattempo anche messere Pomponio si era portato a fianco dell'amico ed entrambi risposero: «Riferite pure alla vostra padrona che saremo puntuali come sempre».
Passando davanti al compagno uscì sul ballatoio preparandosi a scendere le scale insieme a Giovanni.
 Contemporaneamente don Alfonso, davanti al piazzale del castello, passava in rassegna il reparto scelto schierato sull'attenti ai suoi ordini. Dopo aver fatto svolgere al reparto alcune manovre di marcia, soddisfatto del loro addestramento, diede l'ordine di sciogliere le righe, terminando così il proprio compito per quella mattina. Si recò successivamente in udienza dal padre per prendere accordi su come organizzare i suoi futuri movimenti. Il padre non godeva più dell'ottima salute che aveva avuto fino ad allora, perciò chiedeva sempre più spesso il suo aiuto nelle faccende del governo del Ducato. Lui ne era consapevole e intimamente

si sentiva compiaciuto della fiducia accordatagli dal padre, pur essendo dispiaciuto di vederlo deperire giorno dopo giorno.

Alla fine del colloquio con il Duca rientrò verso casa: cominciava a sentire una certa nostalgia della moglie. Rifletté tra sé sul fatto che incominciasse a voler bene a Lucrezia. Si sentì sicuro che quell'unione da lui prima osteggiata, adesso stesse dando i suoi frutti e per un attimo pensò che l'arrivo di un bambino sarebbe stato il perfetto suggello di quel matrimonio. Giunto a palazzo non si recò immediatamente dalla moglie, preferì prima andare nelle sue stanze a togliersi l'alta uniforme e indossare abiti civili. Subito dopo andò da Lucrezia che era in compagnia di Girolama e Laura: una le pettinava i capelli, l'altra le consigliava quale abito scegliere per l'incontro del pomeriggio successivo con gli arredatori. Appena Lucrezia vide il marito ordinò alle ancelle di lasciarla sola con lui. Le due dame abbandonarono immediatamente la stanza. Rimasta sola col marito gli si avvicinò dicendo: «Devo comunicarti una notizia che spero ti faccia piacere: domani pomeriggio congederò i due arredatori romani, consegnerò loro del denaro e un piccolo dono, poi darò loro una mia lettera per mio padre, così come eravamo d'accordo. Vorrei che fossi presente anche tu, mi piacerebbe presentarti prima di lasciarli partire per Roma». Il marito le rispose che era d'accordo, l'importante che tutto fosse finito entro un'ora, perché dopo doveva correre a corte dal padre. Lucrezia lo rassicurò che per l'ora del suo appuntamento con il padre il suo intervento sarebbe stato concluso. Il giorno successivo all'orario stabilito, nel salone si tenne l'incontro tra Lucrezia, Alfonso e i due arredatori. Lucrezia fece gli onori di casa, presentò i due al marito, il quale fu gentile e premuroso, non mancando di elogiare l'opera da loro svolta. I due ringraziarono per gli elogi, furono molto contenti di ricevere il denaro e ancora di più per il gioiello, rassicurandola che mai nessuno dei due se ne sarebbe disfatto finché fosse rimasto in vita. La tranquillizzarono confermandole che avrebbero chiesto udienza al Papa, consegnando nelle sue mani la lettera che la figlia prediletta gli inviava tramite loro.

Quando furono espletati tutti i convenevoli, Lucrezia li congedò avvisandoli che, d'accordo con il marito, li avrebbe fatti scortare da un piccolo drappello di cavalieri fino ai confini del Ducato verso Roma. Poco dopo giunse insieme al marito nel loro appartamento. Mentre Alfonso si preparava all'incontro con il padre, Lucrezia rimase sola nella sala da pranzo e avvertì d'improvviso una vampata di calore salirle verso il viso. Non si sentiva bene. Si portò con passo malfermo verso la porta chiamando Angela, che alla flebile voce della padrona subito accorse. La fanciulla notò subito il viso arrossato di Lucrezia. «Cosa c'è che non va, madonna Lucrezia?» Ma non ricevette risposta, Lucrezia svenne per un mancamento.

Angela tentò di scuoterla ma vedendo che non rinveniva cominciò a urlare chiamando Girolama che prontamente fu nella camera. Il frastuono e le grida provenienti dalla stanza furono uditi anche da Alfonso, che si precipitò trafelato nel locale. Alla vista della moglie sul pavimento, restò indeciso sul da farsi.

Fu allora che Girolama, riavutasi dal primo momento di sorpresa, gridò verso Angela: «Corri a prendere la bottiglia di aceto dalla mia camera, è poggiata sul tavolo vicino al camino». Angela si precipitò fuori, prese la bottiglia e la porse a Girolama che subito imbevve un fazzoletto per adagiarlo sotto il naso di Lucrezia. La donna allora rivolgendosi ad Alfonso asserì concitata: «Eccellenza, ci aiuti a sollevarla, dobbiamo farla sedere. Non si spaventi, è solo un piccolo malore, dovuto forse all'eccessivo affaticamento di questi ultimi giorni».

Prontamente Alfonso si abbassò, prese la moglie tra le braccia adagiandola delicatamente sulla sedia, che nel frattempo Angela aveva provveduto a sistemare con il sedile rivolto verso il centro della camera, in direzione della finestra. Lentamente il viso di Lucrezia sembrò riprendere il solito colorito. «Non essere in pensiero». Sussurrò, rivolgendosi al marito chinato su di lei e preoccupato, «Adesso sto bene». Il viso di Alfonso era ancora contratto. «Mia cara, avviserò io stesso il medico di corte che venga subito a visitarti. Voglio essere sicuro che sia solo un lieve affaticamento e non qualcosa di più grave». Si precipitò in direzione del castello paterno lanciando il cavallo in un galoppo sfrenato.

Giunto nel cortile salì velocemente le scale precipitandosi nello studio del dottore, che sapeva di trovare a quell'ora intento nei suoi studi. Entrò senza nemmeno bussare alla porta. Il medico era occupato a studiare un manoscritto antico sui rimedi naturali per la cura della gotta. Quando vide Alfonso, alzò il viso preoccupato, interrogandolo con lo sguardo. Con voce tremante Alfonso frettolosamente disse: «Presto dottore, si rechi al nostro palazzo, mia moglie ha avuto uno svenimento, adesso si è ripresa ma voglio che la visitiate immediatamente perché possiate riferirmi cosa pensate possa avere avuto. Fatevi accompagnare con la massima urgenza dal vostro cocchiere. Io attenderò qui il vostro rientro, dopo che avrò conferito con il Duca Ercole».

Il medico, toltosi gli occhiali che aveva sul naso, rispose: «Vado immediatamente» e si precipitò fuori dallo studio. Arrivò in un baleno davanti al palazzo con il calesse guidato da un esperto conducente, si fece scortare fino alla camera dove era ancora seduta Lucrezia. La visitò, le osservò la lingua, gli occhi, le prese il battito cardiaco, quindi le chiese cosa le fosse successo e come si sentisse in quel momento. Quando si sentì rispondere che ella avvertiva un senso di nausea, immediatamente capì rassicurandola: «Eccellentissima madonna Lucrezia, lei è incinta! Questo è il mio responso. Perciò per precauzione le consiglio di stare tranquilla, niente sforzi inutili e mi raccomando mantenete i locali ben areati. Questa è una grande notizia da dare al Duca Ercole, a don Alfonso e a tutta la popolazione ferrarese! Anche se prima di diffondere la notizia io aspetterei ancora qualche giorno. Intanto corro al castello ad avvisare il Duca e suo figlio del lieto evento, per il resto provvederà il Signore!» Così dicendo, rassicurò Girolama e Angela raccomandando loro di tenere sotto controllo madonna Lucrezia. Il medico rientrò al castello proprio quando don Alfonso aveva finito di consultarsi con il padre e stava recandosi nel suo studio. Appena lo vide, immediatamente lo apostrofò: «Allora dottore, cos'ha mia moglie?» L'uomo, lanciandogli un'espressione allegra, gli annunciò: «Nulla eccellenza, molto probabilmente sua moglie è incinta!» A quella notizia il viso di Alfonso si aprì in un ampio sorriso di soddisfazione. Era felice di ricevere quell'inaspettata notizia. Prendendo le mani del dottore tra le sue, disse commosso: «Grazie dottore, è una bellissima notizia, corro da mio padre ad avvertirlo del grande evento! Poi mi recherò da mia moglie per complimentarmi con lei». Quindi, si allontanò esclamando a gran voce: «Avrò un erede! Avrò un erede!»

Quando fu nello studio del padre, questi preoccupato per il suo repentino ritorno, esclamò sorpreso: «Cosa succede, figlio mio?» «Nulla padre, sono venuto di corsa a comunicarvi che mia moglie aspetta un figlio. Avrò, avremo un erede!» Il Duca Ercole fu immensamente felice di sentire dal figlio il lieto annuncio. Indicò ad Alfonso di avvicinarsi e lo abbracciò con trasporto. I due rimasero stretti l'uno all'altro per un po', poi il Duca allontanò il figlio da sé e dichiarò: «Quando saremo sicuri che tua moglie è davvero incinta faremo suonare tutte le campane del Ducato a festa. Tutti devono sapere che presto avrai un figlio, il futuro erede del nostro Ducato. Intanto, consiglia a tua moglie di posticipare il trasloco nel nuovo appartamento a dopo il parto, quando si sarà rimessa in salute. Inoltre, farò avvisare il mio medico personale di seguire la gravidanza, voglio che mi ragguagli quotidianamente sulla salute di Lucrezia. Farò anche avvisare la levatrice della tua sfortunata madre, lei l'assisté in tutti i parti dei miei figli». Alfonso rispose che avrebbe seguito i suoi consigli poi, chiesto il permesso, si allontanò dallo studio del padre per ritornare dalla moglie.

La trovò seduta su una sedia a dondolo, vicino alla finestra, intenta a osservare la porzione di giardino pensile visibile da quell'angolazione. Le si avvicinò lentamente e, quando la raggiunse le accarezzò dolcemente una spalla, poi si mise di fronte a lei e si inginocchiò domandandole premurosamente: «Come stai? Ti senti meglio adesso?» Lei annuì con espressione dolce guardandolo fisso negli occhi. Nel viso deciso e sicuro del marito trovò la forza d'animo per rassicurarlo sul proprio stato di salute; non c'era da preoccuparsi, tutto sarebbe andato bene. Allora Alfonso riprese a parlare raccontandole la felicità dimostrata dal padre nell'apprendere la notizia della sua gravidanza. Le riferì anche dei consigli che aveva elargito inoltre, la informò che l'avrebbe fatta seguire dalla levatrice di fiducia di famiglia, la stessa che aveva aiutato la madre di Alfonso a partorirlo. Lei ne rimase lusingata, rassicurandolo di nuovo e comunicandogli che avrebbe scritto una lettera al proprio padre per metterlo al corrente della gravidanza, raccomandandogli di pregare per lei e per il bambino. Da quel momento in poi la vita di Lucrezia fu sottoposta a una maggiore sorveglianza. Venne raddoppiata la servitù a sua disposizione, le fu consigliata una dieta calorica a base di latte, formaggio, frutta secca e di stagione, carne, sia di animali da allevamento che selvatici, inoltre, non doveva essere lasciata mai sola, per nessuna ragione.

Il dottore passava a farle visita tutte le mattine, raccomandandole sempre di bere molto latte e mangiare tanta frutta, poiché le avrebbe permesso di avere più latte a disposizione. Nessuno, né suo marito, né suo suocero, né gli altri dignitari di corte sembravano nutrire dubbi di alcuna sorta sul sesso del nascituro: per tutti sarebbe stato un maschio. Lei del resto non si azzardava a contraddirli, augurandosi in cuor suo che fosse veramente un maschio. Quando non ci furono più dubbi sulla sua gravidanza, come aveva auspicato il Duca Ercole, vennero inviati araldi in tutto il Ducato ad annunciare che la moglie di don Alfonso aspettava un figlio.

Le scene di giubilo si susseguirono in tutto il Ducato, ma le più commoventi furono quelle nelle vie di Ferrara, dove quasi tutta la popolazione scese nelle piazze della città per manifestare la propria felicità. Durante i sei mesi circa che mancavano alla nascita del bambino, Lucrezia fu soggetta ad altri svenimenti. Il periodo della gravidanza per lei non fu affatto facile: soffrì di continui attacchi di vomito, nausea, giramenti di testa, tanto che verso la fine del periodo di gravidanza, nel mese di settembre, cadde anche in una leggera depressione.

Più si avvicinava il giorno del parto, più si sentiva preoccupata, un senso di soffocamento le impediva di respirare a pieni polmoni. Chiedeva di stare costantemente vicino alla finestra con lo sguardo rivolto verso l'esterno, perché questo l'aiutava a superare quel senso di mancanza d'aria. Riuscì persino a fatica a scrivere la lettera in cui comunicava il lieto evento al padre. Quando dopo qualche tempo ricevette la risposta, fu contenta di apprendere che lui pregava per lei e per il bambino, che la benediceva, anche se solo da lontano. La rassicurava che tutti i giorni in Vaticano veniva celebrata una messa di augurio per lei e il bambino che portava in grembo, che sarebbe stato il vanto delle due potenti famiglie. Il momento del parto, secondo le previsioni, si avvicinava: la levatrice rimase a palazzo con Lucrezia, perché fosse pronta in qualunque momento ad aiutarla se fossero comparse le doglie e quando accadde, Lucrezia richiese costantemente la sua assistenza e quella delle sue fedeli ancelle Angela e Girolama. I suoi occhi cercavano conforto e coraggio in quelli di Girolama. La donna aveva partorito quattro figli, aveva dunque sperimentato cosa si provava in quei terribili momenti che precedono la nascita di un essere umano, sapeva cosa passasse nella testa e nell'animo di una partoriente.

Girolama aveva sempre una parola dolce e rassicurante per la sua padrona. Non le faceva mai mancare la sua presenza, era costantemente al suo fianco. Quando il dottore la mattina precedente l'aveva visitata come di consueto, ritenendo che il parto sarebbe potuto avvenire in qualsiasi momento, si accordò con la levatrice perché preparassero tutto l'occorrente per l'imminente evento. Vicino alla finestra venne posto un tavolo con diverse coperte e un grande panno di lino candido. Accanto al tavolo fu posta una sedia con un alto schienale, con una seduta bassa e dei braccioli per aiutare Lucrezia a spingere durante le contrazioni. Di fronte misero un piccolo trespolo per appoggiare le gambe, il quale avrebbe agevolato i movimenti del dottore e della levatrice per facilitare la fuoriuscita del bambino dal grembo materno. Nella camera accanto, sul camino sempre acceso, erano pronte le pentole con l'acqua calda per lavare sia il bambino che la madre. Durante quella notte infatti, Lucrezia avvertì i primi dolori procurati dalle doglie. Fu immediatamente avvisato il dottore perché si precipitasse al palazzo. Lucrezia stava soffrendo molto e il bambino tanto atteso stava per venire al mondo. Il dottore arrivò trafelato alle cinque del mattino di quel fatidico 13 ottobre 1502. La trovò già seduta sulla sedia precedentemente preparata, in preda agli spasmi delle doglie, la levatrice accovacciata vicino al suo grembo, Girolama in piedi asciugava la fronte di Lucrezia con un panno umido e Angela le teneva una mano per rassicurala. Qualcosa di nuovo ma di già sperimentato le stava per giungere: qualcosa di immane, oltre il dolore fisico, oltre ogni sensazione, oltre ogni percezione la invase. Pur restando mentalmente lucida, Lucrezia lo aveva intuito già da qualche istante. Era l'eco di un avvenimento sempre più incombente, qualcosa che poteva percepire nella contrazione dei muscoli, nella carne che sembrava sul punto di dilatarsi. La vista le si era annebbiata, il corpo si era fatto una massa estranea e dolorosa. I dolori erano diventati contrazioni nel basso ventre, gli spasmi del parto la facevano contorcere; aveva sollevato le gambe come suggeriva il dottore, appoggiate al trespolo per facilitare la presa e l'uscita del feto. Fu un attimo, e in un'ultima contrazione la testa fuoriuscì e il dottore, aiutato dalla levatrice, tirò fuori il bambino delicatamente. Quando vide il corpicino si rese conto che si trattava di una bambina. Tagliò il cordone ombelicale, la prese delicatamente e l'appoggiò sul tavolo su cui erano stati predisposti il panno bianco di lino e le coperte.

La levatrice nel frattempo si era alzata per cominciare ad asciugare la bimba, mentre il dottore cercava con piccoli colpetti sul viso di farle emettere il primo vagito. Dopo vari tentativi si dovette arrendere, constatando con grande costernazione che la bimba non reagiva, purtroppo era nata morta. Lucrezia, ancora in preda ai dolori, in un attimo di coscienza, chiese di poter vedere il bambino, ma nessuno ebbe il coraggio di dirle che era nata una bimba morta. Solo Girolama le prese il volto tra le mani, si abbassò dandole un bacio sulla guancia e mormorandole: «È volata in cielo tra gli angeli».

Il dottore. rivolto verso la levatrice, ordinò di lavare per bene il corpicino inerme della bimba, lui nel frattempo si sarebbe recato da Alfonso che era in trepida attesa nella sua camera. Lo trovò seduto sul suo letto con il gomito appoggiato sulla gamba destra, ma vedendo il dottore si sollevò lestamente guardandolo negli occhi in attesa della notizia. Il medico non ebbe il coraggio di sostenere il suo sguardo e mestamente disse: «Madonna Lucrezia ha partorito una bimba morta».

Capitolo 3
Duchessa di Ferrara

D opo il difficile e doloroso parto, Lucrezia soffrì di febbri puerperali che la debilitarono molto, al punto da temere per la sua stessa vita. La sua forte fibra e le cure del dottor Bonaccioli 26 riuscirono tuttavia ad avere la meglio sulla malattia. Il fisico lentamente riacquistò le forze; tardavano piuttosto a ritemprarsi il suo spirito, la sua allegria, la sua voglia di vivere.

Una parte della sua anima aveva rifiutato quell'episodio doloroso; del resto, come avrebbe potuto evitarlo? Una parte di sé era volata via con la bambina, carne della sua carne, spirito del suo spirito. Non voleva accettare l'inevitabile realtà: era nata una bimba, sua figlia, ed era nata morta. Il marito aveva difficoltà ad avvicinarsi alla moglie, sia perché la vedeva soffrire e macerarsi nel senso di colpa che la rendeva intrattabile, sia perché, in cuor suo, non accettava che Lucrezia non avesse partorito un figlio, ma una figlia, che per giunta non era neppure sopravvissuta.

Quando lei riacquistò a poco a poco una parvenza di serenità e di lucidità, si rese conto che permanendo in quelle condizioni avrebbe rischiato di perdere per sempre l'affetto e la devozione del marito. Una sera, mentre si trovava in compagnia di Angela e Girolama, confessò loro che non si sentiva più a suo agio in quella casa. Il ricordo della figlia morta la perseguitava, le rendeva impossibile vivere serenamente il rapporto con il marito sotto quel tetto, quindi confidò loro che avrebbe chiesto ad Alfonso di traslocare nell'appartamento che con tanta dedizione e impegno aveva contribuito ad ammobiliare.

Dopo un primo momento di perplessità dovuto alla non completa guarigione di Lucrezia, le due dame furono d'accordo con la sua decisione. Quando il giorno successivo, dopo colazione, Alfonso passò a salutare Lucrezia, prima di raggiungere il castello dove si teneva il quotidiano incontro con il padre per assolvere i propri doveri, gli comunicò la sua volontà, confortata dall'incoraggiamento delle due dame. Guardandola dritto negli occhi, Alfonso rispose: «Se questo è quello che desideri, se pensi che ciò ti faccia stare meglio allora va bene. Quando pensi che dovremmo traslocare?» Lucrezia, alla risposta affermativa del marito, con un bagliore negli occhi e voce decisa e tranquilla, come il marito non aveva più udito dal momento del doloroso parto, ribatté: «Prima possibile. In questa settimana provvederò a organizzare il nostro trasferimento. Del resto, le cose che abbiamo bisogno di trasferire sono relativamente poche, avendo lì tutti i mobili nuovi. Dal nostro appartamento trasferiremo solo qualche suppellettile a cui sono affezionata, il nostro corredo di abiti e indumenti intimi e il necessario per la servitù».

«Bene, pensa tu a tutto quanto, ormai hai esperienza in fatto di mobili e trasloco». Le diede un bacio sulla fronte e si allontanò per raggiungere il padre nella residenza Ducale. I giorni della settimana trascorsero freneticamente per Lucrezia che si preoccupò di avvisare la servitù della sua decisione e diede ordine a Girolama di avvertire le stesse persone che avevano provveduto al trasloco dei mobili nel suo nuovo appartamento. Insieme ad Angela e a Laura provvide a fare un inventario di tutto il corredo che voleva trasportare nell'appartamento, regalò alle sue dame di compagnia quello che ritenne non di suo gradimento.

L'intensa attività richiesta dall'organizzazione del trasferimento sembrò ridonarle l'antica vivacità e la solita grazia, tanto che sentendosi meglio, sia fisicamente che spiritualmente, cominciava a mancarle il rapporto fisico con il marito, che si era completamente interrotto nell'ultimo periodo della gravidanza. Si sentiva preoccupata, a volte addirittura frustrata, quando coglieva negli sguardi e negli ammiccamenti della servitù malevoli allusioni sul comportamento di Alfonso.

In effetti il marito in quel periodo per lei così difficile non aveva saputo o voluto resistere alle immancabili pulsioni sessuali: non mancavano certo occasioni di avvicinare o di essere avvicinato da giovani donne procaci, desiderose di mettersi in mostra e di giacere con l'erede al Ducato per trarne vantaggi più o meno immediati. Alfonso si sentiva legittimato nel concedersi liberamente e senza scrupoli. Consapevole del comportamento libertino del marito, Lucrezia decise che era giunta l'ora di riprenderselo: non voleva perderlo, non voleva lasciare nulla di intentato per riconquistare, se non il suo amore, almeno il suo corpo. Aveva bisogno di lui per tentare ancora una volta di dargli un erede, compiendo in tutto e per tutto il suo dovere.

A rafforzare il suo proposito giunse una lettera del padre, nella quale il pontefice si dichiarava costernato, dispiaciuto che le sue preghiere non avessero sortito l'effetto desiderato, però incoraggiava la figlia ad avere fede e fiducia in Dio. Le assicurava che al prossimo tentativo non avrebbe mancato di dare un erede al proprio consorte. Solo in fondo alla lettera c'era un piccolo inciso in cui il Papa si rammaricava per la sua salute, lamentava un senso di spossatezza, di stanchezza continua che addebitò alla inesorabile vecchiaia che avanzava.

La rassicurò informandola del parere dei suoi medici: essi pensavano che dopo un breve periodo di riposo si sarebbe rimesso in salute come prima. Dopo la lettura della missiva capì che doveva portare a termine la sua missione prima che per se stessa, per suo padre, suo fratello Cesare, suo suocero Ercole, suo figlio Rodrigo, per Girolama,

Angela, nonché per tutti quelli che nel suo matrimonio avevano investito tanto, sia in termini economici che affettivi. Perciò, d'accordo con Girolama e Angela, decise che a trasloco ultimato si sarebbe sottoposta al rito del bagno, della tintura dei capelli e della profumazione, rendendosi più bella e attraente che mai, per stimolare il marito a tornare nel suo talamo e onorare il loro patto sancito davanti a Dio e agli uomini. Infatti, completato il trasloco nella settimana successiva, quando tutto fu sistemato come lei desiderava, Lucrezia e Alfonso si trasferirono nel loro nuovo alloggio. Alfonso nel frattempo aveva provveduto ad avvisare il padre, che subito approvò il trasferimento prematuro dovuto alle condizioni di Lucrezia, esprimendo il desiderio che le cose tra loro tornassero come prima.

Il figlio lo rassicurò in tal senso, gli riferì che non avrebbe mancato di rispettare i suoi doveri sia nei confronti del padre che della moglie. Rincuorato, il Duca Ercole diede il suo assenso benedicendo il figlio. Agli inizi di novembre Lucrezia e Alfonso si erano trasferiti nel nuovo appartamento. Come annunciato, una volta trasferitasi nell'appartamento, Lucrezia si rese più bella e attraente che mai. La sera successiva alla sua rinascita sia fisica che psichica, durante la cena il marito non poté mancare di notare il rinato splendore della moglie e un forte impulso di attrazione sessuale lo colpì all'improvviso nel basso ventre. Finito il giro di ispezione che tutte le sere compiva prima di rientrare nel suo appartamento, si recò nella camera da letto, dove, dopo essersi velocemente spogliato, si coricò vicino alla moglie possedendola con due assalti che la lasciarono senza fiato. Gli approcci furono veloci, senza preliminari, né carezze né dolcezze; il marito venne in lei per due volte in breve tempo, ciononostante Lucrezia non aveva raggiunto completamente il suo piacere. Anche se il suo desiderio rimase inappagato, la delusione fu minima; ciò che realmente le importava era aver riconquistato il desiderio del marito di giacere con lei per avere la possibilità di rimanere ancora una volta incinta. Infatti, dopo circa tre mesi, verso la fine del gennaio del 1503 avvertì i primi sintomi della gravidanza, durante la quale soffrì allo stesso modo di quella precedente. Il dottore, la levatrice e tutta la servitù furono allertati perché la seguissero come durante la gravidanza precedente; la speranza di tutti era che l'esito fosse diverso. Il Duca e il marito decisero di tenere la notizia riservata, in attesa di comunicarla ufficialmente a tutti a parto avvenuto.

Le persone più vicine a Lucrezia pregavano perché tutto andasse bene, anche se così non fu. Nonostante tutte le sofferenze patite, le preghiere, le celebrazioni delle messe con le suppliche per il lieto evento, alla fine di giugno nacque ancora una volta una bambina morta.

Lucrezia soffrì profondamente per questa seconda delusione, però apparentemente sembrò reagire meglio rispetto alla perdita della prima figlia. Nonostante il grande dolore provato si rafforzò in lei il fermo proposito di dare un erede al marito. Alfonso attraversò un periodo di confusione mentale, non sapeva che cosa maledire per la sorte che lo perseguitava, se la moglie, la sfortuna oppure le forze malefiche che si accanivano contro di lui e la sua casata. Dopo il parto della seconda bambina non si avvicinò più a Lucrezia, era come se ci fosse qualcosa in lei che lo respingeva. Preferì la compagnia di cortigiane dai facili costumi, che in un'atmosfera di spensieratezza e di allegria, rendendolo quasi inebetito, gli si concedevano con accondiscendente lascivia.

Questa volta i suoi tradimenti giungevano alle orecchie della moglie senza troppa difficoltà. Non si curava affatto di salvare almeno le apparenze, era preso come in un vortice di attrazione sessuale che scaricava sulle procaci giovani dame del suo entourage. Il padre, il Duca Ercole, quando il comportamento del figlio superò i limiti della decenza, intervenne intimandogli una condotta più consona al suo rango e alla sua posizione, ma Alfonso sembrava non dare ascolto nemmeno al padre. L'atteggiamento del marito rafforzò ancor più la volontà di Lucrezia di non cedere il campo tanto facilmente alle numerose dame che aspettavano il suo tracollo per prenderne il posto. Avrebbe lottato fino allo spasimo perché da quell'unione nascessero i frutti tanto desiderati da lei, dal padre, dai suoi fratelli, dal suo seguito, dal Duca e da suo marito.

Prese la decisione di chiedere un colloquio con il suocero. Era luglio inoltrato quando la richiesta di Lucrezia giunse sul tavolo dello studio del Duca Ercole. Quando egli lesse la missiva della nuora non fu molto sorpreso, era sicuro che Lucrezia non si sarebbe arresa tanto facilmente, non si era sbagliato sul suo carattere determinato. Dopo una breve riflessione e un consulto con il suo più fidato consigliere di corte, invitò Lucrezia al castello per il pomeriggio del 25 luglio 1503, poco prima di mezzogiorno. Lucrezia si presentò puntuale, con un lungo abito di seta turchese, una cintura di chiffon rossa le stringeva la vita esaltando il suo fisico minuto. L'ampio seno era appena visibile dalla succinta scollatura. Indossava collana e orecchini di perle, i lunghi capelli biondi e sciolti le scendevano come una cascata dorata sulle spalle. Si fece accompagnare in calesse, condotto da un giovane cocchiere e pretese che insieme a lei ci fosse anche Girolama, che però attese nel cortile del castello il ritorno della sua padrona.

L'ingresso della nuora nello studio di Ercole rinvigorì il Duca: la prorompente bellezza di lei quasi lo mise in soggezione, tanto che per un attimo rimase frastornato. Fissandola attentamente in viso, si perse nelle sue riflessioni: come faceva il figlio a non approfittare di tanta prorompente bellezza? Era mai possibile che quello splendore di donna non potesse dargli un figlio al più presto? No, non era possibile, ne era intimamente convinto. Dopo quel primo momento di stallo, il colloquio fu abbastanza breve, franco e chiarificatore sulle intenzioni di Lucrezia. In breve, la donna ribadì al suocero la ferma volontà di dare un erede al marito, era sicura di riuscirci se solo Alfonso si fosse degnato di assolvere ai suoi doveri coniugali con regolarità. Se il suo ritorno fra le sue braccia non fosse avvenuto nell'arco di una settimana, lei avrebbe provveduto ad avvisare il sommo pontefice del grave affronto che stava subendo la figlia prediletta. Il Duca Ercole le promise che avrebbe avvisato suo figlio delle conseguenze che sarebbero scaturite dal suo sleale comportamento.

Riaffermò che con il suo intervento le cose si sarebbero chiarite con Alfonso. Lucrezia accettò le rassicurazioni del suocero confermando la ferma volontà di essere in tutto e per tutto considerata la legittima consorte di Alfonso. Al termine del colloquio si inchinò verso il suocero, accettò la sua benedizione e uscì dallo studio rinfrancata. Già dal giorno successivo chiese alle sue ancelle di prendersi cura della sua persona, di renderla ancora più desiderabile agli occhi del marito, sempre più ostinata a riconquistarlo. Bagni, profumi, oli, unguenti, tinture, abiti, gioielli furono abilmente usati come armi per ottenere il risultato voluto. In realtà, ciò che convinse Alfonso a tornare al talamo coniugale fu la paventata minaccia di una possibile scomunica da parte del Papa se non avesse ottemperato ai suoi doveri coniugali. C'era anche un'altra ragione che lo spinse a tornare dalla moglie: le condizioni fisiche del padre non erano delle migliori, se gli fosse accaduto qualcosa di grave, Alfonso si sarebbe trovato in una brutta situazione. Erede sì, nominato dal Duca Ercole, ma egli stesso non aveva ancora un erede designato. Perciò poteva essere in balìa di un complotto che, dopo averlo eliminato, avrebbe scatenato la lotta alla sua successione. Alfonso del resto non sapeva ancora fino a che punto amasse la moglie, ma di una cosa era certo:

voleva con tutte le sue forze un erede da lei. Il padre perciò non fece molta fatica per convincerlo a tornare nel letto con lei. Prima del termine dato da Lucrezia, Alfonso prese a dormire regolarmente con lei, adempì ai suoi obblighi coniugali con fervore e dedizione, e furono entrambi soddisfatti della ritrovata sintonia. Le cose stavano ritornando lentamente nel loro alveo naturale, l'umore di Lucrezia migliorava giorno per giorno, Alfonso adempiva diligentemente ai suoi doveri di erede del Ducato. In questo clima di ritrovata serenità, una notizia giunse a incrinare l'idillio.

Alla metà del mese di agosto, esattamente il giorno 18, il Papa Alessandro VI morì a Roma dopo diversi giorni di agonia, provocata da un violento attacco febbrile. La città rimase sconvolta alla notizia della sua morte; scoppiarono disordini un po' ovunque, come del resto era consuetudine dopo la morte di un Papa. La violenta plebaglia scatenava i suoi più bestiali istinti in attesa dell'elezione del nuovo Papa, dava sfogo alla rabbia repressa senza che nessuna autorità potesse porvi freno. Quando la notizia giunse a Ferrara il Duca Ercole e Alfonso rimasero sconcertati. Dalle informazioni che puntualmente ricevevano dai loro ambasciatori non erano giunte voci di una così grave malattia del pontefice. Si sapeva che in quel momento non godeva di buona salute, ma nulla faceva presagire una sua imminente dipartita. Adesso c'era da attendere l'elezione del nuovo Papa per constatare se avesse confermato i privilegi concessi al Ducato di Ferrara. Inoltre, bisognava decidere come e quando avvisare Lucrezia della morte del padre.

Come avrebbe reagito a quell'ulteriore colpo dopo quelli già ricevuti con la perdita di due figlie? Il Duca e il figlio decisero che fosse meglio attendere un paio di giorni, nel frattempo avrebbero provveduto a far trapelare qualche notizia sul peggioramento delle condizioni di salute del padre, prima di metterla a conoscenza della sua fine. Un corriere arrivò infatti dopo un paio di giorni al palazzo di Lucrezia, disse che recava notizie da Roma chiedendo di poter parlare direttamente con Lucrezia.

Lo ricevette insieme ad Angela nel salone degli ospiti, esortandolo a riferirle il messaggio. Il giovane ufficiale la informò che suo padre aveva avuto una ricaduta, era in preda a forti febbri che i suoi medici personali non riuscivano a debellare, si temeva addirittura per la sua vita. Lucrezia rimase impassibile, ringraziò il corriere e lo congedò. Apparentemente riuscì a dimostrare un notevole autocontrollo: aveva la netta convinzione che il padre non fosse in fin di vita, voleva credere a quanto scritto nella sua ultima lettera. Si sforzò di dimostrare di essere tranquilla, non poteva accettare l'idea che proprio ora che aveva maggiormente bisogno di lui, l'abbandonasse a un possibile triste destino.

Quella notte ebbe un incubo, sognò che il padre era morto; vicino al letto dove giaceva la sua salma non c'era nessuno a vegliarlo. Le sembrò che stesse ripercorrendo le stanze del Vaticano una ad una fino alla camera da letto del padre. La porta era spalancata e suo padre era adagiato supino sul catafalco ricoperto da una coperta di raso bianco con bordi ricamati e un merletto intrecciato a mo' di piccoli cordoncini che toccavano il pavimento di marmo lucido di Carrara.

Entrò nella stanza quasi sospesa a mezz'aria, aveva la sensazione che i suoi piedi non toccassero il pavimento. Era come se una forza invisibile, ma irresistibile, la conducesse verso il corpo del padre, contro la sua stessa volontà.

Arrivò all'altezza del volto, ebbe un moto di ribrezzo nell'osservarlo da vicino: era gonfio, tumefatto, la pelle di un colore violaceo, la bocca aperta con la lingua penzolante, di un colore indefinibile, cadente sul labbro sinistro. Gli occhi gonfi, rossi, di un rosso lava vulcanica, quasi fuoriuscivano dalle cavità oculari. Distolse lo sguardo inorridita, voltandosi verso la parte bassa del corpo, dove notò all'altezza dello stomaco un pronunciato rigonfiamento, come fosse la pancia di una donna incinta. Si sentì mancare il respiro quando una folata di odore sulfureo, un olezzo di acqua putrida, la colpì a pieni polmoni. Dovette portarsi immediatamente la mano all'altezza della bocca per tapparsi il naso.

Si voltò di scatto per scappare via e cominciò a camminare a ritroso con andatura sempre più veloce, fino alla porta d'uscita, quando incominciò a correre. Mentre correva a perdifiato per raggiungere il prima possibile l'esterno del palazzo del Vaticano, sentì dei passi dietro di lei. Più correva veloce, più i passi dietro di lei aumentavano il ritmo. Non ebbe il coraggio di voltarsi per vedere a chi appartenessero quei passi. Non vedeva l'ora di raggiungere la porta principale che dava sulla grande scalinata d'accesso, dove sperava, almeno lì, di incontrare un'anima viva a cui poter chiedere aiuto.

Il cuore le galoppava nel petto sempre più veloce, a un ritmo oramai insostenibile: qualche secondo ancora e sarebbe scoppiato. All'improvviso, dal dedalo di stanze attraversate in quelle condizioni, intravide una lama di luce tagliare obliquamente il pavimento davanti a sé. Seguì quella lama formata da tante pagliuzze argentate che si muovevano verso di lei, attorcigliandosi in un vortice che saliva verso l'alto, da dove proveniva il raggio di luce. Giunse così alla porta d'uscita e la imboccò velocemente. Appena si trovò all'aria aperta, respirò profondamente, poi si voltò verso la porta d'ingresso per sincerarsi di essere definitivamente fuori dal Vaticano, quando ecco all'improvviso materializzarsi una figura spettrale con le sembianze di un frate.

Indossava un saio francescano con il cappuccio calato sulla testa, dalle maniche larghe del saio uscivano due lunghe membra ossificate con cui lo spettro teneva in mano una lunga falce dalla lama ricurva che terminava in una punta sottilissima. Con le mani stringeva l'impugnatura e protendeva la falce in direzione di Lucrezia, facendola roteare dall'alto in basso e da destra verso sinistra. Si muoveva lentamente verso di lei. I piedi di Lucrezia sembravano incollati a terra, voleva correre via, ma non riusciva a muovere un solo muscolo delle gambe. Più voleva correre via da quella losca figura che si avvicinava minacciandola di tagliarla a fette, più restava incollata, immobile, incapace di muoversi.

Quando il frate fu così vicino da sferrare il colpo che l'avrebbe tagliata in due, ebbe un sussulto, si risvegliò in un bagno di sudore, con il cuore che le batteva in maniera impressionante nel petto, sentiva il suo convulso pulsare perfino nei timpani. Urlò disperata: «Alfonso! Alfonso!» Allungò la mano verso di lui, ma il marito non era nel letto. Allora urlò ancora più forte: «Angela! Girolama! Accorrete!» Con enorme fatica si alzò inciampando nella vestaglia che la notte prima si era tolta, lasciandola ai piedi del letto. Si rialzò raggiungendo la camera accanto e, sbucata nella sala da pranzo senza più fiato, con gioia infinita vide Angela che accorreva verso di lei.

Le andò incontro piangendo convulsamente. La dama la fece accomodare delicatamente nella poltrona accanto alla finestra, quindi la abbracciò teneramente senza parlare. Quando percepì che i sussulti del pianto si facevano più lenti e regolari le chiese: «Cosa è stato a spaventarvi così tanto, dolcissima madonna Lucrezia?» Lei si divincolò dal suo abbraccio, le prese la mano tra le sue rispondendo tutto d'un fiato: «Mio padre! Il Papa! La luce del popolo romano si è spenta per sempre!» Angela prontamente ribadì: «No, mia cara signora, le notizie che abbiamo ci dicono che le sue condizioni sono gravi, ma non è ancora morto! State tranquilla, calmatevi, vedrete che appena possibile chiederemo conferma delle condizioni di vostro padre. Sono sicura che il vostro è stato solo un brutto sogno!» «No» rispose, con voce ferma Lucrezia «Sono sicura, sento che è così, non può che essere così! Nel sogno ho incontrato la figura di un monaco con la falce, simbolo della morte.

Ricordo che anni fa un monaco fiorentino fu arso vivo in piazza della signoria a Firenze. Morì maledicendo tutto e tutti, profetizzò che il Papa, mio padre, sarebbe morto attorniato solo dai diavoli infernali, nessuno avrebbe avuto il coraggio di avvicinarsi a lui, tanto sarebbe stato il puzzo, il lezzo nauseabondo che avrebbe emanato il suo corpo proveniente direttamente dagli Inferi! Io ho sognato proprio questo, ora che ricordo bene, mi sembra di rammentare persino il suo nome, frate Girolamo, Girolamo Savonarola.[27] Alcuni a Firenze lo consideravano un santo, altri l'incarnazione del demonio!»

Sentendo quel nome Angela non mostrò alcuna reazione, per lei era uno sconosciuto, il nome di un monaco, di uno qualsiasi, come i tanti questuanti che si incontravano spesso in città. Però cercò di rassicurare Lucrezia suggerendole di rivolgersi al marito per avere prima possibile la conferma del suo sogno premonitore. Ella accettò di buon grado il suggerimento della sua ancella, confermandole che il giorno stesso avrebbe chiesto ad Alfonso di attivarsi per avere notizie dirette dal Vaticano. Il marito giunse al palazzo nel primo pomeriggio dopo i soliti impegni.

Mentre si stava recando nelle sue stanze per cambiarsi d'abito, prima di incontrare la moglie, si fece avanti Girolama che, fermandolo sulla porta, gli disse: «Eccellentissimo don Alfonso, vostra moglie, madonna Lucrezia desidera parlare con voi immediatamente, vi aspetta nella sala da pranzo».

Alfonso, accennando col capo di aver capito, le disse che sarebbe andato dalla moglie appena si fosse cambiato d'abito. Lucrezia intanto aspettava ansiosa, non riusciva a stare seduta, era in piedi e camminava avanti e indietro dal tavolo alla finestra e viceversa, ogni tanto gettava uno sguardo fugace oltre la vetrata, poi ritornava a passeggiare nervosamente assorta nei suoi cupi pensieri. Non riusciva a stare tranquilla, camminava contorcendosi le mani che teneva incrociate all'altezza dello stomaco, mordendosi contemporaneamente le labbra. Finalmente udì i passi del marito che si avvicinava alla porta d'ingresso della sala e, quando vide che la maniglia si muoveva, si mosse verso la porta anticipando il suo ingresso nella sala.

Appena egli aprì completamente la porta notò la faccia contrita della moglie, che avvicinandosi gli annunciò a bruciapelo: «Alfonso, ho avuto un incubo, ho sognato che mio padre era morto! Puoi accertarti direttamente presso il Vaticano se sia vero?» Alfonso prima di rispondere richiuse la porta dietro di sé, prese la moglie per la vita con il braccio destro, sospingendola delicatamente verso il fondo della sala, in direzione della finestra. Quando arrivarono vicino alla poltrona si divincolò da Lucrezia, aiutandola ad accomodarsi sulla poltrona, dopo pochi attimi si accovacciò e con voce dolce e piena di mestizia le sussurrò: «Carissima Lucrezia, non c'è bisogno che io mi attivi per accertarmi sulla veridicità di ciò che hai sognato, purtroppo ciò che ti è venuto in sogno si è avverato. Sua santità il Papa è morto. Devi farti coraggio, trovare la forza di reagire a questo dolore, consapevole che egli ha fatto per te tutto ciò che è stato in suo potere finché è vissuto. Vedrai che continuerà a vegliare su di te, lassù dal cielo continuerà a benedire te e la nostra famiglia».

Quando ebbe finito di parlare abbracciò la moglie affettuosamente. Stette così per un po', poi allentò la presa, si alzò fissando il viso di Lucrezia. Non l'aveva sentita piangere come si sarebbe aspettato, la moglie non dava segni di disperazione, sembrava stranamente quieta. L'unico segno di rammarico fu una lacrima furtiva che le scendeva dall'occhio sinistro, che si ingrossò lentamente continuando a scendere lungo lo zigomo, fino ad arrivare in prossimità delle labbra. L'asciugò con un gesto delicato della mano. Non disse più nulla, non fece ulteriori domande, non si mosse, rimase immobile sulla poltrona a guardare in direzione del marito, ma non era lui il punto focale perché il suo sguardo lo attraversava andando oltre: pareva uno sguardo immaginario, mentale, che portava la sua immaginazione in un altro luogo, esattamente nei luoghi della sua adolescenza, quando il padre giocava con lei nei giardini della sua dimora nei pressi del Vaticano.

Alfonso, accortosi dello stato di trance della moglie, le sfiorò la spalla, scuotendola leggermente. Lucrezia sembrò risvegliarsi da un leggero sonno: «Sia fatta la volontà del Signore!» Allora Alfonso, rincuorato dalla reazione della moglie, la informò che non solo il Papa era morto, ma anche suo fratello Cesare era stato molto male, tanto che si era temuto per la sua stessa vita.

Però dalle notizie giunte proprio in quella mattinata al Duca Ercole, Cesare era sopravvissuto ai violenti attacchi febbrili, la sua giovane età e la vigorosa fibra lo avevano salvato. I dottori che l'avevano in cura lo ritenevano ormai fuori pericolo. Lucrezia, ricevuta quella ulteriore brutta notizia, si rattristò non poco e rivolgendosi al marito con tono supplichevole gli chiese il permesso di poter scrivere una lettera al fratello per sincerarsi sulla sua salute chiedendolo direttamente a lui. Alfonso non ebbe nulla in contrario, anzi rispose che gli avrebbe fatto piacere ricevere anche lui notizie di prima mano direttamente dal cognato, sia sulle sue condizioni di salute che sulla situazione politica nell'urbe. Alfonso era preoccupato, così come pure suo padre, sulla futura elezione del nuovo Papa.

La speranza era che fosse eletto un cardinale favorevole alla casa d'Este. Certamente essi pensarono che se Cesare fosse stato nelle sue piene facoltà fisiche e psichiche non avrebbe fallito nel fare eleggere un Papa a lui favorevole, quindi, di conseguenza ne avrebbe beneficiato anche il

Ducato d'Este. Infatti, Cesare, ristabilitosi dalla malattia, riuscì a fare eleggere Papa, con l'appoggio dei cardinali spagnoli a lui devoti, il cardinale Francesco Piccolomini [28] a lui favorevole, che prese il nome di Pio III.

Purtroppo, il nuovo Papa, vecchio e malaticcio, sopravvisse solo un mese dopo la sua elezione, troppo poco tempo perché Cesare riuscisse a rafforzare la sua posizione sia all'interno del Vaticano che nei suoi domini in Romagna. Nel conclave per l'elezione del successore di Pio III fu eletto, anche con l'appoggio di Cesare, il cardinale Giuliano della Rovere [29] che prese il nome di Giulio II. Il cardinale della Rovere era stato un acerrimo oppositore di Alessandro VI, e una volta eletto, riuscendo a ottenere con l'inganno l'appoggio di Cesare, si rivelò per quello che era. Fu un nemico implacabile di Cesare, da quel momento le sue speranze di crearsi uno Stato in Italia si ridussero praticamente a zero. Tutto quello però per il momento era fuori dalla visione nonché dalle preoccupazioni di Lucrezia.

Lei pretese dal marito che si facesse sua portavoce per chiedere al Duca Ercole la celebrazione di una funzione religiosa pubblica nella cattedrale, in suffragio dell'anima del padre, in cui venissero ricordate anche le loro due bambine nate morte. Il Duca Ercole, seppur a malincuore, concedette a Lucrezia l'opportunità di ricordare il padre in una pubblica cerimonia. Nel frattempo, il Duca si preoccupava di non urtare la suscettibilità sia dei suoi potenti vicini veneziani, sia quella del futuro Papa. Quindi, dopo qualche giorno, che fu necessario per organizzare la funzione e invitare i partecipanti, si tenne nella cattedrale la cerimonia religiosa officiata dal cardinale Ippolito.

La chiesa era piena di gente che occupava tutti gli scanni disponibili, ogni tanto qualcuno dei fedeli si alzava in punta di piedi per osservare i nobili seduti nelle prime file, dove si trovavano, oltre a Lucrezia, suo marito con i fratelli don Ferrante e Sigismondo, la sorella Isabella, alcuni vassalli degli Este venuti dalla provincia, tutti i dignitari del Ducato e i militari di più alto rango dell'esercito. Tutti ardevano dal desiderio di riuscire a osservare almeno per un attimo la figlia del defunto Papa, erano curiosi di cogliere la reazione, l'atteggiamento che lei avrebbe tenuto in quella dolorosa occasione.

Mentre il cardinale Ippolito celebrava il rito funebre, più di una volta si poté notare un ondeggiamento delle teste delle persone incuriosite che la seguivano con lo sguardo. Ma Lucrezia rimase impassibile, composta nel suo abito di velluto nero, che le scendeva fino alle caviglie, racchiuso sul collo da una gorgiera bianca, i capelli raccolti da una rete di fili di seta nera, un filo di perle bianche al collo, lo sguardo assorto rivolto verso l'altare, gli occhi velati di tristezza, ma senza lacrime. Restò così durante l'intera funzione, anche quando il cardinale pronunciò il sermone in onore del Papa ricordandone la figura di uomo di chiesa, tutto dedito alla potenza e alla gloria della chiesa di Roma. L'unico momento in cui la sua impassibilità sembrò vacillare fu quando il cardinale nominò il nome del padre e delle figlie per affidarli ai santi protettori dei morti, perché le loro anime attraverso la loro intercessione potessero entrare in paradiso. Terminata la cerimonia funebre, Lucrezia e il marito si recarono nella sacrestia per ringraziare e salutare il cardinale, poi attraverso uno stretto corridoio semicircolare che costeggiava la navata dell'altare principale, si trovarono di fronte a una porticina che si apriva sul cortile all'esterno della cattedrale. Da lì uscirono per evitare tutta la gente ancora seduta sulle panche in attesa di vedere la coppia sfilare davanti a loro. Varcare quell'uscita fu l'espresso volere di Lucrezia, che non se la sentiva di essere osservata da tutti quegli occhi indiscreti il cui unico desiderio era soppesare quanto dolore fosse stampato sul suo viso.

Inoltre, quando furono arrivati al loro appartamento chiese e ottenne dal marito di potersi recare nel vicino convento delle Clarisse dove intendeva osservare un periodo di penitenza e purificazione dello spirito. Dopo qualche giorno, ottenuto l'assenso dalla madre badessa del convento, vi si recò accompagnata dalle due dame di compagnia Angela e Girolama. Angela bussò alla porta, dopo una breve attesa aprì l'uscio una giovane novizia, che con un leggero inchino lasciò passare Lucrezia, la quale prima di entrare abbracciò commossa le sue due devote dame. Senza rivolgerle la parola, la giovane novizia la condusse alla presenza della badessa, che la stava aspettando in una saletta del pian terreno del convento. Appena la badessa la vide entrare le si fece incontro con una camminata strascicata. Era vestita con un saio nero lungo fino al pavimento, in testa il velo le copriva i capelli, il soggolo bianco che scendeva fino al collo in semicerchio. Portava un crocefisso di legno che le pendeva dal collo e rasentava il cordone marrone allacciato in vita. Lucrezia ebbe la sensazione che l'abito si muovesse di un moto proprio, come se il saio camminasse da solo, mosso da una forza invisibile, e ne fu molto colpita.

Quando la badessa le fu vicina poté notare che era bassa di statura, piuttosto minuta. La parte visibile del viso che fuoriusciva dal soggolo era affilata, il naso era sottile, gli occhi grandi, azzurri ed espressivi, le labbra sottili. Ne ebbe l'impressione di una donna decisa, sicura, che l'accolse con affabilità e rispetto. Lucrezia in segno di deferenza le prese la mano per baciargliela, ma lei si ritrasse velocemente, affermando: «Nobilissima signora, qui siamo tutte uguali, io sono solo incaricata pro tempore di fare rispettare la regola». Lucrezia allora allontanandosi di un passo rispose: «Vorrei essere accolta nel convento come una novizia, senza nessun riguardo per la mia persona. Desidererei osservare le regole come monaca, mi è concesso Madre?»

La badessa rimase un po' perplessa a tale richiesta, perciò le disse che avrebbe dovuto riflettere un po' prima di darle una risposta. Comunque, prima di sera le avrebbe fatto sapere se il suo desiderio poteva essere accolto. Per il momento le disse che aveva provveduto ad assegnarle una cella, proprio quella di una sfortunata novizia che era deceduta la settimana prima di tisi. La cella si trovava al piano superiore del convento, situata giusto all'angolo opposto rispetto alla piccola chiesa.

Dalla piccola finestra interna Lucrezia notò che si poteva osservare una parte dell'ampio chiostro che circondava il giardino. In direzione frontale rispetto al suo angolo di visuale era stato ricavato un piccolo orticello, che le monache accudivano con amorevole cura. Giusto nell'angolo, alla confluenza dei due muri che lo formavano, vi erano delle piante di limoni e di arance circondate da un filare di vite dai cui tralci pendevano dei grappoli di uva ancora acerba.

Davanti alle piante di agrumi c'era l'orto coltivato in piccoli appezzamenti rettangolari, perfettamente allineati uno accanto all'altro. Si potevano scorgere in sequenza piantine di fagiolini, ceci, porri, fave, cavolfiori, sedano, cipolle, aglio, prezzemolo e basilico. Poco più avanti si notava un piccolo boschetto di piante da frutto, tra cui mele, pere e melograni. Proprio al centro spiccava un grande albero di fico, con i frutti già maturi. Era uno spettacolo che riconciliava lo spirito e la vista, contribuiva a mitigare la vita dura e monotona del convento di clausura. Quella sera stessa, al termine della frugale cena, la badessa le si avvicinò dicendole che poteva considerare accettata la sua richiesta. Il viso di Lucrezia si illuminò in un sorriso che fu per la badessa più riconoscente di un esplicito ringraziamento.

A mezzanotte si alzò per la celebrazione dell'ufficio di lettura, poi si recò a letto attendendo l'ora per la sveglia mattutina. All'ora convenuta partecipò alle lodi e alla santa messa. Dopo aver impiegato la prima mattinata in una lezione di catechesi per celebrare l'ora terza, ogni sorella si dedicò alle proprie mansioni.

Lucrezia fu inviata in infermeria, quando poco prima di mezzogiorno la campana la richiamò alla preghiera per il rosario e l'ora sesta. Poi ci fu il pranzo, la preghiera, la ricreazione e il ritiro in silenzio fino all'ora nona. Dopodiché la campana la riconvocò per partecipare al coro per l'adorazione eucaristica con la celebrazione dei Vespri, a cui seguì la cena. Al tramonto finalmente Lucrezia poté concludere la lunga giornata con la preghiera di Compieta. Lucrezia poté sperimentare la giornata tipica di ogni novizia, nonché di tutte le monache del convento, sentendosi una di loro.

Quando si svegliò all'alba del giorno seguente, meditando sulle proprie vicende personali, si soffermò a osservare il chiostro da una piccola finestrella. La usò come metafora del mondo esterno, osservando gli ortaggi e gli alberi da frutto che erano amorevolmente accuditi in quel momento da alcune suore.

Quell'immagine la fece riflettere su come nel mondo ognuno sia impegnato e afflitto nelle proprie incombenze, arrivando alla fine della giornata stanco e il più delle volte insoddisfatto. In quel luogo invece tutte le suore compivano i loro doveri in letizia e serenità, tutto era pace e tranquillità e lo spirito poteva elevarsi al di sopra delle necessità materiali. In quell'ambiente pieno di pace poté ritemprarsi fortificando il suo animo già indomito: tutte le disgrazie che avevano costellato la sua giovane vita non avevano fatto altro che renderla più forte e decisa. Avrebbe portato a termine la sua missione così come si era ripromessa: sarebbe stata una moglie fedele, una madre premurosa, un'amica fidata, una regnante magnanima.
Nonostante la giovane età e l'avvenenza fisica, aveva già sperimentato la completezza della dimensione spirituale: fortificata nell'animo, ritornò al palazzo dopo una settimana di permanenza nel convento. Fu accolta festosamente da tutti, specialmente dalle sue dame di compagnia più fidate,

riabbracciò con particolare trasporto Girolama, Laura e Angela, alle quali confidò di aver sentito la loro mancanza. Chiese del marito, le fu comunicato che era stato fuori Ferrara in giro d'ispezioni e ambascerie ai confini settentrionali del Ducato per constatare la loro sicurezza e apportare le dovute modifiche, e i miglioramenti al sistema di avvistamento e allarme in caso di arrivo di eventuali nemici. Lo incontrò la sera seguente al suo rientro: Alfonso sembrava sinceramente felice di poter riabbracciare la moglie, le disse che la trovava sempre più bella e desiderabile.

Infatti quella notte rientrò abbastanza presto per le sue abitudini, si coricò accanto alla moglie godendo dei suoi favori in modo soddisfacente. La lontananza della consorte l'aveva resa ancora più desiderabile. Quella notte fu un amante dolce e premuroso: con passionale decisione affondò in lei lasciandosi trasportare dal suo estro. Entrambi furono soddisfatti. Al mattino Alfonso tardò ad alzarsi dal letto, contrariamente a quanto faceva abitualmente, quando alle prime luci dell'alba sgusciava via furtivo per raggiungere le sue stanze e si vestiva velocemente per raggiungere il suo attendente e gli altri ufficiali del corpo di guardia del palazzo Ducale.

Di solito, dopo avere dato credito a qualche storia divertente riguardante per lo più relazioni con donne, impartiva gli ordini della giornata per poi recarsi al colloquio quotidiano con il padre. Nel frattempo, Lucrezia continuava a sperare di rimanere incinta il prima possibile, sapeva che più tardava la sua gravidanza, più la sua posizione si indeboliva. La moglie del futuro Duca di Ferrara non poteva non dare un erede maschio al marito, pena l'indebolimento non solo suo presso Alfonso, ma anche del marito presso il popolo ferrarese, nonché degli altri pretendenti legittimi o illegittimi al suo potere. Notava dalle espressioni dei visi delle sue dame più fidate la preoccupazione per una condizione che si faceva per tutti, dame e futura Duchessa, giorno per giorno più pesante. Inoltre, le poche volte che si incontrava con il parentado femminile di Alfonso poteva cogliere battute maliziose sul suo stato di salute. A volte le chiedevano perfino spudoratamente se stesse bene, ma non appena lei si azzardava a rispondere che stava benissimo, subito le veniva lanciata una frecciatina sul perché non era ancora incinta. Lei allora arrossendo rispondeva che sarebbe stata la volontà del Signore a decidere quando sarebbe rimasta incinta.

Del resto: «Non dipende da Dio tutto ciò che avviene sulla terra?» Concludeva lei, ponendo fine alla conversazione, allontanandosi in direzione di qualcuna delle sue ancelle, che stazionavano sempre nei suoi pressi. Mentre lei era angustiata dalla mancata gravidanza, Alfonso era sempre più assorto nei suoi compiti di governo del Ducato. Le condizioni fisiche del Duca Ercole peggioravano sempre più, finché all'inizio di gennaio del 1504 ebbe un peggioramento improvviso che lo costrinse quasi all'immobilità.

La gotta lo obbligava a stare sempre sdraiato su una specie di lettiga appositamente costruita per lui. Si faceva trasportare di buon mattino nel suo studio, dove gli veniva servita una frugale colazione, dopodiché era pronto per sbrigare gli affari politici. Naturalmente richiedeva sempre più spesso l'aiuto del figlio, sia per consultarlo sulle azioni da intraprendere, sia per chiedergli consiglio sugli affari urgenti da risolvere. Oramai non poteva più fare a meno della sua presenza: questo da una parte lo inorgogliva, perché percepiva che il figlio era pronto per reggere da solo la responsabilità del Ducato, dall'altra parte lo rattristava, consapevole che la sua fine era ormai prossima. Lucrezia durante quel periodo, per rompere la monotona quotidianità della sua esistenza nella grigia atmosfera ferrarese, prese l'abitudine di riunire attorno a sé, tutti i venerdì sera, gli artisti più in vista presso la corte Ducale.

Il venerdì all'imbrunire, allietati dal dolce suono di liuti e cetre pizzicati dai migliori musicisti della città, si riunivano nel suo salotto poeti, menestrelli, pittori, scrittori, incisori, scultori, cantanti e danzatori per discutere allegramente dell'arte e della vita. Lucrezia era il centro delle loro speculazioni, tutti si prodigavano per dimostrarle quanto erano bravi, intelligenti, arguti e spiritosi. Ognuno nella propria arte faceva a gara per esaltarne la bellezza, la grazia e la magnanimità.

Uno su tutti però sembrava riscuotere maggiormente i consensi di Lucrezia: era un bell'uomo dalla chioma bionda riccioluta, dai lineamenti del viso perfetti, di statura oltre la media, con spalle larghe e possenti, che si ergevano però su arti inferiori piuttosto corti e macilenti, conseguenza di una malattia che lo aveva colpito da bambino, tanto da causargli un'andatura malferma, quasi una forma di leggera zoppia, maggiormente evidente nella gamba destra.

Aveva una voce profonda e dalle sue labbra uscivano i migliori madrigali inneggianti alla grazia di madonna Lucrezia: si chiamava Ercole[30]. Anche uno spettatore che avesse assistito da lontano alla recitazione dei suoi versi si sarebbe accorto che tutte le dame di compagnia presenti, nonché Lucrezia stessa, erano infatuate di lui. Alfonso apparentemente non sembrava disturbato da quegli incontri settimanali, del resto lui era impegnato nella faticosa opera di successione al padre, per di più era stato sempre un uomo dedito alle armi e alla caccia. Considerava i discorsi sull'arte, sui sentimenti e sull'etica una perdita di tempo. Non giovavano alla gestione di uno stato o a salvaguardarne i confini o a migliorare le condizioni di vita dei sudditi.

Tuttavia, teneva sotto controllo gli incontri: una delle damigelle della moglie era una sua confidente che lo metteva al corrente su quanto avveniva il venerdì sera attorno alla figura catalizzatrice della moglie. Non poteva addebitarle alcuna colpa, se non quella di cercare un po' di evasione una volta la settimana in quell'atmosfera tanto diversa da quella della corte papale, nella quale Lucrezia era vissuta fino al suo arrivo a Ferrara. Tra i frequentatori delle serate conviviali si aggiunse un giovane scrittore, timido, impacciato e spesso scontroso, che non osava neanche guardare negli occhi quell'angelo biondo che riempiva i sogni delle sue notti insonni.

Si chiamava Ludovico[31]. Lucrezia seppe che l'inno all'amore coniugale pronunciato in suo onore il giorno dei festeggiamenti per il suo matrimonio era stato scritto da lui, e intimamente si elesse a protettrice di quel giovane scrittore. Assieme al timido Ludovico si accompagnava spesso un ragazzo appena più grande, sempre assorto nei suoi pensieri, tutto preso dagli studi classici, che quando interveniva nelle discussioni era sempre per perorare la causa degli antichi poeti rispetto a quelli moderni. Spesso si infervorava con il timido Ludovico che invece affermava la dignità e la grandezza di poeti e scrittori a loro contemporanei. Allora interveniva la soave voce di Lucrezia che, chiamandolo per nome, lo ammoniva: «Pietro,[32] non dimenticare che anche tu sei figlio dei nostri tempi, va bene elogiare gli antichi, ma non offendere i moderni, specialmente quando ci sono qui presenti dei letterati di così eccelso livello». Bastava questo a riportare la calma tra i contendenti e tutto riprendeva come prima, tra un declamare di poesie, una canzone accompagnata dal liuto e una danza.

Nel frattempo, passavano le settimane e i mesi senza che avvenisse quello che Lucrezia e Alfonso ardentemente desideravano. Alfonso non mancava mai di adempiere ai suoi doveri coniugali, tranne nei periodi in cui era fuori Ferrara per compiti istituzionali. Dormiva giacendo con la moglie con regolarità settimanale. Questo però non gli impediva di intrattenere relazioni amorose con altre donne; Lucrezia ne era a conoscenza, soffrendo in silenzio. La sua vita coniugale, se non era felice, almeno non era più continuamente messa in pericolo né dalle intromissioni del padre né dalle mire dinastiche del fratello Cesare. Oltre l'angustia di non riuscire a dare un figlio al marito, c'era la salute del suocero che la preoccupava.

Col passare dei mesi, man mano che le sue condizioni di salute peggioravano, si fece sempre più palese che il Duca Ercole non sarebbe vissuto ancora a lungo. Infatti, alla fine del mese di maggio del 1505 si aggravò tanto che ormai si faceva fatica a farlo mangiare. La notizia si diffuse provocando una crescente preoccupazione. La mattina del 5 giugno il Duca Ercole I d'Este infatti si spense, lasciando il Ducato nelle mani del figlio Alfonso I d'Este. La notte prima del decesso Alfonso vegliò costantemente il padre: non si mosse mai dal suo letto, sperando fino all'ultimo in una sua ripresa. Quando il medico personale del Duca si rese conto che non c'era più speranza, esortò Alfonso perché facesse chiamare il confessore del padre per fargli impartire il sacramento dell'estrema unzione.

Le campane della città rintoccarono a morte, tutta la popolazione ferrarese seppe che il signore era morto.

Dopo tre giorni, durante i quali furono approntati tutti i preparativi ed avvisati i parenti di Ercole, si tenne la cerimonia funebre nella cattedrale di Ferrara. Erano presenti la figlia di Ercole, Isabella Gonzaga, Alfonso con la moglie Lucrezia e i fratelli Ferrante, Ippolito, Sigismondo e Alberto, tutti i vassalli del Ducato, i maggiori dignitari e i rappresentanti degli Stati italiani accreditati presso la corte ferrarese. La messa fu officiata dal cardinale Ippolito. I partecipanti erano così tanti che non tutti poterono assistere alla cerimonia all'interno della chiesa. La gente comune fu costretta ad attendere fuori dalla cattedrale, tuttavia volle manifestare il suo affetto verso il defunto Duca rimanendo accalcata fuori dalla porta. Dopotutto era stato il suo signore e difensore per trentacinque lunghi anni, portando pace, prosperità e rispetto alla popolazione. Eseguite le esequie del Duca, si procedette il giorno successivo all'incoronazione del figlio Alfonso come Duca di Ferrara, con la conseguente ascesa di sua moglie Lucrezia a Duchessa della città. La cerimonia fu semplice ma solenne, così come volle Alfonso, che rifuggì da qualsiasi pomposità per la sua investitura ufficiale.

Nella grande sala delle udienze nel palazzo, alla presenza dei fratelli, della sorella, dei figli illegittimi avuti dal Duca Ercole, nonché degli alti dignitari di corte, di tutti gli ambasciatori accreditati presso la corte estense, il fratello Ippolito gli cinse la testa con la corona: da quel momento fu ufficialmente e solennemente dichiarato Duca di Ferrara.

Sulle facce dei presenti si poteva notare la felicità dell'evento, dopotutto il Ducato passava dalle mani capaci di Ercole a quelle altrettanti capaci del figlio Alfonso, il quale aveva dimostrato in più di un'occasione le sue qualità.
Alfonso fu da subito ben voluto dai suoi vassalli, dai dignitari di corte, dai soldati e dalla popolazione tutta. Inoltre, la moglie Lucrezia, a dispetto della cattiva fama che l'aveva preceduta, si era conquistata la simpatia della corte e della popolazione ferrarese.

Unica nota stonata in tutta la cerimonia fu il disappunto di Isabella e delle figlie naturali del fratello Sigismondo: Lucrezia, Diana e Bianca. Specialmente Isabella era rosa dentro dalla gelosia, non aveva mai accettato di buon grado il matrimonio del fratello con Lucrezia. La considerava pericolosa, non adatta al lignaggio e alla figura del fratello, la sua fama di donna dissoluta la rendeva inadeguata a imparentarsi con la sua famiglia.
Oltre a tutto ciò, quello che più la disturbava era la grazia, la bellezza, la remissività della cognata. Lei era abituata a considerarsi la più bella, la più attraente e la più intelligente delle donne della corte ferrarese e di quella mantovana, amava essere il centro dell'attenzione degli uomini, perciò mal sopportava l'intromissione di una rivale tanto graziosa e

altrettanto intelligente da contrastare il suo dominio sul pubblico maschile.

Isabella era cosciente della pericolosità della cognata, percepiva irrazionalmente che le avrebbe portato via parte della sua influenza sul fratello. Perciò, quando assistette dalla sua posizione privilegiata all'incoronazione della cognata seduta al fianco di Alfonso, fu colta da un moto di rabbia che riuscì a stento a trattenere: si morse le labbra nervosamente, sistemò la piegatura dell'abito alzandosi dalla sedia, si toccò la collana che le scendeva sull'ampio seno, quindi diede un'occhiata di sbieco alla coppia regnante, poi si accomodò di nuovo sulla sedia guardando fisso davanti a sé. Del resto, rifletté tra sé e sé, non era nei suoi poteri di cambiare il destino del fratello né tantomeno quello di Lucrezia, doveva farsene una ragione e accettare il fatto che quella donna che mal sopportava fosse diventata Duchessa di Ferrara. Aveva cercato in tutti i modi di dissuadere sia suo padre che il fratello dal contrarre quel matrimonio, ma il padre era stato irremovibile, la sicurezza del Ducato richiedeva che fosse presa quella decisione e così era avvenuto. Naturalmente Lucrezia era presa dall'emozione del momento solenne e non poté cogliere lo stato d'animo ostile della cognata. Guardava dritto davanti a sé, soddisfatta, ma allo stesso tempo preoccupata per la nuova responsabilità, adesso più di prima doveva dimostrare di essere la degna compagna di Alfonso.

Il compito non la spaventava, ciò che rendeva la sua felicità meno completa era il problema di dare un erede quanto prima al marito. Rivolse allora una supplica al suo angelo protettore perché la facesse rimanere incinta. Alla fine della cerimonia tutti i presenti applaudirono ai nuovi duchi. I fratelli, la sorella, i parenti e i vassalli di Alfonso si avvicinarono alla coppia congratulandosi ed esprimendo la propria felicità. Il nuovo Duca era rimasto per tutta la durata della cerimonia serio e impassibile, dal suo viso non lasciò trasparire alcuna emozione. Con le mascelle serrate, le labbra chiuse, gli occhi fissi davanti a sé, era l'immagine della forza interiore, della sicurezza, consapevole del duro compito che l'attendeva. Non aveva dato alcun segno di tentennamento, neanche quando il fratello Ippolito, dopo avergli cinto la testa con la corona Ducale, lo aveva toccato con la spada sulla spalla destra dichiarandolo ufficialmente Duca di Ferrara.

Da perfetto uomo d'armi non si scompose, era preparato a quel momento fin dalla giovinezza; il padre gli aveva affidato compiti sempre più gravosi e difficili per abituarlo a adempiere le sue funzioni e ora che quel momento era arrivato, Alfonso aveva risposto come meglio non avrebbe potuto. Si rivolse verso la moglie solo alla fine della lunga cerimonia per esortarla a uscire con lui, tendendole la mano sinistra per scortarla fuori dalla grande sala. Furono scortati da due guardie armate nell'appartamento Ducale, la loro nuova dimora dopo la morte del Duca Ercole. Rimasti soli, Lucrezia chiese al marito di poter trasportare parte dei mobili del loro appartamento in quella che sarebbe diventata da quel momento in poi la loro residenza ufficiale. In particolare, chiese e ottenne di poter trasferire la specchiera nella loro camera da letto, e manifestò il desiderio di avere anche un inginocchiatoio. Alfonso a quella richiesta rimase un po' perplesso, ma alla fine, notando la faccia contrita della moglie, desiderando accontentarla, accettò, anche se a malincuore, che Lucrezia si facesse fabbricare un inginoc-chiatoio speciale per lei.
Quella notte nessuno dei due dormì tranquillo.
Alfonso tentò un approccio amoroso, ma dovette presto desistere, il desiderio non si era acceso e fu costretto a chiederle scusa, voltandosi dall'altra parte del letto per cercare finalmente di dormire. Ma la notte si rivelò lunga: nella mente di Alfonso si accavallavano immagini cruente, scene di battaglie sanguinose, borghi incendiati e distrutti, donne stuprate da feroci soldati senza volto, bambini strappati dalle

braccia delle madri e massacrati senza pietà, gente affamata che si recava presso conventi e chiese per cercare protezione ed essere sfamata. Si destò di colpo quasi all'alba in un bagno di sudore. Non riuscendo più a riprendere sonno si alzò dal letto, si rivestì e uscì.   Lucrezia non aveva certo trascorso una notte migliore, i suoi incubi erano pieni di bambini che giocavano gioiosi nei cortili dei palazzi accuditi amorevolmente da balie premurose. Ridevano divertendosi a rincorrersi, anche quando qualcuno cadeva, invece di piangere, stranamente si rialzava sorridendo e riprendendo a rincorrere gli altri più felice di prima. Madri che avevano attaccati al seno bambini paffuti, tranquilli, beati tra le loro braccia che appena staccati dal capezzolo si riaddormentavano sereni. Si era risvegliata più di una volta durante la notte. Voltandosi verso il marito che gli sembrava addormentato, si sforzava di nuovo di riprendere sonno. Ma appena si assopiva era assalita dalle solite immagini. Quando sentì che il marito si alzava e vestiva ebbe anche lei l'impulso di alzarsi dal letto. Nel momento in cui suo marito uscì, avrebbe voluto fare lo stesso, ma una forza invisibile, come una mano possente posata sul petto, la trattenne nel letto, immobile ad assistere alla scena di lui che si rivestiva e usciva dalla camera da letto, ma non si era mossa, incapace di sopraffare quella invisibile mano che la teneva inchiodata al letto. Rimase così inebetita e incapace di pensare fino a mattino inoltrato; solo quando sentì bussare alla porta riuscì a muoversi. Era Angela, che appena udì i passi della sua padrona, annunciò: «Sono io madonna Lucrezia, posso aiutarla a vestirsi?» Lucrezia allora aprì la porta facendo entrare la sua ancella. Decise che si sarebbe recata nella piccola chiesa vicina al castello per assistere alla messa, indossando il solito abito di velluto nero, come tutte le mattine.

Mentre veniva aiutata a vestirsi, mise al corrente Angela di aver chiesto al marito di comprare un inginoc-

chiatoio da mettere nella loro camera da letto. Era contenta
che il marito avesse acconsentito, così tutte le mattine
avrebbe potuto pregare inginocchiata nella sua camera. Le
confessò che era sicura che le sue incessanti preghiere
avrebbero sortito l'effetto desiderato, sentiva che dal cielo
non avrebbero potuto fare a meno di udire le sue sincere
suppliche.

Quando fu completata l'opera di vestizione Angela le
chiese cosa volesse mangiare per colazione, ma Lucrezia
rispose che non desiderava mangiare, preferiva assistere
digiuna alla messa, aveva fatto un fioretto e voleva
mantenere fede alla sua promessa. Scortate da due guardie
armate uscirono dal castello dirette alla vicina chiesa dove
assistettero alla celebrazione della messa officiata da un
anziano prete. Lucrezia rimase per tutto il tempo assorta e
inginocchiata in fondo alla chiesa.

Tutto il suo essere era teso verso una preghiera che la
distoglieva dal reale, in assoluta comunione con il divino.
Angela rimase sbalordita nell'osservare la trasfigurazione
della sua padrona, tentò anche lei di pregare con la stessa
intensità, ma non le riuscì, il suo essere non era pronto.

La messa finì con la benedizione ai fedeli e Lucrezia
rimase ancora assorta nella propria intimità spirituale.
Quando tutti i fedeli uscirono dalla chiesa, lei non si mosse.
Angela tentò di scuoterla dal suo stato di torpore, ma
Lucrezia non si accorse di nulla. Angela fu costretta allora a
strattonarla e solo così Lucrezia, scuotendo leggermente la
testa, si ridestò chiedendo a voce bassa: «Cosa c'è?»
«Niente, madonna, è solo che la messa è finita, siamo rimaste
noi sole nella chiesa, è ora di andare».

Guardando verso l'altare Lucrezia si accorse che non
c'era più il sacerdote, voltò lo sguardo prima verso sinistra,
poi verso destra e si rese conto che effettivamente non era
rimasto più nessuno nella chiesa. Fu allora che si alzò dallo
scanno per uscire. Angela la precedette recandosi verso il

fonte battesimale, vicino alla porta d'ingresso della chiesa. Immerse le dita della mano destra nell'acqua santa, si inginocchiò facendosi il segno della croce, seguita negli stessi gesti da Lucrezia e solo allora uscirono dalla chiesa. Fuori ad aspettarle trovarono le due guardie che le riaccompagnarono al castello.

Quando rientrarono nell'appartamento, alcune inservienti erano intente nelle faccende di riordino e pulizia. Lucrezia si stava ritirando allora in camera da letto, quando fu raggiunta da Girolama che dopo essersi inchinata leggermente verso la sua padrona, la salutò gentilmente, poi la informò che le era stato raccomandato di avvisarla che l'indomani si sarebbe tenuto un pranzo ufficiale nel salone dei ricevimenti per onorare l'incoronazione del Duca e della Duchessa. Il volto di Lucrezia non trasmise piacere nel ricevere quella notizia e Girolama lo notò, perciò si sentì in dovere di rincuorarla dicendole: «Eccellentissima Duchessa, è l'occasione giusta per dimostrare la vostra grazia, per misurare la vostra padronanza degli eventi, voi siete la degna compagna del Duca. Nessuno deve avere dubbi sul vostro ruolo, da ora in avanti le vostre uscite pubbliche saranno scrutate, valutate, soppesate da tutti i presenti. Ora più che mai urge dimostrare che la scelta fatta dal Duca non poteva essere migliore».

Confortata da quelle parole, Lucrezia rispose accennando un soave sorriso, quindi continuò a camminare verso la camera da letto. Arrivata sull'uscio, si voltò indietro rivolgendosi verso le due dame e disse loro: «Allora diamoci da fare, facciamo in modo che per domani io appaia al Duca e ai presenti la degna Duchessa di Ferrara!»

Quel mattino del 10 giugno 1505 il tempo era bello, il cielo era di un azzurro terso, il sole splendeva spandendo i suoi raggi infuocati, rendendo l'aria calda fin dal primo mattino, solo di tanto in tanto alcune leggere nuvole di un bianco lanoso offuscavano il sole per pochi minuti, contribuendo ad abbassare la temperatura, rendendola così più mite e sopportabile. Sotto gli auspici di una così bella giornata, l'ingresso di Lucrezia nel grande salone addobbato per il banchetto ufficiale al fianco del marito Alfonso fu come una sferzata in pieno viso per gli aristocratici presenti.

Alfonso, con la sgargiante uniforme di comandante in capo dell'esercito ferrarese, teneva per mano la graziosa figura esile e slanciata di Lucrezia che risaltava ancora di più rispetto al pomposo vestito del marito. Con il diadema Ducale tempestato di rubini rosso fuoco, graziosamente poggiato sulla fronte, la lunga cascata di lucenti capelli biondi, apparve ai presenti come un raggio di sole splendente nella sala in quel momento scarsamente illuminata. L'abito lungo di tulle celeste turchese, tutto tempestato di piccoli brillanti colpiti dalla luce fioca proveniente dall'esterno attraverso le grandi vetrate delle finestre che si aprivano ai lati della sala, emanava luccichii che abbagliarono gli occhi dei presenti. Lo sguardo era soave, sereno e tranquillo; voltandosi ora a destra ora a sinistra elargiva sorrisi di compiacimento verso i dignitari, tutti in piedi ai lati della sala.

Giunti al centro della sala, Alfonso si fermò proprio nel mezzo della grande tavolata a forma di ferro di cavallo, volse lo sguardo in alto di fronte al tavolo centrale, dove sulla parete antistante spiccava l'arazzo finemente lavorato che riportava al centro il grande stemma della casa d'Este. Fece un leggero inchino con il capo, restò per un attimo assorto in meditazione, poi si voltò verso la moglie, le prese la mano destra e la scortò verso le due sedie regali al centro del tavolo. Quando arrivò vicino alla sua sedia lasciò la mano della moglie, la quale rimase in piedi davanti alla propria; in quel momento a un cenno di Alfonso gli invitati si portarono vicino ai tavoli, prendendo il posto che a ognuno era stato assegnato. Alfonso allora, dopo aver controllato che tutti avessero raggiunto la propria postazione, si sedette seguito dalla moglie e poi da tutti gli invitati.

Per tutto il pranzo Lucrezia fu sempre sorridente, dimostrò una serenità ammirevole. Di tanto in tanto si accostava al marito sussurrandogli qualche parola dolce all'orecchio. Alfonso accennava un sorriso cordiale muovendo la testa un po' in avanti, acconsentendo a ciò che la moglie gli sussurrava. Lucrezia non trascurò di riservare alla nipote di Alfonso, Diana, che era seduta accanto a lei, la dovuta attenzione, ogni tanto le si rivolgeva con un sorriso accattivante chiedendole notizie sulla sua vita, sui suoi gusti a tavola e accennandole le ultime novità sulla moda. Lucrezia continuava a ricevere le notizie sugli ultimi ritrovati in fatto di stoffe e abiti, avendo mantenuto i rapporti con alcuni dei più famosi sarti romani.

Tra una pietanza e l'altra si alternavano, ad allietare gli illustri convenuti, saltimbanchi, acrobati e giocolieri, mimi e buffoni. Mentre nel corso di una di queste divertenti pause sull'eterna lotta dell'amore, rappresentata dalla finta ritrosia della donna e dalla timida baldanza del maschio tutti ridevano, ignari che un commensale inavvertitamente aveva fatto rovesciare una brocca d'acqua sul tavolo. Solo Lucrezia volse lo sguardo in direzione del commensale e del tavolo: la macchia d'acqua che pian piano si allargava nella tovaglia candida la colpì improvvisamente, fu come un fulmine a ciel sereno.

Nella sua mente si materializzò la scena del fratello Giovanni ripescato da alcuni barcaioli nel Tevere dopo diversi giorni di affannose ricerche in tutta la città. Il volto oramai era quasi irriconoscibile, ma l'abito che indossava e l'anello con lo stemma dei Borgia che portava al dito medio non avevano lasciato alcun dubbio sulla sua identità. Il corpo era stato trapassato da ventitré colpi di spada, a dimostrazione della ferocia e della ostinata determinazione con cui era stato commesso l'omicidio. La data del 14 giugno del 1497 era incisa indelebilmente nella sua mente e il ricordo del tragico evento tornava spesso a rattristarle l'esistenza. Non aveva visto con i suoi occhi il corpo del fratello, ma aveva ordinato a una delle sue ancelle di riferirle per filo e per e segno quello che era stato annunciato sul ritrovamento del corpo, senza trascurare nessun particolare.

Lucrezia era affezionata a Giovanni, era il fratello che più la divertiva, che le raccontava sempre degli aneddoti curiosi e divertenti delle sue relazioni amorose con le più belle giovani donne dell'alta aristocrazia romana. A differenza dell'altro fratello Cesare, sempre serio e imbronciato, in continua lotta con se stesso e con il padre, Giovanni viveva intensamente e allegramente la posizione privilegiata di figlio del Papa re.

In quei pochi momenti in cui le immagini del fratello le si erano materializzate nella mente, aveva perso momentaneamente il contatto con la realtà che la circondava. Si sentì improvvisamente toccare nel fianco, era il gomito di Diana che la riconduceva al presente. La giovane nipote con quel gesto poco riverente volle manifestarle la sua contentezza per l'arrivo in tavola del dolce, di cui era particolarmente golosa. Così, dopo avere toccato Lucrezia ottenendo che si voltasse verso di lei, le chiese: «Ti piacciono i dolci?» Poi con voce allegra e concitata continuò: «Io sono molto golosa, faccio fatica a resistere solo a vederli. Poi questo tipo particolare di torta è la mia preferita, ne mangerei fino a scoppiare!» Lucrezia, riavutasi dal momentaneo smarrimento, le sorrise dolcemente rispondendo: «Io non sono molto golosa, non amo particolarmente i dolci, però sono curiosa di assaggiare questo che tu tanto decanti, a vederlo deve essere molto buono». «Puoi starne certa» rispose immediatamente Diana.

Proprio in quell'istante si avvicinò un cameriere in livrea rossa e arancione per servire il dolce su un piatto d'argento, prima a Lucrezia e poi a Diana. La giovane donna, appena ebbe davanti il pezzo di torta non seppe resistere e senza perdere tempo afferrò il cucchiaino d'argento e lo affondò nel morbido pan di spagna portandosi alla bocca il primo boccone. A ogni boccone successivo mandava gridolini di piacere che le giungevano dal basso ventre e si voltava verso Lucrezia guardandola con occhi languidi, mentre con la testa le indicava di iniziare a mangiare.

Lucrezia prese delicatamente il cucchiaino posato accanto al suo piattino, lo sollevò lentamente, lo affondò nel pezzo di torta ritagliandone un pezzettino e se lo portò alla bocca. Appena il dolce colpì il palato, provò una sensazione di piacere, il gusto era dolce, ma delicato e il boccone si sciolse morbidamente prima di scendere nell'esofago. Dovette convenire che in effetti il dolce era veramente buono. Si voltò verso Diana facendole capire con un cenno della testa che era d'accordo, anche lei lo trovava squisito. Dopo aver mangiato il dolce gli invitati assistettero a una danza in cui sette danzatori si alternavano con sette danzatrici.

La danza mimava l'inseguimento dei danzatori verso le danzatrici, le quali facevano finta di fuggire, poi quando erano raggiunte si formavano delle coppie che dagli sguardi languidi delle ragazze e dai gesti audaci dei ragazzi palesavano il loro innamoramento. Subito dopo le coppie si scioglievano con i danzatori che si allontanavano e questa volta erano le danzatrici a inseguire i danzatori, i quali con una danza in cerchio sempre più frenetica, finivano per essere ancora loro a inseguire e raggiungere le danzatrici. La danza si concluse in un abbraccio corale di tutti i quattordici ballerini. I presenti accolsero con un fragoroso applauso la fine dello spettacolo, tutti i ballerini uscirono dal salone inchinandosi verso il centro del tavolo in direzione del Duca e della Duchessa in segno di ossequio.

Proprio in quel momento Alfonso si alzò, sistemò leggermente il pugnale che indossava alla cintola toccandosi l'elsa, alzò lo sguardo verso i dignitari alla sua destra, quindi, alzò la mano per chiedere silenzio e iniziò un breve discorso. Dopo avere ringraziato tutti i presenti, ricordato brevemente la figura del padre ed elogiato pubblicamente la moglie e i parenti tutti per il sostegno che gli avevano dimostrato in quella triste occasione, promise di difendere, anche a costo della propria vita, l'indipendenza del Ducato. Si augurò che la sua signoria fosse baciata dalla fortuna, dalla pace, dalla serenità e prosperità per tutti i suoi sudditi. Alla fine del suo discorso un lungo applauso proruppe dai presenti commossi.

Oramai si era fatto pomeriggio inoltrato, Lucrezia era stanca e oltremodo sazia, aveva mangiato con gusto più del solito, perciò chiese al marito di potersi ritirare. Alfonso acconsentì. Le disse che l'avrebbe raggiunta più tardi in serata, i suoi doveri non erano ancora terminati, doveva fare gli onori di casa con tutti gli ospiti illustri che erano intervenuti. Si rivolse a una delle guardie che erano di servizio alla porta del salone alla quale ordinò di accompagnare la Duchessa nell'appartamento Ducale.

Quando Lucrezia giunse scortata davanti alla porta d'ingresso del suo appartamento, congedò la guardia ed entrò. Nel salottino antistante la camera da letto trovò ad aspettarla Girolama seduta su una poltroncina. Alzandosi, la dama chiese alla sua signora come fosse andata. «Tutto è andato alla perfezione, credo di avere fatto un'ottima impressione sui dignitari presenti. Inoltre, vicino a me era seduta Diana, la nipote di Alfonso, con la quale penso di essere entrata in un rapporto di reciproca simpatia. Sono soddisfatta, ho un unico rammarico: ho mangiato troppo, adesso mi sento appesantita, ho un senso di sonnolenza, vorrei stendermi un po' sul letto per riposare». Girolama la accompagnò allora in camera da letto aiutandola a spogliarsi, dopo si allontanò con il suo permesso. Lucrezia faticò ad addormentarsi, lo stomaco pieno e un'ansia che le aumentava in petto non le permisero di addormentarsi. Decise allora di alzarsi dal letto, infilare la vestaglia e dirigersi verso il salotto. Si sedette davanti alla finestra con un libro di preghiere in mano e s'immerse nella lettura, lasciandosi coinvolgere dall'argomento che la invogliava alla meditazione profonda, al punto da non accorgersi del tempo che passava.

Quando alzò lo sguardo verso la finestra si rese conto che era buio pesto, allora sentendosi stanca, con gli occhi affaticati e la testa leggera, si alzò recandosi nella camera da letto, dove si tolse velocemente la vestaglia e si infilò nuovamente sotto la coperta ricamata di lino, cadendo immediatamente in un sonno profondo. Alfonso intanto, dopo avere esaurito i convenevoli del caso, date le ultime istruzioni ai suoi collaboratori più stretti, si avviò verso l'appartamento.

Quando giunse nei pressi della porta della camera da letto, cercò di rallentare i passi facendo attenzione a non fare rumore, afferrò la maniglia e aprì la porta delicatamente. Entrando nella camera si accorse che la moglie restava immobile, segno che non l'aveva svegliata; si spogliò velocemente, afferrò delicatamente la leggera coperta che ricopriva Lucrezia e si infilò nel letto. Avrebbe voluto non disturbare la moglie, ma una voglia irrefrenabile lo colse nell'attimo stesso in cui sfiorò le sue gambe. Più voleva resistere alla tentazione di allungare la mano verso di lei, più montava in lui il desiderio.

Quando non fu più possibile per lui resistere, allungò la mano verso il corpo caldo di Lucrezia, la quale in un primo momento non rispose alla carezza, ma quando il movimento si fece più audace e impertinente si volse verso il marito dandogli così il segnale che avrebbe accettato la sua invadenza. Alfonso quella notte si dimostrò un valente amante, Lucrezia non fu da meno, e dopo avere raggiunto più di una volta la gioia, entrambi caddero spossati in un sonno ristoratore.

I giorni successivi a quella notte d'amore trascorsero tranquillamente, Alfonso cominciava a prendere confidenza con il nuovo ruolo di capo del Ducato che lo richiamava costantemente al dovere, mentre Lucrezia, investita della responsabilità di consorte del Duca, si adoperava perché tutto funzionasse a dovere nel castello Ducale. Una mattina, mentre, aiutata da Laura, era intenta nella cura della sua lunga e bionda chioma, sentì bussare alla porta della stanza da bagno, dove era solita dedicarsi alla pulizia personale. Dopo alcuni rintocchi si decise a rispondere, un po' infastidita dall'interruzione.

Alzando leggermente il tono della voce, chiese: «Chi è?» Dall'altra parte della porta udì la voce flebile di Angela che diceva: «Sono io eccellentissima, posso entrare?» Prontamente Lucrezia replicò: «Ma certo, entra pure». Quando Angela le giunse vicino, le chiese: «Cosa c'è di così urgente che mi devi comunicare?» Allora la sua ancella rispose: «Ecco, illustrissima, poco fa un giovane proveniente dal convento delle clarisse, dove voi siete stata ospite qualche tempo fa, ha scaricato giù nel cortile interno del castello un inginocchiatoio, poi ha chiesto che le fosse recapitato un messaggio da parte della badessa».

Mentre terminava la frase le porse tra le mani un astuccio di cuoio e dopo un inchino chiese il permesso di potersi allontanare per continuare il lavoro di ricamo che stava eseguendo prima della consegna appena fatta. Lucrezia prese l'astuccio comunicando ad Angela che per quella mattina poteva ritenersi libera, poi si alzò recandosi nel salotto e si adagiò sulla poltrona accanto alla finestra. Con la mano sinistra tenne fermo l'astuccio togliendo il cappuccio che lo chiudeva dalla parte superiore, poi ne estrasse un foglio di pergamena arrotolata. Proprio nel centro il foglio aveva un sigillo rosso purpureo di ceralacca con lo stemma del convento. Lucrezia staccò le due estremità facendo bene attenzione a non strappare la pergamena e la srotolò apprestandosi a leggerne il contenuto. Quando lesse il messaggio rimase incredula. Non riusciva a immaginare per quali misteriose vie la madre superiora del convento, in cui era stata così gentilmente ospitata tempo prima, fosse venuta a conoscenza del suo desiderio di avere un inginocchiatoio in camera da letto. Ma al di là della sorpresa, ciò che lesse la rese ancora più felice.

Nel messaggio vergato a mano con una grafia minuta, nervosa ma nitida, la badessa le comunicava di aver incaricato un garzone di fiducia, di cui si serviva spesso per quel genere di servigi, di farle recapitare un inginocchiatoio perché lei lo usasse per le sue preghiere. La madre badessa ci teneva a farle sapere che era appartenuto a una giovane suora considerata una mistica, morta di tisi in odore di santità qualche anno prima nel suo convento. Dal giorno della sua morte l'inginocchiatoio era rimasto nella cella della suora senza essere più usato da alcuna monaca. Era stato lasciato nell'angolo della cella, là dove la religiosa era solita inginocchiarsi per raccogliersi in preghiera.

Dalle sue consorelle quell'oggetto era considerato alla stregua di una santa reliquia, conservato e venerato nello stato in cui si trovava al momento della dipartita dal mondo terreno della suora. La badessa gliene faceva dono sicura che lei lo avrebbe usato per la sua elevazione spirituale e perché intercedesse presso l'altissimo per il benessere di tutta la popolazione ferrarese. La firma intellegibile della badessa in fondo al rotolo chiudeva il messaggio contenuto nell'astuccio. Quando Lucrezia finì di leggere la missiva, gli occhi le si inumidirono, fece fatica a trattenere le lacrime, pensò per un attimo che fosse un messaggio mandato dall'alto, da qualcuno che stava ascoltando le sue preghiere. Si diresse immediatamente verso l'uscita del salotto, attraversò il grande salone sbucando nell'anticamera che dava sul corridoio esterno e aprì la porta chiamando con tono di voce deciso il nome di Angela.

Appena l'ancella udì pronunciare il suo nome, lasciò la tovaglia che stava ricamando, la posò sul tavolino che aveva di fronte e si precipitò all'esterno: «Eccomi, eccellentissima, in cosa posso servirvi?» La sua signora replicò: «Desidero che tu disponga che l'inginocchiatoio venga al più presto portato nella mia camera da letto». Angela immediatamente ribatté: «Sarà fatto al più presto, mi occupo della faccenda all'istante. Vedrete che nell'arco di pochissimo tempo l'oggetto tanto desiderato sarà al suo posto a fianco al letto». E immediatamente si allontanò per eseguire il compito ricevuto.

Durante il resto della giornata Lucrezia fu presa dai piccoli mille problemi di cui si doveva occupare perché tutto funzionasse a dovere nella conduzione quotidiana della corte Ducale. Tra le tante cose, c'era da ordinare e controllare che in cucina i cuochi ricevessero tutti i prodotti di cui avevano bisogno per preparare i pasti per la coppia Ducale, per gli eventuali ospiti, per la guarnigione di stanza nel castello e per tutto il personale di servizio. Bisognava stabilire giorno per giorno quali abiti dovesse indossare, sia nella vita privata che nelle occasioni ufficiali, fare in modo che le ancelle e le donne di servizio le approntassero gli abiti adatti; era a tutti noto quanto tenesse ad apparire in tutte le occasioni sempre in perfetto ordine, in linea con l'occasione. Doveva occuparsi della corposa corrispondenza che riceveva: era in contatto epistolare continuo con i fratelli, in special modo Cesare, con la cognata Isabella, e ogni tanto riceveva anche qualche messaggio da parte della madre, da vassalli e da semplici sudditi del marito che si rivolgevano a lei perché intercedesse presso Alfonso per risolvere a loro favore questioni legate ai più svariati bisogni. Per di più, siccome sempre più spesso il marito era assente dal castello, le capitava di dare udienza per conto del marito sulle questioni improvvise che vassalli e personalità di ogni rango, recandosi direttamente al castello, intendevano sottoporre al giudizio del loro signore.

Quel giorno fu particolarmente pieno di impegni, tanto che Lucrezia dimenticò del tutto l'inginocchiatoio, non se ne occupò più fino a sera, quando, stanca, ma soddisfatta per avere assolto al meglio i suoi doveri, si recò nella camera da letto per pregare come al solito prima di coricarsi. Entrando nella camera da letto, dopo avere indossato la vestaglia ed essersi procurato il rosario per recitare le preghiere, volgendo lo sguardo verso la sinistra del letto, notò che nella penombra si rifletteva un debole raggio di luce sulla superficie del legno lucido, che illuminava appena l'oggetto per il quale la mattina si era tanto commossa. Si avvicinò lentamente a piccoli passi verso l'inginocchiatoio. Man mano che si avvicinava con profonda riverenza diventava sempre più nitido alla sua vista, stagliandosi nella sua semplice severità contro il letto ricoperto dalla sfarzosa coperta ricamata di lino bianco. Quando vi giunse accanto, allungò titubante la mano destra, tremolante per l'emozione di toccare il ripiano d'appoggio per le braccia: il legno era liscio, levigato, tanto che la mano scivolò fluida lungo la sua superficie senza alcuno sforzo. Come un automa posò le ginocchia sul gradino, leggermente ricurvo proprio al centro, segno del frequente uso di cui era stato oggetto.

Appoggiò gli avambracci sul ripiano iniziando a sfilare il rosario, contemporaneamente procedette a declamare le consuete preghiere come tutte le sere. Ebbe però la netta sensazione che quella sera le sue preghiere avessero trovato una via privilegiata per innalzarsi proprio dove voleva che arrivassero, direttamente al cospetto dell'Onnipotente. Dopo aver sgranato l'intero rosario e completato tutte le preghiere, si alzò provando un senso di leggerezza nell'animo. La mattina successiva si alzò di buon'ora, allegra ed euforica come le era successo raramente negli ultimi mesi. Le sembrò di aver sognato: non rammentava esattamente cosa fosse accaduto nel sogno, però aveva la sensazione che si trattasse di qualcosa di buono, infatti al suo risveglio sorrideva.

Chiamò Angela e le ordinò di farle preparare un'abbondante colazione, quella mattina aveva stranamente molto appetito. L'ancella si adoperò subito, sapendo bene cosa la sua signora preferiva. Come al solito la colazione doveva essere servita nel vassoio d'argento personale della Duchessa, che Angela posò sul tavolino d'avorio nel salotto accanto alla camera da letto. Lucrezia quasi divorò le due ciambelle al limone ripiene di crema pasticciera, mangiò alcuni fichi secchi farciti con mandorle e noci, bevve una tazza di latte addolcito con miele, senza rivolgere neanche una parola ad Angela.

Dopo essersi pulita le labbra con un tovagliolo di lino finemente ricamato, si lavò le mani con dell'acqua che la sua ancella le versò da una brocca d'argento, e alzando lo sguardo le disse: «Questa notte ho dormito benissimo, ho fatto un sogno divertente, ma di cui non ricordo l'accaduto. Di una cosa sono certa: l'aver pregato sull'inginocchiatoio che mi è stato regalato dalla badessa del convento delle clarisse sicuramente ha contribuito alla serenità del mio sonno. Non smetterò mai di ringraziarla».

«Sono felice che abbiate dormito finalmente rilassata, vedrete che d'ora in avanti andrà sempre meglio". Poi l'ancella si congedò, non senza aver chiesto se la signora avesse ancora bisogno di lei. Rimasta sola, Lucrezia si rese conto di non aver ancora ringraziato la badessa per la sua gentilezza e pensò a come ricambiare. Tirò fuori dal suo secretaire l'occorrente per scrivere e immediatamente vergò poche righe in cui si dichiarava felice e commossa del gesto ricevuto. Prima di apporre la firma in fondo al messaggio, si proclamò umile serva della Chiesa da cui aveva tratto tanti benefici, infine non mancò di promettere che si sarebbe occupata di elargire una sostanziosa donazione a favore del convento. Terminato di scrivere il messaggio, si affrettò a richiamare Angela che prontamente accorse alla sua presenza e le affidò il compito di fare recapitare al più presto possibile il messaggio. Poi si tuffò nelle sue faccende consuete con più ardore, impegno del solito e con una rinnovata serenità nell'animo e così fu nei mesi successivi, nonostante la sua più grande speranza di restare incinta continuava a non avverarsi.

All'inizio della primavera del 1506 Alfonso fu costretto ad allontanarsi da Ferrara per un lungo periodo per urgenti affari di stato e Lucrezia fu nominata reggente. In quel periodo la Duchessa ricevette insistenti suppliche, lamentele e petizioni da parte di gente di fede ebraica. Nelle lettere a lei indirizzate venivano narrate le tremende vicissitudini di intere famiglie di ebrei sottoposte alle più barbariche angherie e Lucrezia si riprometteva in cuor suo di intercedere per loro.

Tutte le volte che aveva potuto in passato aveva cercato di intervenire presso il marito direttamente perché alleviasse in qualche modo la vita misera ed errabonda di quelle famiglie, ma adesso che era reggente non doveva chiedere a nessuno il permesso per aiutare quella gente. Fece approvare una legge in cui si stabiliva di porre fine alle ingiuste e illegali oppressioni nei loro confronti. Chi avesse continuato a maltrattare gli ebrei, se riconosciuto colpevole, sarebbe stato punito duramente. Naturalmente questa misura prontamente adottata alleviò di molto la vita quotidiana delle famiglie ebree, anche se non si poteva ancora dire che essi venissero trattati al pari dei sudditi ferraresi. Nel periodo in cui rimase in carica come reggente, Lucrezia dimostrò ancora una volta, se mai ce ne fosse stato bisogno, la sua abilità, la sua capacità di amministratrice e di governante. Manifestò doti non comuni, amministrando con equità il potere assegnatole dal marito, facendosi ammirare e amare da tutti, dagli alti dignitari di corte fino ai più umili popolani.

Quando Alfonso ritornò non poté far altro che complimentarsi con Lucrezia e rallegrarsi in cuor suo di avere scelto, suo malgrado, una così ammirevole donna.

La fresca primavera del 1506 lasciò il passo alla galoppante estate, che quell'anno fu particolarmente calda. Tutto procedeva senza eccessivi patemi d'animo: il Duca era sempre più occupato a consolidare il proprio potere sul Ducato, che era considerato importante e strategico nello scacchiere della politica italiana, mentre Lucrezia era sempre più impegnata nel ruolo di consorte del principe regnante.

Quando tutto sembrava procedere tranquillamente, un avvenimento inaspettato scosse la sicurezza del potere di Alfonso sul Ducato. Alcuni congiurati tramarono nell'ombra per uccidere il Duca e insediare sul trono il fratello don Ferrante. Tuttavia, le spie del cardinale Ippolito vennero a conoscenza dei preparativi dell'attentato, immediatamente Alfonso fu messo in guardia e sfuggì al tentativo di assassinio. Individuati velocemente i componenti della congiura, Alfonso li fece arrestare e condurre nelle segrete del castello, in attesa di essere processati.

Tra i cospiratori vi erano il conte Albertino Boschetti[33], alcuni personaggi minori che ruotavano intorno alla corte Ducale, ma la scoperta più sconvolgente fu che tra questi si annoveravano anche il fratello del Duca don Ferrante e il fratellastro don Giulio[34]. Tutti i cospiratori furono individuati e arrestati a eccezione di don Ferrante, il quale riuscì a fuggire e a rifugiarsi a Mantova presso il cognato Francesco Gonzaga, al quale il Duca Alfonso intimò di consegnare il fratello.

All'inizio il Marchese tergiversò tentando di prendere tempo nella speranza di salvare don Ferrante da una tremenda punizione, ma quando il Duca Alfonso minacciò di invadere con le armi il suo Ducato, pur di punire il colpevole di un atto tanto grave, fu costretto a cedere e consegnò nelle mani degli emissari del Duca il fratello traditore. Appena tutti i cospiratori furono nelle mani di Alfonso si procedette a processarli e furono giudicati colpevoli di alto tradimento il conte Boschetti e tutti i partecipanti al complotto. La condanna a morte fu per decapitazione, eseguita nel mese di settembre davanti al palazzo della Ragione, situato nel centro di Ferrara. Anche i due fratelli del Duca subirono la stessa condanna e furono costretti ad assistere alla decapitazione dei congiurati in attesa del loro turno.

Nel momento della decapitazione del conte, quando don Giulio vide cadere la testa mozzata dell'amico, svenne dal tremendo spavento, mentre don Ferrante chiuse gli occhi e abbassò la testa, con il corpo sconvolto da un pianto convulso. I due aiutanti del boia si avvicinarono a Don Giulio per trasportarlo sul palco dove era stato issato il ceppo per la decapitazione, ma a un cenno del Duca Alfonso si allontanarono. In quel momento due guardie armate si staccarono dal cordone di soldati che teneva lontano la folla che stava assistendo al macabro spettacolo.

Presero in consegna i due fratelli accasciati, ormai in stato di semi incoscienza per la paura, conducendoli nuovamente nei sotterranei del castello, dove sarebbero rimasti rinchiusi a vita. Il Duca aveva deciso di commutare la condanna a morte nel carcere a vita. Il luogo scelto per il supplizio non poteva essere più paradossale: davanti al palazzo della Ragione: dove stesse la ragione del comportamento dei cospiratori è difficile da comprendere, se non "ragionando" sulla irrazionalità e cupidigia dell'essere umano da una parte, sull'orgoglio e la sete di potere dall'altra. Davanti al palazzo della Ragione si era palesato dunque, con chiara evidenza, il difficile accordo tra ragione e sentimento. I fratelli cospiratori non avevano ragione alcuna di intraprendere la loro scellerata azione; anche nell'ipotesi migliore, cioè la riuscita del complotto, don Ferrante sarebbe rimasto un usurpatore agli occhi della popolazione ferrarese e della storia. Non avevano reso onore al sentimento di fratellanza che dovrebbe albergare nei cuori di tutti i fratelli, sangue dello stesso sangue, amore dello stesso amore, speranza della stessa speranza.

D'altra parte, Alfonso non poteva farsi guidare dal sentimento di pietà verso i fratelli. Se si fosse dimostrato debole e pavido, avrebbe incoraggiato futuri tentativi per detronizzarlo da parte di altri malintenzionati. La sete di potere ubriaca e ottenebra la mente dell'uomo; per ottenerlo è disposto a qualunque cosa, anche a uccidere il proprio fratello, a versare il sangue del proprio sangue, a lacerare la carne della propria carne. L'uomo è l'animale più malvagio della terra, è l'unico essere vivente che uccide, tortura e maltratta i suoi simili da sempre, è una maledizione eterna. Lucrezia in tutta quella faccenda fu costretta dal marito a ritirarsi inorridita, non le fu permesso in alcun modo di interferire e influenzare Alfonso per attenuare le pene stabilite per i congiurati. Non assistette allo spettacolo crudele della decapitazione.

Si ritirò per alcuni giorni, chiusa in se stessa in profonda rassegnazione; l'unica cosa che poté fare, fu pregare e chiedere clemenza a Dio per quegli sventurati. Dopo quel tristissimo episodio il rapporto tra la coppia Ducale subì un brusco raffreddamento. Ci volle tempo, fino all'autunno del 1506, prima che le cose tra loro tornassero come prima. Il tempo si era dimostrato ancora una volta il migliore dei rimedi contro le cicatrici scavate nel profondo dell'animo umano. Per entrambi la vita continuò a scorrere: Alfonso dopo quella traumatica esperienza era sempre più attento alla propria incolumità, mentre Lucrezia era completamente immersa nel ruolo di moglie e Duchessa.

Non perdeva mai il controllo di se stessa, nonostante gli innumerevoli impegni a cui era chiamata, le preoccupazioni per adempiere nel migliore dei modi al suo ruolo, il dispiacere per la difficoltà di dare un erede al marito oltre alle sue prolungate assenze per occuparsi della stabilità e della sicurezza del Ducato. In pubblico era sempre impeccabile, serena, sorridente, tranquilla, riusciva a trasmettere a chiunque l'avvicinasse una sensazione di pace interiore. Questa sua padronanza degli eventi non veniva scalfita nemmeno da ciò che sempre più spesso le giungeva all'orecchio sulle continue scappatelle di Alfonso con donne di ogni età e di ogni stato sociale. Ma a quell'affronto era ormai abituata, anche se a malincuore riusciva a perdonare il suo comportamento. Ciò che invece non riusciva proprio a sopportare era l'atteggiamento di malcelata commiserazione da parte delle parenti di Alfonso.

Il rapporto con la sorella Isabella, Marchesa di Mantova, si era ormai stabilizzato. Intratteneva con lei una regolare corrispondenza epistolare per cui, nonostante non si potesse dire che fossero amiche, il rapporto che le legava era di reciproca stima, mentre con le sorellastre più giovani del marito e con le nipoti che risiedevano a Ferrara, tra cui la più ostinata sembrava essere Bianca, i rapporti erano sempre più freddi, distaccati, quasi ostili. Solo il suo forte carattere, la sua fredda determinazione, l'alta considerazione di sé le facevano superare con apparente facilità tutte quelle avversità. L'unica consolazione che le rimaneva erano i consueti incontri del venerdì sera, quando attorniata dagli artisti e dagli ingegni più illustri presso la corte ferrarese si sentiva a suo agio. Quasi mai mancava all'appuntamento, circondata ogni volta dalle dame di compagnia predilette. Non negava mai il suo aiuto al gruppo; chiunque si trovasse in difficoltà e si rivolgesse a lei era sicuro di ricevere una parola di incoraggiamento, oltre al sostegno economico, non solo morale, in caso di bisogno.

Percepiva che quei momenti erano la linfa per continuare a tenere alto il suo spirito, tenere fermo il proposito di essere la degna Duchessa di Ferrara. Tra i poeti, gli scrittori, i musicisti, i pittori e gli altri artisti del cenacolo, i suoi preferiti rimanevano il giovane imbronciato Ludovico e l'aitante e gioviale Ercole. Tutti gareggiavano per ingraziarsi la sua ammirazione, la sua protezione, ma i versi e i discorsi che più la colpivano erano sempre riconducibili a loro due. Per Ercole poi aveva una particolare predilezione, difficile da dissimulare; era infatti palese a tutti che quando egli parlava Lucrezia fosse rapita dalle sue parole. In quei momenti si dimenticava di tutti gli affanni, poteva considerarsi la musa ispiratrice di quegli artisti tanto apprezzati. Ammirata e considerata desiderabile, ma inaccessibile, questi potevano solo sperare nel suo sguardo protettivo.

Raramente si concedeva il lusso di partecipare a qualche ballo, si lasciava coinvolgere solo quando una particolare melodia le richiamava alla mente le serate danzanti nella città eterna. Allora, come attratta da una forza misteriosa che viaggiava sulle note della musica, si alzava accennando qualche passo di danza con la sua innata grazia. Bastavano pochi soavi movimenti della sua esile, flessuosa ed elegante figura per conquistare gli sguardi di tutti i presenti. Concedeva però allo sguardo sognante degli spettatori poco tempo, poiché subito tornava a sedersi, tra la costernazione dei presenti che avrebbero voluto vederla danzare in eterno, rapiti da quella visione celestiale.

Ma Lucrezia non si faceva lusingare, né convincere, le bastavano quei pochi attimi per sentirsi appagata; aveva imparato con il tempo, attraverso le dure esperienze della vita, a dominare le proprie pulsioni. I giorni successivi agli incontri trascorrevano più leggeri, si sentiva risollevata, incoraggiata, motivata a dare sempre il meglio di sé in tutte le faccende che la riguardavano. Riusciva a infondere fiducia e coraggio a tutti, raramente qualcuno a corte avrebbe potuto dire di averla udita alzare la voce, aveva la capacità di farsi ubbidire senza alterarsi.

Il filo della vita continuava a dipanarsi davanti a lei senza sosta, verso l'inevitabile conclusione, senza arrestarne gli affanni quotidiani. Mentre i giorni trascorrevano tra l'alternarsi di buone e cattive notizie, un giorno ricevette un messaggio dal fratello Cesare dopo molto tempo che non aveva più sue notizie dirette. Seduta davanti al tavolo nel salotto di fronte alla finestra, Lucrezia lesse la missiva con trepidante tensione. Purtroppo, le notizie non erano affatto buone. Il fratello le chiedeva aiuto, aveva perso quasi tutte le terre conquistate precedentemente in Romagna, aveva bisogno di denaro per assoldare truppe mercenarie e tentare di riconquistare le città perdute.

Lucrezia rimase interdetta di fronte alla richiesta di aiuto del fratello, sapeva quanto era orgoglioso e testardo, immaginava quanto gli fosse costato rivolgersi a lei. Nella sua attuale situazione Lucrezia non sapeva cosa avrebbe potuto fare per aiutarlo: non possedeva denaro, tutto era stato donato al marito per le esigenze del Ducato, e tantomeno poteva chiedere aiuto ad Alfonso, dato che le condizioni politico-militari del Ducato glielo impedivano. L'unica cosa che poteva fare era impegnare qualche suo gioiello personale e inviare il ricavato al fratello.

Si attivò immediatamente e quando ebbe la somma stabilita la consegnò a un suo uomo di fiducia perché la facesse avere al più presto al fratello. Oltre al denaro gli affidò anche il compito di riferire a voce il suo messaggio per Cesare: «Abbi riguardo per la tua vita, con il pensiero e il cuore ti sosterrò sempre, tua sorella Lucrezia». In realtà la Duchessa non era affatto sicura che il messaggero sarebbe stato in grado di raggiungere il fratello, non sapendo dove si trovasse Cesare in quel momento. Il corriere doveva andargli incontro da solo, senza indicazioni, a suo rischio e pericolo, muovendosi in una situazione in continuo mutamento e piena di pericoli nell'attraversare i territori che lo separavano dal luogo dove si supponeva che si trovasse Cesare. Intanto i giorni trascorrevano a corte senza che nulla cambiasse. Lucrezia, circondata dalle dame di compagnia, conduceva la sua vita tra gli impegni ufficiali e le attività private in apparente serenità. Non dimenticava mai di pregare prima di coricarsi la sera, si inginocchiava riverente snocciolando con fervida devozione il rosario fino alla fine. Pregava per tutti e anche per se stessa, si affidava fiduciosa nelle mani del Signore perché si compisse la sua volontà. Da quella preghiera traeva sempre la forza per innalzarsi al di sopra degli affanni che la affiggevano: era la sua arma segreta, senza quel tuffo nella profonda spiritualità che l'avvolgeva, non avrebbe potuto dimostrare a tutti la sua fermezza, la sua serenità, la sua padronanza sugli eventi della vita.

Alfonso si rendeva conto ogni giorno di più, quando rientrava al castello, di quanto avesse bisogno dell'aiuto della moglie. Lucrezia era un rifugio sicuro, il seno accogliente su cui poggiare la testa la sera quando si coricava dopo una giornata faticosa, piena di preoccupazioni per tutto quello che comportava la conduzione di un piccolo stato circondato da fameliche potenze vicine, sempre pronte a fagocitarlo al primo segnale di debolezza. Da una parte c'era il Ducato di Milano pronto a estendersi a sud nei territori appartenenti al Ducato di Ferrara, dall'altra, a est, la repubblica di Venezia, anch'essa desiderosa di allargarsi nei territori dell'entroterra. Il Duca era inoltre un vassallo della Chiesa e a ogni nomina di un nuovo Pontefice, era soggetto al rinnovo delle sue prerogative. Verso sud-est, i possedimenti del cognato Cesare che si estendevano ai confini con la Romagna erano in serio pericolo in seguito all'indebolimento e al ritorno delle città nelle mani dei precedenti signori. Alfonso aveva perso ogni contatto con Cesare, non che prima, quando era potente e temuto, i rapporti fossero frequenti e amichevoli, ma almeno allora poteva sperare che i suoi domini non fossero minacciati. Si attivò per sapere quali fossero le mosse che Cesare stava preparando per tornare in possesso delle città perdute in Romagna, ma l'inverno, molto duro quell'anno, rallentava la circolazione delle notizie attraverso il servizio dei corrieri sguinzagliati presso le varie corti italiane a caccia di notizie certe sulla sorte del cognato.

Finalmente una mattina giunse al castello un corriere al gran galoppo, tutto infangato, infreddolito, aveva le punte delle mani quasi congelate dal freddo, la folta barba che incorniciava il suo viso era irta, indurita dal freddo. A stento scese da cavallo, aiutato dalle guardie che subito lo soccorsero. Lo fecero sedere su un pagliericcio malandato, gli gettarono addosso una coperta di lana e aspettarono che si riprendesse un po' prima di chiedergli quali notizie avesse da riferire.

Quando fu in grado di parlare, l'uomo disse di avere notizie urgenti da riferire al Duca, allora una delle guardie uscì andando a chiamare il comandante perché scortasse direttamente il corriere al cospetto di Alfonso. Il Duca, che si trovava in udienza con alcuni dei suoi consiglieri più fidati, fu prontamente avvertito.

Sospesa la riunione in corso, si recò nel salone delle udienze in attesa del corriere. Appena egli fu in presenza del Duca, scortato dal comandante delle guardie del castello e da due soldati, si inchinò barcollando leggermente e iniziò a parlare, ma subito il Duca gli fece cenno di smettere. Si rivolse al comandante chiamandolo vicino a sé, sussurrandogli all'orecchio che voleva rimanere solo con il corriere, perché si era reso conto dell'importanza delle notizie che gli stava per riferire; immediatamente il comandante e le due guardie uscirono dal salone. Quando Alfonso rimase solo con il corriere, gli indicò di avvicinarsi al trono e gli ingiunse di riferire le notizie in suo possesso. Egli allora con voce trepidante, sommessa, interrotta da continui colpi di tosse, gli comunicò che Cesare era stato trasportato in Spagna, prigioniero del re di Castiglia. Le ultime notizie narravano che era riuscito a fuggire presso il cognato, il re di Navarra. Alfonso a quelle notizie si rabbuiò in volto, si alzò immediatamente dal trono per uscire dal salone, diede al corriere una leggera pacca sulla spalla, lo ringraziò dicendogli che avrebbe provveduto a premiarlo a dovere per quel servizio, indicandogli che per il momento poteva andare. Quando uscì dal salone incontrò lo sguardo indagatore del comandante, al quale disse di prendersi cura del corriere, alloggiarlo come meglio poteva, e farlo curare, viste le condizioni pietose in cui era giunto, badando bene di provvedere a ricompensarlo adeguatamente chiedendo una somma appropriata al tesoriere del reggimento prima di rimandarlo presso la sua sede di servizio.

Si affrettò a riconvocare i suoi consiglieri per metterli al corrente delle notizie appena ricevute: nel corso della riunione fu presa la decisione di rafforzare la sorveglianza e ampliare il numero dei soldati di stanza presso il confine con la Romagna: ogni movimento sospetto di truppe doveva immediatamente essere segnalato ad Alfonso.

Nel frattempo, Lucrezia era occupata nelle sue faccende quotidiane, col cruccio di organizzare tutto ciò che nel castello era di sua competenza. Oramai ci riusciva molto bene, aveva stabilito una procedura fissa per tutto ciò che doveva essere demandato al suo comando. Tutto funzionava alla perfezione, dalle pulizie al riscaldamento dei locali, alle provviste, al servizio dei camerieri e maggiordomi, all'accoglienza degli ospiti.

Quando quella sera Alfonso rientrò, prima del solito, Lucrezia notò sul suo viso un'espressione preoccupata. Era meno loquace del solito, non che lo fosse mai stato, e in alcuni momenti le parve anche piuttosto scontroso. Cercò di appurare cosa lo preoccupasse, ma non riuscì a scoprire molto. Alfonso era angustiato dai soliti problemi, ma le disse di non preoccuparsi troppo, quindi l'avvertì che sarebbe potuto partire da un momento all'altro per controllare alcune roccaforti a sud-est del Ducato. Dopo quella notte agitata per entrambi, Alfonso non tornò per alcuni giorni a dormire nel letto con la moglie.

Lucrezia non se ne preoccupò molto, era abituata alle sue assenze notturne quando era preoccupato per qualche affare di stato. Il Duca era abbastanza assiduo invece quando sapeva che la moglie era nel suo periodo fertile, entrambi erano consapevoli dell'importanza di osservare la regolarità dei loro rapporti se volevano aumentare le probabilità di avere un erede. L'inverno del 1507 era stato particolarmente duro, lasciando dietro di sé una scia di miserabili morti per il freddo e gli stenti.

Finalmente l'inizio della primavera aveva allentato quel rigido clima, la campagna risorgeva a nuova vita, la neve si scioglieva ingrossando i fiumi ed i torrenti, i primi fili d'erba spuntavano punteggiando di verde la campagna circostante.

Le piante di pesco, di ciliegio e di albicocche mostravano i candidi germogli rallegrando i cuori della gente, simbolo di una nuova stagione che avrebbe portato i frutti di cui sfamarsi per superare un'altra annata nel perenne alternarsi indifferente delle stagioni sul palcoscenico della vita. Si era ormai a metà aprile del 1507 quando giunse alle orecchie di Alfonso la notizia, improvvisa, ma non inaspettata, della morte del cognato Cesare. La comunicazione gli pervenne da un diplomatico veneziano di passaggio a Ferrara che si stava recando in missione a Roma presso la curia papale. Riferì che Cesare, dopo essere sfuggito alla caccia dei sicari del re di Spagna, si era rifugiato presso il cognato Giovanni d'Albret[35] re di Navarra, il qual subito lo aveva messo a capo di una spedizione per sedare la ribellione di un suo vassallo. Mentre il grosso dell'esercito era in marcia per porre sotto assedio il castello di Viana occupato dal nobile ribelle Luis de Beaumont[36], Cesare, al comando di un drappello di cavalieri in avanscoperta, avvistò l'avanguardia nemica. Senza attendere rinforzi si era lanciato da solo all'insegui-mento di un piccolo gruppo di cavalieri nemici, i quali dopo essersi resi conto di essere inseguiti da un solo cavaliere, si erano rivoltati accerchiandolo.

Cesare aveva dato ulteriormente prova del suo intrepido coraggio e del suo immenso valore come combattente, ma nulla aveva potuto contro il soverchiante numero di nemici, alla fine era stato sopraffatto e trafitto da numerosi colpi di lancia e di spada.

Era caduto a terra insanguinato, esalando l'ultimo respiro in un sussulto tremebondo. La spada ancora impugnata era stato l'ultimo sostegno prima del definitivo tonfo nel terreno infangato. I cavalieri, smontando da cavallo, si erano lanciati in un'opera di spoliazione di tutto ciò che di valore Cesare aveva addosso. Gli fu strappato via il lussuoso mantello imbottito di pelliccia di ermellino, gli stivali di cuoio pregiato, la cintura a cui erano appesi i sacchetti di cuoio contenenti alcune monete d'oro, l'anello con lo stemma dei Borgia, la collana d'oro massiccio e, come ultimo sfregio, gli tolsero dalle mani, ancora strettamente serrate, l'adorata spada. Cesare l'aveva fatta forgiare nella città di Toledo dal più valente e illustre armaiolo della città, famosa per l'eccellenza nella forgiatura delle armi da taglio del tempo. Su entrambi i lati della lama era incisa la frase latina "Aut Caesar aut nihil." Di Cesare aveva il nome, quello di cui fu certo è che nulla gli rimase in mano.

Morto per mano di sconosciuti cavalieri in una terra stranamente straniera per lui, in una battaglia che nulla avrebbe portato a maggior gloria sua e del suo casato. Dopo il racconto del diplomatico sulle circostanze della morte di Cesare, ad Alfonso rimaneva il problema di informare la moglie. Attese alcuni giorni prima di trovare il modo di comunicarglielo, durante i quali fu più premuroso del solito con Lucrezia. Ai suoi occhi appariva la Lucrezia di sempre, dolce, remissiva, accondiscendente, soddisfatta di essere da lui considerata all'altezza del compito che le era stato assegnato. Alfonso non aveva nulla da rimproverarle, non avrebbe potuto sperare di meglio, sapeva quanto Lucrezia tenesse alla sua reputazione come moglie e come Duchessa.

Quando si rese conto che non poteva più tergiversare nel darle la notizia, pena il pericolo che le giungesse per altre vie, la sera del 29 aprile 1507 decise di comunicarle l'accaduto. Quando Alfonso entrò nel salotto Lucrezia era intenta a scrivere una lettera alla madre, allora le si avvicinò silenziosamente alle spalle e sfiorandola la fece sobbalzare. La moglie lo guardò in viso senza alzarsi: gli sguardi si incrociarono e Lucrezia intuì immediatamente dalla sua espressione che era successo qualcosa di grave.

Alfonso, distogliendo lo sguardo dal viso dolce di Lucrezia, senza alcun giro di parole disse che aveva appena saputo che il fratello Cesare era stato ucciso in Spagna. La esortò a farsi coraggio, spiegando che era il destino dei grandi condottieri morire in battaglia, suo fratello era caduto combattendo valorosamente come aveva sempre fatto nella sua breve vita. Lei doveva serbare il ricordo della sua grandezza, poiché pochi uomini, secondo Alfonso, potevano competere con il fratello in fatto di coraggio e valore.

La preavvisò che avrebbe proclamato tre giorni di lutto per commemorare il valoroso cognato. Alla notizia Lucrezia rimase attonita, ammutolita, non pianse, né si disperò per la scomparsa del fratello; davanti al marito tenne un contegno degno di una Borgia. Alfonso uscì dal salotto lasciando la moglie sola con il suo muto dolore, non seppe mai, né mai chiese a Lucrezia cosa avesse provato quella sera.

Durante la notte Lucrezia non riuscì a prendere sonno: in un momento di dormiveglia le apparve la scena di quella mattina del 20 settembre 1493 quando il fratello Cesare era stato nominato cardinale con indosso la porpora cardinalizia. In mezzo a tutti gli altri vetusti porporati nominati cardinali quel giorno, per la maggior parte vecchi e decrepiti, Cesare spiccava come un tulipano maestoso in mezzo a un campo di miseri papaveri. Il volto era fiero, la mascella pronunciata, volitiva, che gli conferiva un'aria decisa e la camminata sicura, si era avvicinato al padre per la nomina come se stesse ricevendo una corona regale.

Mai più avrebbe rivisto la stessa vivida luce negli occhi del fratello, nel sonno le sembrò di andargli incontro per abbracciarlo, ma in quel momento si risvegliò di soprassalto con il cuore che le batteva forte. Faticò un po' a riprendere il ritmo normale, ma alla fine l'organo della vita si rimise a battere con regolarità, lasciando però Lucrezia sveglia e insonne a riflettere sul destino degli uomini troppo orgogliosi, mai sazi di nulla, mai soddisfatti, portati così alla precoce fine dal loro indomabile temperamento.

Ci sono uomini che vivono esclusivamente per servire come concime per la terra, ci sono uomini che invece vogliono concimare la terra con il loro passaggio: Cesare era uno di questi, volle vivere per lasciare un ricordo indelebile, nel bene e nel male.

Egli aveva incarnato in sommo grado entrambi i lati del carattere umano. Non per nulla il grande ambasciatore fiorentino Niccolò [37]lo aveva preso a modello per la sua opera più famosa intitolata: "Il principe." Egli l'aveva conosciuto personalmente, l'aveva seguito nel tentativo di crearsi un proprio Stato in Romagna, in qualità di diplomatico della Repubblica fiorentina. Aveva potuto udirlo e osservarlo con i propri occhi sottili e acuti, che spuntavano da un viso ossuto ed affilato, su una testa piccola, ma fornita di grande acume intellettivo, tipica dell'uomo abituato a valutare al primo sguardo, per lunga consuetudine, il reale spessore di un uomo. Entrambi consapevoli del proprio ruolo, ognuno aveva giocato al meglio la propria partita: Cesare nel dare la migliore rappresentazione di sé come uomo e come capo, Niccolò nella rassicurante rappresentazione dell'uomo volto a valorizzare le riconosciute qualità dell'interlocutore. Ognuno si servì coscientemente dell'altro per i propri fini ed entrambi ne uscirono accresciuti nella loro fama e nella loro esperienza. Essi si intesero alla perfezione, pur nella enorme diversità di carattere, di cultura ed estrazione sociale.

Oltre alle celebrazioni ufficiali di Alfonso per commemorare Cesare, Lucrezia fece pervenire al convento delle clarisse una cospicua somma con la quale pregò la badessa che per un mese fossero celebrate quotidianamente funzioni religiose in memoria e in suffragio dell'anima del fratello, chiedendo che una lampada a olio rimanesse perennemente accesa nella piccola cappella della chiesa del convento dedicata a San Michele Arcangelo.

Dopo il turbamento per la triste notizia, nel castello Ducale il tempo riprese a scorrere apparentemente con il ritmo abituale. Alfonso era sempre più indaffarato nel suo compito di mantenere stabile la situazione interna dello stato, di renderne sempre più sicuri i confini. Nel frattempo, le giornate fresche della primavera lasciarono il posto alle giornate sempre più lunghe, calde e afose dell'estate incalzante. Man mano che ci si addentrava nei mesi caldi, la temperatura all'interno del castello si faceva insopportabile: l'alto tasso di umidità delle giornate rendeva l'aria all'interno delle sale del maniero soffocante, quasi irrespirabile. Nonostante Lucrezia indossasse abiti leggeri, a volte di cotone, altre di lino o seta, soffriva tremendamente quella calura opprimente.

Perfino la sera prima di andare a letto, assorta nelle immancabili preghiere serali accovacciata all'adorato inginocchiatoio, continuava a sudare. Nonostante ciò, non si lasciava distogliere dal suo dovere religioso nel recitare il rosario, una consuetudine per lei fonte di benessere interiore, che la faceva sentire in comunione con il creato e il divino. In quell'atmosfera di caldo opprimente, la sera del 6 giugno 1508 giunse al castello una notizia che sconvolse le persone più vicine a Lucrezia.

La guardia che era spesso di piantone all'appartamento dei duchi, divenuta nel frattempo confidente di Laura, riferì che il nobile Ercole Strozzi era stato trovato morto in una stradina laterale del centro cittadino, trafitto in quasi tutto il corpo da numerosi colpi di spada e percosso con picche appuntite sul volto e sul capo, che rendevano la salma quasi irriconoscibile.

Immediatamente Laura corse ad avvertire Girolama dell'accaduto, entrambe si trovarono d'accordo nel tenere la notizia celata alla Duchessa almeno fino al giorno seguente, in attesa di accertare la veridicità dell'informazione e di trovare il modo di comunicarlo alla loro amata signora. L'indomani mattina Laura e Girolama si recarono dal comandante della piazza di Ferrara e gli chiesero udienza a nome della Duchessa. Furono subito ricevute cerimoniosamente dal comandante, un uomo robusto di mezza età e dall'aria severa, con un paio di voluminosi baffi grigi e grandi occhi neri profondi che rimasero a fissare per un po' le due belle ed eleganti donne. La prima a parlare fu Laura: «Siamo qui per accertarci che la persona uccisa ieri sera corrisponda realmente al nobile Ercole Strozzi». Quando l'alto ufficiale udì quel nome assunse un'espressione ancora più seria e contrita. Dopo un attimo di esitazione, schiarendosi la voce e portandosi la mano destra alla bocca rispose: «Sì, purtroppo devo confermare la notizia, si trattava proprio del nobile letterato Ercole Strozzi, anche se abbiamo dovuto faticare non poco nel riconoscere in quel martoriato corpo l'illustre personaggio. Appena mi sono accertato dell'identità della persona ho dato immediatamente ordine che fosse avvertito il Duca Alfonso, inoltre ho subito avviato le indagini per scoprire chi fossero stati gli esecutori dell'esecrabile assassinio di un così nobile uomo, a tutti noto per la sua levatura morale.

Tutta la città di Ferrara gli tributerà gli onori che si merita un protagonista della sua statura culturale, per di più proveniente da una famiglia che tanto lustro ha dato alla nostra città. Vi assicuro che non lesinerò nessuno sforzo per assicurare alla giustizia questi feroci assassini, ve lo giuro sul mio onore di soldato». Dopo aver ricevuto conferma della triste notizia, le due donne si guardarono in faccia affrante, ringraziarono frettolosamente il comandante e uscirono mestamente dal suo ufficio.

Si avviarono con passo svelto in direzione del castello, durante il tragitto si scambiarono poche parole, ognuna pensava dentro di sé all'immenso dolore che avrebbe di nuovo colpito, a poca distanza di tempo dall'altra altrettanto tragica notizia della scomparsa del fratello, la loro docile e amatissima signora. Giunte al castello, prima di recarsi ognuna nella propria stanza, si trovarono d'accordo che avrebbero aspettato il giorno seguente per comunicare la notizia a Lucrezia, augurandosi di non essere già state precedute da Alfonso. Se si fossero accorte del contrario entro la mattinata, sarebbe toccato a loro il triste compito, durante la consueta passeggiata pomeridiana che Lucrezia soleva fare in loro compagnia.

Il mattino successivo Lucrezia si svegliò in balia di una strana sensazione, allungò la mano verso il lato del letto solitamente occupato dal marito, ma si accorse che non c'era; il freddo del lenzuolo le confermò che anche quella sera Alfonso non era ritornato al castello. Si tirò su a stento appoggiandosi sui gomiti, rimase per un po' pensierosa, poi all'improvviso decise di alzarsi. Si infilò in fretta la vestaglia leggera lasciata la sera prima sulla poltroncina di fianco al letto. Mentre si incamminava verso il salottino le balenò l'idea di scrivere una lettera alla cognata Isabella.
Si rammentò che nell'ultima missiva le aveva raccomandato di prendere sotto la sua protezione un giovane musicista di grande talento, ma di scarsi mezzi. Essendosi dimenticata il nome, voleva che glielo ricordasse per poterlo invitare il venerdì seguente: aveva deciso che avrebbe partecipato al consueto incontro con gli artisti, da diverso tempo non vi prendeva parte. Così avrebbe conosciuto quel giovane

talentuoso musicista segnalato dalla cognata, era incuriosita di vederlo con i propri occhi e ascoltarlo con le proprie orecchie.

Sarebbe stata lieta di confermare o meno il fiuto sopraffine dimostrato anche in quella occasione dall'avvenente e intelligente Isabella. La cognata era unanimemente riconosciuta come una delle donne più intelligenti e colte del tempo, chiunque ne avesse fatto la conoscenza non poteva disconoscerlo. Lucrezia era intimamente intrigata nel voler constatare personalmente, attraverso la conoscenza di quel giovane, se anche lei in quell'occasione potesse riconoscere le indubbie qualità di Isabella.

Mentre si accingeva a sedersi per scrivere le poche righe che aveva in mente col fine di farsi comunicare dalla cognata il nome del musicista, naturalmente escogitando una scusa plausibile per la sua dimenticanza, udì bussare alla porta alle sue spalle. Senza voltarsi rispose di entrare. Non aveva ancora finito di parlare che Laura era già entrata nel salotto. Si avvicinò alla Duchessa, le si portò di lato, fece un leggero inchino, quindi le disse: «Eccellentissima, devo farvi servire la colazione?» Lucrezia, senza frapporre indugi, replicò seccamente: «No. Stamattina non ho affatto fame». Allora Laura indugiando un po', incerta sul da farsi:
«Avete altri ordini per me?»
Lei temporeggiò un po' prima di rispondere, appoggiò sul foglio il pennino e replicò «No, non ho altri comandi per ora». Nel frattempo aveva notato una certa preoccupazione nella voce di Laura, quindi, le chiese se fosse accaduto qualcosa. Laura, a sua volta, deglutendo a fatica e distogliendo lo sguardo da quello di Lucrezia, ribatté: «Stamattina l'eccellentissimo Duca non ha dormito con voi, vero?»

Lucrezia accennò un sì col capo, le costava fatica confermarlo verbalmente. Laura, senza perdere ulteriormente tempo, contravvenendo agli accordi presi la sera prima con Girolama, tutto d'un fiato le disse: «Sì, ho una notizia per voi, purtroppo non è lieta, ma voi dovrete essere molto forte, sono sicura che anche questa volta il vostro temperamento l'avrà vinta sulla malasorte. Mi rincresce molto dovervi comunicare che il valentissimo poeta e scrittore Ercole Strozzi è stato trovato barbaramente assassinato l'altro ieri sera in una viuzza del centro cittadino».

Al suono di quel nome Lucrezia sbiancò in viso, si sentì quasi mancare. Se non fosse stata seduta avrebbe rischiato di cadere. Riprendendosi a fatica dalla forte emozione, quasi balbettando e visibilmente commossa, chiese esitante: «Sei sicura che fosse proprio lui? Non è possibile che fosse un altro? Da chi hai avuto la notizia?» Laura allora le raccontò in fretta la visita della sera precedente al comandante della piazza di Ferrara insieme a Girolama, così Lucrezia non ebbe più dubbi sull'identità dello sfortunato gentiluomo. Sentendosi sopraffare ulteriormente dall'emozione, in un disperato sussulto di autocontrollo, Lucrezia pregò Laura di andare a chiamare Girolama, sentiva il bisogno di parlare con lei. Appena l'ancella udì il desiderio espresso dalla voce commossa della sua padrona, si voltò visibilmente turbata e uscì per avvertire Girolama. Quando Lucrezia rimase sola, un singhiozzo sincopato le si formò in gola e si trattenne a fatica dallo scoppiare a piangere. Sentì bussare debolmente alla porta. Si ricompose sulla sedia, aggiustò leggermente una ciocca di capelli che le cadeva sugli occhi, inumidì le labbra ed esortò: «Avanti, prego Girolama, entra pure». La dama di compagnia entrò nel salotto, si avvicinò al secretaire dove si trovava seduta la sua padrona, s'inchinò verso di lei, poi esclamò: «Sono a vostra disposizione eccellentissima, disponete pure di me!» Lucrezia guardandola fisso negli occhi le disse: «Avvicinati, prendi una sedia e mettiti vicino a me, raccontami della vostra visita dal comandante».

La dama, visibilmente sorpresa dalla richiesta, prese a raccontarle come insieme a Laura avessero ricevuto la triste notizia, della decisione di recarsi di persona dall'ufficiale per accertarsi dell'identità dell'uomo assassinato. Sapevano quanto fosse importante essere sicure che si trattasse proprio di Ercole. Entrambe erano consapevoli della profonda stima che la Duchessa nutriva per quell'eclettico ingegno, per nulla al mondo avrebbero corso il rischio di rattristarla con una tale notizia, se non fossero state prima più che certe che il cadavere appartenesse proprio alla persona tanto ammirata da Lucrezia.

Girolama omise, per un senso di estrema pietà, di raccontare in che condizioni orrende era stato conciato il corpo del disgraziato letterato. Però confermò alla Duchessa le parole di ferma convinzione del comandante di provvedere al più presto alla cattura degli efferati assassini, pronunciando davanti a loro il solenne giuramento che non si sarebbe dato pace finché non li avesse assicurati alla giustizia e alla mannaia del boia.

Appena la dama finì di raccontare l'accaduto, Lucrezia alzò lo sguardo su di lei e con gli occhi umidi ma senza lacrime le disse: «Mia cara Girolama, mentre tu raccontavi la vostra visita al comandante della piazza, nella mia mente è balenata l'immagine di un altro fatto tremendamente doloroso della mia vita. Quel mattino soleggiato c'era un cielo così azzurro che mai più ho rivisto, un sole tanto splendente e cocente, foriero di un'altra giornata calda e afosa dell'agosto romano, mi ricordo esattamente la data, come potrei dimenticarla? Quel tremendo mattino del 18 agosto 1500, io e mia cognata Sancia fummo attirate fuori dalla stanza in cui stavamo accudendo il mio adorato marito Alfonso d'Aragona, scampato miracolosamente qualche giorno prima alla morte che prezzolati e sanguinari sicari stavano per infliggergli sul sagrato antistante il palazzo del Vaticano.

All'improvviso sentimmo delle grida provenire dal corridoio fuori dalla stanza. Non facemmo in tempo a voltarci, entrarono delle guardie armate che ci intimarono di andare via, di metterci in salvo perché erano entrati degli sconosciuti vestiti da soldati che uccidevano all'impazzata chiunque gli si fosse parato davanti. Fummo prese letteralmente di peso da quelle guardie armate e trascinate fuori, ci fu detto che altri soldati in arrivo si sarebbero occupati di mettere al sicuro il nobilissimo Alfonso. Dopo circa mezz'ora in cui restammo rinchiuse in una stanza con le guardie a nostra protezione, fu palese che era stato solo un falso allarme, nessuno minacciava la nostra vita, né quella di mio marito. Rientrando nella stanza di Alfonso, lo trovammo morente in una pozza di sangue: urlammo a squarciagola, accorsero subito alcune guardie, una delle quali si precipitò a chiamare il medico di palazzo, che quando entrò non poté che constatare la morte del mio amatissimo Alfonso. Provai un dolore immenso, caddi in un periodo di abulia profonda, faticai moltissimo a riprendermi da quel tremendo lutto. La cosa che mi fece lentamente superare quel tragico periodo fu prendermi cura del nostro amatissimo figlio Rodrigo. In lui rivedevo mio marito, accudendolo e vedendolo crescere forte sognavo per lui il fulgido destino che era stato così barbaramente troncato al padre. Mio figlio Rodrigo in quel momento era tutta la mia vita. Quando ho sposato Alfonso d'Este, il mio attuale marito, l'ho lasciato a Roma con sommo dispiacere. Ogni tanto quando penso a lui, ora affidato alle cure premurose di mio zio cardinale di Cosenza, mi lascio prendere dallo sconforto, però riflettendo a mente fredda penso sia meglio così per entrambi, la lontananza rafforza il mio carattere, spero faccia lo stesso effetto su di lui. Confido che possa un giorno vedere vendicato suo padre, a tutt'oggi, che io sappia, non sono ancora stati trovati i suoi assassini. Mio figlio Rodrigo è un bellissimo bambino, bello come il sole, bello come lo era suo padre, a detta di molti a Roma il più bel principe che abbia mai calpestato le antiche vie della città eterna». Raccontando quel triste episodio con voce sommessa Lucrezia si sentì, nonostante tutto, risollevata. Era come se avesse voluto ricordare a se stessa di essere forte, risoluta, coraggiosa, determinata, tanto ora quanto lo era stata nell'occasione dell'assassinio del secondo marito.

Girolama ascoltò in silenzio la storia narrata dalla sua padrona: era a conoscenza di quella vicenda, ma sentirla narrare in prima persona dalla sfortunata protagonista la colpì profondamente, tanto che approfittò di un momento di silenzio per chiedere di potersi allontanare. Intuendo l'imbarazzo della sua dama, Lucrezia le accordò il permesso di uscire, dicendole di non voler essere disturbata oltre per quella mattina, in quanto intendeva finire di scrivere la lettera per la cognata, dedicandosi poi alla lettura di qualche passo della Bibbia e alle preghiere per l'anima del povero Ercole Strozzi.

Quella sera, quando Alfonso ritornò al castello per cenare con Lucrezia, aveva intenzione di trovare le parole per comunicare alla moglie la triste sorte toccata al suo amico Ercole, ma incrociando il suo sguardo triste si rese conto che era stato preceduto. Sentendosi sollevato da quel gravoso compito, continuò a mangiare come se nulla fosse accaduto, in fondo per lui era meglio così, perché rattristarsi ulteriormente?

Non bastavano i problemi e gli affanni quotidiani che lui e la moglie dovevano sopportare? Aveva poche notti da passare tra le braccia di Lucrezia, e quella l'avrebbero trascorsa insieme. Non voleva rovinare una notte d'amore a causa di uno che si dilettava a poetare mentre lui si dannava l'anima per rendere sicuro il suo governo sul Ducato. La sera stessa giacque con la moglie in perfetta sintonia. Lucrezia all'inizio accettò passivamente i suoi colpi, poi rispose con più ardore, prima timidamente e poi, quando il piacere incominciò a montare in lei, inarcando le reni per meglio adattarsi al suo ritmo, tanto che vennero insieme come era successo poche altre volte.

Quando Alfonso, stanco e soddisfatto, si addormentò voltandosi dall'altra parte, Lucrezia non riuscì subito a prendere sonno, rimase perplessa nel constatare come aveva corrisposto all'ardore del marito nonostante il dolore che ancora provava dentro di sé per la morte del caro amico Ercole. Il linguaggio del corpo, quando è adeguatamente solleticato, a volte è più forte di quello spirituale.

Dopo quella notte i giorni si susseguirono tranquilli, l'estate avanzò velocemente rendendo l'aria sempre più calda e insopportabile. Finalmente l'incrollabile fede di Lucrezia sembrò dare i suoi frutti, nel mese di agosto si accorse che il suo ciclo mestruale mensile si era interrotto. Rimase per alcuni giorni indecisa, frastornata, intimamente colpita da quell'evento troppo a lungo atteso, tenne per sé l'intima gioia, decise che finché non fosse stata sicura di essere veramente incinta non l'avrebbe comunicato a nessuno, né alle sue ancelle del cuore né al marito. Aspettò il ciclo del mese successivo con trepidazione, la sera rinnovava con maggiore fervore e fede le sue preghiere al Signore, non si negò ai rapporti con Alfonso.

Arrivò nel mese di settembre la conferma dell'interruzione del ciclo, così Lucrezia si rassicurò di essere effettivamente rimasta incinta. La felicità era tanta che non riuscì a trattenersi dal confessarlo alla dama di cui maggiormente si fidava, perciò quel fresco mattino dell'8 settembre 1507 fece chiamare Girolama attendendola nella sua camera da letto.

Quando l'ancella impegnò l'uscio entrando nella stanza ancora semioscura, vide Lucrezia a letto e avvicinandosi le chiese: «Mi avete fatto chiamare eccellentissima? In cosa posso esservi utile? Volete che vi aiuti a scegliere gli abiti da indossare per oggi?» Lucrezia le rispose che non era necessario e le indicò con la mano di avvicinarsi al letto e sedersi accanto a lei.

La dama di compagnia la guardò un po' perplessa, Lucrezia non l'aveva mai invitata a sedere sul letto, quindi le disse: «Madonna illustrissima, volete che mi sieda veramente qui vicino a voi?» Lucrezia le rispose dolcemente di sì e la esortò dicendole: «Siediti qui accanto a me, ho una notizia importante da comunicarti. Veramente avevo pensato di riferirla prima ad Alfonso, ma siccome non ce la faccio più ad aspettare, e inoltre non so se stasera rientrerà o meno, ho deciso di confidarmi con te. Però devi promettermi solennemente che manterrai il segreto finché non te lo dirò io». Girolama raggiante di felicità prontamente replicò: «Contate pure su di me eccellentissima, sarò muta come un pesce!»

Lucrezia, dopo avere confidato il segreto alla dama di compagnia, si sentì più leggera, lieta di constatare anche nell'espressione gioiosa dell'ancella la propria felicità. Dopo essere rimaste entrambe a guardarsi fisso negli occhi senza più parlare, lasciarono che i loro volti esprimessero da soli tutta la felicità di quel solenne momento. Lucrezia congedò la fedele ancella. Rimasta sola, si concentrò sul modo migliore di comunicare il lieto evento ad Alfonso.

Decise che glielo avrebbe annunciato appena lo avesse visto, anche quella sera stessa, se fosse tornato al castello. Era giusto che anche il marito condividesse con lei quanto prima quel momento così importante della loro vita. Alfonso ne sarebbe stato felice quanto lei, per lui avere un erede era fondamentale, dopo l'altrettanto vitale compito di mantenere il Ducato nelle sue mani, al sicuro dagli attacchi dei nemici esterni e dalle macchinazioni segrete di oscuri nemici interni.

Quel pomeriggio egli rientrò al castello prima del solito, dopo una giornata di incontri con i suoi più fidati consiglieri. Aveva ricevuto delegazioni di informatori provenienti da alcune roccaforti ai confini con la Romagna e con la Repubblica veneziana. Le notizie che gli erano state riportate parlavano di alcuni tumulti scoppiati in quei luoghi, dovuti al malcontento popolare per la mancanza di generi di prima necessità.

A causa di una prolungata siccità, le roccaforti non erano state adeguatamente rifornite dei generi necessari a sfamare né la guarnigione né la popolazione circostante. Era rientrato così al castello visibilmente stanco, nel volto gli si leggeva la delusione, nonché la preoccupazione per quella delicata situazione proprio nella parte del Ducato più esposta a eventuali mire sia dei signorotti romagnoli che della repubblica veneziana.

Quando Lucrezia lo vide rientrare in quello stato, subito si attivò per rimanere sola con il marito liberandosi sbrigativamente della servitù: quello che aveva da riferirgli gli avrebbe senz'altro risollevato il morale. Con la scusa di fargli vedere un abito nuovo che le era appena stato consegnato per chiedere un suo parere, lo invitò a recarsi con lei nella camera da letto. Quando furono soli, Lucrezia porgendo la mano al marito lo condusse vicino alla finestra in prossimità della specchiera, poi gli si pose di fronte fissandolo, mentre Alfonso la osservava perplesso. Allora Lucrezia lentamente con voce dolce e suadente gli comunicò: «Stimatissimo Alfonso, mio adorato marito, ho da confessarvi una cosa che ci farà sentire entrambi felici. Dovete sapere che sono finalmente rimasta incinta». Alfonso aveva ascoltato la confessione della moglie senza mai distogliere gli occhi dal suo sguardo. Rimase sorpreso, frastornato, poi senza dire una parola abbracciò Lucrezia in un abbraccio possente, coinvolgente.

La moglie si sentì quasi soffocare e al contempo annientare dalla forza di quell'abbraccio. Quando Alfonso si rese conto che la stava letteralmente soffocando, sciolse immediatamente il suo abbraccio, si divincolò leggermente, la baciò su entrambe le guance ed esclamò: «Sono l'uomo più felice del mondo, tu non puoi immaginare quanto abbia atteso questo momento! Domani stesso lo comunicherò al consiglio, voglio che tutti sappiano che aspetto un figlio, la mia gioia dovrà essere condivisa da tutti».

Poi fissando intensamente Lucrezia continuò in tono più serio: «Questa volta tutto andrà bene, sento che sarà un maschio!» Lucrezia, mantenendo lo sguardo fisso negli occhi del marito, rispose: «Anche io ho la piacevole sensazione che questa volta non fallirò, sento dentro di me che tutto combacia con la nostra volontà e i nostri desideri. Avremo un figlio maschio che chiameremo Ercole, in ricordo del nostro amatissimo padre».

In quel momento Alfonso ebbe un groppo alla gola, l'emozione era tanta che stava quasi per travolgerlo, ma non voleva mostrare la sua commozione alla moglie, così con la scusa di liberarsi della divisa, si allontanò per recarsi nella sua stanza. Lucrezia si accorse dello stato di forte emozione del marito, perciò non ebbe nulla da obiettare, anche lei voleva rimanere sola, in fondo anche per lei l'apprensione era stata tanta. Rimasta sola rifletté sulla promessa di un erede maschio così solennemente pronunciata, consapevole che l'evento auspicato non dipendeva affatto dalla sua volontà, ma dal caso.

Si affrettò così a pregare al suo adorato inginocchiatoio chiedendo allo Spirito Santo che intercedesse in suo favore perché il caso si risolvesse secondo il suo desiderio, perché finalmente ottenesse quel figlio maschio tanto desiderato per il quale tante preghiere aveva rivolto al Signore. Il giorno successivo Alfonso raggiante comunicò al consiglio di guerra riunito al completo che la moglie aspettava un figlio, dicendosi sicuro che sarebbe stato un maschio e che l'avrebbero chiamato Ercole.

Tutti i presenti si congratularono con il Duca, il suo consigliere più anziano gli suggerì di comunicarlo a tutta la popolazione di Ferrara, in tutti i borghi del Ducato, facendo suonare a festa le campane della città e inviando gli araldi in tutti gli angoli del territorio per l'annuncio. Alfonso fu subito d'accordo, espresse l'augurio che tutta la popolazione si unisse insieme alla coppia Ducale nell'elevare a Dio le preghiere perché si avverasse quell'evento così importante per tutti. Lucrezia durante la gravidanza fu seguita ancora una volta dal dottor Bonaccioli, le fu prescritto di riguardarsi, le fu proibito di fare il benché minimo sforzo fisico che potesse comportare un rischio per la buona riuscita della gravidanza. Tutto filò liscio, come aveva presagito, tutto era favorevole. Non avvertì i soliti malori nefasti che avevano preceduto le altre due sfortunate gravidanze. I mesi successivi trascorsero tranquilli fino al momento del parto che avvenne la notte tra il 3 e il 4 aprile del 1508, una notte in cui pioveva abbondantemente. Ferrara fu infatti investita da un nubifragio di eccezionale portata, i lampi accecanti illuminarono a giorno il castello e tuoni possenti scossero le mura fino dalle fondamenta prima della nascita del piccolo principe.

Quando il dottore e l'anziana esperta levatrice estrassero l'inerme fagottino di rosea carne, nel tagliare il cordone ombelicale che lo teneva legato alla madre, si accorsero subito con immensa felicità che era un maschio. Entrambi, nell'appoggiarlo delicatamente sui soffici teli stesi sul tavolo accanto alla sedia da parto, esclamarono all'unisono: «È un maschio! È un maschio!» Subito il dottore si preoccupò di dare un leggero buffetto al bambino che immediatamente scoppiò in un forte pianto. In quel momento Lucrezia, riavutasi dalla momentanea semi-incoscienza, scoppiò in un pianto liberatorio di felicità ed esclamò: «È vivo? Fatemelo vedere, voglio vedere mio figlio!»

L'anziana levatrice, dopo averlo asciugato con un panno di lana candido, prese tra le braccia il neonato ancora piangente, lo avvicinò alla sedia dove era seduta Lucrezia e abbassando leggermente le braccia glielo mostrò. Lucrezia vedendo il visino roseo del figlio smise di piangere di gioia, allungò la mano accarezzandolo dolcemente, poi esclamò:

«Sii benvenuto Ercole[38], gioia dei miei occhi, sarai la luce degli occhi per tuo padre e la guida sicura del nostro popolo!» Dopodiché fu di nuovo sopraffatta dall'emozione, allora prontamente il dottore ordinò alla levatrice di allontanarsi dalla Duchessa, bisognava continuare le operazioni per mettere al sicuro sia la madre che il bambino. Nel frattempo, Alfonso, che attendeva nervoso nella sua stanza insieme al suo attendente, fu avvisato da Girolama, incaricata da Lucrezia di dare il lieto annuncio al marito. Alla notizia, il Duca esclamò soddisfatto: «Finalmente un erede! È nato Ercole! Mio figlio!» Subito, rivolgendosi a Girolama, espresse il desiderio di poter vedere il piccolo.

La donna rispose che avrebbe chiesto al dottore se fosse possibile. Immediatamente dopo sparì dalla vista dei due, si allontanò verso la stanza in cui Lucrezia aveva partorito, si avvicinò al dottore mettendolo al corrente della richiesta del Duca.

Il medico la guardò per un po' incerto sul da farsi, quindi, rivolgendosi alla levatrice, chiese: «Possiamo permettere al Duca di vedere per un po' il figlio? Oppure è meglio che faccia prima una poppata? In che condizioni è la Duchessa?» La levatrice a quella richiesta lo guardò un po' sorpresa, poi gli fece cenno che sarebbe stato meglio aspettare un po'. Era importante che Lucrezia si calmasse dopo il parto prima di poter allattare il bimbo. Nonostante il parere contrario espresso dall'anziana levatrice, il dottore ordinò a Girolama di coprire bene il bambino prima di portarlo dall'eccellentissimo Duca, raccomandando di mostrarglielo soltanto per pochi minuti.

Quando Gerolama arrivò in prossimità della porta, sentì il Duca camminare nervosamente avanti e indietro nella stanza. Udendo bussare, Alfonso si arrestò al centro della stanza e chiese al suo attendente di aprire la porta. Quando apparve Girolama con il bambino in braccio, il Duca si avviò verso di lei con passo deciso, fermandosi nel momento in cui

la donna gli fu vicina. A quel punto Girolama, distendendo un po' le braccia, mostrò il bambino. Alfonso allungò la mano destra e, spostando leggermente un lembo della coperta che gli nascondeva un po' il viso, lo guardò negli occhi. Rimase ammutolito, stordito, estasiato nel vedere con quanta tranquillità gli occhi del bimbo sembravano osservarlo. Il bambino mosse leggermente le manine, le portò verso la bocca, poi le allontanò aprendo le labbra in uno sbadiglio lungo e profondo.
Alfonso non profferì parola, rimase muto, con un'espressione di beata felicità stampata sulla faccia. Girolama, in quei pochi minuti in cui il Duca aveva potuto osservare suo figlio, sentì le braccia che le dolevano per la scomoda posizione, perciò fece un passo indietro e disse:
«Eccellentissimo signore, il dottore mi ha raccomandato di farglielo vedere solo per pochissimo tempo, il bambino deve essere riportato dalla madre che dovrebbe allattarlo quanto prima». Subito Alfonso accennando un segno di assenso con il capo si allontanò e con la mano fece cenno a Girolama che poteva andare, ormai la sua curiosità era stata ampiamente soddisfatta.
Appena lei fu di nuovo nel salone dove si trovava la fresca partoriente si avvicinò al dottore chiedendo se la Duchessa fosse pronta per allattare il figlio. Il dottore le disse di sì, perciò si avvicinò a Lucrezia appoggiando il bambino delicatamente sul suo grembo. Subito Lucrezia se lo aggiustò sul petto e avvicinò la testa del bambino vicino alla mammella sinistra. Immediatamente il piccolo incollò le sue labbra al capezzolo e iniziò a succhiare avidamente il latte materno.
Appena il bambino incominciò la suzione, un brivido di piacere pervase tutto il corpo della madre, la sensazione che Lucrezia provava andava oltre l'atto puramente fisico della trasmissione del latte materno, insieme al liquido vitale ebbe l'impressione di trasferire nel bambino l'intero suo essere di

madre, di femmina e di donna. Il piccolo, ignaro di tutte le sensazioni che le sue labbra trasmettevano alla madre, succhiava ingordamente, respirando a fatica mentre passava da un capezzolo all'altro con l'aiuto della madre. La poppata fu abbastanza lunga da soddisfare il suo appetito, quando si sentì sazio staccò le labbra dal capezzolo della madre appoggiando la testa sul suo seno.

Girolama intervenne prontamente e lo prese delicatamente tra le sue braccia allontanandolo dalla Duchessa prima che sprofondasse in un placido sonno. Il dottore in quel momento intervenne dando un'ultima occhiata all'illustre puerpera. Constatato che tutto era nella normalità, si rivolse verso la levatrice comunicandole che la Duchessa poteva essere trasferita nella sua camera da letto già da quella notte.

Raccomandò di riscaldare l'ambiente con un braciere prima di trasferirla e di farle allattare il bambino ogni tre o quattro ore, a seconda della lunghezza della poppata e che il bambino fosse sempre ben coperto prima e dopo le poppate. Quando fu sicuro che non c'era alcun pericolo per entrambi, decise che poteva andare a riposare un po'.

Il parto lo aveva stancato molto, nonostante tutto fosse andato bene, memore delle precedenti esperienze, considerata l'enorme responsabilità che sentiva sulle sue spalle, non aveva più energie per resistere oltre.
Comunicò a Girolama che sarebbe rimasto a dormire nel castello in una delle stanze degli ospiti poste nel piano inferiore e che avrebbero dovuto chiamarlo per qualsiasi evenienza. Lei gli si avvicinò confidenzialmente, rassicurandolo che qualora ce ne fosse stato bisogno l'avrebbe avvertito personalmente. Quando il dottore uscì, Girolama si rivolse verso l'anziana levatrice chiedendole se a suo parere la Duchessa avesse avuto un parto ordinario, cioè intendeva capire se non ci fosse da attendersi complicazioni con il passare delle ore.

L'anziana donna le sorrise dolcemente, prima di risponderle: «Non vi preoccupate oltremodo per la vostra padrona, l'eccellentissima Duchessa gode di buona salute. Tenuto conto della sua situazione, dopo le ultime due esperienze non era facile per lei superare questa dura prova. Ma a parer mio, e credetemi donna Girolama ne ho fatti nascere tanti di bambini nella mia vita, la nostra Duchessa sta bene e domani starà ancora meglio, preoccupiamoci piuttosto di preparare l'ambiente più accogliente possibile nella camera da letto degli eccellentissimi duchi».

«Giustissimo» rispose Girolama, poi immediatamente suggerì: «Vado subito a chiamare Angela e un paio di cameriere per preparare il braciere e riscaldare la stanza». Si allontanò così dalla camera e passando accanto alla Duchessa, notò che si era leggermente assopita con un sorriso di compiacenza quasi impercettibile disegnato sulle labbra. Silenziosamente aprì l'uscio e uscì nel corridoio.

Dopo poco tempo rientrò insieme ad Angela e a un paio di giovani cameriere che subito si diedero da fare per riordinare la stanza. Guidate dai consigli dell'esperta levatrice, in breve tempo ripulirono la camera da tutto ciò che di ingombrante e sporco era servito durante il parto. Terminata l'incombenza, una di loro andò a prendere un braciere che fu subito riempito con braci ardenti di legno di quercia che ardevano nel camino.

Quando lo giudicarono abbastanza colmo lo sollevarono prendendolo alle maniglie per sistemarlo nella camera da letto di Lucrezia. Con la brace rimanente riempirono anche uno scaldaletto di ottone che misero sotto le lenzuola del letto della Duchessa. Come aveva raccomandato il dottore bisognava riscaldare la stanza meglio che si poteva, perciò quando a giudizio della levatrice e di Girolama sembrò che la temperatura raggiunta all'interno della stanza fosse quella giusta, fecero rimuovere il braciere e lo scaldaletto e, con l'aiuto di Angela e delle cameriere, trasferirono Lucrezia e il bambino nella camera da letto. Quella notte trascorse tranquilla per la madre. Ercole si svegliava ogni tre ore e mezza con una regolarità impressionante, veniva consegnato nelle braccia della madre che appoggiandolo al seno lo allattava amorevolmente, dopodiché veniva ripreso e deposto dolcemente nella culla accanto al grande letto.

L'anziana levatrice, Girolama e Angela stabilirono di fare un turno di tre ore ciascuna per vegliare la Duchessa durante la notte, mentre lei cercava di riposare tra una poppata e l'altra. Il Duca non si fece vedere durante le ore notturne, solo verso l'alba fece una breve apparizione, chiedendo alla dama di turno come stessero la madre e il bambino e fu rassicurato.

La luce del primo mattino colse Lucrezia mentre allattava Ercole per l'ennesima volta. Un raggio di sole proveniente dalla finestra di fronte alla porta della stanza aperta illuminò debolmente l'ambiente, tanto da permettere a Lucrezia di notare più chiaramente i lineamenti delicati e dolci del viso del figlio. Si intenerì nel vedere come le guance si gonfiavano e si sgonfiavano seguendo il ritmo delle sue ciucciate, avvertì la stessa sensazione che anni prima aveva provato quando allattava il figlio Rodrigo. Al pensiero di quel figlio lontano un velo di tristezza le riempì gli occhi. Proprio in quel momento entrò Angela, che si rivolse verso Girolama, sveglia per il suo turno, e le disse: «Faccio portare la colazione per la Duchessa? È importante che mangi, altrimenti si indebolirà a furia di allattare quell'ingordo di Ercole!»

Un sorriso divertito si stampò sulla faccia di Girolama e di Lucrezia, la quale rivolgendosi alla sua dama le rispose: «Sì, Angela, fammi servire un'abbondante colazione, per sfamare questo insaziabile angioletto ho bisogno di mangiare il doppio di ciò che ero abituata a mangiare».

Angela prontamente replicò: «Sarà fatto immediatamente, vedrete che le serviremo una colazione coi fiocchi» e uscì dalla stanza. La prima settimana dopo il parto Lucrezia quasi non mise piede a terra, non faceva altro che allattare il piccolo Ercole, mangiare e dormire tra una poppata e l'altra. Il marito si fece vedere solo con qualche fugace apparizione, si avvicinava alla moglie, le chiedeva come stava, quindi, avuta rassicurazione che stava bene, si accostava alla culla del piccolo Ercole, lo osservava per un po' ammutolito, qualche volta gli dava un buffetto sulle guance, poi soddisfatto e beato si allontanava tranquillo dalla stanza, rituffandosi nei suoi affari di Stato.

In quel momento poteva considerarsi un uomo appagato, felice, finalmente aveva ottenuto l'erede tanto desiderato, ora poteva dedicarsi anima e corpo al compito per lui più congeniale, rafforzare la sicurezza del Ducato per trasferirlo in futuro, più sicuro e forte di prima, nelle mani del figlio. Mentre Lucrezia procedeva nella sua fase di convalescenza, si poneva il problema di battezzare il figlio prima possibile, non voleva correre nessun rischio circa la salvezza della sua anima. Certamente il bambino godeva di ottima salute, ma bisognava prevedere tutto, perciò era meglio battezzarlo al più presto con il nome che avevano scelto. Rifletté su chi avrebbero potuto essere il padrino e la madrina e dopo una lunga meditazione decise che avrebbe suggerito al marito di chiedere alla sorella Isabella e al marito Francesco Gonzaga, Marchese di Mantova, se avessero accettato la proposta.

L'unico problema arduo era chiedere ai cognati di lasciare Mantova per qualche giorno e raggiungere Ferrara. Sarebbe stato possibile in quel periodo? Alfonso sarebbe stato d'accordo con lei sulla sua scelta? Erano trascorsi così otto giorni dal parto, quando Lucrezia chiese al dottor Bonaccioli di potersi alzare dal letto almeno per alcune ore al giorno: oramai si sentiva abbastanza in forze per farlo. Dopo che il medico l'ebbe visitata quella mattina, trovandola in discrete condizioni di salute, le diede il permesso di alzarsi, raccomandandole però di non stancarsi troppo e di tornare a letto non appena si fosse accorta di sentirsi stanca.

Quel pomeriggio stesso stranamente il marito Alfonso passò a salutarla: aveva finito prima del previsto i suoi impegni e aveva voglia di rivedere Ercole e scambiare qualche parola con la moglie. Lucrezia ne approfittò subito per manifestargli la sua idea di far battezzare quanto prima il figlio, quindi, chiese cosa ne pensasse di chiedere alla sorella Isabella e al marito Francesco di fare da padrini al piccolo Ercole.

Alfonso fu un po' sorpreso della richiesta, in verità lui aveva pensato di chiederlo al fratello Ippolito e alla nipote Diana, però se lei preferiva così, avrebbe inviato subito un corriere a Mantova con tale richiesta. Lucrezia confermò che il suo desiderio era proprio quello, se Isabella e Francesco avessero accettato la loro preghiera, gliene sarebbe stata grata per sempre. Alfonso lasciò la moglie, attivandosi immediatamente per inviare un corriere a Mantova come promesso.

Nel giro di quattro giorni la risposta arrivò, sua sorella e il cognato comunicarono che erano felici di fare da padrini al nipote Ercole. Fu perciò stabilito che la cerimonia fosse celebrata la domenica del 20 aprile 1508. Lucrezia volle che la funzione religiosa fosse celebrata nella cappella del castello: a officiarla sarebbe stato il cardinale Ippolito, coadiuvato da un frate francescano di un convento fuori Ferrara in ottimi rapporti con la badessa delle clarisse, che a sua volta lo aveva consigliato alla Duchessa in quanto lo considerava un santo.

Tre giorni prima della cerimonia Isabella e Francesco Gonzaga arrivarono a Ferrara preceduti da un drappello di dragoni a cavallo della guardia personale di Alfonso, e al seguito avevano un discreto numero di nobili e nobildonne mantovane, nonché un grande numero di personale di servizio dei due aristocratici Marchesi. Furono accolti entro le mura della città dal rombo di dodici salve di cannone, dalle grida festose della popolazione ferrarese e dalla cordialità e felicità di Alfonso e Lucrezia.

I due graditi ospiti furono alloggiati nel palazzo del Cardinale Ippolito, nominato gran cerimoniere per quell'occasione. Il cardinale era un uomo molto più avvezzo del fratello per quel genere di avvenimenti, il Duca era piuttosto refrattario alle feste e ai ricevimenti. Preferiva la compagnia dei suoi consiglieri militari e attendenti, si sentiva un uomo d'armi piuttosto che da salotto, ecco perché affidava quei compiti spesso al fratello, il quale nonostante la veste cardinalizia era un uomo che sapeva godersi la vita agiata che la sua posizione gli concedeva.

La mattina del 20 aprile, come stabilito, alla presenza dei genitori, dei padrini, degli officianti e di pochi intimi servitori della coppia Ducale, venne officiata la cerimonia religiosa con cui il piccolo fu battezzato con il nome Ercole, come era stato stabilito. Il piccolo rimase tranquillo per tutta la durata della messa, non pianse neanche quando il cardinale, ricevendo dal frate il piattino d'argento con l'acqua benedetta, gliela versò sulla testa. Lucrezia e Alfonso, vedendo il piccolo Ercole in braccio a Isabella affiancata dal barbuto, corpulento e imbarazzato Francesco si guardarono in faccia leggermente divertiti.
Mentre Isabella era tutta presa dal ruolo di madrina, si notava invece l'espressione goffa e impacciata del marito. Al termine della cerimonia il cardinale fece un breve discorso durante il quale augurò un fulgido avvenire al nipote e strappò la promessa ai genitori che nel caso avessero avuto un altro figlio lo avrebbero chiamato Ippolito.

Il giorno successivo Lucrezia e Alfonso nel salone dei ricevimenti diedero un grande banchetto in onore del figlio e dei padrini. Isabella era seduta accanto al fratello nel posto d'onore, mentre Francesco era seduto accanto a Lucrezia.

Anche in quell'occasione i cuochi del Duca diedero sfoggio di tutta la loro bravura e fantasia. Furono servite molte portate e tra una portata e l'altra gli ospiti furono allietati da musica, canti e balli.

Come accadeva di rado, quella volta Alfonso ballò con sua sorella, mentre Lucrezia accennò qualche passo di danza con il cognato Francesco, che si dimostrò ancora più goffo e impacciato di Alfonso. Tutti i presenti notarono la poca dimestichezza del Duca e del Marchese con la danza, nessuno però si azzardò a sorridere: del resto erano riconosciuti come grandi condottieri, non come damerini di corte. Verso l'imbrunire Lucrezia, sentendosi stanca, avvisò il marito che intendeva ritirarsi. Alfonso, conoscendo le condizioni della moglie, fu d'accordo, quindi ella lasciò il banchetto insieme alla cognata Isabella tra gli applausi di tutti i presenti. Lucrezia oltre alla stanchezza, che effettivamente l'aveva colpita all'improvviso, aveva anche un altro motivo più importante per lasciare gli ospiti al banchetto: voleva sincerarsi delle condizioni del figlio, che nel frattempo era stato affidato alle cure di una balia, la quale provvedeva anche ad allattarlo. Infatti, la giovane donna, che era una delle cameriere di Lucrezia e aveva partorito nello stesso periodo una bella bambina di nome Sara, essendo una giovane prosperosa con tanto latte ancora a disposizione, era stata scelta per aiutare la Duchessa ad allattare il piccolo Ercole, poiché Lucrezia, con il passare dei giorni, non riusciva più a saziarlo. Quando Isabella si era accorta che la cognata stava andando via, chiese al fratello se potesse accompagnarla e uscirono trionfalmente dal salone.

Anche il recondito motivo dell'allontanamento dalla festa di Isabella era dettato dalla sua curiosità di rivedere suo nipote, ancora una volta, prima dell'imminente partenza per Mantova. Difatti era stato stabilito che sarebbero ripartiti insieme al marito con il seguito la mattina successiva. Isabella fu felice di accompagnare Lucrezia dall'adorato figlio. Mentre salivano la scalinata, in cima alla quale attraverso il ballatoio immetteva nel corridoio che conduceva all'appartamento della Duchessa, Lucrezia le confessò di attraversare un momento di indicibile tranquillità e appagamento. La nascita di Ercole le aveva trasmesso una gioia interiore che la rendeva leggera, allegra, spensierata, stava assaporando uno dei momenti più felici della sua vita. Isabella le disse di comprendere pienamente il suo stato d'animo, confermandole che anche lei aveva provato la stessa sensazione alla nascita del suo primo figlio maschio Federico[39].

Mentre così discorrevano, arrivarono davanti alla porta di fronte all'ingresso dell'appartamento di Lucrezia, in cui era stata trasferita la cameriera con la figlia Sara e il piccolo Ercole. Il piccolo rimaneva con lei per le poppate e per il resto della giornata, tranne quando la madre passava a prenderlo per allattarlo lei stessa e per stare un po' con lui. Il bambino cresceva a vista d'occhio, era vispo e vivace, inoltre la vicinanza della bambina Sara sembrava renderlo più tranquillo.

Quando Lucrezia aprì la porta per entrare nella stanza, vide che la cameriera lo stava allattando proprio in quel momento, quindi, voltandosi indietro verso la cognata le fece segno con l'indice sulle labbra di tacere, successivamente si avvicinarono alla donna osservando deliziate come Ercole succhiava dalle ampie mammelle della donna la sua porzione di latte.

Dopo qualche minuto, si staccò dal capezzolo reclinando il capo sull'ampio seno della cameriera. Allora Lucrezia, abbassandosi verso il corpo della donna, allungò le braccia prendendo il piccolo corpicino, se lo portò al seno, gli appoggiò la mano destra sulla testolina e, così come erano entrate, lei e Isabella uscirono silenziose dalla stanza, non prima di avere scambiato un sorriso di muta intesa con la prosperosa cameriera. Attraversarono lo stretto corridoio che le separava dalla porta d'ingresso dell'appartamento Ducale: Isabella, accelerando leggermente il passo, anticipò la cognata e allungò la mano per aprire la porta, fece entrare Lucrezia, poi richiuse la porta e la seguì nella camera da letto.

Quando furono all'interno della stanza Lucrezia indicò con la mano destra la sedia posta davanti al letto, nella quale Isabella si accomodò, lei invece si sedette sulla sponda del letto di fronte alla cognata accingendosi ad allattare Ercole, il quale diede poche ciucciate e smise quasi subito di succhiare. Quando si rese conto che il figlio non poppava più il suo latte, si alzò, lo accomodò delicatamente nella culla e lo ricoprì con una coperta bianca di lino riccamente ricamata.

Prima di allontanarsi dalla culla diede un ultimo languido sguardo verso il bambino, si avvicinò alla cognata prendendo l'altra sedia accostata contro la parete, la avvicinò a quella di Isabella chiedendole un parere sulla crescita e l'aspetto di Ercole. Isabella fu contenta di riferirle che a suo giudizio trovava che suo nipote cresceva bene, era un bellissimo bimbo che sarebbe senz'altro stato per loro una gioia e un vanto. Le disse di ritenersi fortunata per avere dato alla luce un così splendido bambino, raramente le era capitato di vederne uno così bello, allegro, vivace e tranquillo. Le comunicò anche che le dispiaceva partire così presto e lasciare la sua città natale che tanti ricordi le richiamava alla mente, ma il marito era impaziente di raggiungere Mantova. Le confessò che quelli erano tempi molto duri e pericolosi, non si poteva stare lontani per molto tempo dalle sedi del potere. Isabella suggerì alla cognata la possibilità che lei la potesse raggiungere a Mantova appena le fosse stato possibile, sarebbe stata felice di mostrare a Lucrezia la sua residenza, oltre a tutto ciò che di bello c'era da visitare nella città che diede i natali al grande poeta latino Virgilio[40]. Lucrezia rimase deliziata dall'invito rivoltole dalla cognata, promise che sarebbe andata volentieri appena si fosse presentata l'occasione giusta, sempre che Alfonso non avesse avuto nulla in contrario. Quando a un certo punto Isabella si accorse che Lucrezia dava segni di affaticamento, la informò che era ora che andasse via, voleva raggiungere il suo alloggio insieme al marito prima che fosse troppo tardi. Del resto, il giorno dopo sarebbe stata una giornata molto dura, avrebbe dovuto prepararsi per la partenza del giorno successivo, con tutto ciò che avrebbe comportato per rendere il viaggio meno disagevole possibile.

C'era da organizzare tutto alla perfezione, Francesco era un uomo meticoloso e non tollerava disguidi di sorta. Lucrezia si alzò, andò verso la porta e chiamò ad alta voce la sua damigella Angela, che appena udì il suo nome si precipitò nell'appartamento mettendosi a disposizione della Duchessa, dalla quale ricevette il compito di accompagnare l'eccellentissima Marchesa nel salone del banchetto, dove si trovava il marito, prima di essere riaccompagnati al palazzo del cardinale. Isabella raggiunse il marito Francesco che in quel momento stava discutendo con il cognato su una questione di ordine militare; non appena vide la moglie si arrestò indicando ad Alfonso che sua sorella stava rientrando nel salone. Alfonso si alzò andando incontro alla sorella e porgendole galantemente la mano la fece accomodare tra lui e il cognato.

Dopo aver scambiato alcuni amabili convenevoli con il fratello, Isabella disse al marito che era ora di andare, anche lei si sentiva stanca, desiderava essere riaccompagnata al loro alloggio e mettersi a letto. Ricordò al marito la dura giornata che li attendeva il giorno dopo. Quando il Marchese e la Marchesa di Mantova si alzarono per andare via, tutti si alzarono in segno di rispetto. Furono scortati personalmente da Alfonso fino al cortile antistante il ponte levatoio, dove li attendeva una carrozza che li avrebbe riportati al palazzo del cardinale Ippolito. Così si salutarono abbracciandosi fraternamente.

Un piccolo drappello di cavalieri scortò la carrozza fino al palazzo di Ippolito, dove arrivarono senza intoppi che era già buio inoltrato. Il giorno successivo trascorse nei preparativi per la partenza, che come previsto avvenne all'alba del mattino successivo. Furono scortati fino ai confini con il territorio mantovano dallo stesso drappello di dragoni che li aveva protetti fino all'ingresso a Ferrara.

Dopo la partenza di Isabella e Francesco le cose nella corte ferrarese ripresero a scorrere tranquillamente come prima. Lucrezia era sempre più occupata nella cura del figlio e Alfonso continuava il suo incessante lavoro di rafforzamento del Ducato. Il piccolo Ercole cresceva a vista d'occhio sano e robusto, la madre si era ormai rimessa del tutto in salute dopo l'indebolimento a causa delle fatiche del parto.

Nel giro di qualche mese Alfonso riprese i suoi puntuali incontri amorosi con la moglie. Nulla al momento sembrava preoccupare eccessivamente la coppia Ducale. L'estate e l'autunno del 1508 trascorsero senza particolari problemi, poi si avvicinò l'inverno con il suo carico di pioggia, di umidità, di giornate corte e fredde. Il mese di dicembre portò una inattesa novità per Lucrezia, il suo ciclo mestruale si arrestò: lei non voleva credere di essere ancora incinta, però la realtà la metteva di nuovo di fronte all'eventualità di un'altra gravidanza, con tutto quello che avrebbe potuto implicare per il suo fisico appena ristabilito.

Come la volta precedente, decise di aspettare il mese successivo prima di comunicare al marito la nuova gravidanza. Sopraggiunse così il mese di gennaio del 1509 con la conferma della nuova gravidanza, perciò la sera del 16 gennaio, quando il marito rientrò al suo consueto appuntamento per godere delle grazie di Lucrezia, lei gli comunicò la lieta notizia.

Alfonso rimase esterrefatto, contento da un lato, perché avrebbe potuto diventare padre per la seconda volta, ma intimamente deluso perché avrebbe voluto giacere con la moglie, mentre si rendeva conto che non era il momento più adatto. Perciò, dimostrandosi felice per la notizia, si spogliò coricandosi dal suo lato consueto del letto, fece delle coccole gentili alla moglie, ma si astenne, con molta forza di volontà, dall'andare oltre, poi si voltò cercando di prendere sonno.

Non fu facile, infatti, solo verso l'alba riuscì a riposare un po'. Intanto anche Lucrezia fece fatica ad addormentarsi. I primi mesi della gravidanza trascorsero abbastanza sereni, ma quando si avvicinò il parto la Duchessa soffrì di alcuni svenimenti e dovette ricorrere più di una volta alle cure del medico, che le raccomandò nuovamente di riguardarsi. Giunse in discrete condizioni di salute al nono mese di gravidanza.

Nel primo pomeriggio del 28 agosto del 1509 con l'aiuto del dottore Bonaccioli, dell'anziana, ma ancora valente levatrice, alla presenza costante e instancabile sia di Girolama che di Angela, nonché alle amorevoli cure prestate da Laura, Lucrezia diede alla luce un bambino. Come era stato promesso al fratello cardinale, Alfonso volle chiamarlo Ippolito[41] e i padrini di battesimo furono proprio il cardinale e la bellissima nipote Diana.

Certamente quella gravidanza così ravvicinata non giovò molto alla salute della Duchessa, ma la sua giovane età, la forte tempra, nonché l'indomito carattere fecero sì che si rimettesse in sesto abbastanza velocemente. Però in quella occasione il dottore si rese conto che la Duchessa non era nelle condizioni di allattare il piccolo Ippolito, perciò fu subito trovata una balia all'altezza della situazione. La prescelta fu una inserviente al servizio del cardinale che proprio nello stesso periodo aveva dato alla luce un bimbo di nome Astarotte. La madre fu fatta trasferire nel castello Ducale, alloggiata nella stanza attigua a quella in cui si trovava l'altra balia che allattava Ercole. Mentre Lucrezia era impegnata nell'allevare i due figli, Alfonso era completamente assorto nell'arduo compito di mantenere stabile il dominio sul Ducato. In quel periodo le cose si stavano mettendo piuttosto male per le sorti di Ferrara, in quanto territorio soggetto alla potestà della Chiesa, perciò doveva sottostare all'autorità del Papa, nello stesso tempo era un fedele alleato del re di Francia, dalla cui protezione poteva sperare di sopravvivere alle mire espansionistiche della repubblica veneziana e agli intrighi della corte pontificia.

Alfonso, conscio del pericolo che il suo Ducato correva, schiacciato dalla potenza veneziana da un lato e dalle bramosie dei vari Papi che si succedevano sul soglio di Pietro, i quali di volta in volta intendevano favorire i propri parenti a scapito degli eredi legittimi di un feudo della Chiesa, passava la maggior parte del proprio tempo a rafforzare il suo esercito e la linea difensiva del Ducato, costruendo e rinforzando, dove possibile, i baluardi già esistenti. Egli fidava soprattutto sulla potenza della sua famigerata artiglieria per difendere il Ducato, perciò sempre più spesso era rinchiuso nel suo laboratorio insieme agli ingegneri per studiare nuove leghe sempre più resistenti che perfezionassero le prestazioni dei suoi cannoni.

A volte, dopo aver trascorso quasi l'intera notte nel laboratorio, si recava la mattina nella fonderia per assistere di persona alla fusione del metallo con cui venivano fabbricati i nuovi cannoni che, non appena possibile, sarebbero stati trasportati nel vicino poligono di tiro per essere provati. Se la prova fosse risultata soddisfacente avrebbe dato l'ordine che potevano essere prodotti, dopo di ciò venivano trasportati nelle fortezze e piazzati nei punti strategici, per essere usati in caso di attacco nemico.

Le giornate della moglie invece erano scandite dalla cura dei figli e della propria persona, di cui si occupavano a turno, secondo le loro mansioni, un ben nutrito gruppo di persone al suo servizio. La Duchessa si occupava anche della organizzazione delle faccende domestiche che quotidianamente dovevano essere eseguite per tenere in ordine il castello Ducale. Inoltre, si doveva occupare del ricevimento di tutte le persone che a vario titolo entravano nel castello, dai semplici sudditi ai vassalli e agli ambasciatori che erano accreditati presso la corte ferrarese.

Trovava comunque il tempo per tutto: la mattina si alzava molto presto, appena spuntava il primo sole era già in piedi; dopo una leggera colazione, servita di solito nel salottino adiacente la camera da letto, veniva aiutata da Laura a pettinarsi, a truccarsi e farsi cospargere di profumo, generalmente proveniente dalla corte francese. Si recava dai suoi due figli, prima dal più grande, Ercole, e poi dal piccolo Ippolito, con cui rimaneva un po' a giocare. Una volta rassicurata sulla salute dei piccoli si recava nelle cucine, dove si informava sul menù del giorno, dava le direttive per il suo pranzo e la cena, nonché per quelle di eventuali ospiti attesi al castello. Adempiute le incombenze quotidiane, si rinchiudeva nel salottino dove si faceva consegnare regolarmente la posta a lei indirizzata e iniziava a prendere in esame le varie missive che riceveva quasi tutti i giorni. In quel compito non si faceva aiutare da nessuna delle sue damigelle, non voleva essere distratta mentre leggeva le notizie che le pervenivano, rispondendo a tutti.

Dopo di ciò, quando ne aveva voglia si recava nelle scuderie per ammirare i suoi cavalli preferiti, a volte si concedeva qualche breve cavalcata, dopo aver fatto sellare uno dei cavalli a lei riservati. Nel tardo pomeriggio non mancava quasi mai di fare una visita nella cappella del castello, dove assisteva alla santa messa partecipando al rito della comunione.

Alla fine della cerimonia religiosa rimaneva assorta in preghiera al suo solito posto: amava sedersi appartata in fondo alla piccola cappella vicino al fonte battesimale. Sollevata e illuminata sul cammino da seguire per il resto della giornata, ritornava nell'appartamento dove spesso, circondata dalle sue ancelle preferite, si faceva leggere qualche passo tratto da opere letterarie classiche oppure poesie e madrigali dei poeti del suo circolo letterario. Prima dell'imbrunire chiedeva quasi sempre a una cameriera di portarle uno dei suoi figli per stare in tranquillità e intimità con lui. Dopo qualche ora, in cui in compagnia del figlio dimenticava tutti i problemi che angustiavano lei e il marito, lo rimandava dalla balia che lo aveva in cura, non prima di averlo accarezzato e baciato teneramente.

Appena calava il buio si faceva servire la cena: il più delle volte era da sola, molto raramente Alfonso riusciva a terminare i suoi doveri per cenare con Lucrezia. Quando riuscivano a mangiare insieme lei ne era felice, era una delle pochissime volte in cui poteva scambiare con il marito le sue impressioni su fatti specifici che la interessavano. Alfonso rispondeva ben volentieri su questioni di stretto ordine familiare, mentre era piuttosto restio a mettere al corrente la moglie su fatti che riguardassero la sua conduzione degli affari di Stato. Solo quando doveva assentarsi per lunghi periodi, nei quali la moglie doveva assumersi la reggenza del Ducato, la istruiva sul da farsi, su quali erano i problemi urgenti da affrontare.

Ma in generale Alfonso tendeva ad accentrare nelle sue mani il potere di detentore legittimo del titolo Ducale, egli non intendeva sovraccaricare di ulteriori grattacapi Lucrezia, inoltre, era molto geloso delle sue prerogative di capo del Ducato, non tollerava intrusioni da parte di nessuno nella sfera del comando.

Dopo la cena, che non era mai oltremodo abbondante, Lucrezia si recava nella sua camera da letto, dove prima leggeva qualche passo tratto dalle Sacre Scritture, poi inginocchiandosi recitava l'intero rosario. Sentendosi finalmente in pace con la propria coscienza, si coricava cercando di ritemprare le forze per la giornata successiva. In quel periodo aveva maturato l'idea di far costruire un monastero in città, su suggerimento della nipote Camilla[42], la quale sembrava fortemente attratta dalla vita contemplativa, senz'altro influenzata dal fatto di essere stata affidata alle monache clarisse, che si prendevano cura della sua crescita e della sua educazione. Camilla era la figlia del fratello di Lucrezia, Cesare, nata dalla relazione di lui con una damigella di Lucrezia quando lei era ancora a Roma, ma era stata messa sotto la sua protezione quando si era trasferita a Ferrara per il matrimonio con Alfonso. Lucrezia prese a cuore l'intenzione della nipote, perciò intese favorire la fondazione di un monastero che poteva accogliere non solo Camilla, ma tutte quelle figlie di famiglie aristocratiche che manifestavano l'intenzione di dedicare la loro vita alle opere spirituali, rifiutando il matrimonio come ragione della loro esistenza.

Lucrezia mantenne fede alla sua promessa vendendo alcuni gioielli personali da cui ricavò i fondi necessari per iniziare la costruzione del monastero che volle dedicare a San Bernardino. Nell'ottobre 1509, alla presenza della badessa del monastero delle clarisse, del Vicario Generale dell'ordine dei francescani, di una moltitudine di fedeli e delle autorità ecclesiastiche della città, Lucrezia pose la prima pietra del convento sentendosi elevare spiritualmente. Percepiva di aver contribuito a un'opera di bene per tante figlie di buona famiglia che avrebbero dedicato la loro vita a Dio, e per quegli uomini e quelle donne dimenticati dai loro simili, ma non dalla carità divina che avrebbero ricevuto dal convento. Intanto la situazione politica nella penisola italiana si era ingarbugliata ulteriormente per le sorti del Ducato; la guerra tra la Repubblica di Venezia e la Roma papale non cessava.

Il Papa, Giulio II, decise fosse più ragionevole siglare una pace con Venezia e il papato, che in forza di quell'accordo ritirò le truppe dalle città della Romagna precedentemente occupate. Siccome il Papa non si era preoccupato di avvisare Alfonso d'Este prima di stipulare la pace con i veneziani, egli non ritenne di doversi ritirare dalle posizioni da lui occupate, perciò per tutta risposta il giorno 9 agosto 1510 Giulio II lo scomunicò. Questo condusse a una lunga guerra tra il Ducato di Ferrara, aiutato dal re di Francia, e lo Stato pontificio. Proprio pochi giorni prima era arrivata alla corte ferrarese la notizia della morte di Giovanni Sforza, il primo marito della Duchessa.

Quando la notizia giunse, seppur discretamente, alle orecchie di Lucrezia, la donna ne rimase colpita e provò una sensazione di smarrimento misto a rassegnazione. Quel giorno fu infatti intrattabile, si rinchiuse in un mutismo ostinato, limitandosi a una brevissima visita ai figli accuditi dalle balie, per poi ritirarsi nell'appartamento, sola con i suoi pensieri.

Cercò di pregare per l'anima del povero Giovanni, al quale sentiva di avere arrecato una imperdonabile offesa, ma la preghiera non scaturiva spontaneamente dal suo cuore perché pensava che la ferita che gli aveva procurato quando era in vita continuasse a sanguinare. Le sembrava che non ci fosse preghiera degna di asciugare il rivolo di dolore che aveva causato in quell'uomo. Cadde in uno stato di catalessi che la inebetì per tutta la notte e quando la mattina si risvegliò, un senso di secchezza le attanagliò la gola, gli occhi erano gonfi e la testa era pesante come un sasso. Quando Angela entrò nella camera per servire la colazione, restò sconvolta nel trovarla in quello stato. «Madonna illustrissima, cosa posso fare per alleviare le vostre pene? «Aiutami a vestirmi, desidero essere accompagnata dai miei figli, è l'unico rimedio che conosco per superare i miei brutti momenti».

Subito Angela si diede da fare per aiutarla a indossare l'abito da lei indicato. Una volta vestita, Lucrezia chiese di Laura: voleva essere pettinata e profumata a dovere prima di presentarsi dai suoi figli, non desiderava che la vedessero nelle pessime condizioni in cui si trovava quella mattina. Sognava di apparire agli occhi dei suoi figli come una fata, perfetta, dolce, rassicurante e sorridente, solo così pensava di educarli alla calma e alla tranquillità necessarie per il ruolo che avrebbero dovuto rivestire da grandi. Quando Laura ebbe finito di pettinarla, la cosparse con una essenza nuova che la stessa Lucrezia decantò per l'effetto immediato che sentì sulla sua pelle, poi fu la volta di un nuovo ritrovato cosmetico, una polvere bianca che rendeva la pelle diafana. Lucrezia era pronta per recarsi dai figli.

Giunta nelle stanze, fece prima visita al figlio maggiore che in quel momento stava giocando con la figlia della balia. Appena la vide smise di giocare precipitandosi fra le sue braccia. La madre lo baciò teneramente, quindi lo adagiò sul pavimento esortandolo a continuare a giocare con la bambina, lei sarebbe rimasta lì per un po' ad osservarli. Ercole, incoraggiato dalla madre, riprese a giocare con Sara, che era diventata la sua compagna di giochi. Di tanto intanto si girava per assicurarsi che lei fosse ancora là e, incrociando lo sguardo dolce di Lucrezia, un sorriso di felicità gli si stampava sul volto, poi si voltava e riprendeva a giocare gioiosamente con Sara.

La visione dei bambini immersi nel loro passatempo le donò un momento di pace interiore. Quando si accorse che Ercole controllava sempre meno frequentemente la sua presenza, silenziosamente si portò verso la porta per uscire lanciando un ultimo e tenero sguardo verso il bambino. Si recò poi nella stanza dove si trovava il piccolo Ippolito, che proprio in quel momento aveva finito la sua poppata e si stava placidamente addormentando. Lucrezia si avvicinò alla balia e si chinò sul figlio baciandolo dolcemente sulla rosea guancia rivolta verso l'alto. Subito Ippolito mosse le labbra abbozzando un sorriso beato. La balia subito tentò di porgere il bambino a Lucrezia, ma questa la fermò, dicendo che preferiva che suo figlio restasse comodamente accovacciato nel seno che l'aveva appena finito di nutrire. La balia, comprendendo le ragioni della Duchessa per quel rifiuto, annuì dolcemente riportando il piccolo nella posizione precedente, se lo sistemò meglio nel grembo, osservandolo teneramente mentre si addormentava. Lucrezia rimase ancora un po' nella stanza guardando muta il figlio che dormiva placidamente tra le braccia della donna.

Quell'immagine le rammentò un quadro che si trovava nello studio del padre: rappresentava una Madonna che aveva tra le braccia il Bambino Gesù. L'espressione del volto della Vergine era beata, il dolce sguardo con cui osservava il piccolo tra le sue braccia sembrava fuoriuscire dalla tela per ricadere sugli estasiati ammiratori del quadro. La visione di quell'immagine sacra la tranquillizzava. Tutte le volte che si recava in quello studio, il padre non appena la scorgeva, smetteva di esaminare i documenti nei quali era assorto, quindi con un affabile sorriso le indicava di avvicinarsi. Successivamente la prendeva tra le sue braccia adagiandola sulle ginocchia, la baciava teneramente sulle guance, poi le passava delicatamente la mano tra i biondi capelli prima di farle qualche domanda su come avesse passato la notte e quali erano le cose che aveva imparato dai suoi precettori il giorno precedente.

In quel momento lei non ricordava quali fossero state le sue risposte, rammentava solo che dopo un po' veniva a riprenderla la sua tutrice e il padre non la lasciava mai andare via senza prima averle dato qualche biscotto o dolcetto di cui aveva sempre una riserva in una scatola appositamente preparata per lui dal migliore pasticciere della corte papale. Uscendo dallo studio le sembrava che lo sguardo di Maria la seguisse, perciò prima di accomiatarsi dal padre si voltava sempre indietro per accertarsi di ciò e immancabilmente incrociava gli occhi dolcissimi della Madonna fissi su di lei.

Imbarazzata, ma intimamente tranquillizzata, usciva dalla stanza colma di una interiore serenità.

Un leggero colpo di tosse della balia la riportò nel tempo presente, così dopo avere osservato per un po' l'immagine che le stava trasmettendo una così intensa calma, uscì dalla stanza recandosi di nuovo nel suo appartamento. Come aveva previsto, osservare i suoi due gioielli tranquilli e sereni nelle loro stanze l'aveva rasserenata al punto che quasi non ricordò più il triste episodio del secondo marito e si rituffò nelle sue mansioni consuete.

Il ritmo degli eventi che si susseguivano intorno a lei si fece sempre più frenetico nei tempi a venire: la guerra che vedeva opporre il marito e il suo fedele alleato francese alle forze papali non sembrava voler cessare, lasciando dietro di sé una scia di morte e di distruzioni. Lucrezia si prodigava per aiutare Alfonso nella difficile battaglia e per accogliere al meglio i battaglioni di soldati francesi che transitavano a Ferrara, prima di recarsi nelle zone di guerra, organizzando sia tavolate che raccolte di cibo per la popolazione affamata, messa a dura prova da quella ormai lunga guerra. Per soccorrere coloro che le chiedevano aiuto, vendette quasi tutti i gioielli che le erano rimasti.

Il castello era sempre aperto sia per gli ufficiali francesi che per i ferraresi, non solo per sfamarli, ma con la premura di alleviare il loro morale organizzava feste e balli in cui spesso, anche se brevemente, compariva anche lei, sempre abbigliata elegantemente, irradiando dal palco la sua diafana immagine di principessa regnante. Per ognuno aveva uno sguardo di comprensione, che contribuiva a trasmettere sicurezza e grinta nella causa da combattere. Il giorno 11 aprile del 1512, mentre Lucrezia era intenta a raccogliere fondi per aiutare il marito nell'equipaggiamento del suo esercito, dopo avere messo a disposizione tutto ciò che le rimaneva della sua dote personale, giunse la notizia tanto attesa.

Nelle vicinanze di Ravenna fu combattuta l'ultima decisiva battaglia di quella orrenda guerra che vedeva contrapposti la Chiesa e un suo fedele vassallo. Il Duca Alfonso portò sul campo di battaglia l'ultimo modello dei suoi famosi cannoni, l'intervento dell'artiglieria ferrarese fece pendere le sorti della battaglia in favore dell'esercito franco-ferrarese.

Finalmente con la vittoria ebbe fine la lunga guerra, le truppe del Papa Giulio II furono costrette alla ritirata, portando la pace nelle martoriate terre del Ducato. All'arrivo della notizia della vittoria la popolazione ferrarese si riversò per le strade della città urlando la propria gioia, inneggiando al Duca Alfonso e alla Duchessa Lucrezia. I festeggiamenti durarono alcuni giorni. Lucrezia era felice anche se spossata, sfinita da tanta frenetica attività per ottenere la vittoria finale. Alfonso riuscì a raggiungere Ferrara solo dopo una settimana dalla battaglia, le trattative per stipulare una tregua con gli emissari del Papa, la stanchezza, nonché l'accoglienza festosa che riceveva in tutte le città e tutti i borghi da attraversare per raggiungere Ferrara, rallentarono di molto la sua marcia. Era impaziente di raggiungere la città, ricevere il tripudio dalla sua gente e abbracciare finalmente la moglie e rivedere gli adorati figli. In attesa del suo arrivo, nel grande salone dei ricevimenti era stata preparata una immensa tavolata in suo onore. I cuochi e tutto il personale della cucina avevano fatto enormi sforzi per non venir meno alla loro fama di eccellenti artigiani dell'arte culinaria. Ma quando il Duca arrivò, si soffermò solo brevemente in mezzo alla folla di dignitari, ufficiali, dame di corte e artisti presenti al castello per allietare quel fatidico giorno.

Fendendo la folla presente, giunse infatti al centro del grande tavolo in fondo alla sala, alzò il calice pieno di un leggero e dolce vino rosato e rivolse un brindisi a tutti i soldati caduti valorosamente in battaglia, lodò sommamente l'ardore e il coraggio dimostrati dalle truppe alleate francesi e, soprattutto, non dimenticò di elogiare il reggimento degli artiglieri che con il loro tiro preciso e implacabile avevano reso più facile la vittoria finale.

Poi si voltò verso la moglie rivolgendole un pubblico encomio dicendo che tutti avrebbero dovuto avere una moglie come la sua, senza di lei difficilmente avrebbe potuto portare a termine l'impresa di battere nemici tanto agguerriti e numerosi. Esortò i presenti a brindare non solo alla Duchessa, ma anche in onore di tutte le donne dei soldati che accudivano i bambini e gli anziani nelle loro case in trepida attesa, pregando il buon Dio per l'esito favorevole della battaglia.

Terminato il brindisi, il Duca accusò la stanchezza e avendo bisogno di riposare dopo tanto dispendio di energie, si rivolse a Lucrezia chiedendole di accompagnarlo nel loro alloggio. Alcuni ufficiali e dignitari che si trovavano vicino alla coppia si scambiarono un muto cenno di bonaria intesa; nelle loro menti balenò l'idea che il Duca voleva appartarsi con Lucrezia non tanto perché stanco, ma perché dopo tanto tempo lontano dalle sue grazie ne voleva ora gustare il sapore fino in fondo. Durante il tragitto verso l'appartamento Alfonso raccontò brevemente come grazie all'intervento del suo gruppo di cannoni campali era riuscito a capovolgere le sorti della battaglia in favore delle truppe franco-ferraresi. Arrivati vicino alla porta della stanza in cui era alloggiato il piccolo Ercole, Lucrezia si fermò chiedendo al marito se non volesse prima dare un breve saluto al figlio. Alfonso prontamente si dichiarò d'accordo, un grande sorriso comparve sul suo volto mentre esortava la moglie a entrare per prima nella stanza.

Allora Lucrezia impugnò la maniglia della porta aprendola delicatamente e Alfonso la seguì facendo bene attenzione a non fare troppo rumore con gli stivali militari che ancora calzava ai piedi. Lucrezia si addentrò nella camera verso l'angolo dove aveva notato la balia, voltata di spalle con Ercole in braccio. Quando dopo qualche passo si voltò di nuovo notando la Duchessa e il Duca, si arrestò immediatamente.

Lucrezia le si avvicinò silenziosamente arrivando fino all'altezza della sua spalla, in modo da poter notare il viso di Ercole. Subito si rese conto che stava placidamente dormendo: la balia aveva da poco finito di allattare il piccolo, e per farlo addormentare docilmente camminava avanti e indietro.

Dopo qualche minuto in cui sostarono nella stanza, Lucrezia spostandosi leggermente di lato, indicò al marito di avvicinarsi per poter vedere con i suoi occhi come dormisse tranquillamente il bambino. Alfonso si sporse con la testa verso il seno della donna per meglio vedere i lineamenti del figlio.

Quando lo vide con le guance rosee addormentato come un angioletto ebbe un momento di forte commozione; un fulmineo pensiero gli balenò nella mente: "Ecco per cosa valeva la pena battersi. Fare in modo che il mio erede cresca sano e salvo, perché un giorno possa subentrarmi al comando di un Ducato forte e sicuro nei suoi confini attuali." Rimase a osservarlo per un po', poi fece due passi indietro arrestandosi con le braccia intrecciate sul petto, lanciò un'occhiata alla stanza, poi con un'espressione soddisfatta si girò per uscire.

Lucrezia diede un ultimo sguardo al figlio prima di seguire il marito, appoggiando leggermente la mano destra sull'avambraccio sinistro della balia in segno di intesa. Quando furono di nuovo nel corridoio, chiese al marito se volesse andare a fare visita anche al piccolo Ippolito, ma Alfonso rispose di no con un cenno della testa. Poi si recò con passo deciso verso l'appartamento e appena varcata la soglia abbracciò Lucrezia baciandola appassionatamente sulla bocca, con un impeto e ardore troppo a lungo represso. Il bacio durò molto a lungo, tanto che a un certo punto Lucrezia dovette premere con tutta la forza delle sue braccia per allontanare Alfonso quel tanto che le permettesse di respirare. Allora Alfonso si staccò da lei, andò verso la sua camera, si tolse in fretta e furia gli stivali e tutto ciò che di più ingombrante aveva addosso e tornò velocemente verso la camera da letto, dove nel frattempo Lucrezia era giunta in preda a una eccitazione che aveva colto di sorpresa anche lei. Non fece in tempo a togliersi l'abito che indossava che già Alfonso le era addosso di nuovo, con un impeto travolgente la possedette velocemente.

Durante quel primo assalto Lucrezia non aveva avuto tempo neanche di avvicinarsi al suo piacere, ma Alfonso dopo pochissimo era di nuovo in grado di penetrarla. Con un movimento meno convulso ed eccitato, riuscì alla fine a strappare alla moglie uno stentato, seppur sommesso, mugugno di piacere, ma nulla più. Si addormentarono uno nelle braccia dell'altro come era capitato raramente nella loro vita coniugale. Il giorno successivo, allo spuntar del sole, un raggio di luce li colse ancora abbracciati.

Il primo a risvegliarsi fu Alfonso, che rimase per un po' a osservare i lineamenti perfetti dell'ovale del viso della moglie, sentì un senso di vuoto salirgli su dalle viscere verso il petto, era una strana sensazione di appagamento, ma allo stesso tempo di preoccupazione. Si scostò a fatica da quella visione che lo rendeva tuttavia felice, con uno sforzo di volontà si alzò dal letto delicatamente per non svegliare la moglie e si diresse verso la sua stanza per indossare la divisa d'alta ordinanza.

Si era rammentato che quella mattina aveva concordato con i suoi consiglieri che avrebbe passato in rassegna un reparto di soldati in rappresentanza di tutte le truppe che avevano partecipato alla vittoriosa battaglia di Ravenna. Così, appena ebbe indossato l'uniforme adatta per l'occasione con l'aiuto del maggiordomo, che dormiva in uno stanzino adiacente alla sua camera, si sentì pronto per adempiere al suo dovere di comandante in capo del suo esercito. Il Duca fu puntuale nel presentarsi al corpo di guardia al cospetto dei suoi aiutanti ufficiali, dopo un breve colloquio in cui ripassarono i movimenti per passare in rassegna il reparto schierato, si diressero verso la scuderia per montare ognuno il proprio cavallo e recarsi nel cortile esterno al castello dove li attendeva, agli ordini del loro comandante, il reparto in tenuta da guerra.

Il Duca si diresse con la sua impeccabile cavalcatura proprio verso il centro del reparto dove, affiancato da due suoi attendenti, si fermò. In quel momento il comandante del reparto diede l'ordine perentorio di presentare le armi, allora tutti i soldati all'unisono sguainarono la spada alzandola in direzione del Duca. Immediatamente dopo Alfonso si portò la mano alla visiera del suo elmetto restando immobile in quella posizione per qualche secondo. Dopo quel momento, che ad alcuni soldati sembrò interminabile, il loro comandante diede l'ordine di riposo, successivamente tutti portarono la spada verso il basso mantenendo quella posizione immobile. Il Duca allora si rivolse loro con un breve discorso. Con voce calma, ma leggermente rotta dall'emozione, li ringraziò, disse di essere fiero di loro e di tutti i soldati che rappresentavano, che con valore, coraggio e abnegazione avevano dato prova di grande preparazione militare. Disse inoltre che solo continuando a svolgere con serietà e impegno il loro mestiere, il Ducato e le loro famiglie avrebbero potuto continuare a vivere e prosperare sotto la guida sicura del suo comando. Alla fine del discorso il comandante del reparto ordinò nuovamente di presentare le armi, allora ogni soldato, colto nel vivo dell'orgoglio, alzò la spada al cielo con più ardore e convinzione di prima. Alfonso rispose al saluto impettito, in atteggiamento di capo supremo, quello era il momento per il quale si era tanto preparato fin dall'adolescenza. Percepiva di aver assolto al meglio il suo compito, non avrebbe potuto fare di più per

onorare anche la gloria del padre, a cui sapeva di dovere tanto. Intanto Lucrezia, che dopo qualche ora si era risvegliata, cercava il corpo del marito allungando la mano. Quando non lo trovò, aprì bene gli occhi guardando davanti a lei e accorgendosi finalmente che il marito non era più nel letto. Rimase sdraiata supina con le mani allungate lungo i fianchi, la testa rivolta verso il soffitto, gli occhi fissi verso un punto indefinito, con la mente annebbiata, incapace di fissare l'attenzione del suo pensiero su un qualche fatto concreto. Non le riusciva di pensare, o piuttosto si poteva dire che si rifiutasse inconsciamente di pensare alcunché. Mentre era così distesa sul letto, all'improvviso udì dei passi nella stanza accanto, come al solito era Angela che era entrata per chiederle cosa volesse per colazione e se avesse bisogno di essere aiutata a vestirsi. Infatti, Angela, dopo avere leggermente bussato alla porta ed avere udito la voce della Duchessa che le diceva di entrare, si introdusse silenziosamente nella stanza. Lucrezia, alla vista della sua dama si alzò puntando i gomiti sul materasso, reclinò la testa in avanti con la cascata di capelli dorati sparpagliati sulle spalle e con un sorriso forzato, di una donna stanca dopo una notte d'amore con un amante appassionato, apostrofò Angela dicendole: «Questa mattina vorrei fare una colazione a base di frutta, procurami la migliore frutta di stagione che abbiamo a disposizione nelle cucine oggi».
Dopo non più di un quarto d'ora Angela era già di ritorno con un vassoio pieno di frutta, tra cui spiccavano in bella vista splendide mele, pere, albicocche, susine, giuggiole, nespole e una particolare varietà di ciliegie primizie, di cui Lucrezia era particolarmente golosa.

Il cuoco aveva inoltre preparato una torta di mele con una variazione aromatica, che al solo sentirne l'odore, a suo dire, avrebbe fatto venire voglia di assaggiarla a chiunque vi avesse anche solo posato gli occhi. Lucrezia intanto aveva avuto il tempo di infilarsi una leggera vestaglia color senape per recarsi nel salottino in attesa di Angela. Quando la dama poggiò sul tavolino quel vassoio con tutta quella bella frutta matura al punto giusto, ognuna con il suo caratteristico colore, gli occhi di Lucrezia brillarono di compiacimento e iniziò a mangiare ciò che Angela le porgeva dietro suo ordine. Volle infine assaggiare anche una bella fetta di quella invitante torta di mele, che effettivamente deliziò il suo palato.

Quando si sentì sazia smise di farsi porgere altra frutta, si pulì le labbra con un tovagliolo di lino, poi, dichiarandosi soddisfatta, disse ad Angela che poteva riportare il vassoio indietro, lei si sarebbe vestita da sola quella mattina, perciò non aveva bisogno più di lei. Prontamente Angela, dopo avere rimesso a posto la frutta restante nel vassoio, si alzò per riportarlo in cucina. I giorni successivi trascorsero ancora in un clima di euforia, sia al castello che nella città di Ferrara, nonché in tutto il Ducato; il pericolo scampato era stato grande. La gente comune percepiva l'importanza di quel momento, tutti si aspettavano un miglioramento delle loro condizioni di vita dopo quegli anni duri, avevano dovuto sopportare le ristrettezze, le difficoltà di una guerra portata fino quasi dentro le loro case. Ora, dopo la vittoria, con il ritorno alle normali attività quotidiane, con la ripresa delle attività agricole a pieno ritmo, tutto sarebbe cambiato in meglio. Infatti, il Duca Alfonso, pur non smobilitando del tutto il suo esercito in quanto erano ancora in corso le trattative con il Papa Giulio II per rendere duratura la tregua concordata dopo la sconfitta delle truppe pontificie, aveva dato ordine di favorire il più possibile il ritorno alle normali attività nel Ducato.

Ordinò inoltre al suo tesoriere di distogliere tutto ciò che era possibile dall'economia di guerra per riversarlo nelle attività agricole e commerciali, questo per alleviare le condizioni di vita della popolazione del Ducato quanto prima. Mentre fervevano le attività per un graduale ritorno alla normalità, Lucrezia continuava a occuparsi della conduzione del castello Ducale e della crescita dei propri figli. Ormai Ercole era svezzato, cresceva forte e robusto; già si cominciava a intravedere in lui un carattere ostinato, forte, deciso, era un bambino che non si lasciava facilmente convincere né dalla balia né dalla madre.

Quando si intestardiva in qualche capriccio, difficilmente si riusciva a convincerlo dal desistere in quell'atteggiamento, solo dopo molti sforzi e tanta pazienza, a volte con l'intervento autorevole del padre, si rabboniva. Mentre il piccolo Ippolito, ormai in via di svezzamento, sembrava avere un carattere più docile, remissivo, pur dimostrando la stessa fermezza in caso di capriccio. In quella atmosfera di relativa tranquillità, giunse a guastare l'idillio una improvvisa e tragica notizia. Rodrigo d'Aragona, il figlio di Lucrezia e Alfonso d'Aragona, era morto, aveva solo tredici anni. La madre, da quando era partita da Roma, per andare in sposa ad Alfonso d'Este, non l'aveva più rivisto!

Quando la notizia fu comunicata ad Alfonso tramite l'ambasciatore del regno di Napoli accreditato presso la sua corte, si pose il problema per lui penoso di comunicarlo alla moglie. Certo il compito non era affatto facile. Comunicare a una madre la perdita di un figlio, seppur cresciuto lontano, con il quale i contatti erano negli ultimi anni solo epistolari, richiedeva una grande forza d'animo. Per di più Alfonso sapeva quanto Lucrezia tenesse in considerazione quel figlio, tacitamente abbandonato ed egli non aveva fatto nulla per evitare quell'allontanamento.

Tra i due sposi era corso una specie di muto accordo: non conveniva a nessuno dei due la presenza del bambino nel loro mercanteggiato rapporto familiare, avrebbe potuto solo scatenare gelosia e rivalità che sarebbe stato meglio evitare. Alfonso decise di comunicare quanto prima la tragica notizia alla moglie. Così, la sera stessa in cui ricevette la conferma della morte del giovane Duca di Bisceglie, Rodrigo d'Aragona, si presentò al cospetto della moglie per ottemperare al suo triste dovere. Lucrezia era immersa nelle consuete letture sacre quel pomeriggio del 13 dicembre del 1512, quando vide entrare il marito a un'ora per lui insolita: ebbe subito un fremito di fredda paura.

Alzando lo sguardo verso il marito, lo interrogò mutamente con i suoi grandi occhi azzurri fissi su di lui. Egli si avvicinò lentamente verso di lei e arrivato alla distanza di due passi la salutò con un semplice gesto della mano, poi schiarendosi la voce le disse: «Dolcissima Lucrezia devo darti una notizia, purtroppo non è buona, ma tutti confidiamo nella tua grande forza d'animo. Questa mattina mi è stato confermato che il Duca di Bisceglie, Rodrigo d'Aragona, il tuo amatissimo figlio, è morto! Dalle prime informazioni che abbiamo ricevuto sembra che si sia trattato di una grave forma di malattia ai polmoni, che nel giro di una settimana lo ha distrutto. Inutile dirti che sono, che siamo tutti immensamente addolorati!» Quando ebbe finito di parlare le si avvicinò, le prese le mani tra le sue, si abbassò per darle un lieve bacio sul dorso, poi la abbracciò commosso. Dopo pochi attimi si staccò dall'abbraccio, la guardò negli occhi, li vide riempirsi di lacrime che faticavano a scendere sulle sue bianche gote. Non disse più nulla, si voltò e uscì dalla stanza, lasciando Lucrezia nella più sorda disperazione.

L'addolorata madre pianse come aveva pianto poche altre volte nella sua pur travagliatissima esistenza, non riusciva a smettere di singhiozzare convulsamente. Lentamente si diresse verso la camera da letto, si buttò sul letto con la faccia in giù, rimanendo in quella posizione per molto tempo. Quando non ebbe più lacrime da versare si addormentò. Nel frattempo le sue dame erano state avvertite, quindi sia Girolama che Angela con molta circospezione si avviarono verso la camera da letto, aprirono delicatamente la porta ed entrando notarono che Lucrezia era ancora riversa con la faccia rivolta sul letto. Si avvicinarono silenziosamente, la spostarono delicatamente mettendola supina, tentarono di spogliarla, ma lei non volle.

Allora presero alcune coperte e la coprirono, poi rimasero entrambe nella camera tutta la notte per vegliare la loro signora che rimase quasi immobile in quella posizione fino al mattino. Quando si risvegliò le sembrò di non avere sognato nulla, sentì solo un grande vuoto nella testa, le gambe pesanti, il respiro affannoso e un senso di pesantezza alla bocca dello stomaco. Sia Girolama che Angela l'aiutarono a spogliarsi degli abiti del giorno prima, le fecero indossare un abito di velluto nero e la scortarono nel salottino, dove la fecero sedere sulla sedia rivolta verso l'apertura della finestra. Dopo essere rimasta seduta, immobile, con lo sguardo fisso nel vuoto, rivolgendosi verso Girolama disse: «Questo pomeriggio vorrei che fosse celebrata una messa nella cappella del castello in ricordo del mio amatissimo figlio, vorrei che fosse officiata dal monaco francescano che mi fu tanto caldamente raccomandato dalla badessa del convento delle clarisse. Disponete che venga avvisato immediatamente».
Subito Angela si mosse per ottemperare all'ordine, mentre Girolama rimase a fare compagnia alla Duchessa. Quel pomeriggio, infatti, alla presenza di pochissimi intimi di Lucrezia, del marito e dei loro due figli, fu celebrata la funzione commemorativa. Come richiesto, il rito fu celebrato dal monaco in odore di santità, per il quale Lucrezia sentiva una profonda devozione. Seguì per Lucrezia un periodo di crisi profonda, durante il quale chiese al marito di potersi recare in ritiro per un certo periodo nel monastero di San Bernardino. Alfonso glielo concesse, a patto che non fosse durato troppo a lungo, lei ora doveva prendersi cura dei loro due figli. La Duchessa trascorse circa un mese reclusa tra quelle mura sacre in profonda meditazione e quando rientrò al castello sembrava rinata, non parlò mai più del figlio Ro-

drigo, quello che avrebbe avuto da dire su di lui sarebbe rimasto rinchiuso per sempre come uno scrigno sacro nel suo cuore.

Con la morte di Rodrigo si spezzava l'ultimo invisibile, esile filo che la legava ancora al secondo marito, l'amatissimo Alfonso d'Aragona, l'unico vero grande amore della sua vita. Si chiudeva definitivamente per Lucrezia il sipario che la teneva ancora immaginariamente legata al palcoscenico romano, non c'era più nulla di meritevole nella sua vita che potesse riportarla con gioia al ricordo dei tempi passati nella città papale.

Nel frattempo, il Ducato si trovò ad affrontare l'inverno del 1513 con una pace ancora da consolidare con il sempre agguerrito Papa Giulio II, la Repubblica veneziana sempre pronta ad approfittare di una eventuale debolezza del Ducato per piombare sulle terre più prossime ai suoi confini. Alfonso, dal canto suo, era sempre più deciso nel difendere a tutti i costi l'integrità del suo territorio e la sicurezza del suo dominio. All'improvviso una notizia sembrò scuotere le corti di tutta la penisola italiana: Papa Giulio II era gravemente malato. Quando la comunicazione giunse anche presso la corte ferrarese, Alfonso rimase allarmato, quasi frastornato, non sapeva se in cuor suo auspicare che il Papa morisse oppure augurargli di guarire. Certo Giulio II si era dimostrato un acerrimo nemico del suo casato nel recente passato, ma in quel momento aveva in corso con lui una tregua ed erano in svolgimento trattative per una pace duratura. Se fosse morto, come si sarebbe comportato il nuovo Papa nei suoi confronti? Occorreva sapere al più presto notizie certe di prima mano sulle sue reali condizioni di salute.

Così allertò il suo ambasciatore a Roma presso la Santa Sede e tutti i suoi emissari, affinché gli fornissero giorno per giorno le novità sulla salute del pontefice, ma la cosa che più gli premeva, nel caso fosse morto, era sapere quali erano i cardinali in odore di elezione come prossimo Papa. Nel mezzo di questi ragionamenti giunse l'annuncio della morte del Papa, che avvenne esattamente il 21 febbraio del 1513. Al suo posto fu eletto Papa Giovanni dei Medici, con il nome di Leone X[43] il giorno 11 marzo del 1513 ed elevato al soglio pontificio con una sfarzosa cerimonia il 19 marzo del 1513.

Quando Alfonso ricevette l'informazione della morte del Papa Giulio II, subito fece comunicare al suo ambasciatore che se fosse stata necessaria la sua presenza alla consacrazione del nuovo Papa, egli sarebbe stato disposto ad andare a Roma per omaggiarlo, in quanto sarebbe stato felice di dichiararsi suo umile servo e vassallo. Infatti, Alfonso ricevette la comunicazione riservata dal suo ambasciatore che sarebbe stata molto gradita la sua presenza a Roma e partì per essere presente all'incoronazione di Papa Leone X, il quale dopo la sua elezione confermò Alfonso in tutte le sue prerogative di vassallo della Chiesa, chiudendo così un periodo di violenti dissidi tra il Papato e uno dei suoi maggiori e importanti feudatari.

Dopo la cerimonia dell'incoronazione del Papa, Alfonso ebbe un colloquio riservato con il suo ambasciatore presso la Santa Sede. Nel colloquio egli raccomandò al suo plenipotenziario di agire con prudenza nei confronti del nuovo pontefice, badando in ogni occasione di ribadire l'assoluta fedeltà del suo signore ai voleri, agli interessi, alla causa della Chiesa: in nessuna occasione bisognava dare al Papa l'impressione di una diversa volontà del Duca Alfonso.

Gli raccomandò caldamente di continuare a mantenere e incrementare, dove possibile, la rete di informatori presso tutte le sedi romane da cui ottenere sempre notizie di prima mano sulle possibili decisioni e intendimenti della corte pontificia. Era fondamentale per lui essere sempre aggiornato sull'evoluzione della politica papale nei confronti della sua casata. Dopo che l'ambasciatore l'ebbe tranquillizzato che tutto sarebbe stato fatto seguendo alla lettera i suoi ordini, ripartì per Ferrara. Ebbe un breve colloquio con il camerlengo di Santa Romana Chiesa, durante il quale ottenne la conferma circa la politica di pacificazione che avrebbe portato avanti il nuovo pontefice con tutte le corti italiane. Quando, dopo un viaggio lungo e faticoso a causa delle pessime condizioni del tempo, arrivò a Ferrara, trovandola coperta da un leggero mantello di neve, fece comunicare dal suo aiutante di campo che avrebbe incontrato la moglie non appena finito di espletare le sue funzioni politiche.

Durante la sua assenza Lucrezia aveva preso la reggenza del Ducato, come egli stesso ordinava tutte le volte che, per vari motivi, era costretto ad allontanarsi dal Ducato per un periodo di tempo che si prevedeva piuttosto lungo per ottemperare ai suoi doveri di vassallo della Chiesa cattolica. Alfonso aveva l'abitudine di controllare tutti gli incartamenti di rilievo statale che erano stati prodotti durante la sua assenza. Non che non si fidasse delle capacità direttive della moglie, ma preferiva verificare di persona ciò che era stato firmato in sua vece; sentiva che era un compito che doveva svolgere prima che per se stesso, per il popolo che aveva l'onore e l'onere di governare, che lo omaggiava della più grande stima e fiducia. Avvertiva di essere rispettato e amato dalla sua gente, e proprio per quella ragione non voleva correre assolutamente il rischio di perdere la fiducia acquisita con tanta abnegazione per un banale errore di sottovalutazione, per esempio sotto forma di una maldestra ordinanza firmata in suo nome. Quando dal suo studio ebbe controllato ciò che era stato emanato a suo nome, convenendo che tutto era stato fatto correttamente seguendo le sue direttive, lasciò lo studio recandosi nell'appartamento Ducale per incontrare Lucrezia, che lo attendeva nel salottino accomodata con un libro di poesie in mano.

Il libro le era stato recapitato proprio il giorno prima, fresco di stampa, dal suo grande estimatore Aldo[44], e recava una dedica personale dell'editore piena di elogi e ossequi per la sua figura di protettrice delle arti.

Era immersa nella lettura di una poesia d'amore in cui la persona amata non ricambiava i sentimenti dell'amante, quando udì i pesanti passi del marito che rimbombavano nella stanza accanto. Distolse lo sguardo dal libro, lo poggiò sul ripiano del secretaire, si sistemò la ciocca di capelli biondi che le cascava sull'occhio destro e si accinse ad accogliere con un grande e cordiale sorriso il marito. Alfonso aprì l'uscio trovandosi di fronte la figura della moglie che appena lo vide gli andò incontro sorridendo amabilmente. Si abbracciarono con trasporto rimanendo stretti per qualche secondo. Poi Alfonso allentò la presa sciogliendosi da quel caldo abbraccio. Pregò Lucrezia di sedersi di nuovo mentre lui prendeva la sedia vicino al secretaire, rimase con lei per circa mezz'ora durante la quale, dopo avere chiesto notizie sulla salute dei figli, la mise al corrente del suo viaggio a Roma e la tranquillizzò sulle intenzioni del nuovo Papa nei confronti del suo Ducato. Le disse che a suo parere la cerimonia era stata troppo sfarzosa, visto anche i brutti momenti passati durante il precedente pontificato, ma il nuovo Papa, appartenente alla grande famiglia dei Medici di Firenze, era oltremodo vanitoso, pur nella sua bruttezza fisica: piccolo di statura, di carnagione scura, con una pronunciata calvizie, due occhi piccoli e alquanto infossati, un naso largo schiacciato sul viso che gli conferiva un aspetto molto sgradevole, teneva a sopperire alla sua mancanza di charme personale con la ricchezza delle vesti, degli addobbi e degli arredi sacri. Tutto quello sperpero di danaro sarebbe ricaduto ancora una volta sulle povere spalle della popolazione sottomessa al potere temporale del Papa.

Lucrezia rimase in silenzio ad ascoltare il marito, tutto ciò che le raccontava di Roma e della corte papale per lei era qualcosa di già vissuto, tanto che nella sua mente balenò il pensiero che nonostante cambiassero i papi, le cattive abitudini di quell'ambiente romano restavano sempre le stesse. Alla fine del racconto Alfonso si alzò augurando alla moglie una buona giornata, mentre lui si sarebbe occupato da quel momento degli affari di stato quanto e più di prima. Quello non era il momento di abbassare la guardia, nonostante l'elezione di un Papa a lui favorevole; bisognava vigilare rafforzando i confini dai nemici esterni e sorvegliando i possibili nemici interni, sempre in agguato appena avesse mostrato un segno di debolezza. Alfonso in quella primavera del 1513 si adoperò per rinsaldare i rapporti di amicizia e fratellanza con il re di Francia.

Infatti, appena si rimise al lavoro occupando la sua posizione di capo del Ducato di Ferrara, venne tracciata la linea della condotta politica del Ducato. Alla luce dell'elezione del nuovo pontefice, confermò che avrebbe sempre agito in stretta concordanza con il suo fedele alleato francese. Da quel momento in poi Alfonso fu molto occupato nella riorganizzazione dei capisaldi della sua difesa, specialmente verso i confini con la Repubblica veneziana. Ordinò ai suoi fedeli consiglieri di stato di fare uno sforzo ulteriore per rifornire dei cannoni più all'avanguardia tutte le fortezze entro il suo territorio, confidando che fossero forgiati ed efficaci come quelli che gli avevano permesso di vincere la decisiva battaglia di Ravenna.

Le notti che riusciva a trascorrere con Lucrezia furono relativamente poche, ma i rapporti avvenivano sempre con regolarità quando immaginava che lei fosse nel suo periodo di fertilità. Intendeva aumentare la prole, fiducioso che i figli sarebbero stati l'assicurazione che il potere degli Este sul Ducato sarebbe durato ancora a lungo. Lucrezia, dal canto suo, continuava la sua vita privata dividendosi tra i suoi doveri di madre, di moglie, di fedele osservante della Chiesa cattolica e di referente attenta ai bisogni della popolazione ferrarese. I suoi due rampolli crescevano sani senza problemi di sorta, le dame di compagnia non le facevano mai mancare il loro incondizionato appoggio fisico e morale, la fede incrollabile la rendeva sempre più sicura del suo destino, l'amore per i figli, la fedeltà alla causa del suo casato, la pietà per i sofferenti erano i sentimenti che albergavano nel suo cuore. Dal suo intero essere traspariva in quel particolare momento della vita una pace interiore che infondeva serenità in quelli che la circondavano. Durante il mese di agosto, mentre si accingeva a fare una breve cavalcata in groppa al suo cavallo preferito, ebbe un mancamento, un principio di svenimento proprio mentre stava montando a cavallo. Fu subito soccorsa e riportata nel suo appartamento, dove accorse immediatamente il dottore, il quale dopo una breve visita, le ordinò di stare a riposo per qualche giorno prima di emettere la diagnosi.

Da quel momento in poi fu costretta a stare a letto per periodi sempre più lunghi: il dottore le aveva infine comunicato che era di nuovo incinta! Alfonso fu subito avvertito del prossimo lieto evento e ne fu felice, come anche le sue dame, l'intero personale di corte e tutta la popolazione ferrarese. Però per Lucrezia quella gravidanza con il trascorrere del tempo si dimostrò molto complicata, sin dai primi mesi ebbe continui svenimenti, nausee e forti mal di testa. Anche quella volta fu seguita dal dottor Bonaccioli, mentre l'anziana levatrice non fu più in grado di apportare il suo aiuto, in quanto soffriva di una grave forma di paralisi alle gambe. Fu prontamente sostituita da una più giovane levatrice fatta giungere appositamente da Mantova, la quale si era occupata fino ad allora di assistere le gravidanze della cognata Isabella. Nonostante le difficoltà Lucrezia riuscì a portare a termine la gravidanza, il giorno 17 aprile del 1514 diede alla luce un bambino, che nacque affetto da una grave forma di itterizia, al quale fu dato il nome di Alessandro, nella speranza che il fausto nome avrebbe potuto portargli fortuna, cosa che non era avvenuta per il primo figlio, al quale era stato dato lo stesso nome.

Ma vuoi per l'infausto giorno in cui era nato o più certamente per le precarie condizioni di salute in cui era stato concepito dalla madre e per la sua gracile costituzione, il piccolo Alessandro non visse che solo due anni, lasciando un'altra profonda ferita sanguinante nel cuore affranto di Lucrezia. Era destino che nessun Alessandro sopravvivesse nella sua famiglia, si poteva quasi considerare una sorta di maledizione, ma Lucrezia con l'aiuto della sua incrollabile fede, con il rispetto del marito e l'incoraggiamento delle sue più fidate dame riuscì a superare anche quel tremendo momento.

Nei due anni in cui il bimbo sopravvisse non lesinò alcuno sforzo pur di assicurargli una adeguata sopravvivenza. Alfonso cercò in tutti i modi di aiutare quello sfortunato figlio, fece arrivare dalla Francia i migliori medici in servizio direttamente dalla corte francese, si rivolse a tutti i suoi parenti e amici presso le corti italiane perché inviassero dottori o consigli utili alla sopravvivenza del figlio.

Purtroppo, tutto fu inutile, il destino malvagio aveva già scritto la storia di quell'essere innocente. La vita a corte e nel Ducato continuò come sempre, sorda e ignara del crudele destino di quel bambino. Del resto, non era il solo, non era stato l'unico, né sarebbe stato l'ultimo essere a perire innocentemente nell'instancabile succedersi delle generazioni. Lucrezia continuò a occuparsi delle sue mansioni diligentemente, così come aveva sempre fatto fino ad allora.

Una mattina, mentre si stava recando dal piccolo Ippolito, le capitò di sbirciare prima nella stanza di Ercole e assistette a una scena divertente che la riportò indietro negli anni. Restò a osservare, non vista, il figlio che con piglio autoritario diceva alla sua tutrice: «No, non voglio allungare le braccia, non voglio distendere le gambe! Voglio essere servito e riverito come il Papa! Io non mi muovo! Tocca a te vestirmi!» Immediatamente nella mente di Lucrezia si formò l'immagine di quella volta, quando lei bambina di cinque o sei anni, pretese dalle sue tutrici di essere vestita come il Papa: voleva indossare i paramenti che vedeva addosso al padre durante le udienze pubbliche alle quali spesso anche lei assisteva, voleva essere anche lei un Papa.

Dopo tanto insistere con continui piagnistei, urla e grida, le povere donne per paura di incorrere nei rimproveri del Santo Padre per non avere esaudito i desideri della figlia prediletta, si accinsero a vestirla con gli abiti talari da prelato presi da uno degli armadi presenti nel palazzo. Apportarono in fretta e furia le modifiche per renderli della sua misura, poi glieli fecero indossare e come ultimo tocco le posero il copricapo sui capelli raccolti.

Quando ebbero finito di addobbarla, le tutrici guardandosi in faccia, incerte sul risultato, pregarono la piccola Lucrezia di andare verso lo specchio presente nell'angolo della stanza per rimirarsi. Lei si avvicinò tutta contenta, ma quando si specchiò vide riflesso il pessimo risultato ottenuto dalle improvvisate sarte.

Osservando un piccolo essere in abiti neri più lunghi della sua misura, con un cappello che le copriva i capelli nascondendo perfino parte del visino, stava per scoppiare a piangere. Alzando lo sguardo notò le facce delle tutrici che non riuscivano più a trattenere la loro ilarità, quindi, guardando perplesse la bambina scoppiarono in una fragorosa risata, che dopo un attimo di smarrimento coinvolse anche Lucrezia, la quale a sua volta scoppiò a ridere gioiosamente. Quando dopo qualche minuto il piccolo gruppo ritornò alla serietà, immediatamente le tutrici si precipitarono verso di lei, le tolsero quegli orrendi abiti di dosso, la rivestirono con un abito leggero di seta blu che scendeva a campana con larghi sbalzi che le arrivavano giù fino alle sottili caviglie, le pettinarono i lunghi boccoli biondi che le ricadevano sulle spalle, poi la riportarono vicino allo specchio facendola contemplare di nuovo. Dopo essersi specchiata e riconosciuta, la piccola Lucrezia tornò spensierata e allegra come prima, dichiarandosi pronta per andare a fare visita al padre, tranquillizzando così le tutrici che erano in apprensione per le possibili conseguenze della loro imprudente condotta.

Improvvisamente, un ultimo forte grido di diniego distolse Lucrezia dal suo fantasticare. Entrò nella stanza del figlio e, apostrofandolo dolcemente, gli disse: «Ercole, non fare i capricci, non si addicono a un erede al trono. Tu sei destinato a essere un grande principe, il principe della casa d'Este, signore del Ducato di Ferrara! Sarà il tuo fratellino Ippolito, che è destinato alla carriera ecclesiastica, se Dio vorrà, a indossare gli abiti Papali!» Poi si avvicinò al figlio, lo accarezzò dolcemente sul viso, e rivolta verso la tutrice le ordinò di vestire il figlio con gli abiti che aveva preparato. Il piccolo Ercole, guardando con gli occhi rivolti verso l'alto la snella figura della madre, ubbidì in silenzio, mentre la donna riprendeva a vestire il bimbo. Lucrezia silenziosamente uscì dalla stanza.

Mentre si dirigeva verso la camera del piccolo Ippolito si ricordò che doveva scrivere una lettera in risposta a quella ricevuta qualche giorno prima dalla cognata Isabella. Decise perciò che la sua visita dal figlio sarebbe stata molto breve, voleva solo accertarsi della sua salute, riempirsi gli occhi di quel gioioso sorriso che tutte le volte che la vedeva elargiva inconsapevolmente il dolce Ippolito. Così fece, entrò nel locale proprio mentre il bambino stava giocando da solo con dei birilli di legno con cui tentava di costruire una sbilenca casupola.

Ogni volta che arrivava alla posa del tetto, immancabilmente la malsicura costruzione si sgretolava sotto le sue dita, lasciando rotolare a terra i birilli in ogni direzione sul pavimento. In uno dei suoi ormai inutili tentativi, mentre si voltava per raccattarne uno finito più lontano degli altri, si accorse della presenza della madre.

Alla sua vista il suo viso si illuminò in uno splendido sorriso e gridò: «Mamma, mammina, hai visto? Questo birillo è finito proprio vicino ai tuoi piedi. Mamma, non riesco a costruire una casetta per me e la mia sposa, mi aiuti?» Lucrezia si abbassò a raccogliere il birillo, allungandosi fino a stampare un tenero bacio sulla guancia del figlio, che beato allargò ancor più il già ampio sorriso. Lucrezia si accovacciò sul pavimento con le gambe incrociate verso l'addome, accingendosi ad aiutare Ippolito nella costruzione della casa formata dai birilli. Mentre entrambi erano intenti a posizionare in equilibrio i pezzi di legno, riferì amorevolmente che non poteva rimanere con lui a lungo perché aveva una faccenda importante da sbrigare, perciò gli fece promettere che non le avrebbe tenuto il broncio quando lei appena terminata la casetta si fosse alzata per andarsene. Il bambino, senza guardarla in viso, con un'espressione leggermente rattristata, fece di sì con la testa. Non appena riuscirono a far stare in equilibrio la costruzione, dopo averla osservata, soddisfatti del loro lavoro, Lucrezia diede un abbraccio al figlio, lo baciò sulla fronte e uscì dalla stanza, osservata malinconicamente dallo sguardo deluso del bambino.

Appena fu di nuovo nel suo appartamento si avviò verso il salotto con lo scrittoio, spostò la sedia, si sedette comodamente, poi si avvicinò al piano di lavoro estraendo da un cassetto il necessario per scrivere la risposta alla cognata. La stesura della lettera fu abbastanza breve, non si dilungò molto sugli ultimi avvenimenti accaduti a corte, del resto la loro relazione epistolare era continua, non c'era molto da aggiungere rispetto all'ultima missiva che le aveva inviato. Una cosa in particolare però le premeva farle sapere, lei e Alfonso stavano cercando un precettore a cui affidare l'educazione e l'istruzione del figlio Ercole. Le scrisse gentilmente di farle sapere se lei avesse qualche precettore fidato da suggerire. Terminata la lettera, la firmò, la chiuse con la cera lacca timbrandola con il sigillo Ducale e si diresse verso l'uscita dell'appartamento. Mentre attraversava le varie stanze prima di sbucare nel corridoio, udì alcuni passi venirle incontro. Nell'aprire l'ultima porta della stanza antistante il corridoio vide Girolama e Angela andarle incontro e dopo un leggero inchino con la testa mettersi a sua disposizione. Subito Lucrezia rispose con un lieve sorriso e si rivolse ad Angela dicendo: «Dovresti consegnare questa lettera al corriere perché la recapiti al più presto alla persona indicata». Angela allungò la mano, prese la lettera aggiungendo: «Vado immediatamente a consegnarla al capo posto delle guardie perché la inoltri al più presto possibile al servizio dei corrieri» e immediatamente si voltò per uscire dalla stanza. Nel frattempo, Lucrezia si avviò con Girolama verso il salotto dove si sedettero per dedicarsi a una piacevole conversazione. Intanto Alfonso finalmente gustava un periodo di relativa tranquillità, dopo l'elezione del nuovo pontefice la situazione del Ducato era volta decisamente al meglio. Poteva finalmente dedicarsi con calma al controllo delle difese strategiche nei punti nevralgici dei suoi confini. Si sentiva abbastanza sicuro nel suo territorio, ogni roccaforte aveva ricevuto il giusto numero di nuovi cannoni con cui difendersi egregiamente da un eventuale attacco dall'esterno.

Dopo l'acquisizione della pace, all'interno del Ducato lentamente la situazione economica, quella commerciale e quella agricola erano andate decisamente migliorando; la popolazione dimostrava in ogni occasione un profondo affetto per il Duca, nessuno minacciava il suo dominio assoluto sul Ducato. Alfonso occupava parte del tempo libero al suo passatempo preferito: la caccia alla numerosa selvaggina presente nei suoi possedimenti. Non perse inoltre il vizio di concedersi qualche scappatella con alcune delle giovani cortigiane che gentilmente gli si concedevano, non mancando mai però ai suoi doveri coniugali. Alle orecchie di Lucrezia oramai le voci delle sue avventure extraconiugali giungevano ovattate grazie a uno stato di interiore appagamento. Certo si sentiva ferita nel proprio orgoglio di donna, offesa nella sua dignità di moglie, ma d'altro canto l'essere la madre dei loro due figli, l'essere unanimemente considerata da tutti la più degna delle principesse per il Ducato, le dava quel senso di superiore leggiadria che la faceva camminare come su un tappeto di velluto disteso sulle povere teste di quelle donne malfamate che concedevano i loro favori al suo legittimo marito senza alcuna speranza.

Mentre il tempo trascorreva con relativa calma, verso la fine di quell'anno, ad autunno inoltrato, i regolari incontri amorosi dei due sposi diedero ancora una volta i frutti sperati. Lucrezia si accorse di essere di nuovo incinta nel mese di dicembre. Quando fu sicura della nuova gravidanza per un attimo pensò che non fosse il momento adatto, non si sentiva ancora pronta per una nuova prova a cui sottoporre il suo già debilitato fisico. Però dall'alto del suo innato senso del dovere, del suo credo religioso, pensò che se Dio avesse voluto così, avrebbe accettato con gioia e rassegnazione quel compito; il suo destino era nelle mani della Provvidenza divina. Nulla che non fosse già scritto le poteva capitare, in fondo un altro figlio avrebbe arricchito ancor più la sua famiglia e reso la sua figura ancora più amabile agli occhi del marito, del popolo ferrarese e per se stessa. Venne tutto predisposto affinché la Duchessa fosse accudita nel miglior modo possibile fino al termine della sua gravidanza.

Come per le altre gravidanze fu seguita dal dottor Bonaccioli, dalla nuova levatrice e da tutto il personale preposto alla sua cura. Nonostante le difficoltà fisiche che dovette superare, dimostrando una tenacia e una rassegnazione degna di una Santa, il 4 luglio del 1515 Lucrezia diede alla luce una figlia, alla quale venne dato il nome della nonna paterna, Eleonora[45]. Quando dopo i primi momenti dolorosi, nei quali per qualche istante il dottor

Bonaccioli aveva temuto per la salute sia della madre che della bimba, la situazione si stabilizzò al meglio, Lucrezia si rese conto dello scampato pericolo e di avere contemporaneamente partorito una figlia femmina. In cuor suo benedisse quel batuffolo di carne rosea; in quel momento la sua opera poteva dirsi compiuta, aveva dato al marito la prole che si aspettava. Quella bambina avrebbe completato la sua figura materna; ora aveva da dedicare il suo tempo anche all'allevamento dell'altra metà del cielo, all'educazione di una femmina, che senz'altro sentiva più vicino alla sua natura di donna. Eleonora si dimostrò fin da subito una bambina vivace, sveglia, con un forte appetito, alla quale il latte della madre non bastava, perciò fu subito scelta una giovane balia per completare il suo allattamento.

Con una grande forza di volontà Lucrezia volle rimettersi in piedi prima possibile, ma le sue condizioni erano ancora precarie. Determinata come sempre, seppur non del tutto ristabilita, non volle restare a letto più del dovuto; appena si sentiva in forze si alzava, nonostante le raccomandazioni del dottore, e sbrigava tutte le mansioni demandate alla sua responsabilità. Le sue ancelle, tutto il personale, perfino il marito erano ammirati da tanta abnegazione, sembrava che una misteriosa forza interiore la sorreggesse. La sua accentuata esile figura sembrava non appoggiare i piedi per terra quando si spostava da un ambiente all'altro nell'appartamento Ducale.

Pian piano riacquistò la piena efficienza, il suo viso prese a colorirsi leggermente rispetto al suo solito biancore, tutto il corpo rinvigorì donandole un aspetto di magica soavità. Alfonso fu immensamente felice di essere diventato padre di una bambina, che gli aveva permesso di ritornare per un attimo al ricordo dell'amata madre. Non ci fu un momento di esitazione nel decidere il suo nome, nella speranza che un giorno potesse diventare una regina. Quando la osservava tra le braccia della madre che la allattava, una sensazione di beatitudine lo colpiva, non avrebbe voluto mai distogliere lo sguardo da quella scena.

Purtroppo, i suoi doveri lo reclamavano troppo presto altrove, allora con grande forza d'animo si staccava da quell'immagine per rituffarsi nei suoi numerosi impegni con più lena e ardore di prima. L'estate del 1515 trascorse tranquilla per la coppia Ducale; Lucrezia non patì particolarmente l'afa e il caldo consueti in quel periodo dell'anno nella città di Ferrara. La stagione estiva si faceva sopportare grazie ai frequenti temporali che mitigavano la temperatura, rinfrescando l'aria e donando al paesaggio campestre circostante la città un aspetto meno arido del solito, specialmente vicino alle anse del fiume, dove persistevano macchie di alberi che conferivano un aspetto ancora insolitamente verdeggiante. Lucrezia, dopo la nascita di Eleonora, trovava sempre più difficile conciliare i suoi doveri di madre con le mansioni ufficiali che fino ad allora aveva così diligentemente espletato.

La cura costante che riservava alla bambina, l'attenzione e l'amore che continuava a profondere verso i suoi due figli maschi, l'allontanavano sempre più dai compiti ufficiali che riteneva superflui. Il suo ruolo pertanto si restrinse sempre più al ristretto ambito familiare, partecipava raramente alle manifestazioni pubbliche insieme al marito. Anche nella conduzione delle mansioni legate all'organizzazione delle attività nel castello il suo impegno diminuì, tendeva a demandare spesso ai suoi collaboratori il controllo e la sorveglianza perché tutto funzionasse a dovere. Nel frattempo, era giunto il momento di prendere la decisione di affidare il figlio Ercole alle cure di un precettore perché iniziasse a istruirlo nelle arti e nelle scienze.

Una sera, si era oramai verso la fine dell'estate, mentre era a tavola con il marito, colse l'occasione per ricordargli che non avevano ancora deciso chi sarebbe stato il precettore adatto al loro primogenito. Lucrezia mise allora al corrente

Alfonso di aver scritto una lettera alla cognata Isabella per chiederle di fornire loro dei nomi di valenti precettori di sua conoscenza. Nella lettera di risposta la cognata aveva probabilmente dimenticato la sua richiesta, perciò le aveva nuovamente scritto per rammentarle la faccenda ed era in attesa della sua risposta.

Alfonso alla notizia rimase un po' pensieroso, poi disse: «Siccome per domani un corriere è in partenza per la Francia con notizie urgenti che intendo far pervenire al re, potrei chiedere anche alla corte francese di suggerirci un precettore della massima affidabilità e competenza». Lucrezia si dimostrò entusiasta dell'idea del marito, anzi suggerì di affidare Ercole alla tutela di due precettori, uno francese e uno italiano, in modo che apprendesse facilmente anche la lingua francese, molto utile per i futuri contatti con la corte d'Oltralpe. Alfonso accettò il suggerimento senza riserve. Dopo quell'incontro serale l'argomento non fu più ripreso fino a quando Lucrezia non ricevette l'attesa lettera di risposta da Isabella. Dopo alcune informazioni sulla salute dei familiari e un breve cenno alle condizioni politiche ed economiche riguardanti il suo piccolo dominio, finalmente Lucrezia lesse la notizia tanto attesa. La cognata suggeriva di affidare l'istruzione del nipote, nonché figlioccio, a un certo Ubaldo da Frattaminore, esperto nelle arti umanistiche, grande grammatico e filologo delle lettere classiche. Isabella ne decantava le lodi in quanto, seppur per un breve periodo, era stato il precettore di suo figlio Federico; il maestro si trovava ancora a Mantova in attesa di un'altra sistemazione. La lettera si chiudeva con l'augurio che il suo suggerimento potesse essere accolto, sicura che il letterato da lei indicato si sarebbe dimostrato sicuramente all'altezza dell'importante compito. Mentre chiudeva la lettera, dopo averla riletta attentamente, sul volto di Lucrezia apparve un sorriso di soddisfazione, non aveva dubbi sul fatto che il letterato consigliato dalla cognata sarebbe stato l'uomo giusto a cui affidare l'istruzione del figlio Ercole. Si ripromise di comunicare immediatamente al marito la novità, non appena ne avesse avuto l'occasione, che si presentò la sera stessa.

Alfonso aveva disertato la cena con la moglie poiché impegnato oltre il previsto con i suoi consiglieri, tuttavia rientrò abbastanza presto da trovare la moglie ancora sveglia intenta a leggere i suoi soliti libri sacri. Quando lei si accorse della sua presenza, smise di leggere guardando nella sua direzione e sorridendo amabilmente. Alfonso la salutò cordialmente avvicinandosi al lato del letto dove giaceva la moglie, si abbassò baciandola delicatamente sulla guancia, poi si diresse verso la stanza attigua per spogliarsi, indossare una vestaglia da notte e coricarsi al suo fianco. Appena Alfonso fu nel letto accanto a lei, Lucrezia gli disse che aveva finalmente ricevuto la notizia che attendevano dalla sorella Isabella. Mise brevemente al corrente il marito sul contenuto della lettera annunciandogli il nome del precettore che la cognata suggeriva, chiedendogli così un parere.

Alfonso non ebbe nulla in contrario, si fidava del giudizio della sorella, però prima di prendere contatti diretti con il maestro voleva chiedere ulteriori informazioni a un suo emissario di fiducia in servizio presso la corte mantovana. Nel frattempo, riferì alla moglie che attendeva nel giro di qualche giorno che ritornasse il corriere inviato in Francia, dal quale sperava di ricevere il nome del precettore francese, in modo da completare la coppia di docenti incaricati dell'istruzione del figlio. Al termine del discorso sugli educatori, Alfonso preso da un improvviso e irrefrenabile desiderio, si avvicinò alla moglie baciandola appassionatamente sulla bocca, quindi, sempre più eccitato approfittò della cedevolezza di Lucrezia, nonostante lei in quel momento non ne avesse voglia. Accettò passivamente che il marito la possedesse, mentre Alfonso infuocato dal desiderio venne in lei, Lucrezia non sentì alcun trasporto in quell'amplesso rubato. Il mattino successivo di buon'ora, come era solito fare, Alfonso si alzò dal letto, andò nella sua stanza e si vestì, pronto ad affrontare un'altra giornata di impegni.

Lucrezia si risvegliò molto più tardi, quella mattina uno strano senso di abulia si impossessò di lei, stette nel letto con la schiena appoggiata su entrambi i cuscini, rimase pensierosa ad ascoltare il pulsare del sangue nelle sue tempie, poteva sentire chiaramente il battito attutito contro il palmo delle sue mani con cui si teneva la testa da entrambi i lati. Rifletteva su ciò che era accaduto la sera prima con il marito; Alfonso aveva approfittato del suo corpo, l'aveva posseduta senza il trasporto della sua anima, del suo essere, aveva accettato passivamente che lui la penetrasse senza amore, sì, senza amore, avrebbe voluto scacciarlo dal suo corpo. Però non lo aveva fatto e un po' se ne rammaricava, ma d'altra parte, pensò, non è destino della donna accettare con rassegnazione l'invadenza del maschio? Certo, avrebbe potuto rifiutare di concedere il proprio corpo al marito, ma quale giovamento ne avrebbe tratto? Avrebbe solo ferito il suo orgoglio di maschio, di uomo, di capo cui tutti dovevano obbedienza.

Del resto, continuò a riflettere tra sé, aveva posseduto il suo corpo, ma non la sua anima, non il suo intero essere di donna, questo le bastava per sentirsi intimamente superiore; sapeva di poter resistere alla frenesia del corpo, in questo era migliore di lui, poiché il suo spirito era più forte della carne. Mentre era persa in questi pensieri, sentì bussare alla porta, dopo un attimo di esitazione chiese chi fosse. Dall'altra parte udì la voce di Laura: «Sono io, Laura, eccellentissima madonna Lucrezia, non si ricorda? Stamattina le devo lavare i capelli e tingerli con la mistura di cui le parlavo la volta scorsa. Posso entrare?» «Certamente» rispose la Duchessa. Laura aprì l'uscio ed entrò nella stanza seguita da due altre giovani ancelle, sue assistenti quando doveva lavare e pettinare la bionda chioma della signora.

Alzatasi dal letto, Lucrezia fu aiutata da una delle giovani donne a indossare una leggera vestaglia azzurra. Si trasferirono nella sala da bagno per eseguire il lavaggio, la tintura e la pettinatura dei capelli. In quell'occasione, ancora una volta Laura diede sfoggio della sua rinomata maestria e alla fine del lungo procedimento i capelli di Lucrezia sembravano avere una nuova vita: soffici, biondissimi e leggeri, le scendevano stupendamente sulle spalle. Nessun'altra donna dell'epoca avrebbe potuto rivaleggiare con la bellezza della sua superba chioma. Naturalmente il merito andava soprattutto a Laura, nonché ai genitori della Duchessa che le avevano trasferito i propri geni dotandola di una eccezionale qualità di capelli.

Dopo che ebbero finito di pettinare Lucrezia le ancelle tornarono nella camera da letto; una delle due giovani aiutanti uscì per andare a chiamare Angela, la quale avrebbe consigliato la Duchessa su quali abiti indossare prima di recarsi, come tutte le mattine, a fare visita ai suoi due figli. Successivamente sarebbe andata a tenere tra le braccia e coccolare la piccola Eleonora.

Da quella mattina trascorsero alcuni giorni senza che accadesse alcunché di rilevante importanza nella vita di Lucrezia. La domenica del 29 settembre, prima di mezzogiorno, mentre la Duchessa era intenta a scegliere cosa indossare per il pranzo domenicale, entrò nella camera da letto, dove Alfonso tutto eccitato, rosso in volto, subito le rivolse un largo sorriso di compiacimento, poi le si avvicinò dandole un bacio veloce sulle labbra. Poi, allontanandosi di qualche metro, con un gesto della mano destra, estrasse dalla tasca della sua giubba d'ordinanza una lettera, la sventolò sotto il naso della moglie e le disse: «Carissima Lucrezia, finalmente ho ricevuto la lettera che aspettavo dal re di Francia, che proprio questa mattina mi è stata recapitata dal corriere che avevo inviato presso la corte d'Oltralpe. Ebbene, oltre alle buone notizie per avere accolto i suggerimenti da me inviati al re sulla politica da seguire in Italia, c'è anche quella che noi avevamo sollecitato. La regina in persona si è occupata della nostra richiesta di un precettore francese a cui affidare l'istruzione circa le materie scientifiche di nostro figlio Ercole.

I reali di Francia ci consigliano, e sono pronti a inviarci, come istitutore un certo René du Champ, originario di un piccolo borgo nei pressi di Poitiers, grande esperto matematico nonché illustre filosofo. Ma questo non è tutto, se noi siamo d'accordo sono pronti a inviarcelo a loro spese, pagando la sua retta come regalo per nostro figlio, nonché per rinsaldare ancor più i vincoli di amicizia e di alleanza tra le nostre famiglie. Cosa ne pensi?» Lucrezia guardò il marito e sorridendo dolcemente annuì; lei era d'accordo, il loro amatissimo figlio avrebbe avuto due valentissimi maestri che avrebbero contribuito a renderlo un principe degno del suo ruolo. «Bene, allora provvederò a dare conferma ai reali di Francia che accettiamo con onore la loro gentile offerta». Prima di uscire avvisò la moglie che non avrebbe pranzato né cenato con lei quel giorno, era atteso per una serie di visite presso alcuni vassalli e sarebbe stato assente per alcuni giorni da Ferrara. Le disse di non preoccuparsi per l'amministrazione del Ducato; per quella breve assenza aveva già provveduto a dare gli ordini necessari affinché tutto funzionasse a dovere.

In caso di estrema necessità, aveva provveduto a organizzare un veloce scambio di notizie con piccioni viaggiatori appositamente addestrati. Con questo sistema avrebbe ricevuto le notizie nell'arco di qualche ora, pertanto gli avrebbero permesso di agire velocemente di conseguenza. Uscì dalla stanza lasciando sola Lucrezia, che rifletté sulla grande opportunità che si prospettava per il figlio Ercole ed espresse intimamente il desiderio che i due precettori si dimostrassero realmente all'altezza del delicato compito che si assumevano: istruire il ragazzo al duro compito che l'attendeva.

Lucrezia confidava molto nelle qualità che il figlio già dimostrava di possedere; lei non gli avrebbe fatto mai mancare il suo amore, la sua comprensione, la sua fiducia, il suo incoraggiamento, lo avrebbe sostenuto in ogni modo in tutte le occasioni. Attraverso lui avrebbe potuto dimostrare ancora di più di che pasta era fatta una Borgia, quale notevole apporto aveva dato per migliorare la genia degli Este di Ferrara. Mentre si crogiolava in tali pensieri, non si era accorta che Girolama era entrata nella stanza. La donna fu costretta ad emettere un lieve colpo di tosse per avvertirla della propria presenza. Lucrezia allora si voltò e sorridendo amabilmente disse: «Buon giorno Girolama, ci sono delle novità che devi comunicarmi?» «No, mia signora, intendevo solo accertarmi se potevo esservi utile in qualche faccenda». Lucrezia dirigendosi verso l'uscita disse che per quella mattina non aveva bisogno di nulla, più tardi nel pomeriggio avrebbe voluto andare dai figli, ma poteva andarci da sola, se proprio avesse avuto necessità avrebbe chiamato Angela per accompagnarla. Girolama la salutò con ossequio prendendo congedo da lei. Come preannunciato, Lucrezia quel pomeriggio andò a fare visita al figlio Ercole, che giocava seduto a cavalcioni su un cavallo di legno appositamente costruito per lui, nel frattempo la balia lo osservava seduta in un angolo della stanza mentre ricamava a mano una tovaglia di lino.

Appena Ercole si accorse dell'arrivo della madre, scese immediatamente dalla sua lignea cavalcatura e in un baleno andò incontro alla genitrice, che lo accolse a braccia aperte. Quando stava per sollevarlo da terra, inaspettatamente si accorse di quanto fosse cresciuto il figlio, poiché non riuscì a sollevarlo al primo tentativo. Ercole scoppiò in una candida risata, esclamando: «Mamma, hai visto come sono cresciuto? Sto diventando grande! Tra un po' potrò cavalcare un puledro vero. Me ne regali uno, mamma?» Lucrezia, rimanendo nella stessa posizione, fece un secondo tentativo puntando bene i piedi per terra: piegando le ginocchia e portando le braccia più aderenti al corpo, riuscì finalmente a sollevare Ercole e portarlo all'altezza del suo viso. Lo baciò teneramente sulla guancia, poi lo adagiò di nuovo a terra. Dopodiché si accovacciò di fronte a lui e guardandolo negli occhi gli disse: «Certo mio dolce angelo, ti regalerò il più bel puledrino che tu abbia mai visto. Adesso però ascoltami bene, devo riferirti una cosa molto importante, oramai hai l'età per cominciare a capire. Tuo padre e io abbiamo deciso di affidare la tua istruzione a due valenti precettori, uno francese e uno italiano.

Appena arriveranno a Ferrara sarai affidato alle loro cure per la conoscenza delle arti e delle scienze, di cui avrai bisogno per governare degnamente il Ducato che un giorno tuo padre ti lascerà in eredità. Ti raccomando di fare tesoro dei loro insegnamenti, applicati con diligenza, non ti spaventare delle difficoltà, sappi che io sarò sempre al tuo fianco». Durante tutto il discorso della madre Ercole non le aveva scostato gli occhi di dosso, era rimasto serio e compunto ad ascoltarla. Lucrezia poté notare solo un leggero segno di perplessità sul suo viso, allora istintivamente abbracciò il figlio per fargli sentire il suo calore di mamma, nulla di spiacevole avrebbe potuto capitargli finché lei avesse avuto un alito di vita. Quando allentò l'abbraccio si rialzò e accarezzò con una mano i capelli del figlio, mentre con l'altra, appoggiata dietro la nuca, lo spinse verso il cavallo esortandolo a continuare il suo gioco, lei intanto sarebbe rimasta a osservarlo prima di recarsi dalla sorellina Eleonora e poi dal fratello Ippolito. Incoraggiato dalla madre, Ercole risalì sul cavalluccio di legno, mimò il gesto di frustare il cavallo, strinse le gambe intorno alla pancia del cavallo e si abbassò in avanti lanciandosi in un immaginario attacco contro un nemico invisibile.

Nel frattempo, Lucrezia uscì dalla stanza silenzio-samente, leggera, felice, commossa per l'atteggiamento e il contegno tenuto dal figlio durante il suo annuncio. Quando entrò nella stanza in cui veniva accudita Eleonora, la trovò addormentata tra le braccia della balia, la quale le sussurrò che aveva appena finito di allattarla e proprio da qualche minuto si era placidamente addormentata. Lucrezia sorrise dolcemente guardando il viso della bimba, stette per un po' immobile, fissa ad osservarla mentre dormiva, poi uscì salutando con un cenno della testa la balia. Mentre percorreva il corridoio per recarsi nella stanza in cui si trovava Ippolito, una sensazione di pace interiore la pervase: si sentiva sollevata, appagata, la vista dei figli che crescevano tranquillamente la ripagava di tutte le sofferenze e le delusioni che aveva dovuto subire durante la vita. Avrebbe voluto che tutte le mamme avessero potuto con-dividere quella pur breve sensazione di felicità che lei stava assaporando in quel preciso istante.

Purtroppo, però sapeva che nel mondo, fuori dalle massicce e sicure mura del suo castello, la situazione non era la stessa per tante, troppe mamme, che non avevano neanche il minimo necessario per sfamare né per coprire con abiti adatti i loro figli. Mentre rifletteva, giunse accanto alla porta della stanza del figlio e dall'interno udì la voce gaia del figlio che giocava con la sua amica Sara. Erano voci allegre, divertite, innocenti, tanto che immediatamente pensò fosse meglio lasciare che Ippolito continuasse a divertirsi; lei sarebbe andata a trovarlo in un altro momento, forse il pomeriggio successivo, perciò indietreggiò rientrando nel suo appartamento.

Trascorsero alcuni giorni nei quali Lucrezia fu impegnata con i soliti adempimenti familiari, lesse e sbrigò la posta che aveva ricevuto recentemente. Nel frattempo, Alfonso aveva completato il suo giro di contatti con i suoi vassalli, perciò ritornato a Ferrara aveva constatato che durante la sua assenza tutto era filato liscio, non c'erano stati, a detta dei suoi collaboratori, episodi degni di rilievo di cui occuparsi. Incontrò Lucrezia durante la cena la sera del 4 ottobre, durante la quale la mise sommariamente al corrente sulla situazione politico-economica del Ducato.

La moglie, dal canto suo, quando Alfonso ebbe finito di ragguagliarla sulle mosse per condurre al meglio gli affari del Ducato, immediatamente lo informò sul colloquio che aveva avuto con il figlio Ercole. Espresse le sue impressioni sulla reazione del ragazzo alla notizia dei precettori.

Alfonso fu lieto di apprendere che il figlio aveva dimostrato una grande maturità, per lui era terminato il tempo dei giochi e sarebbe iniziato quello della responsabilità e dell'impegno richiesto a un ragazzo nella sua delicata posizione. Infine, il Duca si rammaricò per il fatto che nessuno dei due precettori fosse ancora arrivato a Ferrara. Infatti, per quanto riguardava il precettore francese aveva subito inviato un corriere con la comunicazione dell'approvazione del regalo da parte del re di Francia, per quello suggerito dalla sorella aveva immediatamente avvisato il suo emissario di inviargli quanto prima le informazioni richieste. Tali informazioni gli erano pervenute nel giro di qualche giorno. Quindi, siccome anche il suo informatore aveva confermato totalmente l'affidabilità del maestro, egli aveva chiesto alla sorella di sollecitare il precettore a raggiungere quanto prima la corte per mettersi al suo servizio. Anche Lucrezia confermò di essere in trepida attesa per l'arrivo dei precettori, ansiosa di conoscerli per rendersi conto di persona a chi sarebbe stato affidato il compito di istruire l'amato figlio. Dopo la cena Alfonso promise alla moglie che si sarebbe interessato personalmente l'indomani mattina sul supposto ritardo dei due precettori. Poi, mentre Lucrezia si recava nel salotto, Alfonso le riferì che sarebbe andato nel suo laboratorio perché quella sera avrebbe dovuto provare insieme ai suoi aiutanti una nuova polvere da sparo per i cannoni. Le disse di non preoccuparsi se non fosse ritornato a dormire con lei, l'esperimento avrebbe potuto concludersi abbastanza presto in caso di esito positivo, altrimenti si sarebbe protratto per l'intera nottata. Infatti, nel caso di esito negativo occorreva provare una nuova formula che avrebbe richiesto molto tempo nella preparazione. Lucrezia, dopo aver letto qualche passo del Nuovo Testamento tratto dalla Bibbia rilegata in pelle che aveva sempre a portata di mano, andò a letto faticando un po' ad addormentarsi. Il pensiero di affidare l'educazione e l'istruzione del figlio a due personaggi che ancora non conosceva la preoccupava non poco. Il giorno seguente si risvegliò di buon mattino, constatò che il marito non era rincasato, indossò la vestaglia di panno pesante e si recò nel salotto attendendo l'arrivo delle sue ancelle, che puntuali come quasi tutte le mattine arrivarono per svegliarla. Quando Angela, precedendo Girolama, aprì la porta del salotto trovando Lucrezia già seduta sulla sua poltrona preferita vicino alla finestra con lo sguardo assorto, rimase sorpresa. Entrambe si avvicinarono alla loro padrona mettendosi a sua disposizione. Lucrezia le salutò cordialmente e rivolta verso Angela le chiese di farle servire la colazione; quella mattina le andava di assaggiare qualche cosa di dolce, perciò espresse il desiderio che le fossero servite le solite deliziose ciambelle preparate dal cuoco, mentre da bere desiderava semplicemente una tazza di latte addolcito con il miele. Udita la richiesta della padrona, Angela adempì in breve tempo al compito assegnatole. Lucrezia gustò molto le ciambelle, ne mangiò un paio poi bevve il latte senza svuotare completamente la tazza. Ordinò ad Angela di portare via il vassoio, mentre Girolama l'aiutava nella scelta degli abiti da indossare e quando fu rivestita, la congedò. Rimasta sola pensò di dedicare il suo tempo al discorso di accoglienza che le sarebbe piaciuto pronunciare davanti ai due precettori, non voleva essere colta di sorpresa.

Intendeva dare precise indicazioni e a sua volta ricevere puntuali informazioni su come i due avrebbero agito per istruire il figlio. Mentre rifletteva sulle parole più adatte da usare per l'occasione, sentì bussare alla porta. Esortando il visitatore ad entrare, restò seduta allo scrittoio rivolgendo le spalle all'interlocutore. Quando si voltò, notò che si trattava di una delle ancelle più giovani al suo servizio, che di solito aiutava Laura a lavarle i capelli. Dopo un leggero inchino, la giovane donna la informò di essere stata inviata per annunciarle l'arrivo del precettore Ubaldo da Frattaminore, che aspettava di essere accolto nella sala dei ricevimenti. Lucrezia sorrise lievemente, poi disse all'ancella di comunicare che avrebbe ricevuto il maestro nell'arco di un quarto d'ora. L'ancella immediatamente si voltò, sparendo dalla vista della Duchessa.

Lucrezia si alzò in preda a una certa agitazione; nonostante avesse sperato di avere più tempo a disposizione per preparare il discorso di benvenuto per i precettori, cercò di tranquillizzarsi, decise istantaneamente che per quel primo incontro sarebbe rimasta sul vago. Ciò che veramente le premeva assodare era la statura culturale, morale e professionale del maestro, il resto sarebbe venuto da sé, anche perché avrebbe dovuto concordare con il marito il tipo di istruzione che il figlio avrebbe dovuto ricevere. Dopo essersi data una veloce sistemata all'abito e alla pettinatura, si mosse per andare incontro all'ospite. In quel momento entrò Girolama che le chiese se preferiva essere accompagnata. Lucrezia annuì, anche perché avrebbe voluto chiedere alla sua dama di fiducia un giudizio sull'uomo nelle cui mani lei ed Alfonso avrebbero affidato parte del destino del figlio.

Le due donne scesero la grande scala e arrivarono nel grande salone dei ricevimenti. Appena ebbero impegnato l'ingresso notarono l'uomo in piedi con le spalle rivolte verso di loro che ammirava uno dei quadri appesi ai muri della grande sala in cui era raffigurato un antenato di Alfonso. Quando udì i passi attutiti delle due donne lentamente si voltò, senza parlare ancora e con lo sguardo fisso, reggendo il copricapo fra le mani, in palese adorazione delle due gentildonne. Solo quando Lucrezia si avvicinò verso il trono in fondo alla sala egli sembrò rendersi conto di trovarsi al cospetto della Duchessa d'Este.

Immediatamente, come risvegliandosi da un leggero torpore, fece un ampio inchino sventolando il copricapo piumato davanti a lei. Al cenno di Lucrezia che gli indicò di avvicinarsi, arrivò a circa tre passi dal trono, dopo un altro leggero inchino e guardando nella direzione della Duchessa, declamò con voce profonda: «Servo suo, illustrissima principessa, sono messere Ubaldo da Frattaminore, dottore in lettere classiche, grammatico e filologo della letteratura greco-romana, già precettore di tanti illustri allievi, non ultimo il figlio dell'eccellentissima Marchesa madonna Isabella Gonzaga, Federico. Sono onorato di poter servire con la mia modesta persona l'illustre casata degli Este, mi dichiaro fin d'ora servo vostro!»

Lucrezia, osservandolo bene da cima a fondo, rispose: «Siamo lieti che voi siate giunto qui da noi per mettervi al nostro servizio, mia cognata Isabella ha tessuto un grande elogio nei vostri confronti, siamo sicuri che tanta disinteressata fiducia sia stata ben riposta, non abbiamo alcuna remora ad affidarvi l'istruzione del nostro amatissimo figlio Ercole. Quando pensate di poter iniziare a istruire l'allievo nelle vostre arti?» L'uomo, dopo aver riflettuto un po', rispose: «Entro un paio di giorni, dovrò sistemarmi in un alloggio adeguato e attendere l'arrivo dei miei libri e il corredo, previsti per questa sera. Inoltre, vorrei prima essere presentato al principino per prendere confidenza con lui, dopodiché stabilirò un programma di incontri settimanali insieme alle maestà vostre». Mentre il professore parlava, Lucrezia ebbe modo di osservarlo meglio: notò che era di statura piuttosto bassa, tarchiato di corporatura, con le spalle larghe, la testa grande e una capigliatura di folti riccioli grigi, la pelle di colore olivastro, due grandi occhi scuri seminascosti da due folte e pronunciate sopracciglia, un naso lungo schiacciato in punta, una bocca grande con il labbro inferiore molto pronunciato. A distanza irregolare, lunghi denti giallastri completavano la fisionomia.

L'impressione che se ne ricavava era quella di una vecchia quercia, di un uomo che ne aveva passate tante nella sua vita, ma, strano a dirsi, emanava un senso di fiducia. «Bene! Allora direi che possiamo fissare l'incontro con nostro figlio Ercole già domani, poi avrà modo di essere presentato al Duca, mio marito, e di concordare con lui l'onorario e stabilire il suo alloggio. Per il momento verrà alloggiato in una delle stanze per gli ospiti». Si alzò mentre stava ancora parlando e seguita da Girolama uscì dalla sala, lasciando Ubaldo da Frattaminore immobile a osservare da solo quelle due dee svanire dalla sua vista. Mentre era ancora inebetito da tanta grazia e bellezza, gli si avvicinò una guardia per condurlo nella camera per gli ospiti, come stabilito dalla Duchessa Lucrezia. Il giorno successivo arrivò anche il secondo precettore, il quale fu ricevuto personalmente dal Duca Alfonso, che intendeva accoglierlo personalmente. Al suo arrivo René du Champ fu immediatamente scortato al castello e introdotto nello studio privato del Duca.

Dopo aver presentato le sue credenziali, si dichiarò pronto a adempiere al compito per il quale era stato caldamente raccomandato dal re in persona. Alfonso, dopo avere chiesto notizie sulla salute dei reali di Francia, si informò sul metodo che René intendeva adottare per istruire il figlio nelle scienze matematiche e in filosofia. Nel breve colloquio che il Duca ebbe in francese con il precettore, René confessò di non parlare molto bene la lingua italiana, ma avrebbe sopperito a questa mancanza usando formule, disegni e schizzi per farsi inizialmente comprendere dal suo allievo: contava però, anzi ne era certo, di migliorare nella conoscenza nella lingua italiana nel più breve tempo possibile. Inoltre, manifestò l'intenzione di incontrare prestissimo il suo scolaro per conoscerlo personalmente e stabilire i giorni delle loro lezioni.

Il Duca fu d'accordo, suggerendo che egli incontrasse Ercole il giorno successivo; mentre stava per congedarlo il precettore gli disse: «Eccellenza, avrei due richieste da farvi, spero che possano essere entrambe esaudite: la prima riguarda la mia alimentazione, dovete sapere che io non mangio carne né pesce, quindi, vorrei avere un colloquio con il cuoco responsabile della cucina per accordarmi sul menù della settimana». Il Duca, impassibile a quella richiesta, seccamente rispose: «Sarà fatto come voi desiderate. Qual è la seconda richiesta?» René rispose leggermente esitante: «Vorrei avere una stanza con una finestra che si affacci verso l'esterno, che mi permetta di vedere il panorama circostante, ho bisogno di spaziare con la vista verso l'orizzonte infinito, questo mi aiuta a concentrare meglio i miei pensieri».

Anche a questa seconda richiesta il Duca acconsentì prontamente, replicando: «Avrete la stanza con la vista sulla campagna ferrarese, da quella posizione vi annuncio che potrete notare l'ansa del fiume della città e nelle giornate terse ammirare in lontananza i monti che si stagliano contro il cielo infinito».

Allora il precettore soddisfatto rispose: «Direi che posso andare ora, sono stanco e ho bisogno di riposare». Il Duca lo congedò non prima di avergli detto che per quel giorno sarebbe stato alloggiato in una stanza solitamente riservata agli ospiti in attesa che venisse approntata quella che gli era stata promessa.   Come previsto, il giorno seguente i due precettori incontrarono il piccolo Ercole; dapprima lo incontrò Ubaldo da Frattaminore, il quale si presentò affabilmente al bambino, chiedendogli se sapesse già leggere. Ercole lo guardò un po' intimidito rispondendo che sapeva solo contare, non aveva ancora iniziato a imparare a leggere, le storie gli venivano lette dalle sue tutrici.

Nell'apprendere quell'informazione, Ubaldo gli sorrise bonariamente rassicurando il piccolo Ercole che sotto la sua guida avrebbe imparato a leggere e a scrivere molto presto. Dopodiché gli comunicò che lui l'avrebbe incontrato per tre giorni a settimana: il martedì, il giovedì e il sabato, per due ore la mattina e due ore il primo pomeriggio. Poi salutò il bambino congedandosi da lui ossequiosamente. Poi fu la volta di René du Champ, che venne introdotto alla presenza dell'erede al Ducato di Ferrara. All'incontro volle assistere anche Lucrezia, che così fece anche la conoscenza del maestro francese. Il precettore giunto dalla Francia si presentò al bambino, che rimase piuttosto colpito dalla figura di quell'uomo allampanato.

Gli sembrò molto alto: aveva una corporatura molto smilza, era magro in modo impressionante, il che lo faceva apparire ancora più alto di quanto non fosse nella realtà. Aveva una testa allungata, capelli bianchi tagliati corti sulla parte frontale, ma che cadevano lunghi sulla nuca fino ad arrivargli sulle spalle; la fronte era ampia e leggermente increspata da profonde rughe, gli occhi grandi di un azzurro cristallino, le sopracciglia corte e bianchissime. Aveva una faccia oblunga e affilata su cui spiccava un naso lungo e dritto dalle strette narici, le labbra erano sottili, il loro contorno formava una bocca larga, quando parlava si poteva notare una fila di denti bianchi dalla forma regolare. Spesso, mentre parlava, un leggero sorriso involontario allietava il suo viso, ciò ispirava fiducia, ma nello stesso tempo l'intera figura e il portamento serio e austero incutevano soggezione.

Con il suo stentato, ma comprensibile italiano fece qualche domanda al bambino, chiedendogli in particolare quali fossero i giochi che preferiva. Immediatamente Ercole gli rispose: «Andare a cavallo, comandare uno squadrone all'attacco del nemico!» «Perfetto! Allora dovremo imparare dove attaccare e come attaccare per colpire il nemico nel suo punto debole!»

Il bambino a quella risposta rimase colpito fissando incredulo il precettore. René, rivolto verso la Duchessa che era rimasta appartata in un angolo ad assistere al colloquio tra i due, disse: «Illustrissima Duchessa, intenderei svolgere le mie lezioni nei giorni di lunedì, mercoledì e venerdì, se non ci sono obiezioni. Inoltre, per non affaticare troppo il principino direi di iniziare con un'ora la mattina e un'ora il pomeriggio». Lucrezia, guardando in faccia il figlio rispose: «Credo che possa andare bene, però prima di darvi conferma preferisco chiedere all'altro precettore i suoi orari». Entrambi uscirono dalla stanza lasciando Ercole da solo, il quale lentamente prendeva coscienza che il tempo dei giochi per lui stava per terminare. Da quel momento in poi avrebbe avuto meno tempo per i suoi passatempi preferiti. Quel pomeriggio stesso Ubaldo e René si incontrarono confermando i giorni e gli orari delle loro lezioni con Ercole; entrambi furono d'accordo nell'esprimere un giudizio positivo sul primo incontro avuto con il bambino affidato al loro insegnamento.
Tutti e due ebbero l'impressione di un bambino che dimostrava una vivace intelligenza, non avrebbero avuto grosse difficoltà a istruirlo secondo i loro metodi e le loro attitudini.

Intanto che l'istruzione di Ercole procedeva regolarmente, Lucrezia continuava a occuparsi della crescita di Ippolito e della figlia Eleonora. Alfonso si dedicava come al solito ai suoi doveri di responsabile della politica ferrarese, mantenendo stabili le relazioni con il suo principale alleato, il re di Francia.

Nello stesso tempo, badava a non entrare in contrasto con il Papa. In quel frangente la salute della moglie aveva ripreso floridezza, così il marito poté riprendere i suoi regolari incontri amorosi con lei. L'anno 1515 volse al termine lasciando il Ducato in una situazione di sostanziale stabilità: la vita familiare e affettiva della Duchessa non destava particolari preoccupazioni, i figli crescevano in buona salute, le notizie che pervenivano dai precettori sull'istruzione di Ercole erano incoraggianti.

A detta di entrambi dimostrava impegno e voglia di apprendere sembrando, secondo le informazioni fornite da René du Champ, che fosse più portato per le materie scientifiche che per quelle letterarie. Il francese aveva espresso un lusinghiero apprezzamento sulle capacità logico-matematiche di Ercole, il che fece enormemente piacere al Duca. Egli sapeva quanto fosse importante per il figlio essere ferrato in quelle materie, poteva ben sperare che comprendesse l'importanza dell'ingegneria militare nell'arte della guerra per preservare l'indipendenza e il proprio dominio sul Ducato. Era senz'altro una qualità utile per succedergli un giorno nella conduzione del Ducato, al riparo dai pericoli esterni e interni.

L'inizio dell'anno 1516 fu particolarmente rigido, la campagna circostante la città di Ferrara rimase per lungo tempo coperta da un sottile strato di neve solidificato dalle rigide temperature notturne, solo verso l'inizio della primavera iniziò a sciogliersi lentamente. Lucrezia in quel periodo sembrò rinata a nuova vita, le gravidanze succedutesi a così breve distanza l'una dall'altra sembravano non avere influito negativamente sul suo fisico. Era ancora molto attraente, il corpo manteneva una forma snella e flessuosa, solo sui fianchi si notava una leggera sinuosità, che tutto sommato la rendeva ancora più desiderabile agli occhi del marito. La cura della sua persona era sempre attentamente sorvegliata dalle ancelle, che continuamente ne avevano riguardo; particolarmente curata era la sua bella chioma, il colore dei capelli e l'acconciatura, sempre perfetta. Lucrezia era sempre più consapevole del ruolo che aveva assunto per Alfonso, per la corte, per il clero, per l'intera popolazione ferrarese, e questa consapevolezza le donava un'espressione serena che accentuava ancora di più la sua bellezza e l'innata grazia.

Mentre tutto procedeva tranquillamente, nel mese di marzo del 1616 la Duchessa accusò un leggero malessere a cui non diede importanza e che attribuì alla stanchezza; pensò di aver abusato delle proprie forze dedicandosi costantemente alla cura dei figli, prodigandosi più del dovuto nello svolgere più compiti contemporaneamente per le svariate cause di cui si occupava direttamente. Per di più non mancava quasi mai alla messa mattutina celebrata molto presto nella cappella del castello e tutte le sere immancabilmente era impegnata a recitare l'intero rosario, in devota preghiera nell'inginocchiatoio della sua camera, divenuto per lei l'oggetto di culto più importante della sua vita interiore.

Ma quando nel mese di aprile ebbe un vero e proprio svenimento, intervennero le sue ancelle che subito avvisarono il dottor Bonaccioli, il quale appena la vide si pronunciò sulla causa del malore. Secondo lui la Duchessa era di nuovo incinta. Infatti, col passare dei giorni così risultò, Lucrezia era in attesa di un altro figlio, evento che la colpì profondamente poiché non si aspettava di dover affrontare così presto un'altra gravidanza. Come le altre volte accettò comunque la volontà del signore, pregando in cuor suo che tutto andasse bene; che fosse un maschio oppure una femmina, l'importante per lei era che nascesse vivo, senza troppi traumi per entrambi. Il medico raccomandò a tutto il personale di curare particolarmente la salute della partoriente, nessuno sforzo doveva essere fatto da lei fino al giorno del parto, tutti dovevano prodigarsi perché si stancasse il meno possibile. Quando Alfonso apprese la notizia dell'ennesima gravidanza di Lucrezia fu estremamente contento, in quanto più aumentava la sua prole e più aveva speranza di trasferire con successo il suo potere a uno dei suoi figli. Così, mentre trascorrevano i lunghi e penosi giorni che la avvicinavano alla data del parto, Lucrezia trascorreva sempre più tempo in compagnia delle due dame di compagnia preferite, Girolama e Angela.

Proprio per quella ragione aveva potuto notare nell'ultimo periodo nell'atteggiamento di Angela un filo di preoccupazione che ne rattristava leggermente il profilo del viso. La vedeva non più gaia e spensierata come al solito, c'era qualcosa che la turbava palesemente. Decise quindi che alla prima occasione propizia avrebbe chiesto ad Angela se l'impressione da lei ricavata avesse un fondamento oppure fosse solo frutto della sua fantasia, se dipendeva cioè dal suo stato di salute o da uno stato d'animo di Angela. L'occasione per indagare si presentò a Lucrezia molto presto. Il giorno dopo quella riflessione, Angela rimase sola con Lucrezia per farle compagnia. La Duchessa era dedita alle sue letture preferite sdraiata sulla poltrona in salotto: con un cuscino dietro le spalle per stare più comoda e una coperta sulle gambe per non prendere freddo, era intenta a leggere un passo del vecchio testamento dalla sua Bibbia.

Ogni tanto distoglieva lo sguardo dalla pagina e osservava il viso di Angela seduta accanto a lei, cercando di cogliere segnali nei tratti del viso che avallassero le sue supposizioni, poi ritornava a immergersi nella lettura. Stava cercando il momento giusto per porre la sua domanda evitando di imbarazzare la sua dama. Mentre era combattuta tra l'attesa del momento propizio e la concentrazione sul passo biblico, mentre cercava di sistemare meglio sulla poltrona la coperta che aveva sulle gambe, questa scivolò sul pavimento. Angela subito accorse per sistemare la coperta sulle gambe della Duchessa. Mentre si rialzava, il suo sguardo incrociò quello di Lucrezia che la guardò dritto negli occhi.

Angela, colpita dall'occhiata indagatrice della sua padrona rimase immobile in quella posizione. Incapace di alzarsi, distolse lo sguardo da quello di Lucrezia. In quel momento la Duchessa capì che era giunto il momento di porre la domanda. Il bel viso di Angela tradiva l'ansia che la rodeva, così immediatamente le chiese: «Angela, c'è qualcosa di importante che tu mi nascondi! Cosa c'è che ti preoccupa? Parla pure liberamente, di qualsiasi cosa si tratti vedrai che troveremo una soluzione!» L'ancella, alle domande di Lucrezia lentamente si raddrizzò assumendo la posizione eretta, poi visibilmente commossa le si avvicinò dal lato sinistro della poltrona e si lasciò cadere come affranta sulla seduta. Poi, sistemandosi un po' la gonna sotto il sedere incrociò le braccia sul grembo e incominciò a parlare:

«Mia gentile padrona, è da un po' che volevo confidarvi quello che mi è successo, ma non trovavo mai il coraggio e l'ardire di farlo e ne sono rattristata, vi chiedo umilmente scusa. Ora, siccome siete voi che me lo chiedete, sono felice di potervi dire che sono innamorata di un giovane e bellissimo gentiluomo che mi ha chiesto in sposa. Sono combattuta tra il fatto di accettare la proposta e l'immancabile allontanamento dalla vostra amatissima persona. Non vorrei perdere questa occasione perché mi accorgo ogni giorno di più che gli voglio bene. Ma d'altra parte non vorrei neanche allontanarmi da voi, specialmente nelle condizioni in cui siete ora». Lucrezia restò in silenzio ad ascoltarla, poi replicò: «Ma è una notizia che mi rende immensamente felice, mia cara Angela. Dimmi, come si chiama il cavaliere? È un giovane nobile? Che tu sappia io lo conosco?» Angela, arrossendo leggermente, visibilmente imbarazzata rispose: «Eccellentissima signora, si chiama Giovanni, appartiene all'antica e nobile famiglia dei Torello, originaria di Bondeno nei pressi di Cento. La sua era una nobile famiglia purtroppo caduta in disgrazia a causa dei suoi ultimi due inetti antenati, i quali portarono la famiglia alla rovina perdendo titolo e proprietà. Giovanni però si è distinto nella battaglia di Ravenna al comando di uno squadrone a cavallo, la carica da lui comandata ha contribuito allo sfondamento delle linee nemiche facilitando la vittoria finale. Il Duca Alfonso volle premiarlo direttamente sul campo di battaglia nominandolo comandante di battaglione; inoltre, quando seppe della storia della sua famiglia gli promise che gli avrebbe ridato il titolo dei suoi avi reintegrandolo in parte dei suoi territori, di cui sarebbe diventato uno dei suoi vassalli minori. Però non credo che voi lo conosciate, non ha frequentato l'ambiente di corte fino ad ora. Io l'ho incontrato circa un mese fa la prima volta, proprio quando è stato convocato al castello per ricevere il tanto sospirato titolo, direttamente dalle mani del Duca Alfonso. Quel giorno mi stavo recando in cucina quando lo incontrai davanti all'ingresso della sala dei ricevimenti. Sono rimasta colpita dal suo sguardo fiero, dal portamento sicuro e dal viso seducente. Alto, con i capelli biondi che gli scendevano giù per il collo, gli occhi penetranti di un azzurro intenso, il naso dritto, una bocca perfetta dalle labbra rosse e carnose, era di una bellezza disarmante nella sua splendente divisa di comandate di cavalleria. Se in quel momento mi avesse chiesto di seguirlo forse l'avrei fatto, ma non lo fece e proseguì dritto verso lo studio del Duca. Dopo quell'incontro fortuito lui si informò sul mio conto, mi fece pervenire un messaggio in cui si confessava pazzamente innamorato di me. Voleva incontrarmi per dichiararmi personalmente il suo amore. Io rimasi incerta se accettare l'invito oppure no, poi accettai incontrandolo fuori dal castello nella grande piazza del mercato. Si presentò vestito con la stessa divisa con cui lo avevo visto la prima volta, mi disse di chiamarsi Giovanni, mi parlò della sua famiglia, dei suoi averi perduti, della sua valorosa azione e del fatto di essere riuscito a riavere una parte dei suoi antichi possedimenti. Mentre mi parlava mi accorgevo di essere sempre più attratta da lui e dovetti fare uno sforzo di volontà incredibile per non abbracciarlo in quel momento.

Quando ebbe finito gli dissi che ero al servizio della vostra eccellentissima persona, che ero fiera di essere una delle dame di compagnia della Duchessa, che ero una ragazza seria e morigerata. Allora egli mi interruppe dicendomi: «Sono disposto a chiederti in moglie anche adesso, se tu vuoi!» Gli risposi che dovevo pensarci e che in fondo non dipendeva solo da me e ci lasciammo così. Io in un primo momento non volevo credere alla sua sincerità, pensavo che volesse solo approfittare di me, aggiungere un'altra avventura alla sua lunga collezione di ragazze sedotte e abbandonate, considerato la sua avvenente bellezza.

Però dopo le sue continue richieste di incontri che io rifiutavo, pensò bene di rivolgersi direttamente al Duca Alfonso, il quale un giorno mi fece chiamare nel suo studio mettendomi al corrente di una richiesta di matrimonio. Un suo stimato ufficiale di cavalleria mi chiedeva in sposa: avevo trenta giorni di tempo per rispondere con un sì o un no. Adesso sono trascorsi quindici giorni dalla sua richiesta e io sono ancora indecisa su cosa rispondere». Immediatamente il viso di Lucrezia si illuminò di uno splendente sorriso, poi rivolta verso la dama sentenziò: «Carissima Angela, la tua risposta non può essere che un dolcissimo sì, farai contenta te stessa, il tuo innamorato e me. Sarò felice di partecipare alle tue nozze! Sarà un giorno memorabile. Non avere dubbi se il tuo cuore ti suggerisce di accettare. Se senti che lui è l'uomo del tuo destino, accetta! Io sarò molto contenta di saperti felicemente sposata, anche da lontano continueremo a volerci bene. Ora vai, riflettici su stanotte e domani comunica la tua decisione al Duca. Qualunque essa sia, avrai la mia approvazione».

Quando Angela uscì con passo svelto dalla stanza, Lucrezia rimase pensierosa a riflettere sul destino della sua ancella. In cuor suo sapeva già che avrebbe accettato la proposta dell'affascinante Giovanni. Ne era sicura, glielo aveva letto negli occhi scuri e profondi. Una donna innamorata non riesce a nascondere il suo stato di grazia. Lucrezia, ripensando al profondo amore che provava per il secondo marito Alfonso d'Aragona, aveva potuto capire cosa si legge nel viso di una donna realmente e perdutamente innamorata.

La notte trascorse per Angela in un baleno: la sua decisione era stata presa nel momento in cui Lucrezia aveva manifestato la sua gioia una volta appresa la notizia. Il mattino stesso fece pervenire, tramite il consigliere più anziano del Duca, la sua accettazione della proposta di matrimonio del giovane Giovanni Torello.

Le nozze furono fissate per il 31 di ottobre. Il Duca Alfonso volle che si svolgessero nella cattedrale di Ferrara. Lucrezia fu immensamente felice per quella decisione, così nonostante il suo stato di avanzata gravidanza avrebbe potuto partecipare alla sacra funzione in chiesa. Il breve lasso di tempo mancante alla data delle nozze sembrò volare sia per Angela, impegnata com'era tra i preparativi per il suo matrimonio e l'impegno al servizio della Duchessa, sia per Lucrezia, che doveva pensare a portare felicemente a compimento la sua travagliata gravidanza.

Ogni volta che le capitava di incrociare lo sguardo di Angela, mentre si occupava di lei, i suoi dolori sembravano magicamente svanire, la sola vista della sua ancella felice di convolare a nozze con il suo innamorato, la faceva stare meglio. Si informava continuamente sui preparativi, dava consigli e suggerimenti utili alla perfetta riuscita della cerimonia.

Un pomeriggio, mentre stava discutendo sul taglio dell'abito da sposa che Angela avrebbe indossato, le propose che suo figlio Ippolito e Sara, la compagna di giochi del primo figlio Ercole, le facessero da paggetti.

Immediatamente Angela accettò raggiante l'offerta, era un'ulteriore dimostrazione dell'affetto che la Duchessa nutriva per lei. Finalmente arrivò il giorno stabilito per le nozze: era una domenica piena di sole, la temperatura stranamente mite per quel periodo dell'anno a Ferrara. La cattedrale era stata addobbata magnificamente per l'occasione: a fianco di ogni scanno lungo la navata centrale, mazzi di rose bianche si rincorrevano fino all'altare. Lo sposo era giunto puntuale davanti al sagrato della chiesa, scortato da uno squadrone di cavalleria. Era vestito con la sgargiante uniforme di comandante di battaglione.

Quando smontò da cavallo in perfetto stile da provetto cavallerizzo, la folla in attesa fuori della chiesa rimase sbalordita ad ammirare tanta bellezza in quel giovane uomo che si dirigeva verso l'ingresso della cattedrale con atteggiamento impettito e sicuro: in quel giorno avrebbe legato il proprio destino a quello della donna amata davanti a Dio e agli uomini. Percorse la passerella sotto la navata centrale e arrivò all'altare, dove sostò in attesa della sposa, con il lungo cappello piumato in mano. Angela arrivò dopo circa un quarto d'ora con una carrozza trainata da sei stupendi cavalli bianchi, guidati da due cocchieri vestiti con una luccicante livrea nera, che la aiutarono a scendere dalla carrozza. Sul sagrato c'era già ad attenderla il consigliere di Stato più anziano in servizio, che avrebbe fatto le veci del padre scortandola all'altare. Alla sinistra dell'ingresso centrale della cattedrale c'era il piccolo Ippolito, paggetto in abito blu, che reggeva fra le mani un cuscino di velluto rosso su cui erano poggiate le fedi nuziali, sulla destra la piccola Sara, vestita da damigella in abito bianco, teneva in mano un giglio dello stesso colore. Appena la sposa diede la mano al consigliere per incamminarsi verso l'ingresso, i due paggetti si avviarono verso l'interno della chiesa precedendo la sposa che indossava una veste di raso bianco lungo fino ai piedi con una leggera scollatura che metteva in risalto la perfetta abbronzatura naturale della pelle. Un velo bianco scendeva dalla testa a coprire le spalle e un lungo strascico di tulle seguiva il suo incedere cadenzato dalla musica.

Quando Angela raggiunse l'altare, l'anziano consigliere la consegnò nella mano destra dello sposo, il quale le porse la propria, visibilmente emozionato dalla bellezza della sposa. L'ampia fronte, gli occhi grandi e neri, il naso regolare, le labbra carnose di un rosso vermiglio, la pelle liscia dall'incarnato naturalmente abbronzato, l'ovale di quel volto attraente erano messi in risalto dal bianco velo che le copriva i lunghi capelli color mogano leggermente ondulati. Nel voltarsi verso l'officiante, Giovanni inciampò per la forte emozione, perdendo per un momento l'equilibrio; solo la sua innata agilità gli permise di restare in piedi. Immediatamente si ricompose assumendo una postura eretta e guardando dritto davanti a sé verso il tabernacolo. Mentre il vescovo officiava il rito sacro, Angela per un attimo si voltò indietro: proprio al primo banco, seduta all'inizio della fila accanto al marito, vide la sua padrona ritta in piedi con il suo pancione prominente, accaldata e rossa in volto, visibilmente stanca, ma dall'espressione felice.
Una furtiva lacrima si formò all'angolo dell'occhio destro della sposa, che prontamente l'asciugò con il dorso della mano, come fosse una goccia di sudore. Quando il vescovo ordinò lo scambio degli anelli, lo sposo fu colto di sorpresa e cercò di infilare l'anello al dito medio di Angela, anziché all'anulare.

Accorgendosi che l'anello non entrava, si innervosì, ma fu in quel momento che intervenne Angela, facendogli dolcemente capire che doveva cambiare dito. Lui la guardò in viso e sorridendo imbarazzato finalmente riuscì a infilare l'anello all'anulare sinistro della sposa. Alla fine della cerimonia religiosa i due sposi, mano nella mano, uscirono dalla chiesa dove furono accolti dal lancio del riso, dagli "evviva!" dello squadrone a cavallo e da un lungo applauso

della folla presente. Saliti sulla carrozza che era pronta ad accoglierli, gli sposi si diressero verso il palazzo di Don Ferrante, il fratello del Duca, che gentilmente aveva messo a disposizione il suo salone dei ricevimenti dove si sarebbe tenuto il banchetto nuziale. Lucrezia non poté parteciparvi a causa del suo avanzato stato di gravidanza: il dottore le aveva proibito assolutamente di affaticarsi, perciò con molto rammarico dovette desistere dal presenziare. Il Duca Alfonso non volle mancare e si presentò al banchetto, fece gli auguri agli sposi e dopo che furono servite le prime portate prese congedo augurando una vita di prosperità alla coppia.
Il resto del banchetto si svolse in un'atmosfera di allegria. Angela e Giovanni irradiavano felicità dai loro sguardi innamorati.

Consumarono la loro prima notte nel palazzo, dove erano stato gentilmente ospitati. Il giorno successivo partirono, scortati da una parte dello squadrone a cavallo che aveva partecipato alla cerimonia nuziale, per raggiungere le terre riconsegnate a Giovanni Torello nei pressi di Cento. Dal giorno delle nozze di Angela, fino al giorno del parto, Lucrezia patì molto, solo la sua grande forza d'animo le permise di portare fino in fondo il suo compito. La mattina presto del 1° novembre 1516, assistita dal dottor Bonaccioli, dalla giovane levatrice, da Girolama e da alcune ancelle al suo servizio personale, diede alla luce una nuova creatura. Il dottore si ritrovò per primo tra le mani il corpicino di un bambino, che subito proruppe in un pianto liberatorio. Lucrezia era visibilmente provata, all'inizio non ebbe neanche la forza di chiedere di vedere il bambino.

Solo dopo qualche ora, ripresasi dal suo stato di affaticamento e di dolore, chiese notizie del neonato. Si informò sul suo stato di salute, ne chiese il sesso e, una volta rassicurata, reclamò commossa di poterlo finalmente abbracciare. Dopo qualche settimana, durante la quale Lucrezia lentamente riacquistò in parte il suo equilibrio psico-fisico, fu deciso di battezzare il terzo figlio maschio della coppia Ducale con il nome di Francesco[46]. Anche il nuovo arrivato venne affidato alle cure di una giovane balia. Nelle settimane successive tutto procedeva per il meglio, Francesco cresceva forte e sano, Alfonso e Lucrezia potevano considerarsi soddisfatti della loro prole, certi che avrebbero trasferito il titolo e il Ducato a uno dei loro figli maschi. Naturalmente, l'ultimo nato era la gioia dei genitori, nonostante fosse arrivato con tanta fatica e patimenti, ma era arrivato al momento giusto, considerata la situazione familiare e l'età della madre. Lucrezia era molto compiaciuta dei suoi figli, considerate le delusioni sopportate prima di riuscire ad avere Ercole, l'erede designato alla successione. Ora si trattava di vegliare sulla loro sana crescita, non solo fisica, ma anche etica, morale, culturale e politica e su questo entrambi i genitori si sentivano rassicurati dall'impegno profuso dai due valenti precettori e non nutrivano dubbi che anche per Ippolito avrebbero trovato una soluzione ottimale.

L'anno 1516 volse al termine senza novità di rilievo nella vita dei due duchi e quello successivo iniziò sotto i migliori auspici, in quanto l'alleanza con la corona francese si rinsaldò sempre di più con l'invio di un contingente di granatieri francesi per svolgere manovre di esercitazioni militari insieme a un reparto dell'esercito ferrarese. L'inverno trascorse in un clima non particolarmente rigido, la popolazione non soffriva più gli stenti degli anni passati, i rapporti di Alfonso con il Papa erano improntati al massimo rispetto e cordialità, nessuno metteva in discussione l'integrità del Ducato e la sua legittima autorità. Il tempo trascorreva tranquillo nel castello Ducale, Lucrezia si occupava di controllare che tutto intorno ai figli funzionasse alla perfezione. La protezione dell'ultimo arrivato richiedeva una cura sempre costante, ma, sollevata dall'allattamento al seno e coadiuvata dalla giovane e valente balia, tutto procedeva secondo la sua volontà. Tra la posta copiosa che continuava a esaminare, un giorno le giunse una lettera proveniente dal monastero di San Bernardino. Era della madre superiora che la invitava a partecipare alla fine dell'anno del noviziato dell'amata nipote Camilla. L'invito riempì di gioia Lucrezia, che provava un affeto particolare per quella ragazza, nel cui sguardo a volte rivedeva quello del fratello Cesare e si sentiva particolarmente toccata nel profondo dell'anima, in quanto avrebbe voluto condividere inconsciamente la scelta fatta dalla nipote. Infatti, La cerimonia degli ordini sacri era stata fissata per l'8 di aprile del 1517 presso il convento di San Bernardino, durante la prima messa del mattino. Nei giorni che precedettero la cerimonia, la Duchessa si sentì invadere da una inusuale eccitazione, quasi fosse lei a doversi consacrare a Dio, seguendo la via indicata da Cristo per redimere il mondo.

La mattina dell'8 aprile Lucrezia si svegliò molto presto, si fece aiutare da Girolama nella scelta dell'abito da indossare per la cerimonia, optando per uno molto semplice: una lunga tunica di cotone écru, stretta in vita da una cintura di seta nera. I capelli erano raccolti all'indietro, fermati da una sottilissima retina di fili di seta neri, al collo una semplice collana di perle bianche. Sulla tunica indossava un cappotto di pelliccia nero foderato all'interno con pelle di ermellino bianco. Girolama espresse il desiderio di partecipare alla cerimonia in compagnia della Duchessa, che fu subito felice di acconsentire alla sua richiesta. Appena pronte furono accompagnate in calesse scortato da quattro guardie a cavallo. La mattinata era splendida, un tiepido sole primaverile le accolse appena uscirono dal castello. Dopo un tragitto di circa venti minuti le due donne giunsero nello spiazzo antistante il convento, dove si sarebbe svolta la cerimonia, occupato da una moltitudine di fedeli assiepati e impazienti.

La piccola cappella non avrebbe potuto accogliere tutti i fedeli, perciò era stato previsto che una parte della cerimonia venisse officiata dal vescovo di Ferrara all'esterno, sul sagrato, in modo che la gente presente avesse potuto assistere alla parte finale del rito della benedizione. L'arrivo della Duchessa, accompagnata dalla sua dama, suscitò un'esclamazione di meraviglia fra gli astanti. Le donne si avviarono senza indugio verso l'ingresso del convento, dove le attendeva la madre superiora per riceverle ossequiosamente e scortarle nella chiesa facendole accomodare al primo banco. Subito dopo, la melodia del coro delle suore e delle giovani novizie del convento, si diffuse tra le mura dell'austero convento a una sola navata. Immediatamente da una porta laterale dietro l'altare iniziarono a comparire le novizie vestite di un saio bianco e a testa scoperta con i capelli tagliati molto corti. Quando tutte le partecipanti al corso annuale per diventare novizie ebbero preso posto in semicerchio intorno all'altare, il vescovo iniziò a celebrare la Santa Messa aiutato da due sacerdoti. Lucrezia partecipò assorta in profonda meditazione alla celebrazione della funzione, senza mancare al rito dell'eucarestia dopo il quale si ritirò in preghiera al proprio posto, augurandosi in cuor suo che la scelta della nipote si rivelasse appropriata. Alla fine della Messa, dopo la benedizione del vescovo, la cerimonia si spostò all'esterno del convento, così come era stato previsto. Era stato montato un baldacchino sotto il quale prese posto il vescovo per terminare la cerimonia con la professione di fede delle novizie, la loro consacrazione e la benedizione elargita a tutti i partecipanti al rito sacro. Il prelato pronunciò un'omelia molto toccante che colpì nel profondo genitore e parenti.

Alcuni di loro non seppero resistere all'emozione del momento e proruppero in un sommesso pianto liberatorio. Quando alla fine della cerimonia il vescovo impartì la benedizione, sui volti delle giovani novizie si leggeva una felicità immensa. Lucrezia guardò verso la nipote Camilla, che a testa bassa, in sincero sentimento di commozione, esprimeva tutta la sua intensa interiore gioia. Dopo la consacrazione i parenti si avvicinarono alle novizie per porgere le loro congratulazioni e così fece anche Lucrezia, seguita lentamente da Girolama. Nel vedere la Duchessa avanzare, la gente presente formò istintivamente un corridoio per lasciar passare le due donne. Quando Lucrezia giunse vicino alla nipote, l'abbracciò con trasporto attirandola a sé per sentire il calore del suo affetto per quella scelta definitiva che escludeva l'attaccamento alle cose terrene. Poi, scostandosi leggermente la guardò negli occhi, senza parlare le sorrise dolcemente, le toccò teneramente il crocifisso di legno che aveva appeso al collo, quindi si portò la mano alle labbra baciandola e si spostò lasciando che anche Girolama abbracciasse Camilla. Lucrezia, senza dire una sola parola si voltò per raggiungere il calesse, quando si sentì chiamare dalla madre superiora: «Nobilissima madonna Lucrezia, siamo state felici che lei abbia voluto assistere alla cerimonia di consacrazione delle novizie, siamo certe che non farà mai mancare il suo aiuto alla nostra confraternita, noi la ricorderemo sempre, insieme a tutta la sua famiglia, nelle nostre preghiere».

La Duchessa era rimasta ferma con il piede sospeso sul predellino del calesse, quindi, rivolgendosi alla madre superiora, replicò: «Madre, era per me un obbligo, la ringrazio per le vostre preghiere, sono sicura che con le vostre suppliche la mia condotta verrà sempre illuminata dal soffio divino. Stia sicura, finché io vivrò non mancherà mai il mio aiuto al vostro convento!»

La madre superiora, inchinandosi lentamente alla fine di quelle parole pronunciate con il cuore, si allontanò, permettendo così a Lucrezia e alla sua dama di compagnia di accomodarsi nel calesse, che subito ripartì alla volta del castello. Durante il tragitto di ritorno le due donne rimasero in silenzio, ognuna assorta nei propri pensieri, nessuna delle due osò disturbare le riflessioni dell'altra, entrambe consapevoli che il pensiero in quel momento cercava di ricongiungersi allo spirito. Quando il calesse infilò la passatoia del ponte levatoio, solo il rumore sordo delle ruote provocato dallo sfregamento delle stesse sulle assi di legno, le richiamò alla realtà. In seguito all'evento Lucrezia fu assalita da momenti di cupa riflessione e tardò a riacquistare il suo innato ottimismo. Sempre più assorta nelle sue meditazioni, passava molto tempo in preghiera, non disertava praticamente quasi mai la messa mattutina, si confessava sempre più spesso senza mancare alla comunione.

Alfonso per un po' non diede molta importanza al comportamento della moglie, ma una sera che erano a cena le fece notare che secondo lui quella condotta stava sfociando in una forma di stolto bigottismo, bisognava sì salvarsi l'anima, ma finché si era su questa terra con quattro figli e un marito da accudire, bisognava anche curare il corpo e preservare le relazioni familiari e sociali. Le raccomandò di moderare il suo fervore religioso, consigliandole di trascorrere più tempo con i figli, riprendendo ad assaporare le gioie dell'amore carnale con il legittimo marito.

Lucrezia fu colpita dalle rimostranze di Alfonso e il giorno successivo si confessò. Il sacerdote, assolvendola dai suoi peccati, le consigliò di riprendere la vita di prima, riservando alle preghiere lo stesso tempo che dedicava precedentemente alla consacrazione della nipote. Nel frattempo, Francesco aveva compiuto il suo primo anno di vita e si rivelava un bambino molto vispo che cresceva robusto e sano. Era talmente insaziabile che anche la giovane balia faticava a soddisfarlo.

L'anno 1517 terminò senza ulteriori scosse per la famiglia Ducale. In seguito alle lamentele di Alfonso e ai consigli del suo confessore, Lucrezia tornò a giacere con il marito a intervalli regolari, con immensa soddisfazione del Duca. Ormai la coppia aveva raggiunto un'intesa molto solida e soddisfacente dal punto di vista sessuale, Lucrezia sapeva come fare per accontentare il marito, il quale per parte sua si impegnava a soddisfare le esigenze della moglie. Il Duca, sempre più impegnato nella conduzione del Ducato, aveva ridotto le sue scappatelle amorose. Questo non poteva che fare piacere alla Duchessa, la quale constatava come l'avanzare degli anni avesse reso Alfonso meno esuberante.

L'anno nuovo si prospettava sereno come il precedente. I duchi non avevano granché di cui preoccuparsi, se non per le incombenze legate al vivere quotidiano di una coppia che regnava su un piccolo Ducato nell'Italia turbolenta dell'inizio del XVI secolo. Nel mese di ottobre, Lucrezia fu colpita da un crescente pallore, si sentiva spossata, ma non diede peso alla cosa. La sua vita continuava, scandita come sempre dalle numerose incombenze, circondata, accudita e aiutata dal suo fedele personale. Il suo stato di saluto purtroppo peggiorò, sino a sfociare in uno svenimento all'inizio del mese di novembre. Fu immediatamente allertato il dottor Bonaccioli, il quale si precipitò dalla Duchessa, che nel frattempo era stata trasportata nella sua camera da letto. Il medico entrò nella stanza tutto trafelato e notò che Lucrezia si stava riprendendo dall'accaduto.

La visitò e la trovò molto debole. Il viso esangue, il battito del cuore leggermente accelerato, lo obbligarono a ordinarle che non si alzasse dal letto per qualche giorno e intimò alla servitù che la Duchessa fosse alimentata con brodo di gallina e molta frutta fresca. Attese che la Duchessa si riprendesse un po' e si accomiatò annunciando che sarebbe ritornato l'indomani mattina per controllare come aveva passato la notte. In cuor suo aveva già chiara la causa del leggero malore della Duchessa: era convinto che fosse di nuovo incinta.

Così risultò quando Lucrezia giorni dopo gli confessò l'interruzione del ciclo mestruale. Dunque, era di nuovo gravida all'età di trentotto anni, dopo l'esperienza molto travagliata dell'ultimo parto che aveva dato la vita all'ultimo figlio Francesco. Non era quello che in cuor suo desiderava, ma dimostrò tutta la sua rassegnazione affidando il proprio destino nelle mani della divina Provvidenza, accettando e benedicendo l'arrivo di quella nuova creatura.

Alfonso fu oltremodo lieto dalla nuova gravidanza della moglie, anche se nella sua mente balenò per un attimo un funesto presentimento, che scacciò subito via come un fastidioso malocchio che tentava di rattristare la sua esistenza.

Mentre tutto intorno alla Duchessa veniva predisposto perché non si affaticasse e tutto procedesse per il meglio, all'inizio del mese di dicembre del 1518 giunse alla corte ferrarese la notizia della morte della madre di Lucrezia. Il dottor Bonaccioli, d'accordo con il Duca Alfonso, suggerì di posticipare di qualche giorno la comunicazione della notizia a Lucrezia, finché non si fosse reso conto della ripresa della Duchessa. Quando il dottore notò che Lucrezia aveva superato il periodo critico, diede l'assenso per il triste annuncio. La mattina dell'8 dicembre 1518, dopo aver fatto colazione con lei, Alfonso aspettò che Lucrezia si recasse in salotto, dove era solita dedicarsi alla lettura e al disbrigo della posta. Fattosi coraggio, le comunicò, senza molti preamboli e tutto d'un fiato, come se avesse voluto togliersi al più presto un grave peso dallo stomaco, che sua madre era morta il mese precedente, esattamente il 26 novembre, accudita e riverita dalla sua servitù fino alla fine dell'ultimo respiro.

Le disse che sua madre aveva fatto in tempo a ricevere dal suo confessore l'estrema unzione ed era spirata in pace con se stessa, con gli uomini e con Dio. Dopodiché uscì dalla stanza in preda a una grande tristezza, memore della dipartita terrestre della sua amatissima madre, lasciando nel frattempo Lucrezia sola in balia dei suoi pensieri. Quell'annuncio l'aveva rattristata moltissimo, anche se non l'aveva colpita tanto profondamente come ci si potrebbe aspettare dalla perdita della propria generatrice di vita. Cercò di fissare nella sua mente l'immagine della madre, andò disperatamente a ritroso nella propria vita per ricordare un avvenimento particolarmente significativo della loro relazio-ne. E all'improvviso ricordò quel triste giorno: doveva avere non più di tre o quattro anni quando, vestita con un magnifico abitino celeste, i capelli lunghi sciolti sulle spalle e arricciati in forma di lunghi boccoli, in piedi accanto alla madre vide entrare nella stanza la zia Adriana[47] accompagnata da due giovani damigelle che l'avrebbero portata a far visita al padre, che in quel periodo ricopriva la carica di cardinale camerlengo.

Lucrezia era felice e sorridente e corse giubilante incontro alla zia. Quella breve corsa fu come una pugnalata nel cuore di Vannozza. La bambina non ne era cosciente, ma la zia Adriana l'avrebbe prelevata per portarla a casa sua su ordine del padre, il quale la sottraeva alla tutela dell'amante perché non la riteneva degna di allevare la figlia prediletta. La bambina, contenta in braccio ad Adriana, quasi si dimenticò della presenza della madre; solo quando stavano per uscire dalla porta si voltò velocemente facendo un cenno di saluto verso la triste Vannozza che, rimasta immobile al centro della stanza, aveva gli occhi umidi di pianto. Non volle però mostrare all'inviata del perfido amante la sua debolezza, e fieramente rimase a fissare la figlia che le veniva sottratta per nessun'altra colpa se non quella di non essere ritenuta idonea per le mire dell'ambizioso Rodrigo.

Da quel giorno Lucrezia visse nel grande palazzo della zia poco distante dal Vaticano e i suoi rapporti con la mamma furono sporadici, la vedeva solo nelle occasioni ufficiali, mai da sola e sempre molto fugacemente. Solo ora, nel momento della sua morte, si rendeva conto di quanto le fosse realmente mancata la figura della madre, non poteva portarle rancore, non era stata lei ad abbandonarla, ma aveva dovuto ubbidire al suo onnipotente e prepotente amante per il suo bene. Lucrezia sapeva che, seppur da lontano, la mamma l'aveva sempre seguita. Lo sentiva nel suo cuore, Vannozza in fondo alla sua anima era fiera della figlia, l'amava come una madre sa amare veramente, soffrendo in silenzio, purché Lucrezia fosse felice. Infatti, Lucrezia ebbe un'infanzia felice e spensierata, coccolata, ammirata e amata dal padre, dai fratelli e da tutti quelli che erano preposti alla sua cura.

Nonostante si rendesse conto in quel momento particolare della insopportabile rinuncia che per amor suo e dei suoi fratelli Vannozza era stata costretta a fare, non riuscì a piangere, a sfogare il suo sordo dolore; i suoi occhi rimasero asciutti a fissare il vuoto della stanza. Ora aveva definitivamente perso le radici dalla cui linfa aveva avuto origine la sua esistenza terrena.

Ancora assorta nei tristi pensieri, udì bussare alla porta; rispose meccanicamente e in quel preciso istante si materializzò la figura del dottor Bonaccioli, presentatosi per controllare le sue condizioni di salute, sulle quali si informò immediatamente. Le consigliò di riguardarsi costantemente e di fare particolare attenzione all'alimentazione. Lucrezia lo rassicurò gentilmente confermando che si sentiva bene, non avvertiva più con la stessa frequenza quelle sensazioni di mancamento e di nausea, era fiduciosa che avrebbe portato a termine anche quella gravidanza.

Nonostante l'alternarsi di miglioramenti e peggioramenti delle sue condizioni fisiche, momenti di allarme e momenti di tranquillità, Lucrezia arrivò al nono mese di gravidanza, che cadeva nel mese di giugno. Oramai ogni giorno che trascorreva poteva essere quello decisivo, tanto che il dottor Bonaccioli dopo la prima settimana del mese decise fosse meglio che lui pernottasse al castello. Perciò, d'accordo con il Duca Alfonso fu alloggiato nella stessa camera degli ospiti che aveva usato nelle precedenti occasioni, allertò la giovane levatrice e tutte le inservienti, raccomandò di tenersi sempre pronte non appena la Duchessa avesse mostrato i primi sintomi delle doglie.

La settimana successiva Lucrezia soffrì molto, la temperatura corporea salì drasticamente, il ritmo cardiaco aumentò lasciandole una sensazione di secchezza in gola e chiedeva spesso di bere. A volte era colta anche da conati di vomito e da tremori che la scuotevano profondamente. In quelle condizioni Lucrezia si avvicinava al parto e il medico avvertì un brivido di paura.

Temette per la vita della Duchessa, quindi chiese un colloquio al Duca in cui lo preavvisò di prepararsi al peggio, l'amata moglie avrebbe anche potuto lasciarlo per sempre. Nonostante tutte le difficoltà che si erano presentate durante quell'indesiderato parto, Lucrezia riuscì nell'intento di dare la vita alla sua seconda figlia il pomeriggio del 14 giugno del 1519. Siccome correva l'altissimo rischio di non sopravvivere e date le tremende difficoltà del parto, vollero battezzarla subito con il nome di Isabella Maria[48]. Lucrezia perse i sensi e restò incosciente per alcune ore, durante le quali il dottor Bonaccioli, temendo il peggio, fece avvisare il Duca Alfonso che si precipitò al capezzale della moglie senza abbandonarla un istante.

Nel frattempo, il dottore, aiutato dalla levatrice, ordinò che fossero fatti degli impacchi per diminuire la temperatura del corpo della Duchessa. Lucrezia sembrò rispondere positivamente a quelle cure riprendendo conoscenza, infatti sgranò gli occhi guardando in faccia il marito. Quando mise a fuoco di avere proprio Alfonso accanto a sé che le teneva la mano, un debole sorriso le comparve sulle labbra.
Cercò di parlare, ma Alfonso con un gesto delicato della mano le impedì di affaticarsi, sussurrandole dolcemente di aspettare ancora prima di parlare, lui non si sarebbe mosso da lì. Per nessuna ragione al mondo si sarebbe allontanato da lei finché non fosse stato sicuro che si sarebbe ripresa del tutto. Così, tranquillizzata, Lucrezia tacque. Il duca avrebbe

voluto pregare, ma era un esercizio estraneo alla sua indole. Una rabbia sorda e muta si era impadronita di lui, lasciandolo quasi immobile, seduto sulla sedia accanto alla madre dei suoi figli.

La notte fu lunga e faticosa per Lucrezia e per Alfonso, il quale non abbandonò mai il suo letto, ma anche per chi le stava intorno, a cominciare dal dottore e dalla levatrice. Quando spuntò la luce del mattino, sembrò che la situazione stesse migliorando; le gote di Lucrezia avevano ripreso un certo colorito, un leggero sorriso increspava le sue labbra. L'espressione del viso era più serena e distesa. Notando ancora Alfonso accanto a sé, Lucrezia sentì un fremito di emozione provenirle dal basso ventre, tanto che stava quasi per perdere i sensi di nuovo. Superò quel breve momento, poi quando si sentì rassicurata e percepì che il battito cardiaco ritornava lentamente alla normalità, debolmente si rivolse ad Alfonso:

«Mio signore, ora sto meglio, andate a riposare anche voi, non preoccupatevi più per me, nulla potrà succedermi finché sento il vostro amore per me. Come sta il bambino?» Alfonso, visibilmente commosso, le disse: «Mia dolce Lucrezia, sono felice di vederti meglio, il mio cuore è pieno di gioia, non preoccuparti per me, non ho bisogno di riposare, ma di vedere la luce dei tuoi occhi, solo così sto bene. È nata una bellissima bambina, l'abbiamo chiamata Isabella Maria, sta bene, non preoccuparti per lei, pensa a guarire al più presto». Allora Lucrezia rispondendo debolmente al marito, chiese: «Quando potrò vederla?» «Non appena starai meglio, mia adorata, il medico ha consigliato di non affaticarti inutilmente». Nei giorni successivi Lucrezia riuscì anche a mangiare un po', il dottore che tutte le mattine la visitava, lentamente si stava convincendo che anche quella volta la Duchessa ce l'avrebbe fatta a sopravvivere. Infatti, sei giorni dopo il parto Lucrezia riuscì anche ad alzarsi per qualche ora; in quel frangente chiese e ottenne finalmente di poter abbracciare la figlioletta. Quando la levatrice gliela consegnò delicatamente tra le braccia, guardò finalmente commossa negli occhi la carne della propria carne che tanto l'aveva fatta soffrire. Un velo di tristezza le incupì il volto, si sforzò di reagire alla commozione riuscendovi a fatica, deglutì la saliva che le impediva di respirare, si portò la bimba vicino al volto e la baciò dolcemente. Dopo qualche minuto, la levatrice, notando che la Duchessa si stava affaticando lasciandosi prendere dal profondo sentimento materno, delicatamente si abbassò a riprendere la bimba, comunicando a Lucrezia che doveva essere allattata di nuovo prima che scoppiasse a piangere. La madre alzò il viso verso di lei, con gli occhi velati di lacrime si lasciò prendere la bambina dalle braccia senza opporre la minima resistenza.

Il giorno successivo ebbe di nuovo una ricaduta, perse ancora i sensi, allarmando il dottore che subito fece avvertire il Duca Alfonso. Tuttavia, quando il Duca arrivò nella camera da letto della moglie, si era ripresa dal momentaneo mancamento e vedendolo avvicinarsi preoccupato al suo letto, sorrise dicendogli: «Non preoccupatevi Alfonso, è stato solo un leggero malessere, adesso sto meglio, vedrete che passerà anche questo brutto momento».

Senza rispondere, il marito fece un cenno di assenso col capo e si sedette vicino a lei. Quel giorno trascorse senza ulteriori peggioramenti per la Duchessa. Il giorno successivo, sentendosi leggermente meglio, Lucrezia volle provare ad alzarsi, ma dopo un po' fu costretta a rimettersi a letto: si sentiva la testa leggera, era come se tutto intorno a lei si muovesse in modo rallentato, non riusciva a pensare in modo regolare, aveva dei momenti di vuoto nella percezione della realtà che la circondava e in quello stato finì per addormentarsi immediatamente.

Il giorno successivo si sentiva ancora molto debole e avvertendo inconsapevolmente che non ce l'avrebbe fatta a sopravvivere ancora a lungo, chiese che le venisse portato l'occorrente per scrivere una lettera al Santo Padre. All'inizio sia Alfonso che il dottore si opposero alla richiesta, ma quando Lucrezia insistette decisa, furono costretti a esaudire il suo desiderio.

Aiutata da Girolama e da due cameriere fu sorretta fino a raggiungere il secretaire nel salotto. Si accomodò lentamente sulla sedia, poi chiese che le prendessero dal cassetto il calamaio e il foglio, dopodiché ordinò che si allontanassero, voleva rimanere sola con se stessa per vergare le poche righe per raccomandarsi al vicario di Cristo in terra. Mentre si accingeva a scrivere faticosamente le poche righe, improvvisamente avvertì la presenza di una figura immateriale e angelica alla sua destra, non avrebbe saputo dire se fosse stato un angelo portatore di luce o di tenebre. Riprese a scrivere a fatica, chiese perdono al Papa Leone X dei suoi peccati, lo supplicò di pregare per i suoi figli, per il marito, per tutta la popolazione sofferente del suo Stato, si professò umile peccatrice implorando la sua benedizione. Egli nella sua infinita bontà e santità non avrebbe mancato di raccomandare l'anima della povera Lucrezia presso l'Altissimo. Quando ebbe finito, firmò la lettera e la piegò in due, poi chiese a Girolama di sigillarla con la ceralacca e apporre il sigillo Ducale. Con gli occhi velati di lacrime, Girolama si avvicinò e annuì, dopodiché Lucrezia fu aiutata di nuovo ad alzarsi dalla sedia e riaccompagnata nella camera da letto.

Sentendosi sempre più debole chiese di essere subito confessata. Nel frattempo, il dottor Bonaccioli, Girolama, Laura, la levatrice e alcune cameriere presenti nella stanza trattenevano a stento le lacrime. Alfonso, visibilmente provato, con le mani nervosamente intrecciate in uno spasmo di estrema agitazione, cercava di guardare lontano, oltre la figura agonizzante della moglie. Dopo che il sacerdote l'ebbe confessata, le diede l'ostia consacrata e la benedì, poi, la esortò a pregare con lui. Lucrezia ubbidì cercando di muovere le labbra in un'ultima preghiera, ma non riuscì a finire l'ultima frase. Esalò l'ultimo respiro. L'angelo della morte era venuto a recidere inesorabilmente l'ultimo filo che la legava alla vita. Erano circa le tre del pomeriggio del 24 giugno del 1519, quando terminò l'esistenza terrena di Lucrezia Borgia.

APPENDICE archivio storico

3

[illegible] mostra dett che stan li corr come fran [illegible] bn sia
[illegible] a Toni [illegible] a lui mi racomando [illegible]

[illegible]
[illegible]
[illegible]
[illegible]
[illegible]
[illegible]
[illegible]
[illegible]
[illegible]
[illegible]
[illegible]
[illegible]
[illegible]
[illegible]
[illegible]
[illegible]

1. Lettera pubblicata su concessione del
Ministero della cultura - Archivio di Stato - Modena
Class.: 28.10.13/20.1.26   n. prot. 1640 del 18/07/2023

Ferrara, 26 aprile [1519], al Alfonso I d'Este

Illustrissimo signor mio.

Parlando d'altro di con una persona religiosa, el nome della quale farò poi intendere a vostra signoria a bocha, me disse che omnino dovesse advertire quella ad haverse bona custodia in questi doi mesi, nelli quali acegniava havere dubio de qualche periculo, benché la cosa non havesse altro fundamento. De questo che lli ho dicto ni sia de darli più fede de quello parerà a vostra signoria, pur ne parlai con Hieronimo Ziliolo e non possendo io scrivere per trovarmi così stordita della testa, li comissi che scrivessi a messer Nicolo che ne advertisse vostra signoria come quella haverà mo' visto, parendomi che, essendo la persona de vostra signoria della importanza che lla è, non se possi errare a giurare dal là sicuro, nì de advisarla senza rispecto de ogni cosa, quantunche minima, e confidandomi nella prudentia sua, che non è per pigliare lo adviso ad altro fine che come spinta dalla servitù li porto, e per ricordo de una bona guardia che sempre vostra signoria se deve havere, benché però mi renda certa che quella non manchi verso se medesima, il tutto ho voluto, sentendomi un pocho meglio de novo, de mano mia significare a vostra signoria per mio debito, e principalmente per chiarirla meglio de che sorte è la cosa, suplicando vostra signoria se in questo caso io havesse comesso alcuno errore se degni perdonarme. E alla signoria vostra basando le mano sempre me ricomando.

De Ferrara, adì XXVI de avrile.
    De vostra signoria consorte e servitrice L.

Sanctiss.mo pre et Beatiss.mo S.or mo colen.ma

Con ogni possibile reuerentia dauanti basio li S.ti piedi
di vra Beat.ne, et humilmente me raccomando in La
sua S.ta gra.a: hauendo io per una difficile grauide.a
partito gran male piu di duo mesi, come a Dio piacque
a xviij del p.nte in aurora hebbi una figliola: c spe-
rauo essendo scaricata del parto chel mal mio ancho si
douesse alleuiare: ma e successo il contrario: in modo
che mi e for.a concedermi alla natura: c tanto di dono
mha fatto il Clementissimo n.ro Creatore, che io cognosco il fine de la mia uita c sento chel fra poche hore ne saro
fuori hauendo pero prima receuuti tutti li S.ti sacrame.ti de
la chiesia: Et in questo punto come christiana bench
peccatrice mi sono racordata de supplicar a vra B.ne
ch per sua benignita si degni dare del Thesoro spirituale
qualche suffragio con la sua S.ta benedictione allanima
mia: c cosi deuotamente la prego: Et in sua S.ta gra.a
raccommando il S.or consorte et figlioli mei tutti Seruitori
di p.ta vra B.ne In ferrara adi xxij de Zugno 1519
a hore xiiij

De vra Beat.ne

H.mil Serua
Lucretia da este

Reverendissimo: Et per lo presente quella dara risposta ad quella parera . . . .

  Di Vostra Illustrissima Signoria

     Beate . . . . ce Vannozza.

      (Archivio di Stato in Modena.)

———

DOCUMENTO N. LIX.

Lucrezia Borgia a Leon X.

Ferrara, 22 giugno 1519.

Sanctissimo Patre et Beatissimo Signor mio Colendissimo.

Con ogni possibile reverentia d'animo basio li Santi pedi de Vostra Beatitudine, et humilmente me raccomando in La sua Santa gratia. Havendo io per una difficile gravidanza patito gran male più di duo mesi; come a Dio piacque a XIIII del presente in aurora hebbi una figliola: e sperava essendo scaricata del parto che mal mio anche si dovesse alleviare: ma è successo il contrario: in modo che mi è forza concedere alla natura: E tanto di dono mha fatto il Clementissimo nostro Creatore, che io cognosco il fine de la mia vita, e sento che fra poche hore ne saro fuori, havendo pero prima ricevuti tutti li Santi Sacramenti de la Chiesa: Et in questo punto come christiana benche peccatrice mi sono racordata de supplicar a Vostra Beatitudine, che per sua benignita si degni dare del thesoro spirituale qualche suffragio con la Sua Santa benedictione allanima mia: e cosi devotamente la prego. Et in Sua Santa gratia raccomando il signor Consorte et figlioli mei tutti servitorj di predicta Vostra Beatitudine. In ferrara adi XXIJ de zugno 1519 a hore XIIIJ.

  De Vostra Beatitudine

      Humil Serva
      Lucretia da este.
      (Archivio di Stato in Modena.)

FINE.

3. Lettera pubblicata su concessione del Ministero
della cultura - Archivio di Stato - Modena
ASMo, Casa e stato, b. 141, f. XXIII, doc. unico
n° prot. 2834 del 20/11/2023

Lucrezia Borgia a Leone X

Ferrara, 22 giugno 1519

Santissimo Padre e Beatissimo Signor mio reverendissimo.

Con ogni possibile reverenza d'animo bacio i Santi piedi
di Vostra Beatitudine, e umilmente mi raccomando alla sua
Santa grazia. Avendo io patito per una difficile gravidanza
con grande dolore per più di due mesi, come a Dio piacque il
14 del presente mese all'alba ebbi una bambina: e speravo
essendomi sgravata dal parto che anche il mio malessere si
dovesse alleviare: ma è successo il contrario: in modo che mi
devo arrendere alla natura: che tanti doni mi ha concesso il
Clementissimo nostro Creatore, poiché io riconosco la fine
della mia vita, e sento che fra poche ore ne sarò fuori, avendo
però prima ricevuto tutti i Santi Sacramenti della Chiesa: e in
questo punto come cristiana benché peccatrice mi sono ricor-
data di supplicare a vostra Beatitudine, che per Sua bontà si
degni di dare del tesoro spirituale qualche suffragio con la sua
Santa benedizione alla mia anima: e così devotamente la
prego.

E nella Sua Santa Grazia raccomando il signor Consorte e i
figli miei tutti servitori di vostra suddetta Beatitudine.

    Ferrara 22 giugno 1519 alle ore 14.
      Di Vostra Beatitudine

                Umile Serva
                Lucrezia d'Este

RINGRAZIAMENTI

I niziai a scrivere questo romanzo oramai circa dieci anni fa,

dopo un lungo e travagliato tragitto, che a me è sembrato la traversata di un deserto arido e desolato, finalmente siamo giunti, io e il mio amato personaggio narrato nel libro, alla fine del viaggio.

Il libro è stato pubblicato grazie alla mia testardaggine e alla lungimiranza e fiducia della casa editrice Aurea Nox, in particolare nella persona della sua direttrice editoriale **Grazia Velvet Capone** e dell'editor **Irene Salidu**, alle quali non finirò mai di dire grazie per aver permesso che il mio più che decennale indefesso impegno venisse premiato.

Ho lavorato molto per rendere il testo e la storia la più fruibile possibile. Ho mantenuto fede a me stesso e a Lucrezia, la protagonista della storia, a che il libro fosse pubblicato nella migliore veste possibile.

Ho avuto cura che la vicenda da me narrata e liberamente interpretata, da storico dilettante quale io mi reputo, fosse la più vicina possibile alla vita realmente vissuta dalla protagonista.

> *Il lettore che leggerà il libro si renderà conto dell'amore e dell'infinita delicatezza che ho trasfuso nelle pagine dopo lungo tempo trascorso nello studiare i documenti e reinterpretare, secondo la mia visione dei fatti, la personalità di Lucrezia attraverso le vicende che si sono susseguite nella sua vita, con particolare riferimento al periodo in cui lei giunge a Ferrara per sposare Alfonso I d'Este fino alla sua morte.*

Ora che il libro è stato pubblicato non mi resta che affidarmi ai tanti o pochi lettori che avranno la compiacenza di leggerlo. In cuor mio confido che siano in tanti, ma anche se dovessero essere pochi, credo che il mio sforzo sia stato ripagato, questo anche alla luce del pensiero espresso da un personaggio cui non so dare un nome, il quale ha affermato: *"Tutti i libri scritti e pubblicati andrebbero letti"*.

Il libro è lo sforzo immane di una mente che lancia un messaggio al di fuori di sé verso la moltitudine dei suoi simili, nella speranza che qualcuno lo raccolga, lo apprezzi e passi il testimone a qualcun altro, in una catena infinita che prolunghi la vita dell'autore oltre la sua morte!

Ringrazio la mia carissima amica e collega **Anna La Marca** per essersi prestata come lettrice della prima stesura del libro. Come sempre mi è stata utile per aver emendato il testo dagli errori più vistosi e grossolani, oltre a consigliarmi sul taglio da dare ad alcuni episodi particolari della storia.

Ringrazio l'esimio professor **Hafez Haidar** che si è gentilmente adoperato per scrivere l'encomiabile prefazione a cui sarò debitore per tutta la vita.

Un sentito ringraziamento va, nuovamente, a Grazia Velvet Capone che ha immaginato e presentato una copertina che soddisfa appieno le mie più rosee aspettative, e spero anche quelle degli incauti lettori a cui capiterà di avere sottomano il libro nel momento di decidere se acquistarlo o meno.

Infine, un sentito ringraziamento va a tutte le persone che hanno contribuito a incoraggiarmi credendo nelle mie qualità di autore, in primis mia moglie Mena, mio figlio Marco, i miei parenti e ai tanti che si sono dimostrati veri amici!

Antonio De Cristofaro

Bio_{grafia} Antonio De Cristofaro

Antonio De Cristofaro nasce a Bellona in provincia di Caserta, studia e si laurea all'Istituto Orientale di Napoli in Lingue e Letterature Straniere Moderne, si trasferisce quindi a Milano dove inizia a insegnare sia lingua e letteratura inglese che francese. Tra le sue passioni c'è la lettura e la scrittura, nel 2007 pubblica il suo primo racconto dal titolo: "Vite spezzate, il sogno e la memoria" che si piazza terzo al Concorso Letterario Internazionale della città di Savona. A inizio 2014 pubblica il suo primo romanzo: "Giada".
Tutta la sua produzione gode di numerosi premi e riconoscimenti.

Altre pubblicazioni:

"L'inganno"
"Il perdente"
"Cesare l'uomo che cambiò Roma"
"Diario intimo di un giovane sognatore"

Sommario

Prefazione   13

Capitolo 1 Il Viaggio   15
Capitolo 2 Ferrara   43
Capitolo 3 Duchessa di Ferrara   161

APPENDICE archivio storico   315

RINGRAZIAMENTI   327

Biografia   *Antonio De Cristofaro*   329

Bibliografia   333

Note   335

Bibliografia

1. Lucrezia Borgia. Di Maria Bellonci, Casa Editrice: Mondadori;
2. Lucrezia Borgia. La perfida innocente. Di Geneviève Chastenet; Casa Editrice: Mondadori;
3. Lucrezia Borgia. La storia vera. Di Sarah Bradford, Casa Editrice: Mondadori;
4. Lucrezia Borgia, Giulia Farnese. Le donne più desiderate del Rinascimento. Di Bruna K. Midleton. Casa Editrice Bonfizzaro.
5. Icone Lucrezia Borgia e Cesare Borgia: Lo stile e le vesti. Di Elisabetta Gnignera. Casa Editrice: Independently published;
6. Lucrezia Borgia. Lettere (1494-1519). Di Diane Ghirardo. Casa Editrice: Tre Lune;
7. Le due vite di Lucrezia Borgia. La cattiva ragazza che andò in paradiso. Di Elia Celia. Casa Editrice UTET.
8. The Project Gutenberg Ebook of Lucretia Borgia, by Ferdinand Gregorovius
9. La figlia del Papa. Di Dario Fo. Casa Editrice Chiare Lettere, Milano 2014;
10. Isabella e Lucrezia, le due cognate. Donne di potere e di corte nell'Italia del Rinascimento. Di A. Necci. Casa Editrice Marsilio, Venezia 2017.
11. La saga dei Borgia. Delitti e santità. Di A. Spinosa. Casa Editrice Mondadori. Milano, 1999.

Note

- [1] Lucrezia Borgia, (Subiaco, 18 aprile 1480 - Ferrara, 24 giugno
  1519), figlia illegittima del cardinale Rodrigo Borgia, divenuto poi Papa con il nome di Alessandro VI, e della sua amante Vannozza Cattanei, seconda moglie di Alfonso I d'Este, Duchessa di Ferrara.

- [2] Alfonso I d'Este, (Ferrara, 21 luglio 1476 - Ferrara, 31 ottobre 1534), Duca di Ferrara, Modena e Reggio, uomo d'armi e mecenate del rinascimento italiano, terzo marito di Lucrezia Borgia.

- [3] Il cardinale Rodrigo Borgia, (Jàtiva, 1° gennaio 1431 - Roma, 18 agosto 1503), divenuto Papa il 12 agosto del 1492 con il nome di Alessandro VI, con l'intento di sbalordire il mondo così come aveva fatto Alessandro Magno molti secoli prima.

- [4] Cesare Borgia, (Roma, 13 settembre 1475 - Viana, 12 marzo 1507), figlio illegittimo di Alessandro VI e di Vannozza Cattanei, condottiere, cardinale cattolico italiano, reso oltremodo famoso da N. Machiavelli per essersi ispirato alla sua figura nel delineare il protagonista della sua più celebre opera: "Il Principe".

- [5] Joffre Borgia, (1481 - 1516), quarto figlio di Alessandro VI e di Vannozza Cattanei, marito di Sancha d'Aragona, principe di Squillace e conte d'Alvito.

- [6] Sancha d'Aragona, (1478 - 1506), principessa di Napoli e di Squillace, contessa d'Alvito, figlia illegittima di Alfonso II re di Napoli, moglie di Joffre Borgia.

- [7] Ercole I d'Este, (Ferrara, 26 ottobre 1431 - Ferrara, 5 giugno

1505), Duca di Ferrara, padre di Alfonso I d'Este marito di Lucrezia Borgia, uomo d'armi e grande mecenate del rinascimento italiano.

- [8] Giulia Farnese, (Canino, 1474 - Roma, 23 marzo 1524), moglie di Orsino Orsini ed amante del Papa Alessandro VI.

- [9] Giovanna de Candia dei Cattanei, detta Vannozza, (1442 - Roma,
26 novembre 1518), amante del cardinale Rodrigo Borgia, divenuto Papa con il nome di Alessandro VI. Dalla loro relazione nacquero quattro figli: Giovanni, Cesare, Lucrezia e Goffredo.

- [10] Isabella d'Este Gonzaga, (Ferrara, 18 maggio 1474 - Mantova, 13 febbraio 1539), figlia di Ercole I d'Este e moglie di Francesco I Gonzaga Marchese di Mantova, sorella di Alfonso I d'Este dunque cognata di Lucrezia Borgia, preminente figura femminile del rinascimento italiano.

- [11] Ippolito d'Este, (Ferrara, 20 marzo 1479 - Ferrara 3 settembre 1520) quinto figlio di Ercole I d'Este e della principessa Eleonora d'Aragona, fu vescovo di importanti sedi e cardinale di Ferrara.

- [12] Sigismondo d'Este, (settembre 1480 - 9 agosto 1524), sesto figlio di Ercole I d'Este e di Eleonora d'Aragona, figlia di Alfonso d'Aragona; fratello di Alfonso I d'Este e cognato di Lucrezia Borgia.

- [13] Ferrante d'Este, (Napoli, 1477 - Ferrara, febbraio 1540), quarto figlio di Ercole I d'Este e di Eleonora d'Aragona; fratello di Alfonso I d'Este e cognato di Lucrezia Borgia.

- [14] Alfonso d'Aragona, (1481 - 18 agosto 1500), figlio illegittimo di Alfonso II re di Napoli, fu il secondo marito di Lucrezia Borgia.

- [15] Guidobaldo da Montefeltro, (Gubbio, 24 gennaio 1472 - 11 aprile 1508), terzo Duca di Urbino, marito di Elisabetta Gonzaga, sorella di Francesco II Gonzaga marito di Elisabetta d'Este.

- [16] Giovanni Sforza, (1466 - 1510), detto lo Sforzino, nipote di Ludovico il Moro e del cardinale Ascanio Sforza, primo marito di Lucrezia Borgia.

- [17] Giovanni II Bentivoglio, (Bologna 15 febbraio 1443 - Milano, febbraio 1508), signore di Bologna dal 1463 al 1506.

- [18] Monsignor della Rocca Berti, ambasciatore di Francia alla corte Ferrarese

- [19] Cardinale Francesco Borgia, (Jàtiva, 1441 – Reggio Emilia, 4 novembre 1511), nipote di Alessandro VI, arcivescovo di Cosenza.

- [20] Niccolò III d'Este, (Ferrara, 9 novembre 1383 – Ferrara, 26 dicembre 1441) Marchese di Ferrara, padre di Ugo d'Este, da lui fatto decapitare perché era divenuto l'amante di sua moglie Parisina Malatesta.

- [21] Ugo d'Este (1405 – Ferrara, 21 maggio 1425), figlio di Niccolò III d'Este, fatto decapitare il 21 maggio 1425, perché fu l'amante della moglie del padre, nonché sua matrigna, Parisina Malatesta.

- [22] Parisina Malatesta, (1404 – Ferrara, 21 maggio 1425), seconda moglie di Niccolò III d'Este, diventò l'amante del figliastro Ugo d'Este e perciò venne fatta decapitare insieme a lui dal marito nel castello Vecchio a Ferrara il 21 maggio 1425.

- [23] Rodrigo d'Aragona, (Roma, 1° novembre 1499 – Bari, 1512), figlio di Alfonso d'Aragona e di Lucrezia Borgia.

- [24] Rossetti Biagio, architetto di fiducia del Duca Ercole, nato a Ferrara nel 1447 ca. ed ivi morto nel 1516.

- [25] Luigi XII (Blois, 27 giugno 1462 – Parigi 1° gennaio 1515), fu re di Francia dal 1498 al 1515 succedendo al cugino Carlo VIII.

- [26] Bonaccioli, medico specializzato in ostetricia, in servizio alla corte degli Este, seguì tutte le gravidanze che ebbe Lucrezia. La Duchessa patì sempre per tutte le sue gravidanze.

- [27] Girolamo Savonarola, (Ferrara, 21 settembre 1452 - Firenze, 23 maggio 1498), frate domenicano condannato a morte per eresia insieme ad alcuni suoi seguaci, torturato, lapidato e bruciato vivo in Piazza della Signoria a Firenze

- [28] Francesco Todeschini Piccolomini (Siena, 1440 - Roma, 1503), Cardinale di Siena, fu eletto Papa con il nome di Pio III il 2 settembre 1503 e morì il 18 ottobre dello stesso anno.

- [29] Giuliano della Rovere, (Albisola, 5 dicembre 1445 - Roma, 21 febbraio 1513), cardinale di S. Pietro in Vincoli, fu eletto Papa il 31 ottobre del 1503 e rimase in carica fino al 21 febbraio del 1513 con il nome di Giulio II.

- [30] Ercole Strozzi, (Ferrara, 2 settembre 1470 - Ferrara, 6 giugno 1508), poeta e letterato italiano, figlio di Tito Vespasiano Strozzi, considerato da alcuni storici più di un confidente di Lucrezia Borgia presso la corte di Ferrara

- [31] Ludovico Ariosto, (Reggio Emilia, 18 settembre 1474 - Ferrara, 6 luglio 1533), poeta, scrittore e drammaturgo, autore "dell'Orlando Furioso".

- [32] Pietro Bembo, (Venezia, 20 maggio 1470 – Roma, 18 gennaio 1547), grammatico, scrittore ed umanista veneziano. Fu il primo a dare una regola sicura e coerente alla lingua italiana, prendendo come modelli i più importanti scrittori fiorentini, tra cui Petrarca, Boccaccio e Dante.

- [33] Albertino V. Boschetti, (San Cesario sul Panaro, 1450 circa – Ferrara 12 Settembre 1506), conte e monsignore di San Cesario, fu giustiziato quale complice della congiura di Giulio e Ferrante d'Este contro il fratello Duca Alfonso I d'Este.

- [34] Giulio d'Este, (1478 - 1561), figlio illegittimo del Duca Ercole I d'Este e della dama Isabella Arduino, condannato al carcere a vita per avere preso parte alla congiura contro il fratello Alfonso I d'Este, fu liberato dopo cinquantatré anni di prigionia dal pronipote Alfonso II d'Este all'età di ottantuno anni.

- [35] Giovanni d'Albret, (1469 – 14 giugno 1516), divenuto re di Navarra dopo il matrimonio con Caterina di Navarra.

- [36] Luis de Beaumont, secondo conte di Lerin, (incerto il luogo e la data di nascita, morì il 16 ottobre del 1508 ad Aranda de Jarque).

- [37] Niccolò Machiavelli, (Firenze, 3 maggio 1469 – Firenze, 21 giugno 1527), fu uomo politico, scrittore e filosofo, autore del primo trattato storico-politico della storia europea dal titolo "Il principe".

- [38] Ercole d'Este II, (Ferrara, 4 aprile 1508 – Ferrara, 3 ottobre 1559, figlio di Alfonso I d'Este e Lucrezia Borgia, quarto Duca di Ferrara.

- [39] Federico II Gonzaga, (Mantova, 17 maggio 1500 – Marmirolo, in provincia di Mantova, 28 giugno 1540), fu prima Marchese poi, dal 1530, Duca di Mantova

- [40] Publio Virgilio Marone, (Mantova, 15 ottobre 70 A.C. – Brindisi, 21 settembre 19 A.C.), grande poeta latino, scelto da Dante come guida spirituale nel suo grande poema "La Divina Commedia".

- [41] Ippolito II d'Este, (Ferrara, 28 agosto 1509 – Roma, 2 dicembre 1572), arcivescovo di Milano, cardinale cattolico italiano, legato pontificio presso la corte francese.

- [42] Camilla Borgia, (Roma, 1502 – Ferrara, 1573), figlia di Cesare Borgia e di una dama del seguito di Lucrezia Borgia, pare una certa Drusilla, ordinata suor Lucrezia, divenne badessa del convento di San Bernardino a Ferrara.

- [43] Papa Leone X, nato Giovanni di Lorenzo de' Medici (Firenze, 11 dicembre 1475 – Roma, 1° dicembre 1521), fu il 217° Papa della chiesa cattolica dal 1513 alla sua morte.

- [44] Aldo Manuzio, (Sermoneta o Bassiano, 1449 – Venezia, 5 febbraio 1515), editore e tipografo italiano. È considerato il maggiore tipografo del suo tempo ed il primo editore in senso moderno.

- [45] Eleonora d'Este, (Ferrara, 4 luglio 1515 – Ferrara, 1475), prima figlia femmina di Alfonso I d'Este e Lucrezia Borgia, divenne monaca del Corpus Domini.

- [46] Francesco d'Este, (Ferrara, 1° novembre 1516 – Ferrara, 22 febbraio 1578), terzo figlio vivente di Alfonso I d'Este e della seconda moglie Lucrezia Borgia, fu nominato Marchese di Massa Lombarda dal Papa Paolo III.

- [47] Adriana Mila, cugina del Papa Alessandro VI, suocera di Giulia Farnese Orsini, madre di Orsino Orsini marito di

Giulia, confidente del Papa alle cui cure venne affidata l'educazione di Lucrezia Borgia.

[48] Isabella Maria d'Este, (Ferrara, 14 giugno 1519 – Ferrara, 1521), seconda figlia di Alfonso d'Este e Lucrezia Borgia, la quale nel partorirla morì per le conseguenze del parto. Le fu dato il nome di Isabella in onore della sorella del Duca Alfonso, Isabella d'Este Gonzaga, Marchesa di Mantova.

IL PROGETTO ETICO DI AUREA NOX

AUREA NOX è un progetto etico collettivo nato in rete nel Maggio 2021 da un'idea di Grazia Velvet Capone che ha ideato e realizzato anche tutte le elaborazioni grafiche. Il nostro comune Ispiratore è stato ed è Franco Battiato, musicista e maestro. Le energie creative del gruppo confluiscono nella collana-esperimento evolutivo chiamata **AVALON - Terra Sacra**: un luogo letterario dove gli autori si confrontano con un tema comune. È nata così l'idea di creare una pubblicazione ritmica, legata alla ruota dell'anno, adatta a tramandare forme-pensiero di profonda e assoluta ricerca evolutiva. Una virtuale unione di intenti.
Un Seme che diventi Quercia.

Di seguito ecco le altre collane editoriali

- **BEE BOOK SII UN LIBRO - Collana per bambini**
- **SEVEN DOORS - Sviluppo spirituale**
- **BREVIS - Saggi e Racconti brevi**
- **LYRA - Poesia**
- **HELOQUENCE - Diari, Romanzi, Manuali**
- **TRIBAL - Viaggi, Magia, Territori**
- **AUREA MAGISTRA - Percorsi storici**
- **DIAMANTI AUREI – Poesia**
- **CUORE INDIeGENO – Lingue minori, etnie**
- **BIOlive - Testimonianze dal vivo**

Un sentito ringraziamento al direttivo del Progetto e ai vari gruppi di lavoro dedicati, che hanno profuso le loro preziose energie a beneficio della nostra comunità di Autori e di una magnifica Idea Viaggiante
Per contatti, richieste e collaborazioni:

Mail: aureanox@libero.it
Gruppo Facebook Aurea Nox Scrittori – Editori